2006 · 16

（总第 370－373 期）

合订本

STORIES

故事会文化传媒有限公司　出品

（00034）

图书在版编目(CIP)数据

《故事会》合订本.16／上海锦绣文章出版社编著.
上海：上海锦绣文章出版社，2007

Ⅰ.故…　Ⅱ.上…　Ⅲ.故事－作品集－中国－当代　Ⅳ.Ⅰ248.7

中国版本图书馆 CIP 数据核字(2006)第 147709 号

责任编辑：朱　虹
封面设计：李宝强

故事会 2006 年合订本 16
（总第 370-373 期）
《故事会》编辑部　编
上海锦绣文章出版社出版、发行
地址：上海绍兴路 74 号
网址：www.storychina.cn
中国图书进出口上海公司发行
地址：上海市广中路88号
电话:36357888
字数 280,000
ISBN 978-7-80685-686-4／G·007

370

2006
SEMIMONTHLY
上半月版

7月

STORIES

本刊主办"故事中国网"（www.storychina.cn）正式开通，欢迎登录！

故事会 STORIES

2006 年 7 月
上半月·红版

主 编：何承伟

常务副主编：吴 伦

副主编：姚自豪（上半月·红版）

副主编：夏一鸣（下半月·绿版）

本期责任编辑：姚自豪

发稿编辑：

周 吟 吕 佳 郑继文
夏一鸣 鲍 放 王雅静

美术编辑：李宝强

电脑制作：郭瑾玮

通 联：归依玲

本社办公室电话：021-64375030

上半月刊编辑部电话：021-64332325

下半月刊编辑部电话：021-64336469

（上海市绍兴路 74 号 邮编：200020）

主管、主办：上海文艺出版总社

制作、发行总监：张 凯

电话：021-64313938

广告总代理：上海文艺广告传播中心

（上海市绍兴路 74 号 邮编：200020）

广告业务：021-34010383

广告投诉：021-64333738

广告经营许可证

沪工商广字 3100320050022 号

发行：中国图书进出口上海公司

本刊各栏目欢迎来稿。来稿寄上海市绍兴路 74 号《故事会》杂志社，邮编：200020，请在信封上注明"××栏目"收；本期责任编辑 E-mail 地址：yaobianji@126.com

怕传染

一个男人走进一家啤酒店，要了一大杯啤酒。那只杯子是有把手的，他端起杯子，嘴巴凑在把手一侧的口沿上喝，服务生看了感到奇怪，问道"先生，您为什么这样喝？"

"有把手的这个地方，一般人喝酒时是不会用嘴去碰的，这样，我就不会感染病菌了。"

过了一会儿，又有一个男人走进来，也要了一杯啤酒，他端起杯子，也把嘴巴凑在有把手这一侧的口沿上喝。服务生笑了："先生也是怕感染病菌吗？"

那个男人说："不，我有病，怕传染给别人。"

（王忠田）

（本栏插图：王 俭）

给的是小费

在一家酒店里，有一个男顾客要了一杯酒，举起酒杯一饮而尽，又从钱包里抽出一张5美元的纸币放在柜台上，然后急急忙忙地走出去了。

卖酒的服务生赶紧抓起那张纸币塞进自己的口袋里，他以为没人看见，可他抬起头来时，却见老板正盯着他看，于是他赶紧上前解释说："老板，您看见刚才出去的那个人了吗？他要了一杯酒，给了我5美元的小费，但他急急忙忙地出去了，忘记了给酒钱！"

（王忠田）

向日葵

小陈自小在城市长大，对各种植物很陌生。

一次，公司派小陈他们去郊区验货，负责接待的主人热情地拿来向日葵头招待大家，这东西在城市很少见到，小陈立刻惊呼起来"谁这么有闲工夫，把瓜子一粒粒插进去，还摆得这么整齐！" （攸 悦）

一丝真诚胜过千两黄金，一丝温暖能抵万里寒霜，一声问候送来温馨甜蜜，一条短信捎去我万般祝愿："早日康复，你是最棒的！"四川 启超（1301）

恶 邻

一个男人到警察局告他的邻居，说他家的东西只要不小心掉到邻居家，邻居都强行据为己有，无论是晾的衣服，钻过去的鸡，还是栅栏边果树结的果子，从来都没有归还过。

警察听了，说这些小纠纷不够立案，让他自己跟邻居协商。

男人说："这些事是不大，问题是今天早晨我老婆为果树剪枝时，不小心掉到他家院里啦！"

（董 筠）

尴尬的吆喝

老北京面馆最大的特色就是吆喝。

那天，甲和乙去吃面，坐定，点完菜，跑堂小伙子吆喝上了："5号桌，炸酱面两碗，小菜两盘。"

吃饱喝足，该结账了，一共是25块8毛，甲想：2毛就算了，便对跑堂的小伙子说："给你26块，别找了。"

跑堂小伙子接过钱便又吆喝上了："5号桌有客送小费2毛。"

满大厅的人听了都回过头来望他们这桌，2毛钱也这么吆喝，甲脸红了："得了，那2毛你还是找给我吧。"

跑堂小伙子又吆喝上了："5号桌的2毛小费又要回去了！"

（张 璐）

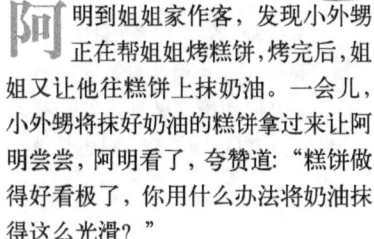

漂亮的糕饼

阿明到姐姐家作客，发现小外甥正在帮姐姐烤糕饼，烤完后，姐姐又让他往糕饼上抹奶油。一会儿，小外甥将抹好奶油的糕饼拿过来让阿明尝尝，阿明看了，夸赞道："糕饼做得好看极了，你用什么办法将奶油抹得这么光滑？"

小外甥自豪地回答："我舔的！"

（金永昌）

梦 话

妻子关心地对丈夫说："老公，你近来老是说梦话，要不我陪你去医院检查一下身体？"

丈夫惊慌地答道："不用，如果医生给我治好了这毛病，那么我在家里的这一点点发言权都没有了！"

（季 频）

都是做媒体的

有位女记者去做头发，其间，女记者便和给她做按摩的女孩聊了起来，女孩问女记者："姐姐是做什么的？"

女记者回答说："我是做媒体的。"

那女孩一听很兴奋："是吗？这么巧！我以前和你是同行哟！"

女记者看看女孩，有些不敢相信："你也是做媒体的？报纸还是杂志？"

那女孩听了一脸困惑，说"我做的是美体啊，美丽身体的'美体'啊！"

（邱士贵）

穿不上牛仔裤

妻子生完宝宝之后，体重长了近20斤，以前那些漂亮的衣服都穿不下了。看着别的女同事穿着牛仔裤后那健美的身材，她很羡慕，于是下决心减肥。经过三个多月的努力，自我感觉身材有所苗条。

这天，妻子怀着惴惴不安的心情从衣柜里拿出了一条牛仔裤，并试着穿了一下，没想到竟然穿了进去，她激动地对老公说："我真的瘦了，竟然能穿下牛仔裤了！"老公看了看妻子，说："老婆，你为什么要穿我的牛仔裤呀？"

（邱士贵）

押下这钱

小孙"打的"回家，到了家门口，一掏口袋，没钱，便对司机说："师傅，你在这里等一下，我去家里拿钱。"

司机说："哼，都这么说！你要是顺着暗门跑了怎么办？你再掏掏，看有什么值钱的，押下。"

小孙就把身上的口袋都翻了翻，后来竟然摸到了一张百元钞票，就赶紧掏出来，给了司机。

司机接过钞票，说："好，你把这钞票押下，回家拿钱吧！"

（赵清川）

身体好点了吗？现在天气变化多端，您得保重身体哦，那些活儿您就别再操劳了，先养好身子。噢，对了，不要忘了适当地做些运动。最后，祝您早日康复！广东 黄天马 (1302)

一山不容二虎

男老师在课堂上给学生教俗语，他强调俗语是千百年来劳动人民在生活经历中提炼出来的，如"一山不容二虎"。

学生提出质疑："如果是一只公老虎和一只母老虎在一座山上，那完全可以相亲相爱、和睦相处的。"

男老师听了，神情大为激动，他对那学生说："你回家去问问你爸爸，他会告诉你这句俗语是如何正确的！"　　　　　（齐光越）

应 试

约翰应聘机场塔台的工作，他通过了前面的考试，进入了最后的口试——

考官："有一架飞机准备降落，你从望远镜里发现飞机的起落架没有放下，你会怎么办？"

约翰："立刻用无线电警告！"

考官："如果没有回答呢？"

约翰："我会立刻取出信号灯，发送'危险，不得降落'的讯号。"

考官："可飞机继续下降！"

约翰："我会立刻打电话给我弟弟。"

考官："你弟弟？他能做什么？"

约翰："他不能做什么，但他从来没看过飞机是怎样摔下来的。"

（申家兵）

警惕性真高

班长老蔺，身高体胖，落枕就睡，鼾声如雷，影响战士睡眠。

一天，连长把老蔺叫到连部，说"今天晚上，你睡到汽车驾驶室吧！"

第二天一清早，营房四周的老乡向连长反映说："你们战士的警惕性真高！昨晚，你们的汽车一夜都未熄火！"　　　（朱守东、朱迅翎）

大小有差异

从前有一个财主，很怕老婆。

一天，财主听说自己心爱的猫不知被谁剁断了尾巴，于是大骂，一旁的老婆忙解释说："别骂了！是我刚才在厨房里剁猪脚，猫突然跳上砧板，我不小心就剁了它……"

财主立刻尴尬地笑了起来，连声说道："剁了好，剁了好，看起来像只兔子，挺好看的！"　（刘贵贤）

生活的地平线，会随着心灵迸发的智慧的火花而变得宽阔……

撞　衫

□李　凤

我是公司的秘书，女，工作兢兢业业，深得老总器重，和同事的关系也很和睦，可是，当老总的夫人从国外回来后，公司里立刻风云骤起……

中秋节时，公司给每个人发了两大箱哈密瓜，高兴归高兴，可我拿不动啊！正在犯愁，老总走了过来，笑眯眯地说："怎么，搬不了啊？这样吧，我们顺路，下了班，我用车带你一程，让你老公下来把瓜搬上楼就行。"

老总平时和我关系挺好的，我也不见外了，笑了笑，说："还是领导关心群众。"

下了班，老总开车到了我家楼下，我下车对老总说："我上去把老公喊下来，他准是又在听摇滚歌曲，打电话又听不见，你等一会儿！"我家住的是六楼，我"噔噔噔"地跑着，跑到家门口，已是满头大汗，开门一看，老公居然不在家！我也懒得再下楼了，就算下楼，也得麻烦老总搬上来，于是我便打开窗户，扯着嗓子对楼下喊："老总，我老公正好不在家，你上来吧！"

我怕楼下的老总听不清楚，又大声喊了一遍，这一下，我们这栋楼的，对面楼的，窗口里伸出好多脑袋往我这儿瞧，我顿时傻了眼，忽然想给自己一个耳光：老公不在家，让老总上楼——哪有这样喊话的啊！

 不要愁，不要急，人人都有生病时；吃好药，勤锻炼，身体就会早康复；发短信，传心意，愿你平平安安早出院。浙江　朱明正（1303）

　　那两箱瓜是老总帮着搬上来了，可这事后来不知怎么就传到了老总夫人的耳朵里，虽然老总已向她澄清过了，但我觉得还是很有必要当面向她解释，可老总夫人那种居高临下的样子使我很郁闷，我觉得很难找到和老总夫人交流的方式。

　　这天，公司在一家大酒店举办庆功晚宴，下午，大家都在议论晚宴的事，女同事更多的是在讨论该穿什么衣服出席晚宴，有人提醒说："这次宴会很重要，记住一定不要撞衫了，特别是不要和老总夫人撞衫了。"所谓"撞衫"，源于港台的娱乐界，意思是明星出席活动时和别人穿了同样的衣服，这样就很没面子。接下来，大家议论的话题就是老总夫人会穿什么样的衣服，几个女同事像几十只鸭子一样"嘎嘎"地嚷开了。

　　有人见我默默地坐在一旁，就走过来问我："你可是老总面前的大红人，有什么小道消息没有啊？"大家听她这么一说，也都围过来七嘴八舌，要我提供"老总夫人会穿什么衣服"的内部消息，我马上诉起了苦："你们又不是不知道老总夫人的厉害，我哪有胆量去跟老总谈这些无关紧要的事儿？"大伙儿一听，只得作罢。

　　晚宴终于开始了，同事们都穿着靓丽的服装陆续到场，当然，最后到场的是重量级的人物——老总、他的夫人，还有公司的大单客户。老总夫人进场那一刻，大家都有一种目眩神迷的感觉，老总夫人穿的盛装散发着一种迷人的光彩。不一会儿，一件令全场人意想不到事发生了：同事们齐刷刷地把目光全聚焦到了我的身上……

　　原来我和老总夫人"撞衫"了！众目睽睽，我的脸开始发起了烧，虽然我的衣服质地比老总夫人差了几分，但式样和颜色都是一模一样的。老总夫人的脸色有些难看，现场出现了片刻尴尬的气氛。

　　晚宴开始后，在老总的提议下，大家开始推杯换盏。由于我和一些大

第二届"梅陇杯"法制故事大赛征文启事

为推进平安建设,构建和谐社会,由中华人民共和国司法部法宣司、上海市法制宣传教育联席会议办公室主办,上海市闵行区法宣办、上海市闵行区梅陇镇人民政府协办,《故事会》杂志社承办的2006年第二届"梅陇杯"法制故事创作大赛,决定面向全国征文。

此次活动有关事项如下:

一、征文内容:可从立法、司法、执法,公民学法、守法、依法维权,法律援助、法律服务、社会治安综合治理、社会公德、家庭美德、职业道德中的涉法内容,公民与违法犯罪行为作斗争以及中外历史上的涉法案例等各个角度展开。要求故事情节曲折生动,语言有口头文学特点,作品未在省地级报刊发表过,字数一般在15000以内。

二、奖项设置:本次活动将聘请有关专家组成评委会,设一等奖1名,奖金5000元;二等奖2名,奖金各3000元;三等奖10名,奖金各1000元;创作奖50名,奖金各500元,个调税均自理。部分优秀作品将陆续在《故事会》上发表,并结集出版。

三、征文时间:即日起至今年9月30日截止,10月底评出获奖作品并专函通知获奖作者。

来稿方法:1. 从邮局寄发,请在信封上注明"法制故事征文"字样,本刊地址:上海市绍兴路74号《故事会》杂志社,邮编:200020。2. 从网上传递,本刊为大赛所设的信箱是:fzhgushi@126.com,请在主题上注明"法制征文大赛"字样。

单客户业务交流比较多,我就端着酒杯去老总那桌敬酒,轮到给老总和夫人敬酒时,大家都停下了手中的筷子,看着撞衫的我和老总夫人。我显得很轻松,笑着说:"很荣幸和夫人撞衫,这比买彩票中五百万头奖的几率大不了多少,看来咱们还真有缘。"

一句话说得老总夫人松弛了冷峻的表情,旁边的客人也都会心地一笑。后来,老总夫人不仅不再板着脸,还放下架子来我们这桌敬酒,最后拉着我的手微笑着说:"什么是缘分?这就是!咱俩以后就是姐妹,如何?"我听了,高兴地举起盛满了葡萄酒的杯子,说:"好啊,我就缺一个

姐了,听说夫人最拿手做外围菜,改天定要去您府上拜师哦!"说完,我和老总夫人一饮而尽。

晚宴之后,老总夫人酒兴正酣,盛情邀我上她家去,这一个晚上,我们聊得很晚,平时郁积的那些隔阂烟消云散。

其实,这起撞衫事件是我精心策划的:自从得知老总夫人要出席那次晚宴后,我就知道这是一个绝好的机会,于是借机向老总打听他夫人会穿什么样的衣服,我不为别的,只是为了捕捉一个和老总夫人说上话的契机……

（题图、插图：安玉民）

不要怕,放宽心,吃好药,开心点,多笑点,有趣点,天真点,活泼点,可爱点。总之希望你健康点,早点康复早回家。浙江 杜世锋（1304）

最具人气短信推荐7月(上): 健康祝福

● 吃药是苦的, 亲人是甜的; 打针是疼的, 护士是柔的; 病房是寒的, 朋友是暖的; 收短信是惊喜的, 看短信是开心的, 回不回短信都会健康的!

陕西 周 云 (1344)

● 当春风吹来时, 我的祝福不惜化作雨点滋润你; 当桃花盛开时, 我的祝愿不惜碎成片片花瓣飞向你; 在这万物复苏的时候, 我衷心地祝福你"早日康复。"福建 方志雄 (1345)

● 风柔, 雨润, 花好, 月圆, 幸福生活日日甜; 冬去, 春来, 似水, 如烟, 好日子就在眼前。说一声珍重, 道一声平安, 衷心祝你早日康复, 健康永远。 湖南 朱耿兰 (1346)

● 请别用你的肺来过滤尼古丁, 别常常拿肝脏去分解酒精, 别暴饮暴食伤了脾胃, 别试图借刺激调节心情, 别滥用药物挖掘肾功能。祝你拥有健康、幸福、快乐的人生。

内蒙古 周利胜 (1347)

● 人生格言: 祸害是讲出来的, 疾病是吃出来的, 烦恼是想出来的, 健康是走出来的, 朋友是交出来的。

广东 邹 俊 (1348)

4月份短信王中王最终优胜者揭晓

编号为0713的短信下载数最高, 成为4月份的"短信王中王", 推荐者徐晓静(江苏)获得奖金3000元! (您可以下载此条短信, 详情见P39)本刊下一期将公布5月份下载数前10名的"本月短信王", 敬请关注。

本期特别征集

送给老师的短信。人生的每个阶段, 都会有不同的老师, 在各方面给我们指点, 帮助我们成长。在教师节那天, 你最想对自己的老师说点什么呢? 请把你的祝福或问候写成短信发给我们, 将有机会赢取3000元奖金哦! (详情见P39)

有阳光照耀的地方就有我默默的祝福, 祝亲爱的朋友平安健康!

看短信, 猜字谜! 下面这条短信, 每句打一字, 连起来是一句话。你能猜出这句是什么话吗? 请把你的答案发给我们, 将有机会获得一份礼物哦! (发送方式同推荐短信)

星星不见太阳光, 永眠长逝莫悲伤, 虚空极尽莫能计, 每在心旁总情长, 人随水去泪汪汪, 心力点点酒苍茫, 还记十月相侍伴, 谁人犹在我他旁。(1349)

敲 雪

□ 刘靖安

刘小安睡到半夜，忽然觉得好冷，迷迷糊糊中，听到了屋前屋后的惊叫声，睁开眼，天亮了，外面下雪了!

好久没见过雪了，刘小安一骨碌爬起来，小跑着跨出门，站在屋檐下极目远眺，整个世界全是一片白，白得晃眼，他看见父亲正站在屋对面的小路上，望着那一丛一丛的雪枝发呆。

刘小安知道，托着雪的，是密密麻麻的树枝。每到春天，那些树枝就开出一堆一堆的杏花、李花、桃花，五彩缤纷的，像一片花的海洋。渐渐地，花谢了，青涩的果子藏在绿叶间，一天一天地长大了，泛红了，果子成熟了，父亲的笑容也多起来了，父亲说，这些果子是"书本"。

刘小安家里没有太多的收入，读书全靠它。到了果子上市季节，父亲就在树下铺几床棉絮，说这样落下的果子就不会摔烂，能卖个好价钱。卖果子的钱，父亲一分一厘也不花，全存着，刚好够刘小安读一年书，所以，只要刘小安目不转睛地盯着那些杏呀、李呀、桃呀的时候，父亲总是拍着他的头，说："馋了吧? 这可吃不得，它是你的书本啊，想读书吗?"

刘小安点了点头："想读!""还想吃吗?"刘小安咽了一下口水，狠狠地摇头："不想!"从此，刘小安就把那些杏呀、李呀、桃呀叫"书本"了。

可是，现在不是果树开花、结果的季节呀，父亲看着树发什么呆呢? 刘小安很是不解，他朝父亲走去，踩着积雪，"吱吱"地响。他走到父亲面前，不解地问："你看这树干吗？春天还早。"

父亲脸上露出了忧郁之色："这雪太大了，你看，树枝压断了好多。"

刘小安细细一看，真的，一些断枝落在地上或是横在树上，全被雪掩住了，不仔细看还看不出来。父亲沉吟了一阵，说："回去拿根竹竿来吧。"

刘小安怔了怔，一下明白了父亲的用意，于是，连忙回家找来一根赶鸭子用的长竹竿。父亲站在树下，竹竿伸到枝头，慢慢地、轻轻地把积雪一点一点敲下来……几十棵果树，父亲整整敲了一个上午。父亲回家，头上、脸上、身上，全是雪。被体温融化的雪水，湿透了父亲的衣服。刘小安连忙烧起一堆旺旺的柴火，父亲骑在火上，还在瑟瑟发抖。

这天晚上，果真又下起了大雪。父亲怎么也睡不着，他竖着耳朵，听着外面的风声。母亲不耐烦了，说："睡呀，你怎么了？"父亲说："我得敲雪去。"天亮后，父亲回家了，他把刘小安摇醒了，高兴地说"一根树枝也没断，你又能上学了，又有书本了。"父亲说着，牙齿"咯咯"直响，磕得不听使唤，第二天，父亲就病了。

冬天过去，春天来了，接

着，夏天也来了……杏呀、李呀、桃呀，比哪一年都大、都红，可父亲的病却一直不见好转。这天，刘小安挑了两个又大又甜的桃，捧到父亲床前，说："爸，你尝尝，好甜呢！"

父亲挣扎着撑起身子，怒气冲冲地吼道："谁叫你吃？这是你的书本哪！不想读书了？"

"想！"刘小安哭着说，"我没吃，只想让你吃一个。"

父亲叹了口气，拉过刘小安，给他擦了一把眼泪，说："好，我吃一个……"

刘小安看见父亲咬了一口桃，又看见他的眼泪一下子淌了出来……

（推荐者：苏侠英）

（题图、插图：安玉民）

城里的讲究 (文：冷 空；图：包丰一)

1. 老王家的屋后比较僻静，于是有人在此大开方便之门。

2. 老王忍无可忍，在墙上写了几个大字：："牲口在此大小便！"

3. 早上，老王被吵醒，只见好多进城的农民牵着牛马驴子在屋外排了一行长队。

4. 一个老农乐呵呵地对老王说："城里就是讲究啊，连牲口拉屎撒尿都有规定地点。"

· 快乐辞典 ·

女人如何判断自己老了

◆ 称爱人为"老头儿"而不是"老公"的时候；

◆ 梳妆镜落满灰尘的时候；

◆ 再也叫不出眼下时髦的化妆品是啥牌子的时候；

◆ 新来上班的年轻人不再叫你"姐"而是叫你"姨"的时候；

◆ 自己孩子的孩子的孩子出世的时候；

◆ 无法看清眼前站的是儿子还是女儿的时候；

◆ 生日的祝福由"祝你生日快乐"改为"祝您健康长寿"的时候；

◆ 一上公交车就有人为你让座的时候；

◆ 家里人不再同意你一个人出门的时候；

◆ "我年轻的时候如何如何"成为口头禅的时候；

◆ 孩子扶你上下楼的时候；

◆ 背后曲线替代胸部曲线的时候。

(推荐者：蒋宁贤)

都说流星有求必应，我愿意守在星空之下，等到一颗星星被我感动，划破长空，载着我的祝福落在你枕边，祝你早日康复！广东 潘婷 (1306)

百姓故事
(1)
(2)

　　书中所列的百姓话题有三十个之多，诸如话说"当官的"、话说"发财"、话说"球迷"、话说"妻子"、话说"打工"等等，每一个话题都以一种朴实亲切的叙述方式，通过一则则情节性强、生动有趣的小故事揭示问题，形象地道出老百姓要说的心里话。都是老百姓自己讲述的故事，都是讲述老百姓自己的故事。

名作故事

　　汇集了经过精心修改包括美、英、法、德、日、俄等国名家大师的作品，其情节或紧张奇特，或真切动情，或谐趣幽默，或荒唐却耐人寻味，既简练明朗，又保持了原作之精华。

笑话故事

　　是从《故事会》十几年来的作品中遴选出来的笑话精品，共600余则，全方位地折射了社会、艺术和人生，作品趣味盎然，回味无穷。

谜案故事

　　收入的90则作品都是世界著名谜案故事，主人公除了名侦探福尔摩斯外，还有怪盗英雄、强悍警察、著名律师等等，他们八仙过海，各显神通，是一本谜案故事的精萃之作。

当代传奇故事

优秀的传奇故事能给人以悲喜、惊恐、神秘等强烈而多变的阅读快感。本书每则故事无不以"奇"作为情节的核心，让人读来欲罢不能。作为"故事会爱好者丛书"中的一种，本集子相当具有代表性，故事的特点，《故事会》的风格，从此书可窥一斑。

发财故事

发财，自古以来人皆往之，因此发财故事也就在民间绵延不绝。本集36则发财故事分六大类：因财起祸、生财之道、天落横财、发财恶梦、飘忽财运、钱难通神等。故事生动，通俗可读。

旅途故事

46则旅途故事，让人在应接不暇的情节、人物中体验生活、体验社会、体验人生，从而拥抱生活，拥抱明天。作品充分运用了故事艺术的诸种表现手法：悬念、对比、误会、包袱……情节跌宕起伏，引人入胜。

喝酒故事

酒这东西，自古以来人们就对它褒贬不一，毁誉参半。本集古今中外64则喝酒故事，或喜或悲，或辛或酸，或啼笑皆非，按内容分为"因酒生事、借酒陈言、醉酒出丑、酒水糊涂、酗酒丧身、荒唐赛酒"等六类。

说大事、小事，普通人的身边事
讲闲话、实话，老百姓的心里话

有个姑娘叫小芳

"希望工程"是一项政府扶持的民间公益事业，它像雨露阳光，哺育了多少贫困家庭的子女成长啊！今天，在我们繁华的大都市，在熙熙攘攘的街市，在人流涌动的地铁，在豪华的写字楼，在高楼林立的金融区，那些服饰光鲜、风度翩翩的男男女女，他们之中该有多少人，是踏着"希望工程"铺设的红地毯走来的！但我们国家幅员辽阔，人口众多，在南疆的村寨，北国的林区，边远的山乡，偏僻的海边，至今还有一些孩子在艰难地走着自己的求学之路。今天，我讲三个故事，每个故事中都有一个叫"小芳"的女孩，她们都想读书，但读得都很不易……

•第一个故事•

瞎子点灯亮堂堂

有个姑娘叫小芳，是全村唯一的初中生。小芳家有个邻居，姓麻，孤身一人，还是个瞎子，是村里的"五保户"。

这一年，偏僻的山村通电了，供电人员问麻瞎子安不安电灯，麻瞎子诙谐地说："瞎子点灯白费油，再说俺也交不起电费。"大伙哈哈大笑。这时一旁的小芳说："麻叔叔家应当安装

电灯，晚上，乡亲们到他家串个门帮个忙，难道摸黑不成？"村主任说："对呀，他的那点电费由村委会支付吧。"麻瞎子兴奋地说"麻瞎子点灯，盼望光明，好，社会主义好。"

麻瞎子家安了电灯几个月，确实没亮过几次，那点电费村委会就给垫付了。

可又过了一段日子，有人反映，说是麻瞎子家夜夜电灯亮晃晃的，而且一亮就是半夜。村主任不太相信，晚上，他悄悄去麻瞎子家查看，远远

看到麻瞎子家黑黢黢的，走近一看，只见窗户被严严实实地遮挡着。村主任敲门，麻瞎子说："主任，我已经钻被窝睡觉了。"村主任瞅瞅黑糊糊的土坯屋，又转身走了。

可村民还是接二连三地反映，说麻瞎子家半夜还开着电灯，虽然窗口堵得严严实实，可瞒不了精明的村民。村主任莫名其妙：瞎子点灯干什么？

当天晚上，村主任偷偷隐蔽在麻瞎子家门前的一堆柴草边，不一会，就看见一个黑影朝这儿急急走来，村主任定睛一看，这不是小芳吗？只见她悄悄溜进麻瞎子家，然后将门落闩，并将窗户堵得严严实实。村主任百思不解：这么晚了，小芳到麻瞎子家干什么？

村主任一直等到半夜，才见小芳从麻瞎子家溜出来，一溜小跑来到自家门口，她母亲准时给她开了门……

"这里边一定有问题！"村主任没有惊动其他人，也没有询问小芳的父母，他决定晚上再探个究竟。

到了夜里，村主任早早隐藏在柴草中，静静观察动静。一会儿，小芳出现了，照样脚步匆匆，照旧推开麻瞎子的房门，落闩、堵窗，然后一切归于平静……

村主任从柴草中一跃而出，来到麻瞎子门前敲门，只听麻瞎子在屋内说："村主任，我钻被窝睡觉啦，有事

18 都说一份痛苦，如果两个人分担，痛苦会减半。如果是这样，我愿为你承担，只愿你早日康复，我们去看山看海看美丽的人生。吉林 玄青 (1307)

明天说吧。"村主任扯着嗓门嚷道:"你给我开门! 我现在就有急事要说! "

敲门声和叫喊声引来了周围的乡亲们,他们也想看看麻瞎子搞的是什么鬼名堂。

麻瞎子无奈,只得乖乖开了门。灯光下,麻瞎子在剥玉米棒子,这是他主动向村里要来的"公务活";另一边,小芳一面看书一面也在剥玉米棒子……

小芳见纸里包不住火,羞答答地走到村主任面前,说:"主任,我就要报考中专学校了,我想好好复习功课,可家里为我上学欠了8000元的债,家里实在点不起电灯,白天我还要帮家里干活,只有晚上来麻叔叔家复习功课,可我没有白用村里的电,我一边看书一边剥玉米……"

乡亲们眼圈红了,村主任声音哽咽着说:"小芳,你努力学习吧,一心不能二用,你不要剥玉米了,专心看书……不要担心,这里的电费由村委会支付……"

•第二个故事•
山村里的姊妹花

在一个叫梨花沟的小村,有一对双胞胎姐妹,名字叫郭大芳和郭小芳。她们的父母一直双双在城里打工,每年只是春节才回来一趟,姐妹俩就跟着年迈的爷爷奶奶过。这年春节,父母回来了,还带回了两人打工赚来的一点钱,不过,令父母为难的是,家里的地要雇人种,俩女儿上学要花钱,两个老人要养活……手头这点钱根本不够啊!

年三十晚上,待俩孩子睡下后,父母到了两个老人的房里,嘀嘀咕咕地商量了一宿……

接下来的几天,大芳和小芳都感到父母变得格外的亲切和蔼,慈祥体贴,家务活一点不让姐妹俩碰,一有点空闲就陪着她们嬉戏玩耍,尽享着天伦之乐。她们哪里知道,父母是在用这种方式,表达着对她们中的某一个深深的歉疚!

三六九,往外走。初五的晚上,吃过饭,姐妹俩正要去做功课,父母叫住了她们,父亲说:"大芳,小芳,明天一早,爸妈又要去城里打工了,有件事,不得不跟你俩商量了。"父亲艰难地咳了一会,才继续说着,"咱家的钱,只够你们俩中的一个人上学,另一个,必须休学,帮着爷爷奶奶做家务活,割草放羊……"

姐妹俩呆住了,好久,大芳才说"爸爸……我们才上小学三年级啊,你就不让我们上了?"

父母不吭一声,难堪而又痛苦地沉默着,俩孩子漂亮聪明,学习成绩拔尖,是一对人见人夸的姊妹花,如果都能上学,将来准能成才,可没那

么多的钱啊，唉！

这时，小芳懂事地说："爸爸妈妈，你们不用难过，叫谁上不叫谁上，你们二老决定吧！"

手心手背都是肉，让父母如何是好？母亲抹了抹眼泪，说："你们俩扔硬币，要不抓阄儿……"

小芳毅然说道："爸爸妈妈，让姐姐上吧，我休学！"

大芳喊着："不！让妹妹上！"

父亲搂过大芳，哽咽着说："大芳，乖女儿，你总算是个姐，得让着妹妹，疼着妹妹，你就留在家里吧！爸爸对不起你，爸爸没本事，没钱，让你小小年纪就……"

大芳伸手拭去了爸爸眼角的泪花，说："爸爸，没事的，等你以后有了钱，咱家的日子好过了，我还能上学的。"

第二天一早，父母走了。转眼到了开学时间，小芳天天背着书包去上学，大芳则打草放羊，下地锄草，用稚嫩的肩膀帮着爷爷奶奶，一起挑起生活的重担。这种辍学现象，学校早就见怪不怪了，老师们能做的，也只能是把花名册上郭大芳的名字勾去……

小芳晓得自己上学的机会来之不易，在学习上刻苦到了极点。有天下午，她发起烧来，老师不得不叫同学送她回家。谁知第二天一早，她就又精神抖擞地出现在教室里，班主任惊讶地说："郭小芳，昨天你发烧这么厉害，我以为你怎么也得休息几天，怎么，病这么快就好了？"

小芳听了，脸上显出了一种与年龄不相称的严肃，她说："老师，我家的情况您也清楚，想到我的姐姐，我也病不起啊，所以，病一下子就好

公家的酒咱家的胃，饭局辛勤你先醉，而今医院把觉睡，气坏贤妻枉流泪，劝夫莫贪忘情水，余生健康少受罪。河南 李英华（1308）

20

了。"班主任不由感慨道：真是穷人的孩子早当家啊，这孩子，懂事懂得让人心酸！在家里，小芳和大芳住一个房间，每天晚上，她们那个屋的灯都要亮到很晚很晚……

大芳上不起学，最愧疚的还是父母，夫妻俩起早贪黑，拼命地挣钱，很少回家，即使偶尔回去，也是来去匆匆，就这样，过了一年又一年，这一年，小芳该考初中了。

春节到了，夫妻俩也回了家。现在，两人手头攒了一点钱，他们决定让小芳考城里的中学，让大芳继续读乡里的小学。

除夕夜，一家人吃年夜饭时，父母对大芳和小芳说了他们的打算，这时，小芳说："爸爸，让姐姐和我一起考中学吧！"

父亲一听就傻了："这怎么可能……"

小芳这才含泪告诉父亲："爸爸，你知道吗？其实姐姐没有休学，这几年来，我俩每人轮流着去上一天学，谁上学的这天，谁回来后就把这天学的功课教给对方，然后第二天，另一个人再去。因为我俩长得太像了，把衣服一换，连爷爷奶奶都认不出来。赶上谁病了，谁就是姐姐，在家休息，所以，这几年，是我和姐姐一同上的学……"

父亲一听，禁不住失声哭了起来："我的女儿啊……"妻子、爷爷、

奶奶听了也都是又惊又喜，泪流满面……

几个月后，大芳和小芳双双考取了城里的一所中学……

·第三个故事·

当了一回大傻瓜

这天晚上，丁家村的村主任丁大个接到了乡长的紧急电话，丁大个一听，顿时傻了眼，事情是这样的：

几年前，祖籍丁家村的一位老华侨，捐资为村里建造了一所小学。谁知三层的教学楼盖好后，丁大个动了歪心思，将小楼改变了用途，当成了村里的办公楼，学生们只好依旧在那几排破旧的平房里上学。现在乡长通知：丁老先生在女儿陪同下，要回村看看。丁大个一听害怕了：倘若真相败露，丁老先生向县里、市里一反映，自己这顶乌纱帽还保得了？想到这些，他不敢隐瞒，在电话中如实向乡长作了汇报，可怜巴巴地说："这咋整？"

乡长一听火了，吼道："还他娘的能咋整？赶紧把小学和村里的办公地点换过来，明儿天一亮就立马行动！我告诉你丁大个，你先给我把这事应付过去，等完事后我再跟你算账，你小子简直是胆大包天！"说罢，乡长"砰"地扣了电话。

丁大个哪敢怠慢，次日天蒙蒙

亮，他就爬起来，组织村上的干部、村民、学校的师生，开始了蚂蚁大搬家，把村东头办公楼里的东西往村西头小学里搬，又把村西头小学里的东西往村东头办公楼里搬，这事说起来简单做起来麻烦，不仅东西要搬，还要换牌子、钉门牌、挂黑板、更换张贴画、重新刷标语……从早忙到晚，总算大体搬好，这时，接到正式通知：丁老先生明天上午到。

第二天是个阳光明媚的好天气，

上午九点多，丁老先生一行，在村头下了车，缓缓往村里走。老先生少小离家，一直忘不了的就是故乡的煎饼卷大葱蘸大酱。得知他好这一口，丁大个安排一个叫丁大嫂的，在家门口支了鏊子摊煎饼，客人们的午饭，就在她家吃。

丁大嫂有个女儿叫丁小芳，上小学四年级。因为丁老先生的午饭要在她家吃，头天晚上丁大个专门"教导"了母女俩半天，叮嘱她们该说的说，不该说的一句不许说，谁要是说漏了嘴，完事后给她好看，气得丁小芳直冲他翻白眼。

丁老先生听了介绍，非常高兴，路过煎饼摊子时，他亲热地向丁大嫂打招呼，寒暄着："真是太麻烦你了，你女儿呢？等会我们从学校回来，带上你女儿一块回来。"丁大嫂扬手一指，说："到学校上学去了……您老别客气，一点家常饭，没什么麻烦的。"

丁老先生他们来到学校，做课间操时，向师生赠送了文具、教具，又坐在教室最后一排，旁听了一堂课。转眼放学时间到了，老师们找来了丁小芳，丁老先生拉着小芳的手，一路上说说笑笑，去她家吃煎饼卷大葱蘸大酱……

丁大个和几个村干部一直高度紧张，生怕有人说漏了嘴，他们分工合作，各盯各的人，一刻也不敢让丁老先生他们脱离开自己的视线。午饭

22

假如健康是一轮明月，它总会落在你的水潭；假如健康是一道小溪，它总会流入你的大海；假如健康是我的几个文字，它总会带着我的祝福走进你的屏幕。云南 杨厚杰（1309）

后，丁老先生又提出去看一下村里办公的地方。他们来到村西头那一排破落的平房，那些房子实在是太破旧了，阴冷潮湿不说，有的房顶都有大窟窿了，站在屋里一仰头，竟然能看到天；还有十多扇窗没玻璃了，蒙着塑料布，大白天屋里也得开着灯才能看清。

丁老先生的眼眶有些湿润了，他激动地自言自语着："这里的条件比我想象的还差啊……"

丁大个厚着脸皮说道："这就是我们办公的地方！只要孩子们能有个好的学习环境，我们村干部再苦再难也不怕，再穷不能穷教育，再苦不能苦孩子嘛！"

丁老先生听了，当场叫女儿拿出支票簿，不由分说提笔就开了一张支票，递到丁大个手中，说："我也没什么好讲的了！这点钱，你们拿着盖座办公楼吧。在这样的房子里办公，身体受不了啊！"

丁大个立即带头喊起了口号："感谢丁老先生疏财好义、造福桑梓！"现场立时掌声一片……

第二天黄昏时分，丁老先生和女儿搭乘国际航班离开了这个城市，在航班上，丁老先生的女儿犹豫着：有句话，她不知该不该对父亲讲——昨天一进村，她就看出丁家村的那几个干部在玩猫腻：那个摊煎饼的丁大嫂，说她女儿丁小芳上学去了，扬手指的是村西头，但村干部们却把他们带到了村东头……难道丁大嫂连村小学在村西还是村东都不知道？但是，她看着父亲苍老、疲惫的容颜，便决定不讲了：父亲已经是快七十岁的人了，这辈子都不一定再有机会回故乡了，不要败坏他的心境了，就让他留下一个对故乡美好的回忆吧……

与此同时，躺在座位上闭目养神的丁老先生，也有一句话想对女儿讲昨天中午，他拉着丁小芳的手去她家时，丁小芳偷偷往他手心里塞了张纸条，他借午休打盹的工夫，匆匆读了，纸条上写的是——"爷爷，您上当了！我们是昨天才从村西头的平房，搬进村东头的小楼里的……"下午，实地察看了村西头的平房后，他之所以又主动捐出一笔钱，实在是害怕他走后，孩子们再被迫搬回那破落的平房……

思前想后，丁老先生决定不讲了——只要丁小芳那些孩子们，能在宽敞、温暖、明亮的小楼里上课，他当一回傻瓜，又有什么要紧呢？

"瞎子点灯亮堂堂"作者：宁书科；"山村里的姐妹花"作者：常　山；"当了一回大傻瓜"作者：李元奎。

下期话题：守望这一份亲情

（题图、插图：刘斌昆）

一定要告诉你

□ 一 冰

一个是电台的女播音员，一个是普通的男听众，未曾谋面，素昧平生，可有一天，他目睹了可能会伤害这个播音员的一件事，于是不顾一切地要告诉她，为了这样一个愿望，他付出的几乎是生命……

一个男人的游戏

李小龙高中毕业后，来到省城一个建筑工地打工。打工的日子枯燥乏味，他就在地摊上买了一台小收音机，没事时听听收音机解闷，时间长了，他喜欢上了省电台的一档夜间谈话节目，尤其喜欢听一个叫"佳佳"的女主持人的节目。佳佳的声音温柔动听，而且她还很有才华，常常为打来电话的听众排忧解难，李小龙对她十分佩服。

有一天，李小龙正在工地上班，忽见一辆小轿车开来，停在工地的门口，从车上下来一男一女两个年轻人，对着正在建造的楼房指指点点的。李小龙知道，这都是来看房子的人，工地上每天都会有几拨人来。

按理说看房子的人是不能进入工地的，可那个男子找了工地的负责人，说了几句话，就领着女子进了工地。他拉着那女子的手，两人边走边说着话，渐渐地，他俩走到了李小龙的身边，李小龙听着听着，慢慢明白了，这男子是专门为这女的买了这套

24 健康是"1"，爱人、财富、事业、其他的一切都是"1"后面一个又一个的"0"，只有"1"的存在，后面的"0"才有意义，要是"1"不存在了，"0"再多也没有意义。江苏 王延林（1310）

房子的，再一听那女子说话的声音，李小龙忽然像被电触了一下似的——她的声音太像佳佳了！他应该不会听错，因为那声音令他刻骨铭心！

李小龙有一种冲动，他很想面对面地跟佳佳说上几句话。也就在这时，这一男一女已经走进了大楼里，李小龙犹豫了一会儿，还是决定先上去跟她说说话，问她是不是佳佳，如果是，他很想得到她的一个签名。想到这里，李小龙激动地冲上楼去，他找啊找，找到第五层的一套房子时，他探进头一看，吓了一跳，忙缩回了头：佳佳和那男子正搂在一起亲嘴呢。

李小龙只好在外面等，可这时包工头在下面叫他干活，他不敢怠慢，又不知道两人会亲热到啥时候，他就下去了，可等他忙完了，却又见两人已经钻进了小轿车，走了。李小龙感到惋惜，于是晚上就早早候在收音机旁，想再对照一下佳佳和那女子说话的声音，听着听着，越听越像。

又过了一段时间，李小龙又在工地上见到了那个男子，可令他吃惊的是那男子这次带的是另一个女子，这个女子也是年轻、漂亮，可比上一次那女的大方得多，她一直搂着男子的腰。李小龙很奇怪，就跟在他们后面。两人上了五楼，李小龙听那男子说这房子是给眼前这女子买的，等房子竣工后就搬来住，最后两人也搂在一起

亲热了起来。

看到这一切，李小龙有点晕头转向了：这个男子怎么脚踩两只船呢？后来他一想，不好，这男子另有所爱，佳佳一定还不知道，她如果上当受骗怎么办？不行，一定要给佳佳说，而且还要尽早说！

佳佳主持节目的那个电话号码李小龙已经烂熟在心，他忙跑到公用电话亭打电话。一会儿电话接通了，对方说现在不是佳佳的节目，如果要联系得在她的节目时间才行，并拒绝提供佳佳的个人电话。李小龙傻了，在播送节目的时候，当着那么多的听众，怎么好说这种事呀？再说，还有一个重要的问题——那个说话声音像佳佳的人是不是佳佳，这必须要见到她才知道呀！

这天晚上，又到了佳佳主持节目的时候，李小龙捧着收音机，正在琢磨着怎么跟佳佳打电话，忽然听到一个听众打通了电话，那听众说："佳佳，我昨天晚上在你们电台外面等你，想送你回家呢，怎么没见到你？"佳佳说："我有时候下班后不回家，就住在单位里，请听众朋友们不要惦记着送我，早点休息吧。"

听到这话，李小龙突然灵机一动：我也可以去电台门口等啊，运气好的话，说不定佳佳今天晚上就会回家呢！想到这里，他马上冲出住处，为了及早赶到，他平生第一次乘坐了

出租车。

李小龙赶到电台门口时，看看时间，佳佳的节目还没有结束。他看到电台的门口果然站着好几个人，他们都是佳佳的崇拜者，都在等着送她回家。李小龙和他们一起等了一个多小时，佳佳的节目结束了，可她仍然没有出来。等的人互相打了个招呼，说佳佳今天晚上可能不回家了，就先后走了，李小龙也怅然若失地回到了住处。

第二天晚上，李小龙接着去电台

门口等，可一连几天，都没等到。佳佳的节目是晚上12点才开始，到凌晨1点半才结束，李小龙每天夜里都要去等，为了省车费，他常常是提前步行过去，再步行回来，回到住处都凌晨3点了，第二天还要上班，这让他上班时总是精神恍惚，有一天，不幸终于降临了：那天李小龙上班时，一脚踩空，从8楼上摔了下来……

一个女人的奇迹

李小龙昏昏沉沉的，感觉自己做了一个很长很长的梦，但梦很简单，他梦到自己和一个女孩在一起奔跑，那个女孩却是看不清模样，但很像是那天工地上第一次碰见的、说话声音像佳佳的女子……

终于有一天，李小龙听到有人在他耳边喊："小龙，你醒醒！"那正是他梦寐以待的佳佳的声音，他一下子睁开了眼睛，看到面前是一张瘦削的脸，依稀可以辨认出她正是那天工地上第一次碰见的女孩！

李小龙立即撑起身子，问："你是佳佳吗？"

那个女孩点了点头，眼泪一下子涌了出来，她说："我是佳佳！"

这时，旁边有人激动地叫起来："他醒了！他真的醒了！佳佳真把他唤醒了！"李小龙转过头看了看四周，四周都是雪白的，有几个医生和护士围在他的身边，还有很多不认识

金钱虽可贵，身体价更高，若为两者故，有病快医疗，疾病不可怕，心态最重要，从容去面对，沧海一声笑，愿君早康复，潇洒人生路。1375***0771（1311）

的人围在后面，他们都是一脸的激动。

李小龙不明白他们看见自己为什么会是这样子，但他很快就想到一直要对佳佳说的事，他说："佳佳，你要小心你的男朋友啊，他——"

佳佳伸手轻轻捂住了李小龙的嘴，连连点头，泪如雨下，说："你要说的事，我全知道了……你、你好好休养吧……"

这时，一群穿白大褂的人开始在李小龙身边紧张地忙碌起来，他们是在为李小龙作检查，最后，一个医生惊喜地说："你真的好了，一切正常，真是奇迹，奇迹啊！"

李小龙不解地问："什么奇迹？"

一个医生问李小龙："你知道今天是几号吗？"

李小龙想了想，他记得再过几天就要拿工资了，拿工资是他最兴奋的日子，他说应该是十几号吧，医生又问他可记得今年是哪一年，李小龙想也没想地回答说："当然是2003年啦！"

一个医生把一个铝合金夹子举到李小龙眼前，一页页地翻给他看，说："这是你的病历，你看看这上面的日期——你是2003年10月15日因外伤住入医院的，入院后一直昏迷，后来成为植物人；这是治疗的过程，2004年……2005年……现在是2005年的10月15日，也就是说，你已经在床上躺了整整两年！"

"这怎么可能呢？"李小龙觉得十分可笑，这时，那医生又递过一份报纸，说："你如果不相信病历，报纸总该信吧？这可是前几天才出版的报纸，就是写你的，你看看就明白了。"

李小龙接过报纸，一看，上面的日期果然已经是2005年10月了，报上有一张他躺在床上、佳佳在旁边轻轻呼唤的照片，还有一篇文章，文章从他进城打工说起，然后喜欢上了佳佳的节目，后来遇到佳佳的男朋友脚踩两只船，然后就想办法去告诉佳佳，可因为睡眠不足，从8楼摔了下去，被送到医院后，医生从他口袋里发现了一封信，原来李小龙怕自己不善言辞，见到佳佳后说不清怎么回事，这才事先写了封信，想当面交给她。医生看了信后，打听到佳佳是电台的主持人，就找到她，佳佳这才恍然大悟，识破了男朋友的用心，毅然断绝了来往。后来李小龙成了植物人，佳佳就每天来照料他，在他的床头跟他说话，希望能唤醒他……

明白了事情的经过，李小龙也流泪了，他说："谢谢你！"

佳佳握着李小龙的手，泪水涟涟地说："我知道一定能唤醒你，因为你牵挂着我！"

（本篇月月评短信代码：AA131）

（题图、插图：魏忠善）

□曹文明

替身丈夫

香港的太太发火了

章平是深圳一个老板的私人司机，老板姓高，曾经也是一个打工仔，因为才能出众，深受香港老总的喜爱，后来就成了老总的乘龙快婿，以后又执掌了一家电子厂的帅印，成为深圳一个虾子跳龙门的经典。

高老板包养了一个二奶，这二奶名叫阿秀，才二十来岁，几年前来深圳找工作，结果被人骗了，走投无路之下，极不情愿地做了高老板的二奶，并且有了孩子。高老板爱阿秀爱得死去活来，他在郊外买了一幢小楼，把她供养在那里，派心腹把守着，任何人也休想接近，于是，阿秀成了一只困在笼中的金丝鸟，可即使如此，身居香港的精明的老板娘还是发现了一些蛛丝马迹，于是，麻烦便来了。

那天晚上，高老板接到太太从香港打来的电话："最近几天，经常坐在你车里的女人是谁？"高老板一听，浑身一颤，知道否认只会越发糟糕，突然灵机一动，想到了司机章平，便对太太说："你说的是什么时候？这几天我一直很忙，是不是章平和他老婆啊？他老婆最近来了深圳。"老板娘火了："你好忙啊，居然和那妖精忙到海边的沙滩上去了！老娘手里有你和那个妖精带着贱种玩的照片，看我明天过来怎么收拾你！"说完，她"啪"地一声挂断了电话。

放下电话，高老板出了一身冷汗，火速拨通了章平的手机。章平赶到后，高老板说："大事不好，章平，我跟阿秀的事败露了，我太太已经知道了我和阿秀去沙滩的事，她手里还有我们在沙滩玩的照片，看样子像是请了私家侦探跟踪了我们。刚才她打电话逼问，我说是你老婆。你记好了，如果我太太问起，你千万别说漏了嘴。"章平笑道："老板，这不算事，我会顶住的，您放心好了。"

第二天上午，老板娘果真杀气腾腾地从香港赶过来，在公司门口堵住了高老板的车，她没理高老板，直接问章平："章平，听说你老婆来了，这次我过来，没别的事，就是想跟你老婆见个面，你不会不给我面子吧？"章平搪塞道："哪能呢？可我老婆出去玩了，这会儿不在。"老板娘说："那好，我在家里等，咱们一块儿吃晚饭，到时别跟我说她已经回去了。对了，还有你们的孩子，也一并带来。"她把"孩子"二字说得很重，说完，她狠狠地瞪了高老板一眼，说："晚上这顿饭你非陪不可！"然后，她就气呼呼地转身走了。

等老板娘走后，章平忐忑不安地望着高老板，说："我、我没说错什么吧？"高老板没吱声，似乎在考虑对策，章平小心翼翼地问："您说怎么办呢？这鸿门宴不赴恐怕说不过去了。"高老板这才发话："去就去，不过，先得跟阿秀说清楚，不然到时要露馅的。"

两人立即驱车来到阿秀的住处，到了那里，章平在门外等着，高老板单独去见阿秀。阿秀一听要和老板娘见面，而且要和章平装成夫妻，脸都吓白了，连连摇头说不行，高老板说："到时你少说话就行了，一切有章平应付，你怕什么呀？"阿秀说："那你把章平叫来，让我和他演习一下。"

很快，章平被叫了进来，阿秀见了章平，不由一愣。两人以前虽说也常见面，但一个是老板的二奶，一个是司机，但现在两人要成"夫妻"了，而且这事来得这么突然，你说阿秀能不发愣吗？好在阿秀很快就平静了，她极自然地对着章平说了一句："老公，你终于来了。"章平笑了笑，假戏真做地答道："老婆，你还好吗？关键时刻，我能不来吗？"高老板在一旁听了，击掌称好："谁说你们演不像？我看像极了！继续，继续！"接下来的整个一天，他们根据可能出现的各种情况进行了针对性的演习，包括对孩子的"驯化"……

好一个厉害的老板娘

傍晚，章平"一家"三口，一路演习着来到了高老板的家。高老板和他太太开门迎接他们，老板娘显得很热情，一边招呼一边从阿秀手中接过孩子，左看右看，说："这孩子真漂亮，几岁了？怎么越看越像一个人呢？"

说着她就瞪了一眼身旁的高老板，章平忙说："三岁了，您说他像我是不？"同时章平给阿秀递了个眼色，阿秀便伸手去接儿子，说："孩子调皮，身上脏，别把您的衣服弄脏了。"

老板娘却不肯松手，眼睛盯着孩子，说："会叫爸了吗？"其实这一招章平和阿秀也早演习过了，章平马上说道："来，爸抱。"说着顺势把孩子抱进怀里，照着那张小脸"叭"地亲了一口，孩子甜甜地叫了声"爸"。

老板娘笑了，接着便吩咐保姆开饭。一直在一旁提心吊胆的高老板笑

了，赞赏地冲章平点了点头，他相信"考核"已经基本过关了，谁知吃饭的时候，老板娘又一次把孩子抱在她的身边，一边给他好吃好玩的，一边问这问那，一会儿工夫，孩子就让她给"贿赂"得服服帖帖了，两人又说又笑，显得异常亲密。

老板娘接着问孩子："你告诉我，这里这么多人，除了你妈妈，你最喜欢哪一个？不准撒谎啊，撒谎的孩子是要被狼吃的！"这一来，屋子里的气氛顿时紧张起来，大家都盯着这孩子，担心他说漏一句话泄露了天机，谁知这孩子的回答出人意料，他用小手指着老板娘，说："我最喜欢阿姨。"大家都笑了，就连高老板也放声大笑。接着，老板娘指着高老板，问孩子："你该叫他什么？叫声让我听听。"这一招也够厉害的，可章平他们早就演习过多遍了，只见孩子想了想，说："我叫他叔叔。"高老板心里的一块石头这才落了地。

吃完饭，章平和阿秀告辞要走，老板娘却执意挽留，她拉住阿秀的手，说："你和孩子来趟深圳不容易，今天怎么说也得在我家里住一晚上。房间我早给你们安排好了，你们一家就住二楼那个大客房。"

这一下大家全傻了眼，章平趁点烟的机会，与高老板对视了一眼，高老板也不是省油的灯，眼睛骨碌一转，计上心来，说："阿秀，你就和孩

子住这儿，章平还要跟我出去办点事。"老板娘一听，威风来了："有什么事？天塌下来我给你撑着。人家阿秀大老远来，不就图个夫妻团聚吗？章平，今天你别听他的，你要听他的，明天你就立马走人！"

章平无奈地望着高老板，那征询的眼神好像在问："老板，您说我该怎么办呢？"高老板万万没有想到老婆会使出这么一个损招，让章平这么一个还没结婚的大男人和阿秀同居一室过上一夜，这、这……他已经完全没有主意了，他不敢和老婆对着干呀，只得无可奈何地对章平说："你自己看着办吧！"这句话说得异常的意味深长，章平当然能够听出这话的意思和分量，他非常清楚：自己已经死路一条了，无论他听谁的话，卷铺盖走人已经成了定局！

这时，老板娘叫来了保姆，说："你带客人上楼去休息吧！"说着，她就挽起丈夫的手，往自己卧室走去……

放飞这只金丝鸟

这一夜，高老板和他太太都没有合眼，彼此各怀心思，高老板担心章平假戏真做，老板娘则唯恐他们不做。至于章平和阿秀，没人能说清楚他们俩这一夜是怎么度过的，但有一点可以肯定，他们只能呆在老板娘指定的客房里，而且一直没有出来。

第二天早上用过早餐后，章平和阿秀正要向老板娘告辞，老板娘又发话了，说是这里正好有套空房子，里面电器家具一应俱全，阿秀来深圳应该住得舒服些，她让章平他们一家三口今天就搬过来住，章平很机敏，忙说："谢您好意，可阿秀今天就打算回老家去。"

高老板一听这话，高兴坏了，觉得章平回答得非常高明，便在一旁附和道"是的，今天阿秀要回去了。"老板娘望着阿秀，说："阿秀，真的要走吗？怎么不多住几天，我还想带你去香港那边看看呢！"阿秀说："我也想多住几天，可老家有事，不回去不行了。"老板娘说："既然家里有事，那就早点回去……你一个人回去吗？"阿秀点点头，老板娘说："这不行，你带着孩子，一个人回去怎么行？章平，我准你的假，你一定要把阿秀平平安安地送回家。"章平只得唯唯诺诺地点着头。

这时候，高老板脸色大变，他做梦也没想到章平一句十分得体的托词，却让太太巧妙利用而化腐朽为神奇了，按此发展，章平和阿秀这对假夫妻还真得回一次"家"了！这时，老板娘趁热打铁、紧锣密鼓，说"章平，你和阿秀回去，我没什么送你们，这样吧，你们现在就跟我去机场，我呢，就送你们一家三口的机票。"

这一下高老板可慌了神："他们

还没收拾行李呢，你瞎操什么心呢？"老板娘得意地笑道："我这瞎心操定了，你急什么呀！"说完，她回头对章平说："你去收拾行李，我和阿秀还有孩子先去机场！走啊，不是说要走吗？还愣着干吗？"章平无奈地望着高老板，说："老板，那我就走了？"高老板气得一句话也说不出，只能木然地点点头。

章平走后，老板娘对阿秀说："我们也该去机场了。"说着，她转身一把拽起呆坐在沙发里的高老板，像老鹰抓小鸡似的，说："你发什么呆啊，快跟我去送送人家！"

去机场的路上，老板娘神采飞扬，她亲自驾着车，和阿秀有说有笑，现在，她要亲手放飞这只金丝鸟，而且她能看出，阿秀的心情也非常好，

她以女人的直觉可以判断：阿秀再也不会回来了，只有高老板像一只斗败的公鸡，一路上始终一言不发。

到了机场，买好机票，章平就匆匆赶到了，只见他背着一个当初闯深圳时用过的牛仔包，一脸笑容地从阿秀身上接过孩子，极像一个要回家的"丈夫"。一会儿，航班开始安检了，老板娘拖着高老板，把这"一家三口"送到黄线处，大家开始握手言别，高老板意味深长地对章平说："我等着你回来，没有你我还真不行！"章平神秘莫测地笑道："这要看阿秀了，只要她不反对，我会一辈子跟随您。"说着，他回头望着阿秀，"阿秀，你说是吗？"阿秀看了高老板一眼，眼神非常复杂地说了一句："高总，您说呢？"

送走这一家三口后，高老板回到公司，一个人坐在办公室里，失魂落魄，如丧考妣：这一走，谁能担保是一个什么结局呢？走掉的不仅仅是情人，更重要的是阿秀带走了那个用她的名字开户的存折，这上面有他一百万元的临时周转资金……

（本篇月月评短信代码AA132）

（题图、插图：谭海彦）

你要是心情愉快，健康就会常在；你要是心境开朗，眼前就是一片明亮；你要是经常知足，就会感到幸福；你要是不计名利，就会感到一切如意。浙江 徐月琴（1314）

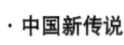
·中国新传说·

一块红布蒙住天

□ 老三

情切切儿子奈何

一个多月前,老孙突发脑溢血,被抢救过来后成了植物人,躺在医院病床上,靠药物维持生命。孙家的儿子孙传灯和儿媳都是国营工厂的普通干部,家境不富裕,根本伺候不了这类病人:请特护,就要请两名,24小时倒班,每天要收费100元,加上父亲只是个一般退休职工,每天不能报销的医药费又有100元,一天就要自费200元,一个月就要6000元。虽然父亲名下还有5万多元的存款,孙传灯自己也稍有积蓄,但杯水车薪,天长日久,实在是负担不起啊!

老孙的主治医生戴大夫是孙传灯的小学同学,这天晚上,在大夫值班室,戴大夫再一次劝孙传灯:"传灯,我私下里和你说句掏心窝的话——你爹已经脑死亡,你何必还要这么拖着,非要挨到钱花光了,服侍的活人也拖垮了,难道这就叫孝顺?你看看你爹病了这些天,你瘦成啥样了?再不果断点,我看你得走到你爹前头喽!我和你是同学,不管什么时候,只要你说一声,我可以马上把药停了,有什么责任我担着,这样,没多少时候,老人家就能安详地走了……"

"我娘死了,我只有一个爹了,我爹又只有我这一个孩子……"孙传灯讲不下去了,他的鼻子一酸,酸甜苦辣一起涌上心头,呆呆地坐着,眼泪"刷刷"地往下流,他还是下不了决心呀!

第二天上午八点多,孙传灯骑车上街,看到了一位摆摊的算命先生,孙传灯一向自诩是个无神论者,但现在,他才知道什么叫病急乱投医了,

他停下车来，让那个算命先生给算一算。

对方听孙传灯说了父亲的情况，掐指算了一会儿，说："像你父亲这种情况，是他的阳寿到了，但是该他享的福还没享完，所以他就成了植物人，什么时候把他该花的钱花完，他才会走。"

"那……有破解的办法吗？"

"当然有！"算命先生告诉孙传灯：看看父亲名下还有多少钱，替他用这些钱做好事，等钱都花了后，如果老人命不该绝，他自然会好起来；如果老人大限已到，他就会痛快地去了……

孙传灯这么一听，顿时觉得眼前

豁然开朗了，他拿出 200 元钱酬谢了算命先生，然后回到家，等中午妻子下班回来后就和她商量：父亲名下现在还剩 5 万多块钱，他还有幢私房，能卖个 10 万。自己打算回趟老家，以父亲孙禄明的名义，用这笔钱在老家做点好事，给村子里接上水管线。等钱花光后，父亲若是还不走，就告诉医院放弃了。孙传灯这样做，在旁人看来简直有点不可理喻：自家本身不富裕，为啥把父亲的钱这么花呢？其实孙传灯是万不得已才这么做的，他说："我不能让别人戳我脊梁骨，说我是怕花钱怕受罪，就不管父亲了；就算没人指责我，我的良心上也过不去。咱们就按算命先生说的，把老人的钱全为他花了，到时他仍是不走，咱们就按戴大夫说的做，这样也就问心无愧了！"

孙传灯的妻子是个通情达理的女人，加上她实在被公公这病拖累怕了——公公犯病以来，真是家不像个家，业不像个业，尤其是丈夫，瘦了十几公斤，被煎熬得不成个人样了。只要能尽快摆脱这个累赘，恢复以往的安宁、祥和，即使花些钱，她也认了，所以她只犹豫了片刻，就答应了。

孙禄明排行为二，乡下老家还有一哥一妹，孙传灯给他们打电话，说了这件事，谁知第二天一早，伯父和姑姑就连夜乘火车赶来了，他们先去病床旁号哭了一番，然后回到孙传灯

生老病死人生难免，金钱是子女的，权力是暂时的，荣誉是过去的，只有健康是自己的。拥有健康的身体就有希望，有了希望才会拥有一切。广西 蒙修廷（1315）

家，一进门，伯父就拍桌砸凳地教训了起来："我说传灯，你爹把你拉扯大，就是为了你这时候撒手不管吗？就算你穷，穷得比我们还穷，实在治不起，你爹好歹是个退休职工，公家能看着不管？现在倒好，你就这么放弃了？看着你爹死，传到老家去，我这伯父都没脸见人哪！"

姑姑也气愤地说："养儿为什么？不就为了养老送终吗？你听医生胡乱说一句没救了，你就不抢救你爹了？我那二哥他死也不能瞑目啊！"

孙传灯痛苦得真想撞墙，这时，妻子出面了，她先把两叠钱放到两位老人跟前，含着泪说："伯父，姑，这是2万元钱，伯父和姑每人1万，这是我爹从前讲好的，说他万一有个三长两短的，得给您二老留下点钱。他好的时候，每月给您二老每人寄200元钱，他说他死后，就没人给您二老寄钱了，所以要给二老一人1万元养老钱！"

两位老人愣了愣，顿时就不闹了。午饭后，他们已经彻底想通了，同意放弃治疗。各人家里都有一大摊子事，分不开身，当晚，孙传灯给他们打了票，他们就连夜回去了……

泪涟涟父亲上路

送两位老人走后，从火车站回到家，孙传灯问妻子：父亲什么时候说过要给伯父和姑姑每人1万块钱了？

妻子说："你爹病了，他们既不出钱又出不上力，凭什么还来闹？不就是看你爹一死，每月那200块钱没了吗？反正你已经决定用你爹那些钱做好事了，给他们点钱也算做好事，赶紧打发他们走，让他们别闹了！唉哟，我都快烦死了！"

孙传灯不由得把妻子一把拥在怀里，他是真佩服这个老婆，别看她平时不读书不看报，只爱照镜子，然后愤愤不平地质问孙传灯：她和那些女明星有什么区别？凭什么她们当明星她却要天天去上班？她可是天生就懂得怎样为人处事和打理人际关系，在单位上是公认的活络人，在做人上要比孙传灯强百倍。

孙传灯把父亲的房子卖了10万元，加上父亲存折上还剩的3万多，于是带着13万元回了老家十一图村。

十一图是个小村，多年前，县领导搞"村村通水工程"，可刚轮到他们村，才把水塔建起来，那个领导就调走了。新任领导另辟蹊径，决定不搞"村村通水工程"了，要搞"村村通电工程"，十一图村吃水问题就此搁置下来，没人管了。如今，孙传灯带了十多万回来，说是他爹孙禄明想着乡亲们吃水困难，来帮他们重建通水工程的，从乡到村，从领导到群众都高兴坏了，乡里领导立即指示：要以最快的速度完成这个工程，于是施工队连夜进村，只用了不到七天，水管线

便连接了起来，甘甜的清水流进了全村每家每户的水缸水池。祖祖辈辈吃水难的乡亲们感激之余，特地集资，在村头的水塔下竖了块碑，碑的背面记叙了孙禄明老人的事迹，碑正面的铭文则是："致富不忘好政策，吃水不忘孙禄明"。市、县的记者闻风而动，纷纷前来采访孙传灯，孙传灯是个老实人，他实话实说，说是之所以做这件好事，是因为父亲得了绝症，他听了算命先生的话，看看这样能不能救父亲。文章见报时，记者都隐去了这个关键情节，避而不谈孙禄明的病，只夸赞一位普通退休老工人，省吃俭用，拿出13万元来造福桑梓。

家乡的事料理完后，孙传灯归心似箭，回到城里，家也没顾上回，先去医院看父亲，一看，他失望了：好事做了，钱也花完了，可父亲却依然那样！虽然他早已料到会是这结果，却仍忍不住号啕大哭了一场。

数日后，最艰难的时刻终于来到了！在病房里，孙传灯跪在父亲病床前，泪水涟涟、梆梆有声地磕了仨响头，然后将父亲珍爱的一块红颜色丝织手帕放到了自己的袋里，留作纪念——那块手帕还是父母谈恋爱时，母亲送给父亲的，自从母亲去世后，父亲一直随身带着它。忙完了这些，孙传灯这才眼泪汪汪地对戴大夫说："老戴，从现在开始，你停药吧……"

说完，孙传灯"哇"地一声痛哭，一头冲出了病房，跌跌撞撞地下了楼，走出医院，来到医院前那条街上。不知哪家店铺里，正在高分贝播放着一首摇滚歌曲《一块红布》：

"……那天是你用一块红布，
蒙住我双眼也蒙住了天，
你问我看见了什么，
我说我看见了幸福……"

孙传灯在林荫下的一张石椅上坐下，从兜里掏出带有父亲体温和气息的那块红手帕，把它蒙在脸上，开始"呜呜"痛哭："爹，爹呀，我的爹呀，我再也没有爹了啊……"

（题图、插图：谢　颖）

生病不可怕，只要信念存，康复不是梦，来日展宏图。把病魔看作挑战，把信念当作武器，相信自己，你能赢！江苏　吴涛（1316）

舞台上的
赌约

□ 沈 锋

·中国新传说·

湘北有一家县级剧团，团里有一对青年恋人，男的叫何宇，女的叫许小梅，两人原本谈得好好的，却不料半途杀出个程咬金，那人也是团里的演员，叫杨刚，他也喜欢上了小梅。杨刚仗着老爸是文化局的局长，这天喝了酒，在剧团举行的赴省城参加汇演的誓师会上，乘着上台表决心，竟当众宣布小梅是他的未婚妻，在团里一石激起千层浪……

这天，小梅和何宇相约来到了公园，这里也是两人每天清晨练功吊嗓的地方，两人一见面，小梅就扑在何宇怀中伤心地哭了起来。

就在这时，杨刚好像一直在跟踪似的，也找到这里来了，他看见何宇和小梅如胶似漆地粘在一块，心里很不是个滋味，嘴里就骂骂咧咧的："妈的，你小子胆儿不小啊，老子刚刚当众宣布小梅是我的未婚妻，你就和我公开叫板，我看你是欠揍！"说着，他就冲上去给了何宇一拳，何宇忍无可忍，于是两人就扭打起来。

小梅一声大喝："都给我住手！"两人松手后，小梅知道今天已无法回避，于是反而变得出奇的镇静："杨刚你听着，叫我给你当未婚妻可以，但有一个条件，就是这次演出，你必须给我拿奖，否则，大路朝天，各走一边，从此井水不犯河水！"杨刚一听，得意地笑了，他这人虽说为人有点混

账，但戏演得不错，所以他认为这次获奖是十拿九稳的事，于是便当场答应了小梅的条件，并紧逼不舍："到时不许反悔！"小梅说："我说话算话，决不反悔！"

转眼到了汇演的时候，剧团到了省城，经过一番演出前的准备，那天晚上，古装戏《反武科》和观众及评委见面了。那戏的内容是：岳飞年少立志从戎，抗金报国，在赶考武状元时，遭遇梁王柴贵百般挑衅和欺侮，两人比武争夺武魁，校场上，岳飞怒发冲冠，枪挑梁王……

铃声过后，演出开始，饰演梁王的是杨刚，就在这时，意想不到的事情发生了：杨刚准备着装时，突然腹痛难忍，没法上场，这一来，弄得全团上下一阵慌乱，那个演岳飞的演员为了救场，只好一个人拼命在舞台上舞枪弄刀，展示十八般武艺，设法拖延时间，正在无法收场的时候，团里临时决定让何宇顶替梁王的角色。何宇上了台，团里的人都为他捏着一把汗，虽说何宇基本功还算扎实，但他舞台上的功夫还欠了点火候，再说这是他初次担任重要角色，别说夺奖，能不演砸就是好事，可出人意料的是何宇上场后演得还真不错，亮相，甩翎子，开打，所有的动作一气呵成，唱词更是字正腔圆，台下掌声一片，不过，不知怎的，过了一会儿，舞台上的情势渐渐变了：何宇的表演有点异常，他的动作僵硬，身体还不停地抽搐着，好像是在忍受着万般的痛苦，汗水湿透了戏装，脚步也不像先前敏

生病的滋味苦煞煞，吃药的心情也不佳；也知病来如山倒，更知病去如抽丝；早睡早起多锻炼，人人健康就是宝。河南 周明才（1317）

捷了!

就在这时,奇异的一幕又发生了:此刻的剧情正好到了梁王在校场上被岳飞打得节节败退的时候,何宇刚才身体上的不适,正好被他得心应手地利用了,他把梁王斗不过岳飞的痛苦和无奈演得淋漓尽致,最后,岳飞的银枪横空一击,扮演梁王的何宇来了一个空中转体翻滚,从一人多高的空中仰面朝天直挺挺地倒下,一束光柱之下,只见何宇躺在台中,四肢抽搐,把梁王临死时的神态表演得惟妙惟肖,紧接着大幕徐徐落下,场内掌声雷动,经久不息……

面对这突如其来的成功,全团的人都惊呆了:这何宇啥时练就了如此过硬的表演功夫?谁也说不上来,只有小梅一点也不惊奇,她一个箭步冲上舞台,一把扯掉何宇的头盔,扔得老远老远,她哭着,呼唤着心上人的名字,团里的人纷纷拥了上来,发现何宇头上肿起了好几个大包,有人捡起了那个头盔,一看,一条四寸多长的蜈蚣从里面爬了出来,众人这才恍然大悟:难怪何宇当时的表情十分痛苦,原来是这条蜈蚣一直在咬他,于是众人赶紧把他送到了医院。

杨刚因为腹痛也在医院就诊,得知此事后,他仰天长叹:"天意啊!"众人不解,忙问怎么回事,杨刚没说,但他心里却是明镜似的:小梅和他有个赌约,如果他这次获奖,她就当他的未婚妻,没想到她因怨生恨,不知从哪里找来了一条蜈蚣,偷偷地放进了他杨刚的头盔里,本来是想让他当场出丑,不想阴差阳错,反倒成全了何宇,夺得了大奖,这真是天助何宇啊!

(题图、插图:黄全昌)

玩一把儿

□ 魏永贵

这个瓷瓶值八万

　　那天晚上，玩古董的老安，被一辆黑色轿车接出了门，直奔城北高级住宅区而去，今天晚上，老安又是被哪个大领导接去"晶玩儿"了。

　　老安曾经是个正儿八经的文化人，现在自己开了个古董店。他有句口头禅："古玩古玩，玩玩儿而已。"老安玩出了名，经常有人请他鉴赏，还有一些本地有身份的人，他们不懂古董，于是也悄悄在晚上把老安接到家里，掌掌眼，打个价，之后便塞给老安一个红包，有时候还伺候一顿酒。今晚，老安又被接上轿车，前去掌眼了。

　　半个小时后，轿车在一座别墅式的楼房前停下了，老安万万没有想到，迎接他的别墅主人，竟然是掌管着本城文教部门的大人物，老安想起来了，自己经营的古董店那张"特别许可证"，就是托人经过这位领导的手辗转办成的，说直接点，自己的荣辱进退，几乎就掌握在此人的手上！

　　例行的寒暄之后，那位领导就把老安引进了书房。老安一进屋，就看见黑色的案几上摆着一件瓷器，老安只瞅了一眼，刹那间就愣了——怪了，眼前这个东西，前不久还在自己的手里呀！

　　事情是这样的：几天前，经人介绍，一个自称是"教师"的年轻人找到了老安，那人直言不讳地说，他在外地教书，但找了个本城的老婆，夫妻俩两地分居，十分不便，于是想买一件古玩送礼，办一下调动，因为听人说帮忙办事的那位领导喜欢古玩，所以就来找老安了。老安听罢，权衡再三，拿出了一只清朝晚期的青花龙凤瓶，以三千元的价卖给了他，这是行内的价，不贵。现在，看见这个瓷瓶近在眼前，老安才知道那个教师原来是给这位领导送礼的。

老安对这个瓷瓶已经十分熟悉了，但他仍然装作很认真的样子，一边小心地摸着看着，一边在心里琢磨。老安想，毫无疑问，这件东西的价钱，将会决定那个年轻教师的命运，假如自己说了卖出的原价，区区三千元钱，这位领导肯定看不上，如果这样，那个青年教师不但白送了礼，而且调动的事也砸了，想到这里，老安有了主意，他故意装作惊异的样子连声赞叹："哎呀，好东西，好东西呀！"

那领导一听，来了兴趣："说说看，怎么个好？"

老安指点着瓷瓶，不紧不慢地说："这件青花龙凤瓶，应该是康熙中期所造，这是康熙青花最成熟的时期，你看它发色艳丽，胎体莹润，纹饰华丽，形制优美，好东西呀！"

那领导一听，立刻眉飞色舞"那它值多少？"

老安躲着领导的眼睛："这个么，古玩这东西，价格是因人、因时、因地而论的，没有一概的定价，不过——"老安说到这里，突然用十分肯定的语气说，"根据现在市场上的行情，这件青花龙凤瓶，至少值这个数——"老安边说边伸出指头，打了一个"八"的手势，他的意思是八千。

"八千？才八千？"领导一听，似乎不很满意，语气中带着一丝失望。

聪明的老安急忙改口说道："不，八万！"

领导刚才还皱着的眉宇立刻舒展了，然后很小心地用一块红绸子把这瓷瓶包了起来，稳稳地从茶几搬到了

书桌上……

当天晚上，老安从领导家里出来时已经出了一身冷汗，他没有想到自己竟鬼使神差，大着胆子"忽悠"了领导一把。古玩这东西看走眼，在平时的生意场上，是一件很正常的事，可把这样一件瓷器一下说出八万元的价钱，也实在太离谱了。此后的几天，老安心里一直惴惴不安。

今夜老安无眠

几天后的一个下午，一个人手里拎着个大包，匆忙走进古董店，正在

喝茶的老安定睛一看，这来人不是别人，正是几天前花三千元钱买那个瓷瓶的年轻教师。来人告诉老安，他的调动办成了，还安排了个不大不小的教导处副主任的职务，今天是特地带了礼品上门道谢的。老安如梦方醒，送走了那个乐呵呵的年轻教师，老安在心里说：如果不是我"忽悠"了那领导，你小子能有这么好的事？

就在这天，老安接了一个电话，打电话的是上回那个领导的秘书，说是领导让他到家里去一趟。老安一听，心里顿时七上八下的，琢磨不透那领导找他干什么，难道那件瓷器被领导看出了破绽？

到了晚上，老安踏进了那领导的家门，一见面，领导笑眯眯的，老安悬着的那颗心终于落下了。

领导显然喝了点酒，有些醉意，兴致很高，他走到那个瓷瓶前，揭开外面的红绸子，说："老安啊，有件事你得帮我想个办法……我现在急着用一笔钱，我想了一下，你就把我这个瓷瓶拿去吧，价钱嘛，你也说过，它值八万，我呢，也不是个贪财的人，你——就给我七万吧。"

老安做梦都想不到会有这档子买卖落到他的头上，一时懵了："这个、这个——"

领导很亲热地拍了拍老安的肩膀："噢，钱吗，你也不用急，过两三天给也不迟，这瓷瓶嘛，你今晚就先

送一缕清风，拂去你心中的忧愁；送一段笑话，给你一个快乐的理由；送一道阳光，温暖你昨日的心伤；送一束鲜花，祝你早日健康！河北 王建（1319）

带回去，对你，我能不放心吗？”

半个小时后，老安回到了自己的古玩店，他看着桌上那件又回了家的瓷瓶，说不出是个啥滋味。当天晚上，老安拿出白酒，一连猛喝了好几杯闷酒，连抽了自己两个大耳光：我他妈的真是蠢到家了，蠢出国际水平了，玩了几十年的古玩儿，到头来反倒被那个狗屁领导给玩了……

老安越喝越伤心，越伤心越想喝，一直喝到身子摇摇晃晃，后来，不知怎的，伸手一晃，那件搁在桌上的瓷瓶竟被他一把拂到了水泥地板上，眨眼间，“砰”的一声，摔成了一堆碎片，随着那一声响，老安也瘫到了椅子上，醉成了一堆烂泥。

夜深了，老安的老婆见丈夫不回家，就到店里来接他回去，一看老安喝醉了，还把瓷瓶打碎了，心疼得直骂，她一边骂，一边拿起笤帚打扫，忽然，老婆叫出了声：“老安，你看，这是什么？”老安醉眼一睁，酒顿时醒了，原来老婆手里捧着一沓钱，看样子，足有个十万八万的，老安忙问：“这——这钱是哪儿来的？”老婆说：“你问我？我正要问你呢！我扫这堆瓷片扫出来的呀！”

这……这么说钱是原本就放在这个瓶里的？谁放的？那个办调动的青年老师肯定是不会把这么一大笔钱放进去的，那领导家里进出的人多，准是哪个上门送礼的偷偷放的！

这个晚上，老安无论如何也睡不着了……

（题图、插图：黄全昌）

·本刊信息传真·

故事中国联手搜狐读书共同举办新锐写手故事大赛

唤醒故事的青春激情

沙叶新、陈村、宁财神等领衔出任评委

当故事与青春相遇，将会迸发出怎样的激情？

6月5日起，由《故事会》主办的故事中国网联手搜狐读书频道，共同举办首届中国新锐写手故事大赛，为每位年轻朋友提供了展现创造力、想象力和故事讲述才能的舞台，以及成为故事中国网和搜狐读书签约写手的可能。

本次大赛历时三个月，分初选、复选和决选三个阶段，大赛设一等奖1名，奖金5000元；二等奖3名，奖金3000元；此外还有三等奖和新锐奖若干名。大奖得主有机会参加故事会举办的颁奖暨笔会活动，大赛优秀作品将结集出版。

大赛的评委阵容强大，由著名剧作家沙叶新、知名作家陈村等领衔的评委将和《武林外传》编剧宁财神、网络作家慕容雪村等领衔的新锐评委共同参与终审，并对优秀作品进行点评。大赛详情请登录故事中国网(www.storychina.cn)了解。

阿拉巴马州的

魔鬼

□ 方陵生 编译

本故事是美国著名作家伊夫琳·麦克雷和克雷格·多米尼根据流传于美国南方的民间传说改编的。克雷格·多米尼在网上创建了"月光路"网站，并将改编后的民间传说故事在该网站发表，读者可以从中体验到这些英语传说故事中离奇怪异、回味无穷的感受。

魔鬼的计谋

在人们的想象中，魔鬼都是红头发、绿眼睛的可怕怪物，但是美国阿拉巴马州传说中的魔鬼却不一样，他和普通人看上去没有什么不同，爱到处旅行，但他最喜欢做的事情却是拆散恩爱的夫妻和情侣们，他走到哪里，就让那里的丈夫和妻子反目成仇，让热恋中的男女从此分道扬镳。魔鬼所到之处，很快的，那里的男女之间就会出现一些莫名其妙的怪事，不是他忘记了她的生日，就是她对他不忠，要不了多久，原本恩爱如鱼水的两口子就会打起架来，最后分手完事。魔鬼达到目的后"哈哈"大笑，然后再到另一家去，他一路拆散婚姻，一路开怀大笑。

魔鬼的"工作"一直进行得非常顺利，可有一天，他遇见了住在山谷里的一对新婚夫妇，他们是如此地深爱着对方，魔鬼使尽了浑身解数，却无法让他们分开，过了几天，魔鬼只好垂头丧气地放弃了这一对对爱情忠贞不二的男女。

养病四不：不能默默忧愁，不能吸烟喝酒，不能剧烈运动，不能删这条短信的问候。祝早日康复！浙江 郭意 (1320)

魔鬼灰心丧气地沿着大路继续旅行，这可是他第一次出师不利。走在路上，魔鬼遇见了一个奇怪的赤脚女人，这个赤脚女人打量了一会儿魔鬼，疑惑地问道："魔鬼先生，发生什么事情了？你是病了还是怎么了？"

"都不是，"魔鬼说，"我刚才想拆散山谷里的那对新婚夫妇，但是他们相爱太深，我无法让他们分开。"

"真的？"赤脚女人说，"听着，我可以帮你做成这事，但是我一直想要一双鞋子，如果你能送我一双漂亮的鞋子，我就帮你拆散那对夫妇。"魔鬼答应了，说是如果她真的能帮他达到目的，他会去镇上买一双最昂贵的鞋送给她。赤脚女人笑了笑，说："没问题，明天晚上你带着鞋，等在镇上的十字路口就行了。"

第二天一早，赤脚女人烘了一张好吃得让人流口水的苹果饼，匆匆往山谷里那对新婚夫妇的家赶去，到了那里一看，丈夫正在田里摘棉花，他的衣衫都已经被汗水浸湿了。赤脚女人走上前去，笑吟吟地问："我是否可以去你家拜访你的妻子？我刚搬到山谷里来住，想和邻居们认识认识。"丈夫一口应允，微笑着指了指自己家的方向。

赤脚女人到了屋前，新婚妻子邀请她进了屋，赤脚女人送上苹果饼作为上门礼物，然后找了个凳子坐下来，接着，两个女人就聊开了。赤脚

女人不住口地夸赞着屋子里的东西，说这些都是她"从来没有见到过的最漂亮的"：厨房、杯盘、家具，甚至还有屋子外面的那只大公鸡。妻子越听越高兴，给了赤脚女人一桶刚采摘下来的黑莓。

"真不错，这屋子里的一切都太好了，"赤脚女人说，"但是你知道这屋里最漂亮的是什么吗？那就是你自己。"新婚妻子不好意思地笑了，她脸红红的，说道："哦，不，我哪里算得上什么漂亮啊，我的丈夫比我长得好看多了。"

"是啊，是啊，他是长得不错。"赤脚女人说，"但是如果他能将他脖子上那个难看的黑痣去掉，那就更加完美无缺了。"

妻子叹了口气，说："是啊，我知道，他对这件事也是羞于启齿，但是我现在已经看习惯了。"

赤脚女人说："你不必强迫自己去习惯它，为什么不想办法把它给割掉呢？"

妻子大吃一惊，惊呼道："我不能那么做，他会流血死掉的！"

"不会，他不会死的！"接着，赤脚女人就给妻子面授机宜，"我告诉你怎么做——今天晚上你拿把剃刀上床，等你丈夫睡熟后，你就用剃刀将那个东西割下来，动作要快，然后在伤口处敷上一些蜘蛛网止血，他根本就不会有什么感觉，也不会知道你对

他做了些什么，他会一觉安睡到天亮，我敢肯定，他一定会感激你为他所做的一切的！"妻子最后同意试试，并对赤脚女人谢了又谢……

经典的误会

赤脚女人告辞出门，又去找那位丈夫，丈夫还在田里忙着，赤脚女人对他说："小伙子，你真够勤快的啊！"

"是啊，太太，"丈夫说，"我不在

乎辛苦，因为我越是辛勤干活，我美丽的妻子就越会生活得幸福，对我来说她就是我的一切。"赤脚女人"咯咯"笑开了："是啊，我想是的，可是我听说她似乎心中另有所属。"丈夫听了，立即停下了手中的活，死死地盯着赤脚女人看，责问道："你说这话什么意思？"

赤脚女人神色诡秘地说："是这样的，我听说这几天晚上她都在镇上和别的男人约会，你要小心些，提防她对你不忠。"丈夫听罢，愤怒地握紧拳头："滚开，你这个丑巫婆！我不准任何人这样说我的妻子！"赤脚女人耸耸肩，转身走了，一边走还一边唠叨着："那你就走着瞧吧，看看她到底对你怎么样。"

晚上，赤脚女人蹑手蹑脚地走近这对新婚夫妇的屋子，躲藏在厨房后面，她从窗户里看见他们正在铺床准备休息。虽然丈夫很爱妻子，但他脑海里却怎么也忘不了赤脚女人说过的那些话，整个晚上他没有和妻子说一句话，后来妻子就上了床，躺到了他身旁，他也没搭理，假装睡着了。

过了半夜，妻子醒了，看见丈夫正熟睡着，于是她从床铺下面拿出剃刀，慢慢地移向丈夫，她将剃刀搁在丈夫脖子上那个很大的黑痣上，准备割掉它……就在这时，丈夫突然睁开了眼睛，用钳子一般的手抓住了她的手腕，他声嘶力竭地叫道："我早就知

  有阳光照耀的地方就有我默默的祝福，当月光洒向地球的时候就有我默默的祈祷，当流星划过的刹那我许了个愿：祝我亲爱的朋友平安健康！山西 沈丽（1321）

道你要干什么了！那个赤脚女人说你要杀我，然后好去和那个野男人成双成对，是吧？"

妻子声泪俱下地争辩着："不是这样的……"可丈夫还是一个劲地嚷着："我什么都不想听，滚出我的家，听见没有？滚出去，永远也不要再回来！"妻子哭泣着，收拾起自己的东西走了，她的心碎了，这对新婚夫妇从此天各一方，永远没有机会再相见了。

也就在这天晚上，赤脚女人如约来到十字路口和魔鬼见面。她走到了那里，只见魔鬼已经等着了，手里捧

着一双崭新的漂亮鞋子，魔鬼说："给你，拿上你的鞋。"

赤脚女人笑了起来："那么，魔鬼先生，你知道我是谁吗？"话音刚落，赤脚女人的身形像烟气一样渐渐消散掉了，在皎洁的月光下，站在魔鬼面前的竟然是他自己的妻子——魔鬼太太！

魔鬼叫了起来："你在搞什么鬼把戏？"

"先生，这么多年来，我一直想让你给我买一双新鞋子，可你就是那么小气，一直也不给我买！"

(题图、插图：佐　夫)

"优媒杯"《故事会》优秀作品月月评
每期3篇选1　最高奖金800元

为鼓励读者参与，《故事会》决定举办"'优媒杯'《故事会》优秀作品月月评"活动，参加方式如下：1. 每期由初评委推荐3篇故事为候选作品，读者可选择自己最喜欢的一篇，将其月月评短信代码（如AA131，没有短信代码的作品不参加评选）发送到911903（移动用户、联通用户）、02838168（广东移动）。每次限选一篇，可多次投票。2. 凡选对本期"最受欢迎的故事"的读者均有机会获得现金奖。每期设一等奖1名，奖金800元；二等奖10名，各获现金100元；所有参加评选的读者均有机会获得参与奖，每期200人，各获精美礼品一份。3. 本期活动截止期为：7月5日。得奖读者在评选结果揭晓后将得到短信通知。用户每投一票收费1元。

本期候选作品：1.《一定要告诉你》(p24)（短信代码：AA131)；2.《替身丈夫》(p28)（短信代码：AA132)；3.《天价头发》(p58)（短信代码：AA133)

"优媒杯优秀作品月月评" 2006年5月(上)评选揭晓

2006年5月(上)得票前三名的作品分别为：《流泪的路灯》(1364票)、《小丑的秘诀》(891票)、《刺激性训练》(722票)。

经抽奖，下列读者获奖：一等奖（奖金800元）：伍建平（139****2848)；二等奖（奖金各100元）：范军林（135****8558)、朱庆坤（139****0902)、刘昌华（134****2657)、罗建明（134****1781)、戴熙（137****8017)、冯小会（139****4445)、彭望（135****0253)、李振锋（159****8462)、周晓娥（136****9826)、任礼兵（137****8024)。阅读奖名单略。

乖乖的鸭子

□ 尹全生

下午放学后，初中生小莉到村东放鸭子，那里有一条废弃多年、坑坑洼洼的土路，两旁水沟里有许多鸭子爱吃的草虫。

这时，土路上有一辆农用车深深地陷在土坑里，尽管司机一个劲儿地轰油门，车后还有个大光头在撅着屁股推，可车还是挪动不了。小莉是个热心肠，便想赶过去帮忙，她一边走一边寻思着：这条路早就没车辆通行了，这车为什么还"误入歧途"呢？

小莉走近后，她认出这辆农用车是煤矿的。小莉的学校就在煤矿附近，平时上学放学，她经常能够见到这辆车。小莉来到农用车后面，伸手就要推车，嘴里说着："叔叔，我来帮你们。"

正在推车的大光头立刻呵斥起来："滚远点儿！谁要你多管闲事？"

小莉一怔：我好心好意来帮忙，难道帮错了？她不尴不尬地正要转身离开，无意间往车厢里扫了一眼，车厢里装的东西被塑料布裹着，一阵风吹过，塑料布掀了起来，突然间，小莉惊呆了：塑料布下面竟然露出了几只沾着煤屑的光脚！

小莉惊出了一身冷汗：天哪，这车上怎么拉的是死尸啊！她又惊又怕，急匆匆地离开农用车，赶起鸭群回村。一路上，她心里挂上了一串问号：大光头他们这是干什么的？听说煤矿最近发生了矿难，农用车上装

听说你病了，我为你特制了药哦，里面有：一克阳光、两克新鲜空气、三克榆快心情，还有一公斤我的爱和祝福。快快服下饱含浓浓爱意和深深祝福的药丸吧！你会很快好起来的！上海 郭旭晨（1322）

的，该不是遇难的矿工吧？如果是遇难矿工，尸首怎么往和火葬场相反的方向运？

小莉正走着，迎面遇到了村主任，他拿着一把铁锹，正急匆匆地走着。小莉偷偷地把刚才看到的秘密告诉了村主任，村主任皱起了眉头，说："你先回家，我马上过去看看。"分手时，村主任再三叮嘱小莉：这事千万不要告诉任何人，以免打草惊蛇。

小莉到家后还没把鸭子赶进圈，村主任就气喘吁吁地赶来了，说车上拉的真是死尸，像是死亡的矿工，他说："情况不好，那大光头和司机肯定就是矿主手下的打手，这俩家伙说不定现在就藏在村子里，他们一旦意识到你发现了其中的秘密，就会狗急跳墙，晚上就有可能上你家杀人灭口！"

小莉听了心头一颤，浑身起了鸡皮疙瘩：父母当天都不在，只有她一个人看家，她一时六神无主了。

村主任说为了预防万一，还是采取些防范措施为好，他给小莉出了个主意，要她把房门从外面锁上，不要开灯，也不要生火做饭，造成一种家中无人的假象，并交给小莉一把大铁锁："你家的锁小，容易被砸开，用这把锁保险。"至于晚饭问题，村主任说自己家一起做了，他会从门缝里塞给小莉的。

这一带农家的房门，都是对开的木门，锁着的门一推，中间就会张开很大的缝隙，可以传递小件物品，用的又是明锁，从房里面往外锁门也不是难事。孤苦无助的小莉，见村主任在身边，就有了主心骨，当即就用大铁锁把自己反锁在屋子里。

半个小时后，村主任摸着黑轻手轻脚走来，他把饭菜从门缝里递给了小莉："你摸着黑把饭菜吃了，然后就上床睡觉，明天天一亮我就来替你开门。"

村主任离开后，小莉便摸着黑吃饭。下午上学，放学后放鸭，眼下她太饿了，端起碗就狼吞虎咽。饭菜就要吃完的时候，小莉突然感到饭菜味道有些怪，她放下碗筷，摸到打火机，打着了火，就着火一看，小莉顿时惊得头发都竖了起来：她吃下去的菜竟是用断肠草做的！

断肠草学名"钩吻"，又叫胡蔓藤、山砒霜，生于山坡草丛或灌木丛中，有剧毒。据《本草纲目》介绍，人误食断肠草就会致死，小莉在山区长大，知道断肠草的厉害，如果食用得多，五大三粗的一条汉子，半个小时就没命了。她在心里寻思开了：村主任为什么用断肠草做菜给我吃？难道他想害死我？再把事情前前后后联系起来一想，小莉心里突然一亮：大光头和司机肯定是在干销尸灭迹的勾当，村主任和他们是一伙的，是想杀

人灭口啊!

事实正是如此:这次发生矿难后,私营矿主为了逃避制裁,残忍地想把几名外地遇难矿工毁尸灭迹;村主任自己出资在村西开了个小铸造厂,而这帮家伙毁尸灭迹的工具,竟是那个小铸造厂里的化铁炉!今天下午,装运尸体的车陷在泥坑里,村主任原本是要带工具去帮忙的,但得知小莉发现了尸体,便起了杀人灭口的歹念,试图制造一个小莉误食断肠草身亡的假象……

小莉意识到中了村主任的圈套

后,便打算在毒性发作之前自救,她的第一个念头是逃出家门向邻居求助,可大铁锁的钥匙在村主任手里,自己开不了门;第二个念头是隔着门缝呼救,但她家离村主任家最近,最先听到声音的肯定是村主任,那样自己将会死得更快,她手足无措,瘫坐在地上……

第二天,村主任第一个来到了小莉家,一看,小莉倒在地上一动不动,于是他便装模作样地呼叫起来,四周邻居闻讯赶来,有人说要破门而入,村主任连忙阻止:"大家要保护好现场,我马上打电话报警!"

警察很快赶到,破门而入,就在这时,小莉一骨碌爬了起来,一把揪住了村主任,说:"警察叔叔,他就是想杀我灭口的坏蛋!"

警察惊得目瞪口呆,村主任更是魂飞魄散:"这……这该不是惊尸吧?"

小莉误食了那么多断肠草,为什么没有死?原来,小莉曾经听爸爸说过一个急救方子:如果误食了断肠草,毒性还没发作,马上服用新鲜鸭血后就能排毒解危。小莉在自救无门时,突然想到了这个法子,她养的鸭子十分驯服,到了"招之即来"的程度,即使晚上也不例外,于是她便唤鸭子到门前,抓了一只到屋里,忍痛杀掉……

(题图、插图:安玉民)

 首先,希望你有漂亮的护士MM照顾;之二,每天都被鲜花和祝福,还有好吃的东西包围;之三,当然是最重要的一点喽,希望你早日康复!陕西 卢汉(1323)

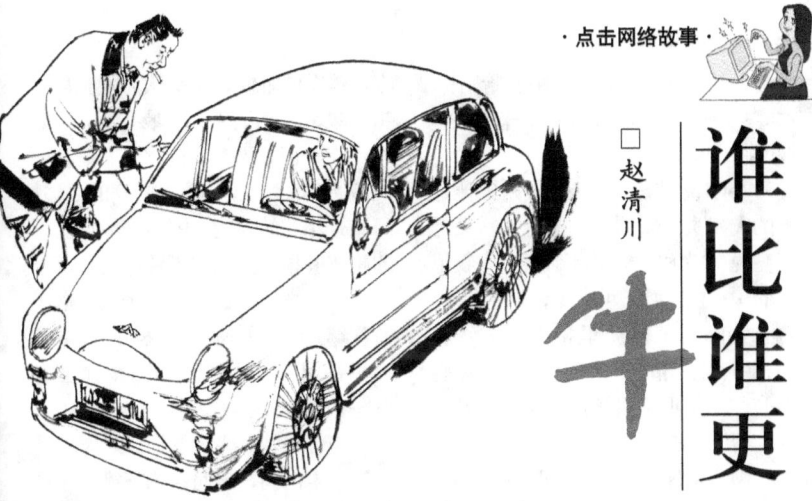

□ 赵清川

谁比谁更牛

阿亮原来不知道什么是"牛皮烘烘",现在可知道了！他摸奖摸到了一大堆钱，于是买车，"别克"——这在阿亮居住的小县城里算是牛皮烘烘的好车了。阿亮驾车在路上，左拐右窜，横冲直撞，牛皮烘烘。

这当儿，对面也来了一辆车，"奇瑞QQ"，左拐右窜，横冲直撞，比阿亮还牛皮，比阿亮还烘烘！

阿亮向左躲，它也向左躲；阿亮向右避，它也向右避，"咚"，两车"牛"到了一起，亲了个天长地久的小嘴嘴！阿亮怒气冲冲地下了车，对方也横眉竖眼地下了车，哟，是个女的，挺漂亮的姐！

那姐斜着眼瞟了瞟阿亮，她根本不看车的受伤情况，掏出手机，"嘟嘟嘟"拨号，下了命令："你在哪？马上来，在凯旋路西段，有人撞我的车……"

哼，你牛什么！阿亮轻蔑地、挑衅地看着她打手机，心想：虽说我亲媳妇一年前病逝了，但我小舅子毕竟是我亲媳妇的亲弟弟，他可是交警大队的大队长！哼，哼哼！

嘿，遇到更牛的了！

那妞打完电话，就回到她的车里，根本不拿正眼瞧阿亮。

一会儿，一辆警车闪着警灯，响着警笛，飞驰而来，"嘎"地在阿亮身边停下，从车上下来一个警官，他正是阿亮的小舅子小刚，小刚和阿亮打了个招呼，走到两车相撞的地方，看了看伤情，看了看牌照，又看了看奇瑞QQ的车里，一脸无奈地叫道："下来吧，大姐。"

哈，说得好！有意思！小刚叫阿亮"大姐夫"，叫那妞"大姐"，阿亮

不就成了她丈夫啦？哈哈！

那妞从车上下来，说："小刚，叫他怎么赔我？"

小刚说"赔什么呀，大姐！他是我的大姐夫，亲的！"他扭过脸又对阿亮说，"大姐夫，这是小丽——我媳妇的……的大姐，叫小雯，亲的！"说着，他随手又从兜里掏出两个驾驶证，说："你们的牌照都是我才给你们办的，你俩也不去培训培训……"

得，都是无证驾驶！

阿亮看了看车伤，轻得很，就说"今天我请客，小雯……大姐，怎么样？"那个姐，不，得改口了——那个"大姐"说"好"，于是扭扭捏捏地跟着进了大酒店。

饭吃得很好，气氛也好，阿亮对小雯的印象更好。

都在一个小城里住，要见面可以有一万个理由，于是一来二去，阿亮和小雯好上了。两人常常在一起飙车，飙车的时候，小雯认为阿亮最有男人味，阿亮认为小雯最有女人味。

有一回，两人各自驾着一辆车要浪漫：并排驾车，小雯走阿亮的右边，阿亮走小雯的左边。阿亮坐在自己车的副驾驶位子上，左脚踩油门，落下窗玻璃；小雯坐在驾驶位子上，落下窗玻璃。两人的速度很快，阿亮从车窗里探出身，小雯从车窗里探出身——亲嘴！

速度很快，感觉很好，突然，"吭当"一声巨响，前面一辆车撞到了阿亮的车，阿亮从驾驶室飞了出去……

阿亮飞呀飞，飞呀飞……飞到了天堂，来到了上帝身边，上帝见了阿亮，笑了，他走到阿亮身边，一手拉着阿亮的手，一手拍着阿亮的肩，说："好，好，你来得正好，我正缺一个司机，你给我开车。"

上帝敢用阿亮当司机，比阿亮还牛！

（**题图**：刘斌昆）

·本刊信息传真·

《故事会》第十一期故事创作研讨班如期在沪举办

5月13日至18日，《故事会》第十一期故事创作研讨班在沪举办，来自全国各地的29位作者参加了学习。

上海文艺出版总社（集团）副社长、《故事会》主编何承伟为作者讲课，内容包括：中国文化产业发展的现状、中国出版产业的现状以及故事创作的两个基本要素等；《故事会》常务副主编吴伦以及其他编辑、专家分别作了《新故事创作的结构技巧》、《谈故事创作中的小说化倾向》、《论故事创作的四大规律》、《中篇故事创作中的若干问题》等讲座。

研讨班期间，学员们还进行了座谈、小组讨论、考核等各种学习活动，详情可见"故事中国"网的相关报道。

  活蹦乱跳的你到哪儿去了？想念有你的日子。好好休息一下吧，我们可不能缺你一个，好心情能让你快点康复，快点好起来呀！祝你早日康复！贵州 陈天德（1324）

如今，日子好过了，生活也清闲了，养狗呀猫的也多了。告诉你，动物可是有灵性的哟，你要善待，不能虐待，要不，你的麻烦就来了，下面这个故事，就是要告诉你一个生活的道理：

不要惹恼了猫

□麦洁

对一只猫的仇恨

沈定是个普通的上班族，过着普通人的普通日子。平时，他最讨厌的动物就是猫，这主要是因为不知道哪家邻居养了一只馋嘴的猫，经常趁沈定不注意时偷食吃。

这天，沈定买了点酱牛肉，回到家就把肉往桌上一搁，自己先进洗手间了，解完手，转念想起桌上搁的肉，忙走出去，没想到正巧看见了那只偷食的猫，它正用尖利的牙齿撕着装酱牛肉的袋子呢！

那是一只黑颜色的猫，长得肥肥胖胖的，足有小狗大小，毛色油光水滑，一看就知道属于营养丰富的那类。

沈定不由得来了气，他蹑手蹑脚地走上前去，冷不防扑了上去，伸出两手，一把抓住了那只黑猫，他把所有的恼恨全集中在两只手上，使劲地掐着那猫，黑猫发出了惨烈的哀叫，并伸出爪子在沈定的手臂上狠狠地抓着，沈定的手臂上立时多了一道道血印，痛得他不由得缩回了手，那猫乘机一溜烟地跑了。

沈定的手臂火烧般地疼，老婆回来见丈夫的手臂红红的，还有些发黑，怕是发炎了，忙让沈定去医院看看。到了医院，医生二话不说，开了一堆的药，还有几支针，什么狂犬疫苗、破伤风，一直打到屁股疼得走不

了路。

回到家里，沈定的心里还在盘算着怎样抓住那只该死的猫，老婆看出了沈定的心思，劝道："算了，你和猫斗气干啥？猫这东西是有灵性的，你对它是好是坏，它心里全念着呢。"说着，老婆给沈定说了个故事：

有一个小媳妇刚刚死了丈夫，和公婆住在一起，因为公婆家里挺有钱，所以也衣食无忧。小寡妇很寂寞，晚上听见猫叫，便打开房门，看见门口有一只很小的猫，于是就收养了它。小猫渐渐长大，有一天夜里，几个蒙面盗贼跳墙进来，把小寡妇家值钱的东西洗劫一空，见小寡妇长得漂亮，盗贼就想非礼，小寡妇拼命抵抗，头撞到墙上昏迷过去，盗贼以为小寡妇死了，就一哄而散。第二天，小寡妇的家人报了官府，可是过了很久，都没有抓到盗贼，那只收养的猫也在遭盗贼抢劫的那天丢失了。小寡妇一直昏迷不醒，不吃不喝也不死，呼吸和心跳却很正常。忽然有一天，和小寡妇同村的几家男人都暴毙了，死得非常恐怖，好像是被什么野兽挖了心而死的。官府的衙役去死者家里一查，居然发现了小寡妇家里丢的东西，原来，暴死的这些人都是那晚去小寡妇家抢劫的盗贼。案子破了，小寡妇家的财产也归还了，那只猫忽然也跑了回来，在小寡妇的床前叫，没

多久，小寡妇就苏醒了过来。据小寡妇后来描述，她在一个黑暗的地方，看不见路，忽然听见猫叫，一看，正是那只被收养的猫，它的眼睛大得像灯笼一样，在前面给小寡妇带路，小寡妇随猫走到一处光亮的门口，进去后，就醒了过来……

沈定听老婆说了这故事后却不以为然，夜里，沈定上厕所，忽然间闻到一阵香味，循着香味，来到厨房，只见煤气灶开着火，上面放着沈定用来煲汤的那只小口沙锅，里面煲的汤正"咕嘟咕嘟"地沸腾着。沈定掀开锅盖，一股香味扑鼻而来，他不由得拿起汤勺，从锅里舀了一勺子浓汤，"嘘嘘"地对着汤勺吹了两下，凑上前去，喝起了汤汁，喝罢，他拿着勺子再往锅里舀汤，这时，他碰到了什么东西，用勺子一拨，一个圆圆的东西浮了上来，仔细一看，却是一个带着毛的猫头，下面还连着光溜溜的身体，皮毛整个儿被剥了……

关于蛊毒的传说

沈定吓了一跳，一下跳了起来，原来是一场噩梦！沈定醒来后发觉手臂很疼，他揭开手臂上敷着的药料，只见被猫抓过的地方已烂成了一小片，伤口处的黑色原本是淡淡的，现在越来越浓了。沈定再次去了医院，医生看了伤口也很奇怪，却又说不出什么道理来。

CD里传出一首歌："阳光总在风雨后，请相信有彩虹，风风雨雨都接受，我一直会在你的左右。"正是我的心声，别怕，好朋友永远在你的身边。四川 红冰 (1325)

沈定的伤口一天比一天烂得深，一天比一天面积大，而且，伤口处的肉越来越黑，中间的地方隐隐看见骨头了，沈定急了，又换了几家医院，却怎么也看不好。

沈定心情烦躁，夜里在床上翻来覆去睡不着，好不容易刚睡着，又做了一个古怪的梦，梦见自己站在一条阴暗的老街上，街的两边站着许多年轻的女人，一个个都穿着艳丽、性感的衣服，其中有一个身穿黑色长裙的女人长得特别俏丽。沈定知道这些是什么人，不知道为什么，他忽然起了一个念头：自己这一辈子什么坏事也没做过，居然还得了这么个治不好的怪病，既然这样，不如就快活一次。沈定这样想着，不知不觉就走近了那个穿黑裙的女人。那女人领着沈定走进了一个房间，沈定躺在床上，那女人躺在沈定的身边，她熟练地解开了衣服，忽然，沈定看见她左边的胸部像自己的手臂一样溃烂了，他正在吃惊，又见那女人拿出一把刀来，笑着指了指溃烂的胸部说："这是你掐的啊，你还记得吧？有人告诉我，只要把你的皮剥下来，敷在我的伤口上，伤口就会好的！"说着，女人手中的刀向沈定胸口落了下来……

沈定醒来时胸口还在疼，他走到镜子边上，照了一下，发现胸口有一道红色的印子，就像是一条刀疤，在这以前，他的胸口是没有刀疤的。自从这天晚上做了这个梦以后，沈定的伤口越烂越大，已清晰地看到了白色的骨头，还伴着淡淡的腥臭味儿，沈定十分恐慌，立即去了医院。

到了医院，医生和护士都是一脸的惊恐，医生颤抖着手接过沈定递来的化验单，看完之后左一遍右一遍地洗手，但谁也无法诊断这到底是什么怪病。沈定终于忍不住了，疯了似的冲出医院大门，在外面狂跑，后来跑累了，就漫无目的地乱走，他没去上班，也没有请假。

沈定走呀跑呀，后来转过一个街

角，看见几个小孩子，正围着一个老头，老头衣衫褴褛，头发凌乱，还莫名其妙地"嘻嘻哈哈"笑着。沈定上前驱散了那群孩子，摸摸口袋，见还有些钱，就到附近的小饭店买了两瓶老酒和一些下酒菜，然后坐在老头对面，让老头一起吃。老头也不客气，打开一瓶酒，一口气灌下半瓶，然后伸手抓起一只鸡腿，大口大口地吃了起来。沈定却吃不下，叹了口气，和老头唠叨起自己的伤来。老头也不说话，撸起沈定的袖子看了一下，对沈定说："好办，伤口还不算大，我教你一个方子，包你

一夜就好。"

老头一边吃一边和沈定说开了：早在古代就有传说，说是把许多毒虫放在一个器皿里让它们互相吞食，最后剩下的那些不死的虫就叫"蛊"，那是很毒很毒的，而那只猫，正是中了蛊毒，它的身体里有一种很小很小的毒虫，平时没事时和一般的猫没什么区别，但是，一旦猫受了伤，流了血，体内不平静了，那些毒虫就会蚕食猫的身体，而且，更可怕的是，人如果受了伤，而这猫又和人接触了，那些毒虫就会聚合到伤口上，在伤口上侵蚀、繁衍，最终竟会使一个血肉之躯只剩下一副白森森的骨架子！

梦中的黑衣女人

沈定听了老头的话，看了看已经腐烂的手臂，仿佛真看到了无数黑糊糊的小虫在吃着自己的肉，他不由得打了个寒颤。

老头看着沈定笑了笑，他说治这种蛊毒其实并不困难，重要的是先要把猫身上的蛊毒治了，猫治好了，人也就能痊愈了。老头把一包药给了沈定，告诉他：这药必须用人的鲜血混合，然后在猫的伤口上外敷一些，再内服一点。等猫服好药，再想法取一点猫血，将血涂在自己的伤口上，自然就好了。

这治伤的方法听着觉得有点玄乎，但简单地说，就是先用自己的血

掺着药治猫的伤，再用猫的血治自己的伤。

沈定拿着药，却犯了愁：那只猫也不知道是谁家的，到哪找去啊？

老头说："这猫现在受了伤，即使是谁家养的，也一定被扔了，你晚上到野猫聚集的地方去看看。"说完，老头用衣袖抹了抹嘴，站起来走了。

晚上，沈定便来到了垃圾场，那里的野猫果真不少，但没有沈定苦苦寻觅的那只黑猫。

到了下半夜，沈定的眼睛已经睁不开了，就在这时，周围的猫忽然叫了起来，沈定睁眼一看，只见一只黑猫出现在眼前，这猫已经和别的野猫差不多了，皮毛干枯，身体瘦弱，而最可怕的是胸部还有一大块伤口，几乎能看见里面的骨头了，其他的猫见它伤成这样，这才叫了起来。

这时，沈定拿出了一把小刀，在手臂上试了几次，想切个口子弄点血，可都下不了手，眼看着黑猫待了一会儿打算离开，沈定一急，咬着牙，捏着刀，往臂上狠狠地一刀划去，"滴答"、"滴答"，血滴在沈定早已备好的碗里。

那黑猫看见血，眼睛顿时放光了，它盯着沈定，一动不动。沈定拿出了药粉，倒在碗里，和血一起搅匀了，朝着黑猫走过去。说来也奇怪了，这猫此时竟是老实极了，它安静地让沈定把药敷在伤口上，然后把敷剩下的药舔着吃了。

等猫服下药后半小时，按照那老头说的，该从猫身上取血了，沈定心里盘算着：用刀割猫的什么部位好呢？头不能割，怕伤着要害；腿不能割，怕影响走路……还没等沈定考虑好，那只黑猫突然怪样地看了沈定一眼，转身跑了。

"唉……"沈定眼看着黑猫跑掉，懊悔得要命，到哪再找回它啊！

沈定没精打采地回到家，这大半夜实在是折腾累了，往床上一躺就睡着了。他刚睡着时又做了一个梦：上次梦见的那个黑衣女人又来了，她手里拿着一把刀，走到沈定床边，忽然举起刀来，沈定吓得胆战心惊，猛地闭上眼，可等了好久也没感觉到疼，他忙睁开眼，黑衣女人已经不见了，床头却放着一个小碗，碗里盛着半碗鲜血。

沈定一下从梦中惊醒了，他打开床头灯，床头竟然真有半碗鲜血，沈定欣喜若狂，连忙端起碗来，小心翼翼地将碗里的猫血洒在自己的伤口上……

第二天，沈定醒来，只见原来的伤口处一点伤也没有了，连疤的影儿也不见！他傻傻地坐着，这几天的经历，就好像做了一场梦似的。

沈定从此再也不招惹猫狗等动物了……

（题图、插图：刘斌昆）

天价头发

□ 黄西华

30万美元收购一根头发

在蒙特利尔城的唐人街，有一家"珍品收藏帮办公司"，公司的老总名叫申雪，是一个年轻漂亮的中国姑娘。

这天，有个叫迈克尔的客户找到申雪，说愿出30万美元收藏卡罗尼奥队前足球明星施纳汉姆的一根头发。申雪虽然觉得这事有点离奇，但还是和迈克尔签下了合同，并收下了5万美元的定金。没过多久，申雪见到了施纳汉姆，一看，差点没晕过去，因为眼前的施纳汉姆，并不像人们以前熟知的那样有一头浓密的头发，而是光溜溜地寸草不生！

经过了解，申雪这才知道了原委：施纳汉姆退役后突然莫名其妙地对头发产生了一种厌恶感，只要从镜子里看到自己的头发，马上就会浑身痉挛，吃不香睡不稳。从那时起，他每天早上都要让私人理发师把他的脑袋细心地刮上一遍，决不让丁点儿头发冒出来。在这样的情况下，要想获取施纳汉姆的一根头发，决不亚于上天揽月！

就在申雪一筹莫展的时候，迈克尔又打电话过来催问进展情况了，申雪只是不动声色地叫迈克尔到时取货就行了。

经过一番调查，申雪获取了一个不为外界所知的秘密：施纳汉姆自小除了喜爱足球，还特别喜欢钻研中国象棋。前些年从卡罗尼奥队退役后，施纳汉姆更是闭门不出，潜心研究象棋棋谱，棋艺突飞猛进，几乎已达炉火纯青的境界。掌握了这个情况后，

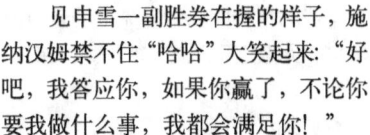

申雪心里顿时有了主意。

这天，施纳汉姆家突然来了一位不速之客，是个年轻漂亮的东方女孩儿，自称申雪，是专程慕名而来和施纳汉姆切磋象棋棋艺。施纳汉姆热情地把申雪请进客厅，摆上棋盘，两人就隔着楚河汉界厮杀起来。

第一局施纳汉姆赢得酣畅淋漓，申雪似乎并不是他的对手；第二局，申雪用尽了浑身的招数，一张俏丽的粉脸儿憋得通红，却依然没占上风，但总算和施纳汉姆战了个平手；第三局开始后，申雪突然一改棋风，妙招迭出，直杀得施纳汉姆手忙脚乱，只有招架之功而无还手之力，转眼间施纳汉姆便举手投降了。

施纳汉姆本来就是个不服输的人，再加上很久没遇到像申雪这样的对手，顿时起了争强好胜之心，非要和申雪再下三局以定输赢。申雪微微一笑，挑衅似的对施纳汉姆说："再下三局我很愿意奉陪，但我想和先生赌一赌，不知您敢不敢？"

施纳汉姆笑着问申雪怎么赌，申雪说："三局定输赢，输者必须答应胜者一件事。"

施纳汉姆调侃道："从名片上我已经知道你是搞珍品收藏的，依我看你无非是想从我这里捞点儿什么回去，不过嘛，如果你不能在即将进行的比赛中战胜我，我恐怕就要让你失望而归了。"申雪"嘻嘻"一笑，说："施

纳汉姆先生果然精明，但我一定会高兴而来满意而归的。"

见申雪一副胜券在握的样子，施纳汉姆禁不住"哈哈"大笑起来："好吧，我答应你，如果你赢了，不论你要我做什么事，我都会满足你！"

于是两人重开战局，这次较量，施纳汉姆的运气可就没有刚才那么好了，在申雪凌厉的攻势下，他几乎没有施展身手的机会，没多工夫就以零比三败北。施纳汉姆望着申雪，脸上满是惊讶的神色。

这时，申雪笑嘻嘻地又掏出一张名片递给施纳汉姆，施纳汉姆凝神一看，名片上用中英文写着"中国象棋大师申雪"，原来，申雪曾在世界象棋锦标赛上获得过女子个人赛冠军，并被中国棋院授予"中国象棋大师"的称号。

得知自己败在中国象棋大师的手下，施纳汉姆笑了："输给中国的象棋大师，我自是无话可说。你说吧，我能为你做什么事？"

申雪郑重地说："施纳汉姆先生，我的要求很简单，就是想要你的一根头发。"

施纳汉姆一听，顿时愣了，他不由自主地伸手摸了摸自己光溜溜的脑袋，神态极为尴尬。这时，申雪站起来，朝施纳汉姆恭敬地鞠了一躬，诚恳地说："我和迈克尔已经签了合同，

得不到您的头发，违约赔偿损失倒没什么，重要的是我失去了信誉，而信誉对我来说，并不亚于我的生命！我知道先生酷爱中国象棋，无奈之下只好出此下策，得罪之处还请先生海涵！"

施纳汉姆沉思了一会儿，然后对申雪说："虽然我有厌恶头发的怪癖，但既然我们事前有过协议，我就必须履行我的承诺。这样吧，请你三个月后再来，我会让你满意而归的。"

让真爱永恒地陪伴

转眼间，三个月过去了，申雪应约来到施纳汉姆的别墅，当她见到施

纳汉姆时不禁一愣：他的头上还是光溜溜的，别说头发，连根头发茬也没有。见申雪吃惊的样子，施纳汉姆不由笑了，他突然猛地一个向后转，给了申雪一个背影，申雪初时一愣，再一看却不由得乐了，原来，在施纳汉姆的后脑勺上梳着一条细小的发辫，发辫足有20公分长，申雪高兴地欢叫一声，情不自禁地拥抱了施纳汉姆。

现场的一切都被摄像机录了下来：申雪缓缓地走到施纳汉姆身边，伸出一只纤纤玉手，轻轻地解开那条细小的发辫，扯下了一根头发，当场小心地用琥珀密封好。当她正要去关掉摄像机时，却被施纳汉姆阻止了，申雪正在犯疑，只见从门外走进一个手拿剃刀的人，那人很快把施纳汉姆后脑勺上的那撮头发给剃光了，施纳汉姆随即又拿着那撮头发，掏出打火机，在摄像镜头前将它们烧了个精光。

施纳汉姆的这一举动，让站在一旁的申雪十分感动，她知道，她手里的这根头发已经成为孤品，感动之余，申雪再次拥抱了施纳汉姆，眼里盈满了泪花。

申雪如约将头发交给了迈克尔，迈克尔看了影像资料，证实了这根用琥珀密封着的头发确是从施纳汉姆头上获取的，便履行合同将余下的钱如数付给了申雪。

迈克尔临走时，申雪再也忍不住

祝福是风，友爱是帆，快乐是水，健康是船；祝福的风吹着友爱的帆，快乐的水载着健康的船，漂向永远幸福的你，轻轻地道一声："上班辛苦了，保重身体！"广东 马永福（1328）

自己的好奇，问："迈克尔先生，能告诉我你为什么要花30万美元买施纳汉姆的一根头发吗？"

迈克尔冲申雪一笑，神秘地说："对不起，对此我无可奉告。"申雪只好不再追问。

几个月后，突然传来施纳汉姆患白血病去世的消息，申雪似乎有点明白了：难怪施纳汉姆不愿留头发，原来他一直在和病魔作斗争，为了不让外界知道他因化疗而脱发，便谎称厌恶头发……想到这些，申雪不由热泪盈眶……

没多久，又一条轰动全球的新闻披露了出来 在温哥华，一个名叫珍妮的夫人竟然花100万美元，从迈克尔手里买下了施纳汉姆的一根孤品头发！

一根头发居然卖到100万美元，申雪实在难以置信，为了弄个明白，申雪立即来到温哥华找到那位珍妮夫人，向她说明了自己的身份，并问她为什么要花百万美元收买施纳汉姆的一根头发？

珍妮的脸上现出悲伤的神色，她向申雪道出了其中的隐秘：

其实，这珍妮不是别人，正是施纳汉姆的结发前妻。当年，施纳汉姆在卡罗尼奥队踢球时，珍妮一直是他的铁杆球迷，后来，珍妮就嫁给了他。婚后不久，珍妮受人蛊惑，也为了让施纳汉姆能时时陪在自己的身边，在新一轮西班牙甲级联赛开赛前夕，珍妮偷偷地在施纳汉姆的饮料中放进了兴奋剂，结果使施纳汉姆被禁赛一年。后来，施纳汉姆知道了真相，顿时勃然大怒，当即和珍妮分道扬镳。

离开施纳汉姆以后，珍妮常常为自己做下的错事痛悔不已，她很想回到施纳汉姆身边去，可施纳汉姆就是不肯原谅她，珍妮无奈，便退而求其次，想得到施纳汉姆的一根头发，好让这根头发陪伴自己度过余生，但施纳汉姆又一次拒绝了她，并从那时起就不再留头发，以此表示和珍妮决绝。颇有心机的迈克尔知道这件事后，顿时从中悟到了商机，于是不惜出30万美元委托申雪为他谋取一根头发。头发到手后，迈克尔并没有马上卖给珍妮，而是等到施纳汉姆逝世后才在温哥华公开拍卖这件孤品。迈克尔料定珍妮一定不会让施纳汉姆的头发落到他人之手，结果果然如此，拍卖场上迭出新高，最终拍出了100万美元的天价！

说完这一切，珍妮抽泣着对申雪讲："我爱施纳汉姆，我一直在等待他对我的宽恕，但我怎么也没想到他竟然身患绝症，今生今世，我再也不能回到他的身边了……"

申雪望着珍妮，被她对施纳汉姆执著的爱深深感动了……

（本篇月月评短信代码：AA133）

（题图、插图：佐 夫）

我们才来

□ 鸣

方

早些年，城市里茶馆很多，茶馆老板为招揽生意，晚上往往请说书人来茶馆说书。当时，茶馆老板只给说书人提供场所，而说书人的薪酬，都是靠他直接向听众收取的，所以，每晚上说书都分为上、下两段，中间休息十分钟。这十分钟也是说书人向听众收钱的时间，给钱不拘多少，一般是给5分至1角，至于囊中羞涩者，给2分、3分钱也可。

有时书说得好，茶馆内座无虚席，过道、墙边会有不少"站客"，对这些听众，说书人收钱的时候，也会把他手中摊开的折扇伸到那人面前，说声："得罪"，言下之意请他付一点费。这是合理的，你没有喝茶，但是你听了书呀！但是，也有人既想听书，又不想掏钱，常常是听到上段临时书说得好，茶馆内座无虚

结束时溜走，下段开讲时又来了，对这些人，说书人只能干瞪眼，没辙。

有一次，一位说书人在茶馆里讲"封神演义"，讲得十分精彩，听书的人特别多，连过道里都站得满满的。正讲到精彩处，台上说书人"啪"重重一拍醒堂木"欲知后事如何，且听下回分解！"

上段结束了，只见说书人走下讲台，摊开折扇收钱。先收坐客，后收站客，一会儿说书人走到两个听众前，说了声"得罪"，但他俩齐声说："我们才来。"其实这两人一直是来白听书的，听完了上段本来想溜，可人多挤不出去，这才耍了个花招。说书人见他们不肯给钱，苦笑一下，点点头就又转向别处了。

收钱结束，说书人回到讲台后落

座，只见他点上一支烟，抽了一口后突然发话"现在是休息时间，我想给大家讲个故事，轻松一下，大家说好不好？"

这时全场活跃，齐声答道："好！"于是他不紧不慢地讲了起来：

民国初，城北有个打更的，五十来岁，是个单身汉。此人姓王，不知道叫什么名字，别人都叫他"王打更"。这王打更有一个习惯：每天吃完晚饭，在街口的食铺上买两个"锅魁"——也就是相当于烧饼一类的食品，买了后就放在荷花池边小亭子里的石桌上。待到打完五更，他就回到小亭子里，坐在石桌边，吃完两个锅魁后回家睡觉。天天如此，从来无事。

有这么一天，王打更打完五更，来到荷花池的小亭子边，一看，放在石桌上的锅魁不见了，他纳闷："难道我今天忘记买锅魁了？可是这么多年从来没有忘记过呀！可能是老了，糊涂了。"不管咋的，反正今天只有自认倒霉，饿着肚子回家睡觉吧。

第二天，王打更特别记住买了锅魁，又把锅魁放到了池边小亭子中央的石桌上，并且从二更开始，每打完一更都要看一看锅魁还在不在，直到四更打完，那两个锅魁还原封不动地

在那里放着呢，王打更想："看来昨天晚上的确是自己忘记买锅魁了，唉，岁数不饶人啊！"然而，事情并不这样简单，当他打完五更再回到荷花池边时，两个锅魁却又不见了！

第三天，王打更草草打完四更，便伏在荷花池边的草丛中，两眼死死盯住石桌上放的两个锅魁。过了一会儿，他听见池塘边有了响动，只见从水中爬出两只大王八，王八在池塘边左顾右盼了一会儿，见没有动静，便熟门熟路地朝小亭子中央爬去，到了那儿，又爬上石桌，每只王八叼起一个锅魁，转身就要往池塘里跑，说时迟，那时快，只听得"飕"的一声，王打更一个箭步上前，一手抓住一只王八的脖子："看你们俩小子哪里逃，还我这几天的锅魁来！"

两个王八悬在半空中，挥动着四爪挣扎着，说："我们才来！我们才来！"

王打更怒气冲冲地嚷道："你们才来？我都饿了两天肚子啦！"

这时，全场哄堂大笑，那两个白听书的人满脸通红、尴尬无比，恨不得找个地洞一头钻进去呢！

（题图：黄全昌）

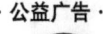

没有公式的感情

□ 刘黎莹

那天的周末，的确不同寻常，一家人一大早就忙开了：女儿菲菲嘴里不停地哼着歌，在房间里忙这忙那，菲菲的母亲也早早就去了菜场，母女俩在等待一位贵宾的到来。上午十点，母亲满载而归，鸡鸭鱼肉，满满一菜篮。上午十一点，贵宾如约而至，他是菲菲的顶头上司，看上去，他是一个非常有魅力的中年男人，年纪虽稍大些，但这种男人对女人的杀伤力绝不可低估，菲菲是那样的迷恋他。

也许是爱女心切，菲菲的母亲竟破天荒地主动让女儿请她的上司来家坐坐。菲菲昨晚听到母亲这个决定时，激动得一夜都没睡好，她觉得世上只有母爱最伟大，以前，母亲曾极力反对女儿的抉择，母亲不止一次地问过菲菲"你明知他是有妇之夫，你是在玩火呀！同样的瓶，你为什么要装毒药呢？同样的心，你为什么要盛满烦恼呢？"

菲菲说："感情是没有公式、没有原则、没有道理可循的啊！"

母亲又说："得不到的，我们会一直以为是美好的，那是因为你对他了解太少，没有时间和他相处在一起；当有一天，你深入了解后，你就会发现他不是你想象中的那么美好。"

菲菲说："我们活着的大多数人，一辈子只做了三件事 自欺、欺人、被人欺。我不管结局，我只是没有欺骗我自己的感情。我不是小孩子了，有些道理我是懂的。"

母女俩的谈话，每次都是不欢而散，后来，不知何故，母亲再也不劝菲菲了，有时即使是菲菲主动提起她和上司的事情，母亲也佯装没听见。这一次，母亲竟然主动提出要在家中宴请菲菲的上司，对此，菲菲迷惑不解，她甚至怀疑是自己的耳朵听错了，她问母亲："你不是一直反对我喜欢他吗？"

母亲叹了口气，说"抽刀断水水更流，只要你高兴，随你吧。"

菲菲的上司很懂得女人的心思，上门的那天，他怀里抱着两束鲜花，一束给菲菲，一束是给菲菲的母亲的。当他坐到餐桌前时，也不是只顾着和菲菲说话，而是大部分的时间都用来和菲菲的母亲说话。吃完饭后，上司一下子喜欢上了阳台上的那些花，还一个劲地夸着："好花！"菲菲的母亲是个爱花如命的女人，上司这么赞叹，她益发高兴了，便如数家珍地说着有关花的事，惹得上司兴高采烈地用手机"喀嚓""喀嚓"地给花拍照片。

菲菲有些不高兴，她平时喜欢静静地坐在一旁看上司做这做那，就是不说一句话，只要能坐在他身边，也是一种可意会而不可言传的享受，可现在母亲却老是不停地让他去欣赏家里的花，菲菲连私底下说说话的机会

也没有。后来，好不容易说完了"花"，菲菲的上司也告辞了。上司走后，菲菲一脸的愤怒，连餐桌也懒得收拾了，母亲一个人忙完了，就进了卧室，看样子她是要休息了。

菲菲无聊地坐在客厅里看电视，忽然，客厅里响起了一阵悦耳的手机音乐声，她循着响声找去，窗台上有一个手机，那是她上司的呀，看来是刚才他忙着用手机拍阳台上的那些花，后来旁边一放，就忘带了。菲菲有些好奇，她悄悄把手机拿了过来，发现有短信，她本来不想看，可越是不想看，越是忍不住要看，谁知一看，她惊呆了：天！她做梦也没想到那条手机短信是母亲发给上司的！短信的内容是："到家了吧？今天的饭菜还满意吗？知道你夫人今天不在家，才敢给你发短信的。以后还是要小心些，要是让菲菲知道咱俩来往的事，她会受不了的。"

菲菲全明白了！怪不得母亲那么热情地邀请上司来家里做客，原来他是她的人哪！

菲菲颤抖着手，用上司的手机回了一条短信："菲菲不会发现的，因为我们俩克制得很好。"过了一会儿，母亲又发来一条短信："你一个人在家也太冷清，明天我还为你做可口的饭菜，你来吗？"菲菲愣在那里，半天没回过神来……

非非曾对母亲说过:"任何力量都不会阻拦我爱他",但现在她不敢再这么说了。母亲为了她,在父亲病故后守寡多年,一直没有再嫁人,她为母亲的事求过不少人,但母亲总是看不上人家,高不成、低不就的,一耽搁就是十几年。非非一遍又一遍地在心里大声呼喊:上帝啊,为什么让我的母亲和我同时爱上一个男人呢?这公平吗?那一夜,非非久久不能入睡……

第二天,非非的上司来拿手机,然后,母亲非要留他吃饭,非非并没陪上司吃饭,她一个人出去了很久才回来,母亲问她去哪了,她说去见一个人了。过了几天,非非执意要到外地去工作一阵子,说是公司在外地有分公司,本来公司指派的是另一名员工,可她主动请缨,于是便换成非非去外地了。

非非走后,母亲去了那家公司,一走进上司的办公室,她禁不住激动得身子直颤抖,她走上前去,对那上司说:"要不是那天你想出这么一个办法,哪会有今天?是你救了菲菲,让这事平安过去了!"

菲菲的上司沉吟了良久,说"看来菲菲真是个孝顺的女儿,要是她以后发现我和你是在演戏骗她,不知她会多生气呢。"

菲菲的母亲说:"顾不了那么多啦,先过了这一阵子再说吧。这事多亏你帮忙,真得好好感谢你呀!"

菲菲的上司笑着说"其实,我不仅是在帮你,我也是在帮我自己,因为我也是为了另一个人才想出这么个办法的。"

菲菲的母亲一听便糊涂了,她一脸茫然,菲菲的上司说:"很简单,因为菲菲和我的儿子在一起工作,我儿子一直暗暗地喜欢着菲菲……"

(题图:杨宏富)

《青春读本》再次面向全社会征稿

《青春读本——感动中学生的100个故事》第一、第二、第三辑出版后,在社会上引起了巨大的反响,被读者誉为"一本能真正打动中学生心灵的好书","一本能让中学生懂得许多道理的教材"。根据广大读者的建议,编辑部决定继续编辑《青春读本—感动中学生的100个故事》第四辑。为此,再次面向全社会征稿,希望广大读者,特别是中学生们将你们在各类报纸、杂志、网络上读到的最感人的作品推荐给我们。

推荐稿要求:1、立意:清新隽永,富含真情至理,读之令人经久难忘;2、内容:以叙事为主,一篇作品中要有一个感人的故事情节或细节;3、字数:一般在2500字左右。

推荐稿请务必注明原作者、发表日期和出版单位以及推荐者的真实姓名、联系方式。所荐作品一旦入选,每篇即付推荐费50元。推荐稿请寄:上海市绍兴路74号《故事会》编辑部(邮编 200020),并在信封上注明"青春读本"。网上来稿发以下信箱 gigimoon@vip.sohu.net。征稿截止日期为2006年12月31日。推荐稿一律不退,请自留底稿。

传说只要流尽一生的眼泪,思念的人就会回到身边。我不会为你落泪,只把思念化作翩翩蝴蝶,飞进你的手机,愿你一生幸福如意。安徽 章文祥(1331)

最美丽的王冠是纯金打造的，最美好的情感是母爱演绎的……

一个女儿
几个娘

□孙新华

1. 128里程碑前的女孩

那天，沙河镇国道旁的128里程碑前站立着一位姑娘，姑娘长得很漂亮，典型的学生装束。她立脚的地上摆放了一张白纸，上面骇然写有几个大字："谁是我的父母？"后面又是一排小字："二十二年前，是你们把我扔在了这个地方！"

围观者把姑娘里三层外三层地围了起来，女孩很大胆，眼光正视着所有围观她的人，似乎在问："你是我的父亲吗？你是我的母亲吗？你是我的兄弟姐妹吗？"

人群中有一个女的引起了姑娘的注意，她是一位中年女性，长得很端庄，看她的穿着和气质，像个学者。她将这位姑娘看得很仔细，嘴角动了动似乎想说什么。围观者越来越多，无论怎么拥挤，这女人都极力让自己保持在前排位置。两个人的眼神交合在一起，再进一步的话，她很有可能会开口和这姑娘交谈。姑娘的胸口在"扑扑"跳着：莫非这就是我的母亲？

可就在这时候，意想不到的事发生了：由于是在国道旁，围观者阻碍了交通，一辆电视台的新闻采访车停

了下来，车内走下两名记者，记者向姑娘问了几句后，把她请进了采访车。姑娘临上车时还望了那位中年妇女一眼，那妇女没有离去，依然看着她。

在电视台，姑娘向记者们述说了详情：

姑娘叫周小芸，湖南岳阳人，二十二岁，北京一所医科大学的大三学生，从小跟着外婆长大，不知道父母是谁，外婆临死时才告诉她：二十二年前，外婆来沙河镇出差，在128里程碑那儿捡到了她。周小芸还告诉记者，外婆临死时，拿出了二十一封她从未见过的信，这些信都没有留地址，信都是以母亲的名义写给她的，寄信的时间都是她生日的前夕，内容都是祝她生日快乐；再仔细一看，周小芸发现了一个问题：这些信不是一个人写的，不仅不是，而且每一封信都出自不同人的手笔；还有一件事，每个月，外婆都能收到一笔汇款，汇款人同样署名"母亲"。外婆死得仓促，没说明这是为什么。

令记者们惊诧的还不仅仅是周小芸奇异的身世，更令人惊异的是：在前不久学校体检时，医生检查出周小芸患了白血病，要想治好白血病，只有找到适合她的干细胞，而这样的干细胞，在近亲中寻到的可能性最大。姑娘带着求生的希望，踏上了前景未卜的寻亲之路，来到了二十二年前自己被遗弃的地方——128里程碑！

周小芸最后一句话令在场的所有记者都动了感情："我很希望我的生命能发生奇迹，即使没有，我也要在我有限的生命内找到一个答案，那就是——为什么母亲不来认我？为什么我会有这么多的母亲？"

人非草木，孰能无情？姑娘重病在身，救人如救火啊！也就在当天晚上的黄金时段，电视台把周小芸请到了演播厅，姑娘含着泪对电视观众呼喊着："爸爸，妈妈，我不怪你们，天下没有不是的父母，你们当初丢下我自然有你们的苦衷，事隔二十二年了，相信你们也从当年的苦衷中解脱了出来。救救我吧，我热爱生活，我热爱这个世界，我才是个大三的学生，我还有好多理想没有实现，还有好多好多的梦没做完啊……"

这节目不知让多少人流下了眼泪，节目刚播完，电视台的热线电话一个接一个地爆响起来，有的要认周小芸做女儿，有的愿意资助，有的愿出巨资悬赏寻找适合她骨髓的人……可就是没一个人站出来说："我就是她的父亲！""我就是她的母亲！"

沙河镇属佛州市管辖，节目是佛州电视台播出的。节目刚播出不久，一辆"宝马"小轿车开进了电视台，把周小芸接进了佛州市一家最大的中外合资医院——"友好"医院。来接她的，是这家医院的中方院长、一位曾在英国皇家医学院留过学的医学博士，她叫莫雅琴，令周小芸大吃一惊的是：这位博士不是别人，正是白天在沙河镇128里程碑前见到的那位中年女士！

2．相片中的父亲

周小芸被安排在一间高规格的病房里，这儿远离闹处，环境及设施都属一流。周小芸现在只处在患病初期，看起来和健康人没什么区别，没事她会在医院的前院后院走走，清理一下思绪。猛然间，她想起一个人来，他是周小芸她们学校的一位老教授，叫李伦。李伦教授早年在英国皇家医学院留学，回国后从事遗传学的研究，他能通过电脑三维制作，根据个体相貌，模拟出其父母的基本形体和相貌特征，准确度高达百分之八十。于是，周小芸当即给李伦教授传真了她的一张标准像和一封信，信中述说了她目前的处境，希望得到教授的帮助。十天后，她收到了教授发来的传真，传来的是两张半身像，一张是一位中年男人，一张是一位中年女人，另有教授给她的亲笔信，信是这样写的：

周小芸同学：电脑三维模拟，不可能制作出人物的表皮细节，我在制作这张肖像时心情也很激动。我模拟的这位男士，如果他的嘴边上有一颗

黑痣，那他就该是我的好朋友、好同学龚一夫博士了。八十年代，我们一起赴英国皇家医学院留学，他在我们同学中，成绩是最优秀的，才华是最出众的。其实，在学校我第一眼见到你的时候就联想到了他，你不仅很像他，而且，你嘴角上也有一颗痣，这颗痣又同样有一个特点：你们笑的时候，这颗痣也跟着在笑……

看完这信，周小芸欣喜若狂，如果没出差错，那父亲就是一位医学博士了！打开李伦教授模拟的那张男士

肖像，啊，父亲好帅呀！

但传真过来的那张女人模拟像，却和一直在周小芸心头萦绕的莫院长相差甚远，周小芸心想：莫院长即使不是自己的母亲，但她也是从英国皇家医学院毕业归来的医学博士，她和电脑模拟的那位男士年龄相近，如果那男士真是自己的父亲，那么，莫院长也应该是我父亲的同窗校友了！

莫院长的家离周小芸的病房不远，是一幢坐落在花园中的二层小楼。莫院长曾邀请过周小芸去她家里做客，但她很自重，不愿打扰人家，可今日，周小芸的两条腿不由自主地向莫院长家迈了过去。

莫院长家的门敞开着，房屋宽敞明亮，室内设施和布局都显示出了主人的富有，更显露出了主人的知识和内涵。客厅没人，一张相片映入了周小芸的眼底：相片挂在客厅最显眼的墙壁上，那是一个戴着博士帽的青年男子，长得很帅气，笑得也很灿烂，周小芸心中一动，悄悄拿出了李伦教授模拟的那张肖像，一看，她惊呆了，几乎没有两样啊！要说有什么不同，那就是教授制作出来的是一位中年男士，而墙上的这位还很年轻；再睁大眼睛仔细观察，更觉得眼前一亮：墙上那男士的嘴角边也有一颗黑痣，这黑痣竟然和自己的那颗长在同一个地方！不用怀疑了，这就是我的父亲啊！墙上还挂着一张相片，应该是夫妻照，那男士是父亲，女士不是别人，正是莫院长！

啊！周小芸明白了：院长莫雅琴就是自己的亲娘呀！她想起了那天在128里程碑前的情景，难怪莫院长是那样痴情地望着她，也只有母亲的眼睛里才会闪烁出那样的光泽！周小芸本当预料此次寻亲一定是山重水复，没想到踏破铁鞋无觅处、得来全不费工夫啊！

这高兴劲还没过，猛然间，周小芸又想到了一个问题：莫院长若是自己的母亲，为什么到现在还不愿站出来认自己这个女儿呢？正想到这儿，室内传来了脚步声，周小芸赶忙将两张肖像藏在身后。

是莫院长来了，莫院长见到了周小芸，冲她一笑。在几天的交往中，莫院长给她的感觉是有几分严肃，几分矜持，还有几分清高，可刚才这一笑，还笑得挺随意的，像是遇到了什么高兴的事。莫院长和周小芸并肩坐在沙发上，莫院长把手上握着的一张卷成圆筒的纸递了过来，说："我知道你会来，你知道是为什么吗？"周小芸接过纸，一看，不由得浑身哆嗦了一下，这同样是一张肖像，肖像上不是别人，竟是自己！肖像后面同样写着一些字，同样出自李伦教授之手：

莫雅琴同学：我收到你要我帮你

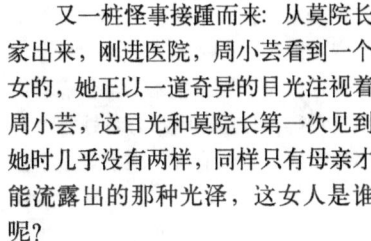

制作肖像的信之前，也收到了我的学生周小芸的求助信，她是要我模拟父母，你是要我模拟女儿，仅是巧合吗？你们是不是见面了？要真是这样，可喜可贺啊！

还有什么可怀疑的呢？女儿在找娘亲，娘亲在寻找女儿啊！周小芸强忍着泪水，将藏在身后的两张肖像递给了莫院长，静观院长的表情。她只料想莫院长也会跟她一样激动，也会流出泪水，会高声叫她一声"女儿"，会拥抱她，亲吻她，然而，莫院长没有，只是轻轻一笑，笑得很深沉。

好长一段时间的沉默，似乎双方都不知道此刻该向对方说些什么，还是周小芸寻母心切，首先打破了僵局："我还叫你院长，是吗？"

"你是我的病人，只能这样叫。"

周小芸仍不死心，含着眼泪继续问："能告诉我父亲在哪儿吗？"

"你现在是病人，首要的任务是治病。"

周小芸望了望挂在墙上的那张男士的相片，说："我想再问您最后一句话——那是我父亲吗？"

莫院长停了好长一会儿，终于说："是的，孩子，他是你父亲！"

周小芸心如潮涌：啊，他是我父亲？既然是父亲，院长，你为什么就不能说一声"我是你母亲"呢？周小芸离开的时候，她望了莫院长一眼，发现莫院长的眼里含着两颗泪珠……

又一桩怪事接踵而来：从莫院长家出来，刚进医院，周小芸看到一个女的，她正以一道奇异的目光注视着周小芸，这目光和莫院长第一次见到她时几乎没有两样，同样只有母亲才能流露出的那种光泽，这女人是谁呢？

3. 又来了一位母亲

医院正全力以赴在为周小芸寻找适合她的干细胞。

自从上次做了电视节目后，自愿捐献骨髓的几乎排成了长龙。在众多的捐献者中，终于找到了一位能匹配的人。按理说，在这样短的时间内，能找到合适的干细胞，就已经是让人惊诧的事了，可更让人惊诧的还不在于此：捐献者竟是沙河镇上无人不知、无人不晓的顶尖级人物！沙河镇是一个外商云集的地方，这儿光中外合资企业就有好几十家，那人是第一个把外商"引"到沙河镇的人，也是最大一家中外合资企业的中方总经理，她叫黄金菊——一个"乡"得不能再"乡"的名字。

捐赠者想见见周小芸，医院同意了，周小芸更是求之不得，她也很想见见这位能给她生命创造奇迹的人，可第一次见面就把周小芸震惊了一下：这女人不是别人，正是那天在医院用异样的目光注视她的那人！那人身后还跟着一个小女孩，十岁左右，打扮得十分靓丽。

这次是近距离接触，黄金菊看周小芸看得很仔细，眼睛盯着她脸上的那颗黑痣，看着看着，眼泪竟止不住流了下来，她将周小芸紧紧搂在了怀里，一个劲地叫着"女儿"，又对小女孩说："晶晶，快叫姐姐，快叫呀！"小女孩像是有思想准备一样，没作迟疑，亲热地叫了一声："姐姐。"

周小芸茫然了：我的母亲不是莫院长吗？怎么半道上又杀出了一位母亲？仔细想了想，黄金菊是母亲的可能性并非没有，干细胞相匹配，近亲的可能性最大；再说，莫院长也还没承认是自己的母亲。不管是真是假，黄金菊母女俩的此情此举，已把亲情的气氛推到了一个高潮，不由周小芸不流下眼泪。

过了一阵，黄金菊对周小芸说："一会儿我去找医生，我很希望你能在手术前去家里住几天，妈还有好些话要和你说。"

周小芸还处在病情早期，医院同意了黄金菊的请求，可周小芸有些迟疑了：人家说是你的母亲就是你的母亲吗？心存疑惑，她便去了莫院长的家。

莫院长今天也一反常态，往日的矜持与严肃没有了，满是母性的柔情，她抚摸着周小芸的头，像事先知道她一定会来似的，说话很直接"是不是又来了一位母亲？"周小芸点了点头，莫院长接着说："是不是想听我和你父亲的故事？"周小芸又点了点头。

莫院长站起身来，在客厅里踱了几步，说："我和你父亲的故事很苍凉，说了对你的病没有什么好处，但我向你承诺，等你病好后，我会把什么都告诉你的。"她停了停，又说，"不过，有件事我可以向你明示，我不是你

故事可以珍藏，心情可以埋藏，眼神可以掩藏，身影可以躲藏，但我心底的祝福不能隐藏
——祝你身体康健、幸福安康。新疆 李永红（1334）

的母亲！"周小芸暗吃一惊，莫院长接着说："不仅我不是，这位来认你做女儿的，同样也不是你母亲！"

周小芸浑身哆嗦了一下，正想问这是为什么，莫院长的话已经抢在了前面："去吧，她自愿给你捐骨髓，也算是给你第二次生命的人；还有一点你也要相信，只要是女人，都不会亵渎'母亲'这个神圣而伟大的称谓的。"

4. 豪宅内的故事

一辆"福特"高级小轿车把周小芸接出了医院，司机姓彭，是一位四十多岁的中年男子，晶晶叫他"叔叔"，和他关系也似乎很好。司机把车门打开，晶晶就搂着他的脖子，要他抱着坐进了前排位子，这一切，黄金菊只"吃吃"笑着，没加丝毫阻拦。

汽车开进了一幢北欧建筑风格的花园式豪宅，这就是黄金菊的家。走进屋，只见客厅上首坐了一位男性老者，约六十多岁年纪，看样子精神尚好，眼睛看人很有力度。黄金菊把周小芸介绍给长者后，又对周小芸说："这位是我丈夫，姓牛，新加坡人。"周小芸暗暗吃惊：年龄太不般配了，至少长黄金菊二十岁。

一惊未过，又吃一惊，老者认真地看了周小芸几眼后，突然冒出一句不着边际的话来，说话声震耳欲聋："我宁可要她，也绝不要她！"从老者

此刻对周小芸的神情来看，他说的第一个"她"指的是周小芸，那第二个"她"指的又是谁呢？

晚上十点多，周小芸正要上床睡觉，晶晶来到她的房间，小孩的脸上没有了往日的笑容，只是用祈求的口吻轻轻对周小芸说："姐姐，今晚我跟你睡好吗？"周小芸高兴地答应了。上床后，她把晶晶紧紧地搂抱在怀里，忽然，她感觉到晶晶浑身在颤栗，嘴里一个劲地说："我怕，我怕！"

她怕？她怕什么呢？没多久，听到了吵架的声音，这声音是二楼传来的，黄金菊就住在二楼。渐渐地，周小芸听清楚了，是黄金菊夫妻在吵架，吵什么，她听不清。没过多久，好像是动了手脚，男人的咆哮声，女人的尖叫声，再接着是摔盘砸柜的声音。晶晶把周小芸越搂越紧，哭着对周小芸说："他们经常这样……姐姐，我明天跟你住到医院去，我永远不要这个家！"

"傻丫头，大人吵架关你什么事，你是他们的心肝宝贝呀！"

"不是。只有妈妈对我好，那个老头子爸爸对我可凶呢，有一天我们正吃着饭，我也没惹他，他突然像疯了一样，拿起碗朝我头上砸！"

怎么会是这样呢？周小芸百思不得其解。第二天早上，周小芸被人请进了黄金菊的房间。房间内已砸得狼

藉不堪，黄金菊头上缠着纱布，额角上还可见干涸了的血迹，她表现得很平静，像昨晚什么事也没发生过一样。黄金菊把周小芸带出了小楼，顺着小楼向后转，后院靠围墙处有一个杂物间。黄金菊打开了杂物间的门，按了一下室内的一个按钮，紧接着，地上的一块水泥板张开了，一条通往地下室的暗道展现出来。黄金菊把周小芸带进了地下室，地下室内没放其他东西，就一个保险柜。黄金菊告诉了她保险柜的密码，还教她打开保险柜的方法，并叫周小芸试了几次，教会后又把钥

匙交给了她。黄金菊在把钥匙交给周小芸的时候，突然说出一句话"我是商人，是商人就要四海为家，说不准哪天会回不来。如果真有那么一天，你就把这保险柜打开，里面有你想要知道和你应该得到的东西。"

做完这些后，黄金菊又马不停蹄地把周小芸带到她的公司，又立马召开了一个董事会议，在会上，黄金菊把周小芸拉到自己跟前，对各位董事说："这是我失散了二十多年的女儿，希望在以后的日子里，大家帮助她熟悉公司的一切事务。"

这一切来得好突然，周小芸迷茫了，莫院长曾说过，黄金菊不是自己的母亲，在这两天的交往中，黄金菊也再没说她是母亲，可许多事实表明，她又是真心实意地拿自己当亲生女儿相待的，这到底是怎么回事呢？周小芸越想越浑身战栗，真有山雨欲来风满楼的感觉啊！

5. 保险柜里的秘密

周小芸的手术很成功，在医院休养了一段时间，她能下床行走了。黄金菊几乎每天都给她打电话，问她身体状况。周小芸告诉黄金菊，她身体恢复得很快，其实抽骨髓和抽血没什么区别，不像有些人说的那样可怕。手术后不久，晶晶基本上和周小芸吃住在一起了，她为周小芸的病不知哭了多少回，也不知笑了多少回。老实

朋友，你相信有天堂吗？我相信有，因为当我知道你在读我的短信时，我就有种身处天堂的感觉！你的存在，是我最大的快乐！湖南 何立冬（1335）

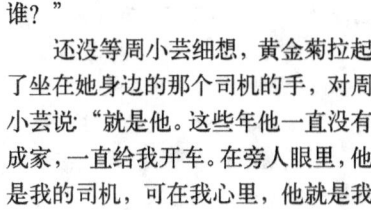

说，周小芸有些离不开晶晶了。

这天，黄金菊来到了周小芸的病房，跟她进来的还有那位司机。来时正好晶晶不在病房，黄金菊告诉周小芸，自己要出一趟远差，要她照看一下晶晶。

周小芸明显地看得出黄金菊的情绪有些不正常，黄金菊把身上的一整圈钥匙都交给了周小芸，这些钥匙，不仅有小楼的，还有她公司的。交钥匙时，黄金菊又重复了那天在地下室说的那句话：我是商人，是商人就要四海为家，说不准哪天会回不来。如果真有那么一天，你就把这保险柜打开……

这些刚说完，黄金菊无端又给周小芸说了一个故事："小时候，我有一个小伙伴，也算是青梅竹马了，那时不懂事，两个人躲在一个坟头前悄悄拜了天地。你说拜天地怎么能在坟头前拜呢，肯定不会有好结果了。果然，我们长大了，正当要谈婚论嫁的时候，我惹上了一起冤案，在监狱里呆了半年，等我冤情昭雪后从监狱出来，再去找我的小伙伴，可他不知道去了哪儿。再后来我投亲去了香港，由于生意上的关系，无奈嫁给了我现在的先生。后来我回到了国内，把自己的事业放在了沙河镇，成了第一个把外资引到沙河镇的人。我之所以要把事业放在沙河镇，不仅仅我是本地人，而是我要找到昔日那位和我拜了天地的小伙伴。后来我终于找到了他，你猜这个人是谁？"

还没等周小芸细想，黄金菊拉起了坐在她身边的那个司机的手，对周小芸说："就是他。这些年他一直没有成家，一直给我开车。在旁人眼里，他是我的司机，可在我心里，他就是我的爱人。"周小芸望了一眼司机，司机也正望着她，冲她一笑，笑得很苦涩。

黄金菊接着说："我先生没有生育，他知道晶晶不是他的孩子，一定要我说出谁是晶晶的父亲。今天我告诉你了，天下也只有我们三人知道！"周小芸听后浑身颤抖了一下：为什么要告诉我呢？

刚说到这儿，晶晶进了病房，黄金菊止住了话头，将晶晶拉在怀里，眼泪"刷刷"地流。她要晶晶听姐姐的话，不要贪玩，这些话，她过去也说过，但没有像今天这样语重心长、声泪俱下！

黄金菊走后，周小芸不断地回忆刚才所发生的情景，又联想起在黄金菊家所发生的一切，一个不祥之兆笼罩上了心头。不祥在哪儿？她说不清楚，总感觉心里头惴惴不安。她按捺不住，把晶晶交给了莫院长，打的去了黄金菊家，径直向杂物间奔去。在地下室，她打开了保险柜，在柜中最显眼的地方，她看见了一封信，信是这样写的：

小芸，你能看到这封信，就说明我的计划已经败露。我和天下所有女人一样，也想做母亲，可老头子和晶晶过不去，几次凶残地对待她，差点要了她的性命。为了孩子，我只能这样做！这计划我很早就想实施，没有实施的原因是：万一计划失败，我再也回不来了，晶晶怎么办？她还小啊！我必须要为她找到一个好的归宿。我寻觅了很久，没一个人能让我放得下心。我为你捐赠骨髓，是被你苦难的经历所感动，万万没有想到，我们的骨髓是那样的吻合。由此我想到，我给了你第二次生命，应该是你的再生母亲；我还有亿万家产，难道这些还不能让你善待我的女儿吗？这就是我，一个做母亲的良苦用心，希望你能善待晶晶。你曾叫过我妈妈，也就算是妈妈求你了，你好好带着妹妹，不要

让我失望，不然我将死不瞑目！

天啊！周小芸终于明白了黄金菊认她做女儿的良苦用心。她现在去哪儿了？她想要干什么？周小芸赶忙给黄金菊打电话，可对方的手机关了，怎么办呢？

晚上，周小芸怎么睡得着？房门虚掩着，她不知是期盼还是预感——黄金菊会来这儿。凌晨两点了，她有了些睡意，刚闭上眼睛，门突然开了，睁眼一看，是黄金菊！她像水涌进来那样急切，径直向熟睡着的晶晶奔了过去，将晶晶紧搂在怀里，泪水淋漓。看得出，黄金菊很想嚎大哭，但哭声被她极力地抑制着，胸口急骤地起伏。这情景持续了好长一段时间，黄金菊的眼泪才慢慢止住了，走到周小芸的身边，和她并肩坐在床头，黄金菊突然冒出一句话来："我好像和你说过，我年轻的时候遭过一场冤案……"周小芸已被她弄得不知所措，只知道一个劲地点头，黄金菊继续说道："那次在监狱的时间虽然不长，但我见到了人世间惊心动魄的一幕——我和一个第二天就要被处决的女犯度过了整整一个晚上！"

锅不能没盖儿，火不能没焰儿，针不能没尖儿，钥匙不能没链儿，我不能没你这个伴儿！
重庆 向微（1336）

周小芸弄不明白了：为什么在这夜深人静的时候，黄金菊会突然跑进她的房间？又突然提起以前发生在监狱的故事？

这时，黄金菊坐在周小芸的床头，不急不慢地和她述说开了：

"那天晚上说来也怪，风一阵接一阵地刮着，雨一阵接一阵地下着，雷一个接一个地炸着。监狱长通知我，要我去陪一个第二天就要被处决的女犯。监狱长还说了，不管她过去犯过什么错，但她的生命仅此一晚了，一定要给她做人的尊严。我去了，这是一间宽敞明亮的监房，里面布置得跟家没有什么区别，电视里播放着录制下来的春节文艺晚会的节目，两位女警察还有两名女犯在陪守着那个将被处决的女犯。那女犯还很年轻啊，才二十五六岁的样子，她看起来显得很平静，脸上时不时露出一丝微笑，只是那眼睛让人看了很伤心，淡淡的，有些迟钝，失去了希望的光泽。

"一位女警察在给她梳理头发，这是她在人世间最后一次梳头了，女警察梳得很仔细，很认真；另一位女警察给她换了一套崭新的衣服，这也是她在人世间穿的最后一件新衣了。做完这些，女犯走到镜子前，给自己化了一个淡妆。她化完妆，回过身来，向大家展示了一下身姿。她长得很漂亮啊，我永远不会忘记她的名字，她叫黎惠萍。一位女警察提议，要她为

大家唱一首歌，还说她的歌声很美。黎惠萍唱了，唱的是那个年代最流行的、也是从监狱里面传出来的歌——'啊，妈妈！'她的嗓子很美，加上此情此景，再加上她唱的这首歌，所有的人都为之而动容，都流下了眼泪……

"这首歌还没唱完，黎惠萍突然跪在了女警察面前，哭着说：'我有一个请求，请求你们不要把我的死告诉我的女儿，她幼小的心灵经受不起这样的打击啊！我不想因我的罪恶而玷污她纯洁的心灵，我希望她能像其他孩子一样，能无忧无虑、健康快乐地成长。我求求你们了，至少现在不要告诉，等她长大了、经得起风霜了再告诉她。我会在阴间保佑你们的，保佑你们全家，保佑你们的孩子！'她已泣不成声，女警察流着眼泪扶起了黎惠萍，没有正面回答她的请求，女警察对我们大家说：'在这间房子里有两种人，一种是犯人，一种是警察，但不管我们是什么人，我们都有一个共同的称谓，那就是——我们都是母亲！'"

故事很悲凉，周小芸听得流了眼泪。黄金菊走到晶晶床头，在晶晶脸上亲吻了一下，然后走到房门口，将门打开，周小芸不经意朝门口望去，一下惊得说不出话来：房门口站着两个女警察！黄金菊向警察伸出了双手，警察给她戴上了手铐！

也就在第二天，当地媒体发布了一条新闻：大富婆黄金菊伙同情夫将亲夫暗算至死！大致内容是：黄金菊谎称和丈夫去千重崖度假，走在一悬崖边，由名义上是司机而实际是情夫的男人出手，将亲夫推下悬崖。谁知亲夫当时没有死去，被当地农民救起，在送往医院的途中述说了事情的经过。后经抢救无效，死在医院。黄金菊和情夫均已捉拿归案，两人对以上事实供认不讳……

啊，周小芸终于明白了黄金菊为什么要给她说那样的故事，她同样是母亲，同样不想让晶晶知道她的这段故事……

6. 天下女人都叫母亲

周小芸去监狱看望黄金菊，接待室很宽敞，一张长方形条桌，她和黄金菊各坐在条桌的一方，虽然有一位女警察在那儿看守，但女警察坐在离她们较远的地方，整个环境和气氛都不使人感到压抑。

黄金菊表现得很平静，脸上仍是那种淡淡的笑，看来她对今天的结果早有思想准备。周小芸对她说，晶晶还不知道这件事，过两天，她就会带晶晶离开这座城市，跟她去北京，她念大学，晶晶念小学，姐妹俩相守在一起，永不分离。黄金菊哭了，是那种感激的、放得下心的哭。

黄金菊对周小芸说："以后，每到晶晶生日的时候，她都会收到一封以母亲名义写给她的信……"周小芸有些不解了：黄金菊还有生还的希望吗？有谁还会给晶晶写这样的信呢？黄金菊看出了周小芸在想什么，对她说："还记得我给你讲过的那个监狱里的故事吗？那女犯临死前向监狱提出请求，希望她死后，监狱的女犯们能以母亲的名义给她女儿写信。监狱长同意了她的请求，女犯们也极愿意做这件事，因为无论她们过去做过什么，但她们也和天下所有女人一样，她们是母亲！小芸，放心吧，我要不在人世了，有人会以母亲的名义来帮我完成这件事的。"

要这样长时间地写信，自然要有很多人来写，周小芸猛然想起外婆临死时给她的那二十一封信，那些信不也是出自于不同人的手笔吗？周小芸刚想到这儿，一个不祥之兆跃上心头：难道我的母亲也是这样的人？难道寄给我的那些信也是由这样的人用这样的方式写的？

这些信就带在身边，周小芸拿出信，果然，其中一封的笔迹十分熟悉，就是黄金菊写的！

从监狱出来，周小芸就看见莫雅琴坐在小车内等她，莫雅琴要她上了车，车没开到医院，而是在万人公墓停了下来。

公墓的最高处有一个八角凉亭，

两人在亭子中坐了下来。周小芸的心里在打鼓，她预感到莫雅琴将会述说自己和父亲之间的故事。果然，刚刚坐定，莫雅琴就开门见山了："我承诺过你，等你病好后，我将把你父亲的故事告诉你。故事的开头不应该从我开始，还是先说说你父亲和你母亲的故事。"

于是，莫雅琴低声诉说了起来：周小芸的父亲叫龚一夫，他的爱情很大众化，和那个年代的许许多多青年男女一样，下放农村，回城后建立了家庭。国家恢复了高考制度，龚一夫以优异的成绩考上了大学，又因成绩优异，被国家选派去英国留学。留学回国后没多久，他就向妻子提出了离婚，周小芸的母亲在这场暴风骤雨中差点发疯了，她苦口婆心地规劝丈夫，但没能改变他的决心，于是她又跟踪，最后终于知道丈夫还有另一套住房，那房子里同样住着一个女人，这女人不是别人，是丈夫留学时期的同窗，名叫莫雅琴！

周小芸终于明白了，难怪莫雅琴不认自己是女儿，原来她和父亲只是情人的关系。莫雅琴继续说道："你母亲明白了她为什么不能说服丈夫的原因，那是因为这间住房里面的女人太强大，是天之骄子，是国之英才，而自己只是一个工人，于是，她选用了另一个计划，这计划她当时没有实施，因为她怀了孩子。在此期间，她偷偷地拿到了丈夫那处住房的钥匙，在锁匠那儿配了一把，又做好了其他准备。不久，孩子出生了，她把孩子喂养到了半岁。这天，她去了那里，她知道，这时候那里没人，按照往常的习惯，丈夫今天不会来。她不想害死她丈夫，只想让那个叫莫雅琴的女人离开这个世界，于是她在菜里面放了毒药！"

说到这儿，莫雅琴站起身，把周小芸带到了一块墓地。墓地很干净，像常有人来打扫，墓碑上还挂有纸

钱，像常有人来悼念这位亡灵。莫雅琴继续说着那个故事："可万万没有想到，丈夫这天却一改平日习惯，来到了那个和情人共居的住处，而且心情还很好，一边吃菜还一边喝了两盅。事情的结果是——丈夫死了，而莫雅琴却活了下来！"

故事还没说完，莫雅琴把周小芸带到了紧靠父亲墓地的另一个墓前："这事惊动了公安，公安已查到了你母亲身上。你母亲为你选择了一个归宿，她不希望你的身上留下母亲的半点污垢，不想让你知道你有这样的母亲，于是，她把只有半岁的你放在一个竹篮里，再把竹篮放在128里程碑前。做完这些后，她仍不忍离去，躲在暗处，看是谁抱走了她的女儿。她看见了，抱走她女儿的是一位中年女人，她认识那人，是湖南岳阳人，常去她们单位联系业务，那是一位心地善良的好大姐，于是，她放心了，走进了公安局……"

周小芸的眼泪夺眶而出，她明白了，是母亲毒死了父亲，母亲也因此而偿命！周小芸走到母亲的墓碑前，想记住母亲的名字：啊——"黎惠萍"！这不就是黄金菊在狱中见到的那个临刑前的女人吗？啊！妈妈，你临死前还牵挂着我，你死前的唯一心愿就是希望我吉祥平安，你临死还托付其他人给我写信，也感谢其他母

亲，这信一写竟写了二十二年！有位哲人说得好啊，上帝不可能走进每家每户，所以他化成了母亲！

周小芸看了一眼莫雅琴，她的形象再没有过去那样高大，周小芸心想，要不是她，我的父亲不会死，我的母亲也不会死，我也不会成为弃婴而流落他乡！

两天后，周小芸离开了这座城市，带着晶晶先回了趟岳阳的家。刚进家门，她就收到了一张汇款单。外婆曾经说过，二十二年来，每个月都会收到"母亲"给她汇来的钱，今天，她不仅见到了汇款单，而且又一次见到了"母亲"的信，那是莫院长的亲笔信：

孩子，自从我有了和你父亲的故事后，我身边再没有第二个男人，今生也不想再有。你母亲的狱友在你母亲死后常年不断地给你写信的事我听说了，我虽然不是她们中的一员，但我愿意用这种不寻常的方式延续我们的故事。我知道你不会原谅我，我也不想得到你的宽恕，我只希望在以后的日子里，我能履行一个做母亲的责任和义务……

泪水模糊了周小芸的视线，她给莫院长写了回信，整整一张纸就写了两个字："妈妈——"

（题图、插图：杨宏富）

哭闹是女人的常规武器，沉默是女人的化学武器，扬言自杀则是女人的核武器。如果她宣布使用核武器，经验告诉我们，这只是核威胁而已。广西 江飞（1338）

外国悬念故事

该书汇集的是《故事会》"外国文学故事鉴赏"专栏中的35则精品，其中包括美、英、法、意、俄、日等国的当代有影响的作家的作品，尤以美、日居多，按内容分为"机智过人、如此情爱、自食其果、历尽惊险、光怪陆离、荒唐滑稽"等六类。

历险故事

36则历险故事场面刺激，气氛紧张，情节惊心动魄，人物性格鲜明，叙述过程常常给人以身临其境的感觉。作品通过对主人公聪明才智的展示和坚韧不拔精神的刻划，形象地展现了历险故事特有的魅力。

荒诞故事

50余则故事用啼笑皆非的荒诞手法来鞭挞生活中的假恶丑，用荒诞不经的人物形象来呼唤人世间的真善美，在荒诞的外衣下，包藏着极为深刻的社会内容，长久以来一直活跃在人们中间，口耳相传，历久不衰。

诙谐故事

本书汇集外国诙谐故事精品100则，按内容分为"莫名其妙、洋相百出、针锋相对、随机应变、难言之隐、弄巧成拙、井底之蛙、强词夺理"等八大类，每大类前均有短小幽默引言，从不同角度折射社会面貌。

我的故事

　　《故事会》自1995年开辟"我的故事"栏目以来，日益受到广大读者的认可和欢迎，如今成为保留栏目。它的特点是"真情流露"，作品多是作者的亲历或见闻，并以第一人称叙述故事。本书汇集了该栏目的41则作品，读来备感自然亲切。

外国幽默故事

　　此书选取了《故事会》"幽默世界"中的近百则外国幽默故事，并按内容分为"奇闻趣事、巧言妙计、戏谑嘲笑、鞭挞讽刺、荒诞不经、意味深长"等六类。

武侠故事

　　39则武侠故事，形象地描述了侠义之士扶弱抑强、除暴安良、布善施德、匡扶正义的豪情生活，作品情节设计跌宕起伏，人物形象栩栩如生，每一则故事都是一首武林豪杰的正气歌！

男子汉故事

　　本书共收10则中篇故事，刻画了一群性格各异的青年男子，作品情节性强，极富文学色彩，不仅显示了男性的健壮刚强美，更突出他们面对权势、金钱、爱情以及生与死所表现出来的气质、智慧和英勇。

有个外号叫"咸水鸭"的，平时喜好赌博，赌输了，就去偷东西，在派出所里也挂上了号。

村子附近的"希望"小学放寒假了，老师也都回家过年了，只有一个姓朱的老头在看管。这天晚上，咸水鸭又赌输了，经过小学门口时，想到学校里空无一人，朱老头还在外面闲逛，没有回来，正是下手的好机会。他的手开始痒痒了，于是乘机翻墙进了校园，撬开了教师办公室的门。

咸水鸭推开门一看，办公室里除了一些书报杂志、粉笔墨水外，并没有什么值钱的东西。"学校真是他妈的太穷了，比老子还穷！"咸水鸭自言自语地骂着，一双贼眼扫来扫去，终于发现有两样东西还可以值点钱：墙角的一架旧风琴和桌上摆着的一台座钟，风琴很大，没法搬，那钟是希望小学落成后村里赠送的礼物。既然来了，总不能空手而归吧？于是，咸水鸭迅速搬过了钟，捧着就想开溜。

刚走几步远，忽然听见墙外传来了朱老头咳嗽的声音，这老家伙不早不晚，偏偏在这节骨眼上赶回来了！咸水鸭想躲，可在这学校里又能躲到什么地方呢？躲到厕所里去吧，但细细一想，如果老头子也上厕所怎么办？对，干脆就躲到女厕所里！咸水鸭来不及多想，拔脚就进了女厕所。

朱老头回来后，发现办公室的

惊心的钟声

□ 陶谨慎

门开着，便打着手电筒，在学校里巡视了一番，没发现少什么东西，于是就准备回宿舍睡觉。

咸水鸭见朱老头渐渐远去，终于松了一口气："这个愚蠢的老头竟然没想到来厕所找一找！"咸水鸭正在暗自庆幸，突然间，那钟先是"吱呀"一声，紧接着猛然响了起来："当、当……"这响声可不轻呀，特别是在夜晚，震得咸水鸭心惊肉跳、魂飞魄散！他心里一慌，手足无措，两手一松，钟就掉落下来，落地后还在响着，咸水鸭连忙伸手去捂，可钟声哪里捂得住？"当、当、当"，它还是不折不扣地敲了"九下"……

这钟声在空荡荡的校园里显得格外响亮、刺耳，猛地，朱老头转过身来，朝着厕所方向走来，咸水鸭躲在厕所的墙角里，紧张地张大着嘴，连气都不敢出！

雪亮的电光直逼而来，咸水鸭吓傻了，极度的恐惧使他大脑里成了一片空白。朱老头一步一步地逼近，终于，他在厕所前停了下来，咸水鸭完全绝望了，脸上的肌肉剧烈地痉挛起来："完了！完了！"

突然，奇怪的事情发生了：老头子拐进了男厕所，"稀里哗啦"地方便起来，然后又慢慢地离开了厕所……

也不知过了多长时间，厕所外始终没有任何动静，夜晚静寂，只有地上的钟还在"滴答""滴答"地响着。咸水鸭纳闷了：这老头子为何不循声走进女厕所呢？咸水鸭走到厕所门口，向外张望，发现朱老头居然回宿舍熄灯睡觉了！

半晌，咸水鸭才明白过来：这老头子是一个聋子呀！

受了这场惊吓，咸水鸭从此再也不敢做鸡鸣狗盗的事了……

（题图：安玉民）

· 本刊信息传真 ·

《滴水藏海》 再次面向全社会征稿

《滴水藏海——300个3分钟典藏故事》第一、第二、第三、第四辑出版后，在社会上引起了巨大的反响。

根据读者的建议，编辑部决定继续编辑《滴水藏海——300个3分钟典藏故事》第五辑，为此，再次面向全社会广泛征稿，希望广大读者将你们在各类报刊杂志上读到的以及各种场合听到的这类"3分钟典藏故事"推荐给我们。

推荐稿要求：1、立意清新隽永，富含真情至理；2、以叙事为主，一篇作品中要有一个精彩的情节或细节；3、篇幅：一般在500字左右。

推荐稿务必注明原作者、发表日期和出版单位以及推荐者的真实姓名、联系方式。所荐作品一旦入选，每篇即付推荐费50元。推荐稿请寄：上海市绍兴路74号《故事会》编辑部（邮编：200020），在信封上注明"典藏故事"。网上来稿，请发以下信箱：wulun54@163.com，征稿截止日期为2006年12月31日。推荐稿一律不退，请自留底稿。

写不出朦胧的诗，画不出灵魂的画；望着屋檐的雨滴，才知道相思无价；诗中有我的夕阳，画中有你的朝霞；不能与你随风飞扬，依然为你丝丝牵挂！江苏 徐春梅 (1339)

行路人和魔鬼

一个人在路上走，遇见了魔鬼，于是行路人就责问他为什么要把天底下的坏事都做尽，魔鬼听后大叫冤枉，他要行路人在此稍待片刻，看看到底是谁在作恶。

于是魔鬼就变成了人，他从附近一家小铺子买了些蜂蜜，又把蜜涂在这家铺子的门上，自己躲到了一边。一转眼的工夫，门上布满了苍蝇，一只大蜘蛛对着这些苍蝇猛扑过来，另一只鸟又朝着蜘蛛飞来。这时，有个猎人走过，他的胳膊上架着一只鹰，鹰从猎人手中起飞，捉住了那只想吞食蜘蛛的鸟，可铺主见了鹰却以为是一只野鹞子扑来了，他拿起一个秤砣砸死了鹰，于是猎人冲上前去殴打铺主，铺主还击，两人打了起来。警察赶来了，将两人押走了。

这时候，魔鬼对行路人说："你现在看明白了吗？我不过是在门上涂了点蜂蜜，至于你所看到的其余一切，那都是谁干的呢？"说完这番话，魔鬼走了。

（推荐者：陈 超）

有人去买警犬，A国的10万元，而B国的要100万元，这两者到底有什么区别呢？买主拿了一包海洛因给两条不同的警犬闻，而后藏起来。两条警犬同时被放出，它们同时找到了海洛因。

买主疑惑了，问："10万元和100万元也差不多嘛！"

但卖犬的商人提议可以再试一次，同样是海洛因，但这次却在路上出现了一条母狗，两条警犬被放出后，同样直奔海洛因藏匿地，一会儿，区别出来了：A国的警犬开始注意母狗，越跑越慢；而B国的警犬对母狗置若罔闻，一路上始终没有停步，直至终点。

身价的区别不仅在于能力的大小，如果很容易被诱惑，那么身价就会跌落。

（推荐者：辛海伟）

身价

·3分钟典藏故事·

名 犬

——天，某国际机场地勤部门的工作人员接到了一份电报：一位贵宾托运了一条狗，始发地告知他们那狗是那位贵宾心爱的宠物，它将随主人在此地转机回澳大利亚。电报特别提醒他们务必认真照看，不得有失，可意想不到的是：有关职员接回的却是一条死犬！

情况十分紧急，不管这狗是在飞机上还是落地之后死的，这事都十分棘手，于是，机场地勤部门的工作人员乘转机的几个小时，设法买来了一条大体相似的宠物狗，只是尾巴稍稍短了一些，大家都在暗暗祈祷狗的主

人不要察觉到这微不足道的差别。

数天后他们就收到了投诉电报，原来那位贵宾托运的原本就是一条死狗，因为主人太喜爱它，才送它"叶落归根"回澳大利亚老家，于是，所有有关人员都受到了严厉的处罚。

所以，我们有时追求的所谓尽善尽美并不符合生活的法则，真实和诚实才是永恒的……

（推荐者：源 流）

猴子与手表

——只名叫"猛可"的猴子，在森林里拾到了一块游客丢落的手表，聪明的猛可很快明白了手表的用途，于是，整个猴群的作息时间也由猛可来规划。猛可逐渐建立起威望，当上了猴王。

当了猴王的猛可认为是手表给自己带来了好运，于是它每天在森林里寻找，果然它又拥有了第二块、第三块表，但是，麻烦很快来了：

每块手表显示的时间都不相同，猛可不能确定哪块手表上显示的时间是正确的，猴群的作息时间混乱了，猛可威望大降，终于有一天，它被赶下了猴王的位子。

这故事说的就是著名的"手表定律"：对于任何一件事情，不能同时设置两个不同的目标……

（推荐者：田 野）

86 问候是一只船，能把情送运；祝福是一把伞，伴你走过阴雨天。寂寞的时候有朋友一条温馨的短信，所有的坎坷都化作云烟，祝你每天都开心快乐。河南 姬连东（1140）

决定权

一个孩子到一家鞋店定做一双鞋，鞋匠问他："你是想要方头鞋还是圆头鞋？"孩子不知道哪种鞋适合自己，一时回答不上来，于是，鞋匠让他回去考虑清楚后再来。

过了几天，这位鞋匠在街上遇见了那孩子，又问起鞋子的事，他仍然举棋不定，最后鞋匠说："好吧，我知道该怎么做了，两天后你来取新鞋。"

孩子去店里取鞋的时候，发现鞋匠做的鞋子一只是方头的，另一只是圆头的。

后来这孩子成了美国一位著名的政治家，他回忆起这段往事时说："从那以后，我认识到自己的事必须自己拿主意。如果遇事犹豫不决，就等于把决定权拱手让给了别人。"

(推荐者：杨　松)

多买一颗扣子

乡下的外婆有许多古怪的习惯和规矩，她时常嘱咐儿孙们：递剪刀时尖端要朝向自己，即使下雨没带伞也不许将手帕顶在头上，系鞋带时不能只弯腰而一定要蹲下……还有，做衣服时要多买一颗扣子。

孙女长大后渐渐淡忘了外婆教导的规矩，她觉得那些规矩多少显得落伍陈旧、不合时宜，因为至少衣服不必自己动手做了，更谈不上做衣服时多买一颗扣子。

终于有一天，她最心爱的一件上衣掉了一颗扣子，她跑遍了附近的商店也配不上和其余四颗相同的扣子，只好另买了五颗，可回到家才发现，仓促间新买的扣子也遗失了一颗，她懊丧之余依稀听到了外婆苍老而熟悉的声音："多买一颗扣子……"

刹那间，孙女一下领悟了外婆话语的真谛——其实，外婆一直都以她自己的方式诉说着朴素的人生哲学：多买一颗扣子，凡事都留有余地。

(推荐者：田　野)

最后一关

阿明去一家知名公司应聘，从九十九个应聘者中孤军杀出，终获总裁召见。那一天，阿明飘飘然地走进办公室，总裁不在，但总裁打来了电话，表示了欢迎阿明加盟公司的热切心情。阿明心花怒放，想将这个好消息告诉正在国外出差的女朋友，他掏出了手机，可想到这是国外长途，便顺手拿起了桌上的电话，可没说上几句，另一部电话铃声响起，电话是总裁打来的，他说通过DVP监控显示，阿明没能闯过最后一关，刚才的决定作废……

阿明惊呆了，一旁的女秘书惋惜地叹道："在没有成为公司正式员工之前，你身上有手机，干吗不用呢？"

（推荐者：朱　全）

有质量的爱情

女儿考入了北京的一所大学，父亲打听了其他同学的情况后，便把女儿每月的生活费定在600元。

一天，女儿在给父亲打电话时说了这样一个情况：班里有些女同学在谈恋爱，其实有时她们未必喜欢正谈着的男生，只是喜欢男生为她们的吃、玩埋单罢了，这样，虽然她们每月家里也给600元，但生活质量好多了。

父亲愕然，当天晚上，他便发了封电子邮件："亲爱的女儿，如果你开始谈恋爱，请一定告诉我，我会每月给你增加200元，作为恋爱经费。请你一定记住——每次约会，不要忘了带上你的钱包，你要学会并习惯为自己所爱的人埋单，这样你才有资格得到一份有质量的爱情……"

（推荐者：心　海）

（本栏插图：安玉民）

学写作文，可以从读故事开始

老孙头请客

□ 褚烈民

镇上有所中学，学校厕所里的粪肥由老孙头包干掏。那天，老孙头正赶着小驴车走出校门，学校管后勤的黄主任拦住了他，敲起了竹杠："老孙头，一年四季，学校的粪肥都让你给掏了，白得这么多钱，你怎么也得表示表示才行。"

老孙头听了，脸有点红，他不想舍了这份财，只好讨饶说："那俺请你喝酒，成吧？"

就这样，到了星期天晚上，老孙头狠狠地往兜里揣了五百块钱，惴惴不安地来到酒楼，找到了那个包间里，只见镇文教助理、校长、黄主任等一干人马七八个，正等着他呢。见老孙头来了，一桌人便开始点菜，一个个专拣贵的点，校长还特意要了一瓶茅台。

老孙头没承想会来这么多人，这些人又哪个菜贵点哪个，他暗暗担心：这得花多少钱？不知兜里的钱够不够用？

老孙头心痛兜里的钞票，不情愿又不能表现出来，只好自己安慰自己：反正羊毛出在羊身上！他哆嗦着端起酒杯，结结巴巴地说："嗯，嗯，领导们都来了，鱼鳖虾蟹的，没什么好东西，嗯，嗯，凑合着吃吧。"

一桌人听了这话，很不顺耳，都觉得老孙头在骂自己不是什么好东西。

黄主任放下酒杯，把脸一沉，训斥道："老孙头，不会说话就别说了，想着结账就是了！"

老孙头不知说错了什么话，想再说句客套话补救补救，只见他酒杯一端，一副豁出去的样子，慷慨激昂地说道："大伙甭客气，我不心痛，钱不够回家去取……尽管吃，反正都是你们拉的。"

拿回我的工钱

□ 李世民

刘军和张虎都在机械厂上班，两家还同住在一个大院里，平日里，两家相处得很好，远亲不如近邻嘛。

两人都是工人，每天的衣服都是脏兮兮的，要经常换洗。刘军的老婆在医院当护士，工作挺忙的，所以，他的衣服要自己洗；张虎的老婆是一名下岗工人，整天呆在家里，而且特别勤快，所以，他的衣服就不要自己动手洗了。

这天傍晚，刘军下班回到家里，感觉挺累的，就把一身脏衣服顺手搭在院内的铁丝上，想等有空时再洗。第二天下班回到家，刘军发现自己换下的那身脏衣服洗干净后挂在铁丝上晾干了，他明白了：他和张虎身材差不多，穿的又是厂里统一发的工作服，张虎的老婆粗心，把这衣服当成

是丈夫的了。刘军收起衣服，心里直乐。

以后，这样的事经常发生，刘军暗自偷着乐。

一天早上，刘军很随意地把一身脏衣服搭在院内的铁丝上，就上班去了，等到了厂里，他忽然想起那身脏衣服的口袋里还放着一百元钱，那是昨天厂里发了奖金，他顺手放进去的，没想到把它忘了，他一个劲地后悔自己太粗心。

下班后，刘军匆匆回到家里，发现衣服果然洗过了，他连忙把衣服口袋翻开，一看，钞票还在，只是一百元变成了五十元，而且还有一张小纸条，上面写着一行字："工钱五十元，找零五十元，谢谢！"

  有一种目光直到分开时才知道是眷恋；有一种感觉直到离别时才明白是心痛；有一种心情直到难眠时才发现是相思；有一种缘分直到梦醒时才清楚是永恒。1318***3666（1142）

要命的短信

□秋川清

小照谈了个漂亮的女朋友，没几天，他就买了个比女朋友还漂亮的手机送她，两个人昏天黑地地谈恋爱，话多，短信自然也多。

这天夜里，小照正在梦里和女朋友耍闹，"当当"，枕边的手机发出了短信提示音，把他从梦里惊醒，赶忙打开一看，是女朋友的："我睡不着，想你，你呢？"

小照赶紧写了短信发过去："我等着你的随时召唤，我是你的爱情专列，你什么时间乘坐，我什么时间发车！"

接着，女朋友又发来了一条信息："刚才你在干什么？"

小照知道女朋友挺聪明的，不能编瞎话，于是就想写条短信："我刚才睡了一个小时"，短信打好，就发了过去。

没过几秒钟，小照的手机撕心裂肺、哭爹叫娘地轰鸣起来，小照急忙接听，只听女朋友在手机里吼道："死小照，你去死吧！"小照刚想问怎么了，"啪"，女朋友把电话挂了，小照赶紧往回打，女朋友已经关机了。

小照惨了，慌慌张张穿衣服，左鞋穿到右脚上，右鞋穿到左脚上，急急忙忙去找女朋友，想问问为何发起了雷霆之怒。他半夜三更赶去，女朋友死活不给开门，只好在她家门前一直蹲着。

天亮了，门开了，女朋友走出门来，看都不看小照一眼，小照猴急地跟了上去，嬉皮笑脸地问："到底咋回事？死也得让我死个明白呀？"

女朋友把手机扔到小照手里："还你的手机！"说完，"噔噔噔"往前走，还撂下了一句话"你自己看看你昨晚干了什么！"

小照急忙打开手机的信息收件箱，看到了自己昨晚发的最后一条信息："我刚才睡了一个小姐……"

白赚一秒钟

□ 王道庄

张厂长的制药厂研制了一种新药，叫"唇颤停"，专门治疗老年人嘴唇颤抖的毛病。为了打开销路，张厂长有心做做广告。这个时候，正巧省城要举行一个大型文艺晚会，并将通过卫视全国直播。组委会主任找到

张厂长，说："如果你能赞助50万元，就请你作为晚会的嘉宾，戴上胸卡，胸卡上写上'唇颤停药厂厂长'，在晚会高潮时，给你一个5秒钟的大特写。"

张厂长同意了，但他又疑惑地问道："特写的时间怎么掌握？如果摄像师的镜头不到5秒就离开，我这钱不是多给了？"

主任心里暗自好笑：这土包子，这时间还不好掌握啊？但他为了哄张厂长开心，就笑着说"好办好办！张厂长，当镜头对准你时，你在心里默默计数，数到5秒钟时，你点一下头，摄像师的镜头再挪走，怎么样？"这真是个好办法，张厂长答应了。

晚会这天，张厂长坐在嘉宾席最显眼的位子上，期盼着高潮的到来。突然，他心头一动：5秒钟花费50万，一秒钟就是10万呐！我何不多数一秒钟？他正想着，摄像师已经把镜头转过来对准了他，于是张厂长对着镜头，面带笑容，心里默默数着："一秒钟，两秒钟……"一直数到"六秒钟"，他点了点头，镜头这才移开。

第二天，"唇颤停"的好几家代理商都打来了退货的电话，张厂长忙问原因，答复都是一样的："你连自己的病都治不好，这会是好药吗？"

原来，摄像时，张厂长只想着白赚一秒钟，一不留神，心里计数时，他的嘴唇也在一开一合地颤抖呢！

  俺不太会说话，嘴巴也不甜，但俺就是想，你能干啥啥中，想啥啥成，身体倍儿棒，钞票贼多。在此衷心祝你身体健康、万事如意、吉祥快乐！福建 叶昱辰（1343）

孩子王

□伊家河

周末的晚上，"天然居"酒家来了一群孩子，吵嚷着要给其中一个小胖子过生日，一个女服务员把他们安排在靠门的一张桌子上，他们却嫌来来往往的人太多，一个劲要换。服务员没办法，又给他们找了一个靠窗的，他们却又嫌风太大。服务员看看再没有空桌子了，说："实在对不住，现在不能再换了。"

小胖子生气了，说："你们开的是什么饭店，不如趁早关门！"服务员说："你这小孩说话可真不好听，不就是吃顿饭吗，在哪不一样呢？"小胖子说："在这张桌子上我就是吃不下，你想，我一年就过一次生日，不选个好地方行吗？"他这样一说，其他的孩子也跟着起哄，乱成了一锅粥。

服务员自己解决不了，就叫来了大堂经理，经理来了后又是哄又是吓，可这帮孩子却没有一个听他的，

仍是不停地叫喊，有的还跳到了桌子上，最后，经理把保安都叫来了，可还是没有一个孩子害怕。正在吵闹不休时，有个中年男子实在看不下去了，他走了过来，说"孩子们注意了，各人回到各人的位子上坐好，否则我就要把你们清除出场了！"

说也奇怪，这些孩子一见这中年男子立刻变了神色，赶忙乖乖地跑到自己的位子上坐好，没有一个再提换桌子的事了。

服务员很是感激中年男子给她解了围，忙上前道谢，中年男子摆了摆手："小事一桩，不值一提。"

服务员疑惑地问："这些孩子这么听您的话，您一定是他们的老师吧？"

中年男子说"不是不是，我怎么会是老师呢，我只是一个网吧老板而已。" **（本栏题图：顾子易）**

2006 年《中国最有影响力的故事》征文启事

五大奖励措施　稿酬外追加千字千元奖金

为鼓励多出优秀作品,《故事会》杂志社决定继续举办 2006 年《中国最有影响力的故事》征文大赛，并对优秀作品实行 5 大奖励措施：

1. 入选作品除在杂志上发表外，还将收入《〈故事会〉中国最有影响力的典藏故事》(2006 年版)一书。2. 入选作品可得两笔稿酬：在《故事会》杂志发表的作品，首发稿酬每千字 400 元，选入书后再追加每千字 1000 元。3. 入选作品均颁发奖励证书。4. 本刊将委托有关专家对入选作品进行精彩点评。5. 本刊将邀请有关作者参加 10 月在外地风景区举办的优秀作品改稿会以及年底的颁奖大会，所有费用均由本刊承担。

征稿范围：具有现实感、新鲜感且可读性强的中短篇原创作品。超短篇（如幽默故事）的字数一般在 1500 字以内，短篇（如中国新传说）的字数一般在 5000 字以内，中篇故事的字数一般在 15000 字以内。

来稿方法：1. 从邮局寄发，请在信封上注明"征文大赛"字样，本刊地址：上海市绍兴路 7 4 号《故事会》杂志社，邮编：2 0 0 0 2 0。2. 从网上上传递，可发以下信箱：wulun@vip.sohu.net，请在主题上注明"征文大赛"字样。来稿也可直接发至各责任编辑的电子信箱，本期责任编辑的信箱是：yaobianji@126.com。

《解读〈故事会〉》

一本揭示 故事会 40 年发展历程的传记

欢迎评说

亲爱的读者，为体现与时俱进、求实创新的办刊思想，本刊在《故事会》创刊 40 年之际，特推出《解读〈故事会〉：一本中国期刊的神话》一书。关于《故事会》这本杂志，你可能有过这样那样的疑问：为什么《故事会》能几十年长盛不衰？高考满分作文与读《故事会》有什么关系？为什么卖《故事会》杂志就能赚钱？……看完这本书，相信你会揭开所有的谜底。

371

2006
SEMIMONTHLY
下半月版

7月

STORIES

本刊主办"故事中国网"（www.storychina.cn）正式开通，欢迎登录！

STORIES

2006 年 7 月
下半月刊·绿版

主　编：何承伟

常务副主编：吴　伦

副主编：姚自豪（上半月·红版）

副主编：夏一鸣（下半月·绿版）

本期责任编辑：鲍　放

发稿编辑：

姚自豪　周　吟　吕　佳

夏一鸣　郑继文　王雅静

美术编辑：李宝强

电脑制作：郭瑾玮

通　联：归依玲

本社办公室电话：021-64375030

上半月刊编辑部电话：021-64332325

下半月刊编辑部电话：021-64336469

（上海市绍兴路 74 号 邮编：200020）

主管、主办：上海文艺出版总社

制作、发行总监：张　凯

电话：021-64313938

广告总代理：上海文艺广告传播中心

（上海市绍兴路 74 号 邮编：200020）

广告业务：021-34010383

广告投诉：021-64333738

广告经营许可证

沪工商广字 3100320050022 号

发行：中国图书进出口上海公司

本刊各栏目欢迎来稿。来稿寄上海市绍兴路 74 号《故事会》杂志社，邮编：200020；请在信封上注明"××栏目"收；本期责任编辑 E-mail 地址：baofang@vip.sohu.net

打点滴

小王感冒了，到医院去打点滴，不料护士是个新手，一手拿着针筒，一手在他胳膊上左摸右捏，结果一针下去还是扎偏了位置，小王忍痛看护士把针头拔出来，心里不免紧张起来。

第二针下去，总算是扎准了，护士脸上露出了轻松的笑容，小王也长舒了一口气，调侃说："原来你们医院也时兴打一针送一针啊！"

（汪小弟）

（本栏插图：王 俭）

一起唱

有个新歌手，一上台就总有一句歌词唱不准，于是向一歌星讨教舞台演出的经验。歌星说："实话告诉你吧，我在台上有时也经常唱不准，不过我教你一个好办法，到唱不准那一句时，你就喊'大家一起跟我唱好不好'，问题不就解决了？"新歌手听了，茅塞顿开，连连点头。

（王笑地）

老教材

一天，孙子正照着菜谱学做一道用猪肉做主料的菜，当厨师的爷爷叮嘱他说："记住，做这道菜千万别加水！"

孙子笑了："爷爷，你错啦，书上说，做这道菜就是要加水的！"

爷爷摆摆手："你懂什么！你用的菜谱是老教材，可现在屠宰场里早已把这肉里的水加足了！"

（鞠俊洁）

老婆（（唉！）我陪客户不回家吃饭了啊（好吧……）我喝多了你自己睡觉好吗（什么？）天旋地转认不得方向了呀（天哪！）吐了满地爬不起来了呀（我去接你）……我们就是幸福的一家。 河南 李勇（1401）

私 房 钱

狗哭丧着脸对猫说"考古学家在我主人的花园里发现了大量的骨头。"

猫说："那是新发现啊！你怎么这么悲伤呢？"

狗大哭："可那是我的私房钱啊！"

（李东辉）

父亲的解释

儿子问父亲："为什么好多歌星歌唱得非常好，普通话却说得那么难听？"

父亲回答："那是因为唱歌给钱，而说话呢，则通常是免费的。"

（凌巧雅）

像她一样

王小姐下班回家去菜市场买鱼，结果到鱼摊前一看，扭头就走。小贩在后面喊住她说："小姐，你统统买了去，我给你便宜一点！"

王小姐鼻子里"哼"了一声"送给我也不要，都是卖剩下的，鱼鳞都快掉光了，还有几条居然连尾巴都没有，买回去怎么吃得下啊？丑死了！"

王小姐扭着身子走了，卖鱼的小贩看她打扮得花枝招展的样子，突然回过神来："对了，这年头卖鱼，得像她一样，先给鱼打扮打扮啊！"

（蜀京翰）

脸上的标志

儿子狡黠地说："爸爸，刚才那位叔叔一定是你的领导。"

爸爸一脸疑惑："他脸上又没有标志，你怎么知道？"

儿子笑了："你脸上有标志啊！"

（武俊浩）

包公脸

儿子特别喜欢看"包公"电视剧，有一次，妈妈故意问他："你知道包公的脸为什么这么黑吗？"

儿子想了想，拍着脑袋喊起来："妈妈，我知道啦，包公的额头上不是有月亮吗？月亮只有在夜里才会出来，所以包公的脸才会这么黑！"

（陈咏遥）

发酒疯

酒鬼喝酒后大发酒疯，酒馆老板让人找来酒鬼的老婆，拉他回去。可酒鬼根本不听劝，反而把老婆气走了。

后来，酒鬼老婆想想不放心，只好又来拉他。酒鬼大叫道："怎么又来一个老婆？告诉你，就是来十个老婆，我也不怕！"

（萧 迪）

拜年

胖子喜欢捉弄人，大年初一早上，他在路上碰到住在村头的聋子王伯，捉弄之心顿起，就上前大声招呼道："王伯，祝你早日到地府去报到啊！"

王伯虽然听不到这人的话，但总以为大年初一的，胖子这是在给自己拜年了，于是就高高兴兴地回答说："你也一样，你也一样啊！"

（吴 琦）

屈原的身份

课堂上，老师问学生："同学们，你们知道屈原生前是干什么的吗？"

全班50个学生中，小明、小华和小红抢先举起了手。

老师先问小明，小明答"我知道，屈原是医生。"老师惊讶极了，小明解释说："书上说屈原是士大夫，那就是告诉我们，他是给士兵看病的！"

老师又问小华，小华答："屈原是厨师。"老师愕然，小华解释道："老师，我们吃的粽子就是屈原发明的啊！"

老师用充满期待的眼神看着小红，只听小红大声回答说："屈原是个运动员，他是在参加游泳比赛的时候淹死的。"

（葛会渠）

老婆老婆别发火，发火会让皱纹多，加班不是我的错，只为薪水拿得多，好好工作为顾客，才会赢得众人捧，谁叫老公是厨房里的白衣"食"者。　北京 刘盼（1402）

各有理由

在北京工作的哥哥和在香港经商的弟弟相约着一起回老家过年，兄弟俩碰在一起有说不完的话，只是母亲看着他们一支接一支地抽烟，很为他们的健康担心。

这天，母亲终于忍不住问："你们在外面，就是这样不停地抽烟的吗？"

兄弟俩赶紧摇头："不，不是这样的，我们只在有应酬的时候才抽。"

母亲奇怪了："那现在家里没客人来啊？"

哥哥笑了："妈，我正在会见香港商人哪！"

弟弟也笑了："妈，我也正在接待首都来客啊！"

（何双贝）

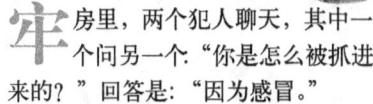

感冒被抓

牢房里，两个犯人聊天，其中一个问另一个："你是怎么被抓进来的？"回答是："因为感冒。"

"到底是怎么回事？"

"很简单，我偷东西的时候，打了一个喷嚏，保安就醒了。"（李舒婷）

你也试试

病人要求换病房，医生不理解："你为什么一定要换？要知道，你的邻床是个极幽默的人，他是有名的相声演员啊……"

病人打断医生的话说："所以我的要求一点没错！如果你也刚刚割了阑尾，伤口还没长好，你整天大笑试试看？"

（杨 有）

不让爸爸生气

老师问亮亮："你爸爸每次看到你不及格的试卷，一定很生气吧？"

亮亮点点头："是的。"

老师启发他："那应该怎么做，才能不让爸爸生气呢？"

亮亮托着腮想了想，说："老师，只要以后不考试，爸爸就不会生气了。"

（林光辉）

天上真的掉馅饼

□ 张发祥　整理

有个大学生叫刘大为，大一暑假时，他没钱回山沟沟里的家，于是便像许多贫困大学生一样，想留下来打工，靠自己的劳动挣一点钱。

大为按照同学的指点，去报摊买了一份专门向大学生提供求职信息的《手递手》报，剪下个人信息刊登表，填好后寄回报社，过了几天，他就顺利地找到了一份家教的工作，接下来的日子，他每天上午骑着刚进学校时买的二手破单车，穿过半个城区，去给那家小孩补两小时的课，然后获取四十元报酬。

可谁知黄鼠狼专咬病鸭子，大为越穷还越破财，刚做了半个月"家

教"，那辆破单车就被人"顺手牵羊"了，他心疼得不得了。对于他来说，没有单车实在太不方便了，别的不说，光是到那做家教，每天的车费就得六元钱。大为左算右算，决定还是再买一辆旧单车比较合算，想起《手递手》报上也登五花八门卖旧东西的信息，他就向同学借来翻看。

有一条信息这样写着："免费赠送单车一辆，要求受赠者——来自农村的女大学生。联系人：杨小姐。"大为看了不觉感到奇怪：有车不卖却要送，这葫芦里在卖什么药？还特别注明要女大学生，还要来自农村，莫非是设了什么圈套？不过，"免费赠车"

亲爱的你还在等我吗？我已经看到咱家卧室橘黄色的灯光了，想到我的爱在咱家暖暖的被窝里等着我，我加快了上楼的脚步。老婆，我爱你！　湖北　姜小平（1403）

这四个字此刻毕竟太有吸引力了，于是大为决定试试，自己堂堂七尺男儿，怕人家小姐干啥？试试总可以的嘛！于是他立刻按照报上登的电话号码，拨了过去。

一个十分动听悦耳的声音从电话那头传了过来："喂，你好！"大为急忙问："是杨小姐吗？我在《手递手》报上看到你的免费赠车信息，我……"

哪知没等大为把话说完，杨小姐就在电话那一头"咯咯咯"地笑出声来："啊，终于有人给我打电话了！"然后是着急地发问："你是大学生？"

大为说"当然，否则我也不给你打电话了。不过，我不是你要求的女大学生。"

"这问题不大。请告诉我，你家在农村吗？"

大为忍不住问她："这跟赠车有什么关系？"

"当然有关系，"杨小姐固执地说，"因为这是我赠车的条件。"

"那……我告诉你，"大为说，"我的家就在农村，而且那里是一个很穷很穷的山沟沟。"

"太好了！"杨小姐在电话那头喊了起来，"那么你现在就过来吧，带上学生证和身份证到我家来，我把车给你。"她接着就把她家的地址告诉了大为。

这么顺利就把关系接上了？而且

这会儿这个杨小姐怎么又不在乎男生女生了？这多少让大为心里有点忐忑：她到底是个什么样的人？不过这种隐隐约约的神秘感给了大为莫大的好奇，好在学生证和身份证他是一直随身带着的，于是他当即一路找了过去。

大为到了那里一看，杨小姐的样子看上去比他想象中的更年轻更漂亮。杨小姐看过大为的证件之后就直接把他带到自家的储藏室，撩起一块遮尘布，大为一看，哇！是一辆八成新的女式红色山地车。

大为脱口叫了起来："怪不得你要送给女生！"

"对，"杨小姐说，"我本来是想送给女生的，可我的免费赠车启事已经登了不少时间啦，没有一个女生来找我，所以我也不在乎男生女生了。我想，你骑车不会过分讲究车的男女款式吧？"

看她这样子，今天这车是真的要送人了，可大为还在疑惑，杨小姐大概看出了他的心思，笑笑说："你一定不相信天上真能掉馅饼吧？"

大为忍不住点点头："你……你这车有发票吗？"

"你怀疑这车的来路？"杨小姐似乎早有准备，她从这辆山地车的车垫套里摸出一张发票，递给大为看，"放心吧，绝对的正宗货。"

看样子一切都是真的，可既然如

· 悬念故事 ·

此，这位杨小姐为什么又要将它白白送人了呢？而且是送给一个素不相识的穷学生？

杨小姐把大为请到客厅坐下，大为还没开口问，就发现杨小姐的神情显得有点激动。大为心里猜测：关于这辆山地车，一定有个不寻常的故事。果然，杨小姐缓缓向他道出了其中的原因：

"我原先也和你一样，是从穷山沟里考出来的学生。那时，我每天下午上完课后要走五里路，到一个街心花园去给附近的人理发，靠自己辛勤的劳动养活自己，我这个手艺还是在老家时为村里人理发练出来的。有一

位退休老工人，每个星期都来街心花园找我理发，起初我还以为他对我会有什么不轨之心，后来才知道，其实他是为了多给我一点挣钱的机会。后来，这位老工人得知我每天为了节省二元车钱，来回走这么多路来给大家理发，就毫不犹豫地掏钱给我买了这辆单车……"

杨小姐说到这里，声音有些哽咽："我过去从来不相信天上会掉什么馅饼，但这位老工人确确实实用他无私的关爱，给了我最温暖的人间真情。大学毕业后，我有了一份很好的工作，收入挺多，现在我上班已经开着自己买的轿车了，可我实在舍不得扔掉这辆车，工作再忙，我每个星期都会仔细地保养它。我原本想一直把这辆车珍藏起来，可是总觉得这样做好像少了点什么，所以后来我决定要把这辆车送出去，送给一个就像我当年一样需要车的来自贫困地区的学生，当然是女学生就更好了。我要把老工人的这份爱心传递下去，所以……所以就有了你现在看到的那个免费赠车启事！"

大为这才恍然大悟，不禁为刚才自己心中的那一份猜疑而羞愧不已。骑车回校的路上，他对自己说：我也要像杨小姐那样用好这辆单车，等将来毕业工作后，再传给下一个靠自己的劳动堂堂正正活着的人。

（题图、插图：安玉民）

10 月亮挂得高高，亲爱的快去睡觉，祝你做个好梦，等你醒来的时候，我已悄悄和你拥抱。
河北 宗涛（1404）

冲动是
魔鬼

□ 聂志红

吵架吵出了大祸

丁大壮老人吵架，没想这次吵着吵着竟吵出了大祸，冲动之下一刀把人家给捅伤了，法院最终判了他13年徒刑。

人一生能有几个13年？丁大壮今年已经32岁了，再过13年就是近半百的人，这辈子还能有啥指望？在监狱里想到这一层，丁大壮就忍不住哭。唉，都怪自己这火药脾气！他用手擦了擦眼泪，这时候，怪事出现了。你猜怎么着？居然有一只蟑螂正站在他面前，全神贯注地望着他。

哼，连你都爱瞧我的洋相不是？看我不踩扁了你！丁大壮抬脚就要朝蟑螂踩上去。那蟑螂见势不妙，掉头就逃，一面逃一面叫："大壮，不要杀我啊！"丁大壮的脚在半空停住了："你这是什么话？我怎么听得懂你说的话？"蟑螂回答说："我也不知道啊，我一直都是这样说话的啊！"

丁大壮收回脚，蹲下身，对蟑螂说："看样子咱俩有缘分。唉，我关在这里挺寂寞，我们交个朋友怎么样？"

"好呀！"蟑螂乐呵呵地张着它那两根触须说，"我们要做就做最好的朋友！对了，我叫你大壮，那以后你就叫我小强好了，我们合起来就是强壮的意思啦！"蟑螂说着话的当儿，就挺热乎地爬上了丁大壮的手心，兴奋得又想唱又想跳，可是他发现丁大壮的神情突然黯淡下去，就问："大壮，你怎么啦？"

原来，丁大壮以前有一个活泼可爱的儿子，名字就叫小强，但因为丁大壮性格鲁莽，在外面老是惹是生非，得罪的人太多，终于有一天，小强被丁大壮的一个仇家残忍地害死了，妻子菊花也因此绝望地离开了他。

蟑螂没想到自己一不小心惹丁大壮伤心了，不知道怎么安慰他好，它怯怯地要从丁大壮的手心里跳下来，丁大壮一把按住它说："别走，我没想到今天会交上你这么个和我儿子一样名字的朋友，这是老天给我的啊！太好了，我以后不会再伤心了，我就叫你小强，我们好好过日子！来，刚才你不是想跳舞吗，我来教你……"

于是就从那一刻起，蟑螂小强就充当起了丁大壮的朋友和儿子的角色，天天陪他聊天解闷，而丁大壮就教它跳舞、唱歌，还教它翻各种各样的跟头，做各种有趣的动作。丁大壮渐渐感到有了希望，自己的精神状态也和以前完全不一样了，他决心听从小强的劝告，积极改造，争取早日出狱，重新做一个正直守法的人。丁大壮说到做到，在往后的日子里处处表现突出，还先后多次被评为积极分子。

这天晚上，丁大壮睡得正香，忽然觉得鼻孔里痒痒的，睁开眼睛一看，原来是小强在挠他。小强附着他的耳朵悄声道："大壮，快起来，那边有人要越狱，你立功的机会来了！"

丁大壮赶紧一骨碌爬起来，把这事报告狱警。狱警半信半疑，过去一看，果然逮到两名正企图越狱的犯人。丁大壮因此立了一大功，监狱一次性给了他减刑三年的奖励。

丁大壮因此积极性大增，后来多次立功，多次得到减刑奖励，最后终于获释了。

只想老老实实过日子

出狱那天，丁大壮决定要把小强带走，他说："小强，我能这么快出去，多亏了你啊！"小强笑呵呵地说："大壮，咱们之间还用多说什么客气话？不过，你要今后不再踏进背后那扇门，就一定不能再像从前一样爱冲动了，要不，我可就帮不了你啦！"丁大壮一个劲儿地点头发誓："我知道，冲动是魔鬼啊，我算是尝到苦头了，以后我一定遇事让人三分。"

丁大壮果真说到做到。但毕竟是从牢房里出来的，他再怎么注意自己的行为，也还是碰到了新问题：几个月下来，找不到一份可以糊口的工作。

小强安慰他说："大壮，我们不如上街卖艺去，你不是教过我很多招吗？"它硬是拉着丁大壮上街。没料这一招还挺火，大伙儿看到小强有模有样的表演，惊奇得不得了，围着看了一场又一场，丁大壮的"糊口"问题也因此而缓解了。

亲爱的，你知道吗？我好想你，我好想现在就见到你，我好像看见你正在对我笑哩，好温柔，好美丽！我实在忍受不下去了，没想到今天晚上又要加班！　安徽 刘磊（1405）

这天，小强正表演得起劲的时候，突然有声音嚷嚷起来："不要演了，不要演了！"原来是以前和丁大壮一起的几个小混混来了，为首的对丁大壮说："丁哥，你怎么搞得跟要饭似的？小弟我特地摆了桌酒席为你接风，走！"

丁大壮一听，赶紧朝他摆手："你们走吧，我只想老老实实过日子……"为首的再三邀请，丁大壮硬是不肯去。那帮人最终火了，走上去一脚把小强踢得老远，然后揪住丁大壮的衣领子说："没想你成软骨头了，十足一个孬种！"

丁大壮一听他们骂他孬种，心里的火气"腾"的就蹿了上来："你们想怎么样？""怎么样？"对方叉着两条腿冷笑着站在他面前，"嘿嘿，你要承认是孬种，那就从我们胯下爬过去，我们立马走人！"

丁大壮气得手里的拳头捏得咯咯响，他正想冲上去揍扁了这帮家伙，一个声音在他耳边响起来，他一看，小强不知什么时候又跑到他身边来了，着急地提醒他："大壮，冲动不得呀！"丁大壮猛一惊，头脑立刻清醒过来，憋红着脸，松开了拳头，带着小强扭头就走，任凭那伙人在背后怎么嘲笑他，也不搭理。

丁大壮的变化大家都看在眼里，终于有一家卖桶装水的店老板主动表示要雇用他，丁大壮十分感激，从此每天骑着单车走街串巷给客户送水，干得十分卖力。

这天，丁大壮送完水回到家天都黑尽了，他累得连饭都没吃，往床上一躺，倒头就睡。小强又来挠他了，硬把他弄醒了说："快去看看，外头有个女人，老往这边瞅呢！"丁大壮觉得奇怪：这会是谁呢？爬起来凑近窗户往外一瞧，要紧迎出门去。原来，这个女人是他的前妻菊花。

"你……"丁大壮没想到菊花会来看自己，激动得结结巴巴都不知道说什么好了。菊花红着脸望了丁大壮一眼，低下头说："那天在街上他们一伙惹你的事，我都看到了，你……你

只要改了就好……"说罢，转身就要走。丁大壮连忙拦住她，恳切地说："菊花，既然来了，就进去坐一会吧，你难道不想知道是谁让我这么快改变的吗……"

丁大壮把小强介绍给菊花，菊花和小强也成了朋友；他们三"口"就成了一个家。后来菊花有了身孕，把丁大壮乐得做梦都笑醒。

眼看着菊花就要生了，这天丁大壮一高兴，忍不住就带着小强到饭店去喝小酒。正喝得兴起时，老板发现了小强，二话不说对准小强就猛踩一脚。老板以为丁大壮是要借蟑螂来赖他的酒钱，冷笑道："老兄，你这办法老土了哇，这种把戏我领教多了，想在我这儿撒野？你走错门了！"

眼看着小强奄奄一息的样子，丁大壮怒不可遏，操起长凳就要朝老板甩过去，只听小强在拼命叫他："大壮，大壮……"丁大壮扔掉板凳蹲下身，将小强捧在手里，失声痛哭道："小强，你不能死啊，小强……"

他的举动引来哄堂大笑，老板讥讽他说："这蟑螂是你爹啊？"丁大壮"呼"的一声站起来，他真想和老板拼个你死我活，可小强微弱的声音此刻在他耳朵里是显得那么清晰："大壮，你不能……不能冲动啊，魔鬼……别忘了，魔……"它话没说完，两根触须一耷拉，就没了声息。丁大壮捧着小强的遗体，悲痛欲绝……

这时，从外面风风火火闯进来一个人，是丁大壮的邻居宋婶，她气喘吁吁地朝丁大壮喊道："大壮啊，快，快回去看看吧，菊花她生了，就刚才，生了个大胖小子哩！"

"小强——"丁大壮大叫一声，冲出了饭馆……

（题图、插图：安玉民）

烟熏火燎灶边站，真心为客做好饭，加班不是俺心愿，只为结婚把钱攒，辛辛苦苦没几年，天地之上笑开颜。　北京　刘盼（1408）

美德故事

　　本书汇集的是《故事会》相关故事之精品,所选45则作品分类为"见义勇为、扶危济困、真诚待人、洁身自律、亲情似金、夫妇同心、师生谊重、知过悔改"等八大类,生动形象地讴歌了中华民族传统美德。

生意经故事

　　故事形象地描述了生意人的思维方式和经商才能。他们或巧做广告而振兴企业,或施展其经营绝招而"妙笔生金",或审时度势掌握顾客心理而销售产品,或运用《孙子兵法》中的战术而出奇制胜。

16岁故事

　　在人生漫长的旅途中,16岁是一个最展辉煌、最富朝气、最显青春的花季。本集收入的36则故事,是为16岁少年编织的一支支动人的歌谣,一个个扑朔迷离的美梦,一首首催人泪下的诗篇。

口才故事

　　口才即说话的才能,当今社会人们演讲、论辩、访谈、讲解、教学以至主持节目、说相声、讲故事等等,都十分讲究口才,口才好与不好,其效果大相径庭。此书收入103则故事,集中表现了千百年来中华民族一些帝王贤臣、文人名士和民间机智人物的智慧、幽默以及其思维的敏捷和即兴论辩的才能。

悲剧故事

　　本书所收10则故事是从《故事会》刊登的数千同类作品中精选出来的，主人公的遭遇构成了凄怆感人的故事情节，主人公的命运牵动人心，主人公悲惨的结局更令人心颤。

喜剧故事

　　从《故事会》"幽默世界"栏目中精心挑选成集，按内容分为：谐趣篇、巧计篇、戏谑篇、讽刺篇、荒诞篇、沉思篇。本书的特点是：(1)现代感强。作品均是反映当代生活的各类题材；(2)短小精悍。作品长不过千余字，短只有三四百字，言简意赅，内容丰富。

恩仇故事

　　构成恩仇的因素是多方面的：由爱变恨，由恨成仇；以怨报德，恩将仇报；忘恩负义，寻仇报复；亲人之间，恩怨仇杀……本书这9则中篇恩仇故事矛盾冲突尖锐复杂，有很强的可读性。

怨女故事

　　这是一本关于悲怨女人的故事书，54则作品分为"大祸从天降、魂系狼窝口、扭曲的灵魂、水火当有情、红颜怨恨天、情谊伴君行、三女抗争记、情歌绝唱对、亡灵的哭泣、山村血泪情"等10个篇章。

家里钻进
一条毒蛇

□ 阮红松

一想到老婆，我的脑袋就炸

那天早上，我正在家门口晨练，猛听到一阵阴冷的"嘶嘶"声，低头一看，只见杂草中窜出一条毒蛇，足有一米长，全身长满幽暗的花斑，毒信一闪一闪的，在追一只小蛤蟆。那蛤蟆慌不择路，直向我家门前蹦来，我吓得倒吸一口冷气，慌忙从地上捡起一块断砖，对准毒蛇砸去。谁知没砸着，那蛇受了惊吓，反而加快速度向我窜来，于是我赶紧瞅准机会又捡起一块断砖，朝它扔去。砖头砸着了毒蛇的尾巴，只见它在地上滚了一下，就一头窜进我家门里去了。

"完了！"我直捶脑袋，我家大大小小五间房啊，钻进一条毒蛇，到哪里寻？谁敢去寻？那不是找死？

我瘫在地上，心想：家里是不能住了，干脆到哥哥家去躲几天，等毒蛇走了，再回来。可锁门时才发现，那门严丝合缝，毒蛇就是想逃，也无法从门缝里逃出来。再一想：我若是走了，又怎样证实毒蛇逃没逃出家门呢？如果不能亲眼证实，以后还怎么安心在家里住呢？我只好重新打开门，指望那条毒蛇快点逃出来。

眼看上班时间快到了，可那条蛇就是不出来。我心里突然想到了老婆，得给老婆报警啊，不然，我上班去，她回来了咋办？

可一想到老婆，我的脑袋就炸：

老婆已经二十多天没跟我说话了，住一屋像仇人，夫妻闹成这样，就为了一张照片。年前，我到省里参加网友聚会，大伙在一起拍了好多照片，其中有一张是我和一个女网友拍的，当时做了什么表情忘了，洗出来才发现，我笑得很不地道。妻子于是就认定我在省城出问题了，为这么点事，要跟我离。昨晚，她干脆没回来。

闹归闹，可我不能不管她啊，于是就写了张纸条贴门上：家里钻进一条毒蛇，勿进。我将毒蛇锁家里，上班去了。

老婆就是不懂我的心

中午，我急火火地赶回家，看样子，老婆没回来过，那纸条依然贴门上。我把门重新打开，又不敢进去，只好坐门口守着，巴望着这个时候毒蛇能自个儿出来。就在这个时候，老婆骑摩托车回来了，像没看见我似的，径直往屋里走。尽管我发过毒誓不跟她先说话，不过危急时刻还是大喊了一声："别，家里钻进了一条毒蛇。"

老婆吓了一跳，收住正要迈进家门的脚，狐疑地望着我。我将刚才的话又重复了一遍，老婆愣了愣，很快嘴巴扁得像瓢，冷笑道："你以为我会相信你？"我的冷汗"刷"地就冒出来了。我承认，我以前一共说过十八次谎话，将咖啡厅说成办公室，将跳舞说成开会等等，可天地良心，我也只是玩玩而已，绝对没有做过对不起老婆的事。

可老婆就是不懂我的心，朝我鼻子一哼，说："是不是你将狐狸精勾家里来，要占窝？"她抬腿又要往屋里冲。我知道我再解释也是白搭，可又不能让她进屋，于是只好一把抱住她。可我抱得越紧，她挣得越凶，下午，咱们两口子旷工了，一直像扭麻花一样缠在门口。我家住在城郊，周围没什么闲人，连劝架的人都没有，眼看我老婆都快闹虚脱了，我也没了一丝力气。就在我喘气的时候，老婆挣出我的怀抱，像疯子一样冲屋里去

我不要对流星说我爱你，因为流星太短暂；也不要对月亮说我爱你，因为还会有阴天；我要今夜回家亲口对你说："老婆，我爱你！" 湖南 潘艳（1407）

了。

我脑袋"嗡"地一炸，女人的嫉恨心真是可怕，如果今天不让她进屋瞧明白，我跳进黄河也洗不清。但是毒蛇真要出来了，怎么办啊？我顾不了什么了，操起一块砖头，视死如归地跟了进去。老婆首先冲进卧室，角角落落找了一遍，又到卫生间和能够藏人的房间都去查看了一番，我一直脚跟脚地紧随她后面转，一双眼睛将角角落落瞅得发蓝，生怕那毒蛇忽然袭击。曾经那么温馨的家，此刻在我的眼里突然变得那么杀气腾腾。

老婆虽然没搜出什么，但看我紧张得两腿发颤，一头冷汗，她的眼更横了，脸更长了，嘴更歪了："屋里没藏人，你紧张啥？"我声嘶力竭地喊道："没人，但有蛇。"我还是用力将她往屋外推，想赶紧脱离险地。

这当口，她手机响了，好像是有人找，她瞧了我一眼，急匆匆出了门。我在后面喊"今晚千万别回来，到娘家去躲躲。"老婆本来已上了摩托车，一听这话，就又下来了，冲到我面前，凶巴巴地说："你给我听清楚了，这是我的家。要走，也不是我，你滚！"

我真是哭笑不得，想来想去，只好给岳母打电话，说家里钻进一条毒蛇，让她今晚千万劝女儿别回家。可怎么也没料到，岳母居然跟她女儿说话一个腔，冷笑道："你是不想让她回家吧？这事我管不了！"

放下电话，我欲哭无泪，想破脑壳，终于想到了可爱的人民警察，于是，赶紧拨110。接电话的是个女警，她说："先生，你不要怕，我们马上为你联系一个捉蛇专家。你现在不要进屋，你到110指挥中心来一下。"我捏着电话，激动得热泪盈眶，终于有人相信我们家钻进毒蛇了！

我赶到公安局，向警察详细说明了我家钻进毒蛇的情况。有关我和老婆闹别扭的事，我本来想说说其中潜在的危险，瞧着接待我的女警是个大姑娘，我觉得很不好意思开口，就没说。110联系的那个捉蛇专家，正好在外地捉蛇，最早也要第二天早上才能赶回来，警察要我回去保护好现场，等捉蛇专家一到，马上就行动。

老婆突然一把抱住我

我赶回家，天已经麻麻黑了。家里的门大开着，老婆正悠闲地坐在客厅里看电视。我吓得腿都软了，心惊肉跳地求她说："姑奶奶，我这回绝不是和你闹着玩的，那条毒蛇说不准啥时候就钻出来咬你一口，你还是回娘家去吧！"老婆冷笑一声，较着死劲儿说："今晚我哪都不去。别说是蛇，就是有毒蟒藏家里，我也不怕。"老婆拿出一副犟死牛的样子，冷着脸做这做那，后来，干脆就一个人呼呼大睡起来。而我却不敢睡着，房里的灯一直亮着，我拼命睁大眼睛，警惕地注

·我的故事·

意着房里的动静。

第二天一早起床时，我两腿一软，在床前跌了一跤，老婆迟疑了一下，上来扶了我一把。她看我熬红了一夜的眼睛，不由地问："你一夜没睡？"我像一个受了委屈的孩子那样抽抽鼻子，没回答。

这天正好是周末，上午八点多，一个警察和一个长着山羊胡子的人到我家来了。山羊胡一到，就将我和老婆撵出了家门。警察告诉我，山羊胡就是那个捉蛇专家，老婆这才相信我家真钻进蛇了，站门口不停地拍胸口。我呢，再没给老婆好脸色！

山羊胡在我家各间房转了一圈，很有把握地说："这东西还在屋里。"他掏出随身带来的包，从里面拿出一个皮人，充上气，我一看，妈呀，那皮人躺地上，简直跟真人一模一样。山羊胡在皮人身上抹一点油，然后从怀里掏出一支绿幽幽的骨笛，盘腿坐皮人附近吹起来。大家屏住呼吸，紧张地盯着屋里，大约十分钟后，从老婆昨晚睡的房里，果真传出一阵"嘶嘶嘶"的声音，眨眼间，一条蛇飞快地从房间窜到客厅，游到皮人身边不动了，随后它看了看皮人，慢慢地就往皮人身上爬。我吓得背上起了一层鸡皮疙瘩，眼一瞥，发现老婆不知什么时候已经吓得捂上了眼睛，连见多识广的警察也惊呆了……

山羊胡的笛声终于停了，那条蛇已盘在了皮人的脖子上，舒服得再也不动了。山羊胡走上去，将蛇的七寸捏住，像提草绳似的把它提了起来。

我坚持要给山羊胡买条好烟，山羊胡乐呵呵地说："不用了，我今天有这下酒菜就够了。"说着，抖抖那条蛇，"这是条菜蛇，没毒。"

就在这时候，老婆突然一把抱住我，泪流满面。我摸着老婆的脸说："原谅我啦？"老婆亲着我，喃喃道："一个彻夜守护老婆的人，要变心都难！"

（本篇月月评短信代码：AA141）

（题图、插图：刘斌昆）

曾几何时，花前月下：回忆往事，魂牵梦绕。与君共结山盟海誓，与君共解生活苦乐，俱往矣，泪湿枕席化作相思苦。唯求君知我心解我愁——回来。 新疆 陈素红（1408）

告状奇遇

□ 黄 胜

老万怒了

农民老万到城里打官司，找了一家小旅社落脚，他进去的时候，房间里已经有了一个房客，是个四十岁左右的中年人，自我介绍说他叫李文生，是省城一家工厂过来催货款的业务员。

两人熟了后，李文生问老万："大叔，你进城做啥事呀？"老万昂昂头说："打官司。"李文生很好奇："为什么事要打官司？"说起这件事，老万一肚子气。

老万要告的是村长的儿子大宝。半年前，大宝喝醉了酒，骑摩托车时把老万的牛给撞断了腿。那牛是老万的心头肉，老万就跟大宝理论，可大宝不但不道歉，还倒打老万一耙，说要不是牛挡路，他也不会从摩托车上摔下来，所以说这牛撞断了腿，就是撞死也活该。老万一听这话气得一蹦三尺高："牛不懂事，你也不懂事？"谁知这话把大宝惹恼了，抬手就给了老万一巴掌，由于下手太重，竟把老万的左耳膜打破了。老万到医院住了半个月，花去五六千元钱，左耳才只恢复了一半听力。他咽不下这口气，出院后就到乡法庭去告大宝，没想大宝不但不承认打过老万，反倒要老万赔偿他从摩托车上摔下来的损失。由于当时没有目击证人，老万又提供不出别的证据，乡法庭便各打五

十大板，互不追究。老万当然不服判决，这不是欺负老实人吗？一怒之下，就进城告状来了。

李文生听老万把经过说完，分析道："大叔，我看你打这个官司有点麻烦，你得有证人，证明他确实是酒后驾车撞了你的牛，证明确实是他打了你才行啊！"老万扯着自己的左耳朵，愤怒地说："还要什么证据，我这耳朵不就是证据？我还能没事自己把自己打聋了？哼，我就不信，乡里有他的人，难道城里也有他的人？"

说到这里，老万狡黠地笑了，朝李文生眨眨眼："不瞒你说，我在城里倒是真有个人！我一个远房侄子在城里当局长哩，让他去法院打个招呼，这官司我准能赢。"李文生没想这个看上去挺憨厚的农民居然还有这一手，问他："你侄子在哪个局当局长？"老万挺得意亮着嗓门说："气象局！""气象局？"李文生"扑哧"笑出了声，"气象局算什么！"老万瞪着眼睛说："气象局还不算什么？老天都归它管哩！"

李文生不接他的话茬，瞥一眼他带来的鼓鼓囊囊的大提包，话题一转，说："是土特产吧？现在谁稀罕这种玩意儿！"老万不由挠挠头："你见多识广，那你说，我给他送点什么好？"李文生说："如果他不想收，你送什么他也不会要；如果他肯收，那你最好就送这个。"他冲老万捻了捻手指头。

老万一看心里慌了：这不是让我送钱嘛！可自己兜里除了出门时老婆塞了一把碎钱外，总共就只有东拼西凑借来的一千元钱，吃的住的全在里面了，要送了人，自己还活不活了？他突然就觉得心里空落落的，一下子没了底气，直到吃晚饭的时候，还闷闷地坐在那里发愁。

李文生见老万这个样子也不吱声，出去转了一圈，回来的时候手里拎着几瓶啤酒和几包熟菜，非要拉老万一起喝。老万一则没心思，再则也不好意思，吃了人家的，以后拿什么还？他赶紧从包里掏出几只干馍馍，一面往嘴里塞，一面对李文生说："咱乡下人不讲究，能有这个填饱肚子，就知足啦！"李文生硬是不答应："咱俩住一个屋，这是缘分，你还客气什么！"没办法，老万只好从命。

老万急了

饭罢，老万早早上了床，脑子里翻来覆去就想着打官司的事，突然发现隔壁床上的李文生也在翻来覆去地"烙饼子"，老万心里就有点不好意思起来：看起来，他催货款的事一定也很头疼，人家对自己这么客气，自己明天也得关心关心人家，问问他的事办得咋样了。老万正这么迷迷糊糊想着的时候，一阵警笛声突然由远而近

 老公老公我想你，发条短信骚扰你，好想好想亲亲你，和你拥抱在一起，可是身边没有你，只好把你放心里。　云南　包平（1409）

响了起来，老万猛地惊醒过来，不知道出了什么事，心里不免有点紧张。他正想问问隔壁床上的李文生，却发现李文生已从床上滚到了地上，眨眼之间就开门闪了出去。老万看他怎么身上穿的衣裳一件都不少，心里觉得很奇怪：他睡觉咋不脱衣裳呢？

警车很快经过旅社门口开远了，外面静悄悄的什么动静也没有。老万正猜测李文生去了哪里，不一会儿，就见他探头探脑地回来了，先是轻手轻脚地走到老万床头看了看，然后才转身上了自己的床。老万心里不由琢磨起来：这房客到底是个什么样的人？

第二天早上，李文生刚起床，老万就忍不住问他："你昨晚睡得好吗？没听到半夜警车叫？""警车？"李文生奇怪地瞪眼瞅着老万，"警车来这儿干什么？我一觉睡到大天亮，什么都不知道啊！没出什么事吧？"老万心想：警车来时明明你出去过，怎么现在说什么都不知道了？他心里更起疑了，可又不知道该怎么问，只好推说自己要去找侄子，拔脚出了门。

老万在外面整整奔波了一天，晚上回到旅社的时候，看到李文生正独自在屋里喝着酒，老万因为办事不顺，也懒得和李文生说话，仰天往床上一躺，长吁短叹起来。原来，他今天找到侄子办公室的时候，没想到正

好碰到村长的儿子大宝从屋里出来，他心中一沉，当时就觉得不妙。果然，侄子死活不肯拿他的土特产，还劝他不要上告了。老万一急，就把身上那一千块钱掏出来了，却又被侄子毫不客气地挡了回来。显然，侄子铁了心不帮自己了，因此，官司还没打，现在老万自己就觉得输了一大截。

李文生见老万这副灰头土脸的样

子，不用问也猜得到他准是办事碰了钉子，就招呼他说："大叔，先一起来喝杯酒，去去火吧？"老万不理他，"呼"地从床上坐起来，从搁在床边的大提包里拽出一瓶老白干，张嘴就"咕嘟咕嘟"往肚子里倒。

李文生跳过来，一把抢下他手里的酒瓶子，劝他说："大叔，你不能这么喝！"老万两眼发直，嘴里喃喃道："这官司没指望了，我是没脸回去见老婆孩子了呀！"李文生听得此话，突然一仰脖子，把从老万手里抢下的老白干往自己嘴里灌："你虽说没脸见老婆孩子，可你还能回去和她们过日子，而我呢，我是连见也不敢回去见她们呀……"老万一怔，瞅着对方："你……这话怎讲？"却见李文生脸色一变，神色慌张起来。

其实，刚才李文生是被老万的遭遇触动心怀，加上已经喝了一点酒，口没把住，漏说了一句，所以说完就后悔了，现在被老万一追问，连忙掩饰道："没事，我瞎说的。"老万立刻想到他昨夜的奇怪举动，忍不住试探着问："你……是有什么事躲出来的？"李文生的脸白了，"霍"地站起来，眼睛一眨不眨地盯着老万。

老万忙说："别紧张，你若真有什么苦衷，说出来，我不会害你。"李文生这才神色稍缓。过了好一会儿，才说："你猜得不错，我是跑出来躲官司的。我原来是个会计，只因一时鬼迷心窍，贪了公家一笔钱，事发后就逃出来了，想等风声过了再回去。"老万问："你拿了公家多少钱？"李文生说："万把元。"老万一拍大腿："你糊涂呀，为了万把元的钱就连前途都不要了？你躲能躲到几时？我看你年纪又不大，难道一辈子扔下父母孩子不管了？"

李文生低下头，声音又愧疚又懊悔："唉，我最对不起的就是父母和孩子了，我没有一天不想他们，可连一个电话都不敢往家里打。"老万不由替他着急。老万也有儿子，他太知道为人父母的感觉了，俗话说，儿行千里母担忧，儿子出门打工一年多，音讯全无，老万跟老伴每天都寝食难安，提心吊胆。将心比心，现在李文生的父母在家里不知为他担心成什么样子了呢！老万当即劝道："那你还不赶快去自首？""我不敢呀！"李文生哭丧着脸说，"我不想坐牢。""糊涂！"老万朝他大吼一声，"你回去好好认罪，赶紧把钱凑够了退回去，就是坐几年牢，也比在外面像老鼠一样躲来躲去的好呀！"

见李文生迟迟疑疑、难决难舍的样子，老万急了，他突然想起今天送礼没有送出去的一千块钱，心想，这礼没送出去，自己的官司只怕也就没什么希望了。他略一犹豫，就伸手从裤腰里摸出那卷钱，朝李文生手里一

塞，说："没有证人，也没有人为我撑腰，我这官司打来打去左右也是个输，干脆，这官司我也不打了，只当这一千块钱已经送了礼，你拿着，少是少了点，可多少也能帮你补补窟窿，你快把钱还上，也好回去见你的家人……"

老万哭了

李文生愣住了，他无论如何想不到这个跟自己萍水相逢的农民大叔，竟然会如此慷慨地把这么一笔东拼西凑借来的钱倾囊给了自己！

李文生眼睛红了，哽咽着说"大叔，你……"老万拍拍他的肩："你不是说咱俩有缘嘛！行了，无事一身轻，我现在要回家了。"他边说边就收拾提包要走。

眼看着老万就要离去，这时候，李文生仿佛下了好大决心似的，叫住了他"大叔，你先别走！"老万一怔"什么事？"李文生把手里的一千元钱还给他，说："大叔，依我看，你的官司不一定会输。你如果信得过我，我给你介绍个人，你去找他，也不用送礼，把你的冤屈跟他实话实说，他一定会秉公调查处理的。"

老万简直不敢相信会有这么好的事情，刚想张嘴说什么，李文生已经"刷刷刷"写好了一张纸条。他把纸条交给老万："这个人的名字和地址我都写在上面了，你把纸条交给他就

行。不过你今天不能去，明天再去。"

老万自然点头，又好奇地问了句："他是你亲戚？"李文生摇摇头："是我读书时的一个同学，现在在法院当副院长。"

老万一听喜出望外，搓着手不知如何感谢才好，想了半天，说："那我去买点酒来，今晚上咱们好好喝一回？"李文生说："行，你快去快回，喝了这杯酒，我也要回老家了，我听

你的话，去自首。"老万高兴地咧嘴直笑："这就对了嘛！你等着，我去去就来。"

可是等老万买了酒回来，李文生已经没了影。

当夜无话。第二天一早，老万拿着李文生给他写的条找到了法院，他把纸条交给赵副院长，说明自己的来意。谁知赵副院长刚把纸条展开，立刻就触电般地跳了起来："他人呢？"老万说："昨天已经走了，他说要回老家去。"

赵副院长让老万稍等会儿，然后就急匆匆地出去了，像是去处理什么事情，过了很久才回来，进门就问老万："你和他是怎么认识的？"老万就把经过讲了一遍，末了，不放心地问："赵副院长，你说我这官司能赢吗？"赵副院长若有所思道："你放心，既然刘涛不惜暴露自己的行踪让你来找我，这个案子我一定会亲自过问到底的。"

老万奇怪了："刘涛是哪个？"赵副院长说："就是你说的那个李文生呀！你大概不会想到吧，他其实是一个在逃的犯罪嫌疑人，他知道我得到他的消息后一定会去抓他，所以故意让你今天才来找我。"

老万不相信："我知道他是犯事儿躲官司出来的，他自己对我说了。不过，他说他现在是要回家去自首的。"赵副院长一怔："自首？不可

能！这些日子我们一直在创造各种机会，想让他投案自首，可是他根本不考虑。"赵副院长告诉老万，"刚才我已经把他的行踪报告上级部门了，估计很快就会将他逮捕归案。"

果然，两天之后，老万就得到了李文生也就是刘涛被逮捕归案的消息；也直到这个时候，老万才知道，刘涛其实根本就不是他自己说的什么会计，而是一个在逃的贪官。

老万第二次坐车进城，是专门到看守所来看刘涛的，他要还刘涛五千元钱，那是他回去后在自己的提包里发现的，是刘涛离开旅社前悄悄塞到他提包里的。可刘涛不愿见老万，还说根本不认识老万，更不会给老万什么钱。没办法，老万只好把钱交给看守所的领导。

一个看守对老万说，这钱其实都是刘涛的赃款，是要上缴国库的。老万点点头："我知道，我知道，但这钱上缴了之后，能不能帮他减点儿罪？"看守笑了："老人家，你真是天真啊！"老万不解，看守说："你知不知道他犯罪的数额有多大？说出来吓死你！"

从看守所出来，老万哭了……

（本篇月月评短信代码：AA142）

（题图、插图：谭海彦）

（本栏目欢迎来稿。来稿可从邮局寄发，也可从网上传递。如为电子邮件，请发以下信箱：baofang@vip.sohu.net）

  烟花的一瞬是灿烂，流星的一瞬是祈愿，思念的一瞬是感动，我想让你在看到短信的一瞬明白：你是快乐的，我就是幸福的。 1352***9674（1411）

第七个名字

□ 赵　新

左家最近添了一个又白又胖的大小子，一大家子高兴得欢天喜地。

高兴了七八天之后，大家才恍然想起一件大事：总不能"心肝"呀"宝贝"呀地叫到底，得给孩子起个名字！而且这名字还不能一般化，得超凡脱俗上档次。

孩子爸爸是公务员，在市政府办公厅上班。爸爸说："干脆，咱家姓左，咱儿子就叫左官！左官者做官也，做了官吃穿不愁，出行有车，风光无限嘛！"

孩子妈妈可不喜欢这个名字了，嫌爸爸太俗气："这不太让人觉得咱是官迷了吗？"妈妈在妇联当秘书，妈妈说："我想好了，咱儿子就叫左主，左主就是做主的意思。现在许多男同志到我们妇联来诉苦，说他们在家里没地位，做不了主。我们儿子今后可不能这样，不但在外面做官，就是在家里也要能做主，里里外外都是一把手！"

可爸爸怎么听怎么觉得这个名字不顺耳，什么左主，听上去就跟"做猪"一样，可是他不敢向妈妈表示不满，就只好把这个名字打电话通报给自己的父母，就是儿子的爷爷奶奶。

孩子爷爷奶奶的住处和他们家只隔着一条街，所以接到电话当即就赶过来了。爷爷进门就说："你们开什么玩笑，我活了大半辈子，从来没有听

到过给孩子起这种名字的。左主是什么意思？猛一听就是做猪，做猪和做狗有什么差别？你们说呀！"

爸爸万没想到老人的观点居然会和自己完全一样，他偷偷瞥了妈妈一眼，发现她满脸羞红，两眼含泪，于是赶紧向老人打起了圆场，说："这事儿得怪我，是我没有仔细考虑，是我……"

爷爷鼻子里"哼"了一声："我就知道是你干的蠢事！你也不想想，我们家这个左姓，是多好的姓啊，就让我孙子叫左为，海阔凭鱼跃，天高任鸟飞，男孩子嘛，长大了一定得有所作为！"

不过，别看爷爷说起来振振有词，到头来还是得听奶奶的。奶奶是位中学语文教师，教了几十年的学生，天天在咬文嚼字。奶奶说："我告诉你们哪，叫左为也不太好。左为——作为，要知道，'作为'是可以泛指的，工人做工，农民种地，战士扛枪，不都可以说是一种作为吗？可我们家的孩子不一样，他将来是要做大事的。所以依我看，倒不如给他起个具体点儿的名字，你们说左家怎么样？左家——作家，在知识文化界，作家是很受人尊敬的……"

奶奶话没说完，爷爷就鼓起掌来，赞同地说："对呀，当个作家真是不错，作品获了大奖就是名人了，到时候可谓誉满天下啊！"

爸爸想笑：作家总比做猪强！可妈妈却噘起了嘴巴：左家——坐家，一个男人成天在家里坐着，会有多大出息？妈妈很固执，妈妈说："不管你们怎么讲，我还是坚持我的意见。再说了，给孩子起什么名字我也要征求我父母的意见，他们是孩子的外公外婆，不能光你们说了算。"

为慎重起见，孩子的外公外婆很

 默默的思念很深，默默的怀念难舍难分，默默的牵挂永远在心，默默的我想你太深太深。老婆，我尽快回来。 北京 栾骁文（1412）

快就从乡下赶出来了，带来了满袋子的花生核桃鸡蛋红枣，也带来了满身的泥土气息。外公说："我看孩子叫左活好。孩子长大了总得做活呀，做了活才有饭吃有衣穿，才能娶妻生子发家致富啊！"

外婆在一边不乐意了，撇着嘴说："哎呀，为这起名儿的事我们已经争了一路了，我说叫左活可难听了，做活做活，怎么听怎么跟旧社会当长工似的，孩子太遭罪受。我看应该叫左乐，有吃有穿有钱花，天天乐呵呵的，多好！"

一个孩子六个长辈，个个都说自己起的名儿好，争得面红耳赤也没争出个名堂来。

这时候，只听见一个很稚嫩很清新的声音在说："爸爸妈妈爷爷奶奶外公外婆，我不叫左官，不叫左主，不叫左为，不叫左家，不叫左活，不叫左乐，我叫左人！以后不管我做什么，我首先得做人！"

难道这话是从睡在床上的孩子口里说出来的？六个人冲到小床前一看，孩子的嘴巴果然在动。于是举家皆惊:还没满月的孩子，怎么会开口说话了呢？

（题图、插图：魏忠善）

"优媒杯"《故事会》优秀作品月月评

每期 3 篇选 1 　最高奖金 800 元

为鼓励读者参与，《故事会》决定举办""优媒杯'《故事会》优秀作品月月评"活动，参加方式如下：1. 每期由初评委推荐 3 篇故事为候选作品，读者可选择自己最喜欢的一篇，将其月月评短信代码（如 AA141，没有短信代码的作品不参加评选）发送到 911903（移动用户、联通用户）、02838168（广东移动）。每次限选一篇，可多次投票。2. 凡选对本期"最受欢迎的故事"的读者均有机会获得现金奖。每期设一等奖 1 名，奖金 800 元；二等奖 10 名，各获现金 100 元；所有参加评选的读者均有机会获得参与奖，每期 200 人，各获精美礼品一份。3. 本期活动截止期为：7 月 20 日。得奖读者在评选结果揭晓后将得到短信通知。用户每投一票收费 1 元。

本期候选作品：1.《家里钻进一条毒蛇》(p17)（短信代码：AA141）；2.《告状奇遇》(p21)（短信代码：AA142）；3.《电话杀人》(p34)（短信代码：AA143）

"优媒杯优秀作品月月评" 2006 年 5 月(下)评选揭晓

2006 年 5 月（下）得票前三名的作品分别为：《做人的尊严》(1739 票)、《爱的良药》(1480 票)、《围墙上的那道缝》(1389 票)。

经抽奖，下列读者获奖：一等奖（奖金 800 元）：金海强（139****8823）；二等奖（奖金各 100 元）：王继军（137****9783）、吕永刚（135****0545）、何吉（137****5157）、贾伟鹏（136****8378）、韩委镇（135****3916）、张中海（138****4859）、郭忠峰（139****3662）、凌云志（136****3925）、马俊德（139****8337）、贺小兵（138****8203）。阅读奖名单略。

你是个好人

□廖华

刹车突然失了灵

有个姓朱的老汉，靠踏三轮车卖豆腐脑儿，挣钱养家。这天已经傍黑了，他收工回家路过一处僻静工地时，看到有个三十来岁的壮汉正站在路口招呼自己，脚旁还放着两只箱子。朱老汉朝他摇摇手："我这三轮是卖豆腐脑儿的，不载客。"壮汉不死心，说："大叔，这么晚了，我也难找车，你就捎我一段吧，我姓张，就是这工地上的，老板工钱发不出，用铜板抵工钱。我想到前面废品回收站去把铜板卖了，好换点年货回家过年。"

朱老汉一听是这么回事，就很爽快地答应了。他帮小张把两只箱子扛上车，见小张站着不动，就招呼他赶快上车。小张说："大叔，箱子已经够沉的了，我再坐上去，你踏着太累，我还是在旁边跟吧。"这么能替人着想的小伙子现在真是不多啊，再说朱老汉卖了一天的豆腐脑儿也真累了，于是就不再客气，一老一小上了路。

其实这地方离前面废品回收站不算太远，但因为是远郊，路是依着坡势修的，所以车子上上下下要好几回，上坡时小张就在后面帮忙推，下坡时朱老汉就在前面顺势慢慢溜，尽量等着小张。眼看就要到回收站了，车子经过一个下坡时，朱老汉的三轮车刹车突然失了灵，车子摇摇晃晃的就直往坡下冲，小张眼见要出事，大叫一声"不好"，一个箭步冲上去，死命抓住车帮，车子带着惯性继续往坡下滑，但车速已经明显减缓下来。小张只觉得掌心一阵钻心的痛，可他不敢撒手，直到车子在坡底完全停下

下班就回家的是穷鬼，九点回家的是酒鬼，十一点回家的是色鬼，两三点回家的是赌鬼，不回家的是野鬼。　福建　高惠星　(1413)

来，松开手一看，满手都是鲜血，原来车帮上正好有一枚钉子，把他的手扎破了。朱老汉惊魂未定地对小张说："大兄弟，今天要不是你，我这条命说不定就没了啊！"

两箱铜板卖了800元钱，小张抽出一张50元的票子，要给朱老汉。朱老汉死活不肯收："你还是多留几个钱回去给老婆孩子买年货吧！"说完，蹬起车就"咯吱咯吱"地走了。

门口蹲着一个人

小张揣了800元钱也上了路，但不知怎的心里总有些不踏实。一阵寒风吹来，他想把衣领子竖起来，一抬手，才发现自己根本就没穿外套，刚才因为走热了，他早就把外套脱了丢在朱老汉的车上。小张脑子里立刻"嗡"的炸开了，因为外套口袋里放着他的身份证和12000元下岗后原单位给发的买断工龄的钱。

这可咋办？小张赶紧沿着朱老汉离去的方向追，可是追出好远好远，也没见朱老汉半个人影，只得垂头丧气地回家。他把丢钱的事儿跟妻子一说，小两口一宿都没合眼，到天亮的时候，他们决定再出去顺着那条路找找。可是刚拉开门，就愣住了：门口蹲着一个人，正是朱老汉，只是脸上添了几道伤，身边没了那辆车。

朱老汉"嘿嘿"搓着两只大手，对

小张说："我把外套给你送回来了，还有钱，你点点有没有少。你们这一带地址不好找，我对着身份证上的地址找了大半宿，才……"小张忍不住惊叫起来："大叔，你早来了？咋不敲门呢？"朱老汉憨厚地咧嘴一笑："嘿嘿，我听屋里没动静，怕惊着你们……""嗨呀，大叔，你真是个大好人哪！"两口子赶紧把朱老汉让进屋里，端茶递水。

小张关切地问朱老汉："你脸上咋伤了？车呢？"朱老汉有点不好意思地说："人老了，眼睛不好使，车摔沟里了，反正一破车，没啥。脸上也只是擦了一下，没事儿！"朱老汉硬要小张当面把钱点一下，自然一分没少。小张非要拿出1000元给朱老汉，朱老汉坚决不收，两口子急了，硬要把钱往朱老汉手里塞。

朱老汉看实在推辞不过了，想了想，说："我有个主意，索性用这钱去买辆二手三轮，你反正下岗了，不如跟我卖豆腐脑儿去，我把手艺教给你，以后你就可以自己干了。"小两口一听，这不是天上掉下来的好事？小张妻子反应更快，脑子一转说："大叔，要做就做大，我去向我娘家借点钱，咱们索性租门面开个豆腐脑儿店，你负责技术指导，我们俩给你打下手，行吗？"朱老汉一听可来劲儿了："这当然行！不过说好了，我只是帮忙，教会你们了，我得回老家。"

朱老汉一说回老家，小张突然想起昨天在送铜板去回收站的路上，朱老汉说起过要回老家的事，因为家里有个生病的儿子要动手术。小张问："大叔，你不是说就要回去的吗？你儿子……"朱老汉朝他摆摆手"我可以先把身边那点钱寄回去，让孩子他娘带儿子去做手术，你们若是真要开店的话，趁着现在要过年的时候，是个好当口啊！"

小两口想想朱老汉的话也有道理，于是当下就把开店的事儿定了下来。三个人分工齐努力，他们的豆腐脑儿店果真就在春节前夕像模像样地开起来了。因为朱老汉手艺地道，加上两口子手脚勤快，招呼客人得体又热情，小店的生意从开张第一天起就一直很红火。

一个月以后，朱老汉看看小张两口子做顺手了，不管他们怎么挽留，坚决回了乡下老家。朱老汉刚走的时候，两口子还有些担心，朱老汉会不会还留了一手？直到后来顾客都称赞他们的手艺和朱老汉不相上下，小店的生意也越来越好时，他们才相信朱老汉真没藏私，反倒为自己的无端猜疑面红耳赤。

实话对你说

年底的时候，两口子决定去乡下看朱老汉，当面谢谢他的知遇之恩。谁知还没有跨进朱老汉的家门，就见从屋里走出一个目光呆滞的年轻人，见了他们也不打招呼，一屁股坐在门前晒太阳。两口子很诧异，朱老汉和他老伴赶紧迎了出来，朱老汉把小张两口子介绍给老伴，老伴又伤心又不好意思地说："这是我们的儿子，唉，孩子他爹原说过年时要带钱回来给儿子治病的，没想人没回来，钱也没寄回来，把事情给耽误了……"

小张一听，吃惊地问朱老汉："大叔，你不是说好了先寄钱回家的吗？"朱老汉张了张嘴，欲言又止。这时候，只见小张突然两只手抱住头蹲到了地上，"大叔，我……我对不起你

老公，辛苦了。我先睡了，饭菜放在橱柜里，爱情放在被窝里，回来请享用。 湖南 蔡泽考（1414）

编读往来：你的问题我来答

kelly5900507读者子怡： 据说《故事会》杂志有了自己的网站，我很想成为其中的一个会员，不知入会得交多少钱？怎么汇款？请尽快给予回复。

绿版编辑部：《故事会》网站的名称叫"故事中国网"（网址：www.storychina.cn），于今年5月正式开通。内容丰富，人气兴旺。告诉你，入会无须缴纳会费，只要按照网站上的简单提示，办一下注册手续就可以了。欢迎你成为故事会大家庭中的一员！

贵州读者阿垒： 把稿件寄到编辑部有网上、邮局两种方式，请问哪一种更好？

绿版编辑部： 两种方式皆可。对编辑部来说，我们对电子邮件和邮局来稿的选用标准是完全一样的，这一点尽可放心。顺便告诉大家，每个编辑处理稿件的进度是根据自己的工作内容随时调整的，但通常情况下，一般有三个月的看稿时间。如果你的稿件被选中，编辑会按照稿件上提供的通讯方式与你联系，所以，你的地址等有关信息一定要写得详细一点，清楚一点！稿不用，恕不奉还，所以，也请你自留底稿。

啊！我对你实说了吧，其实那两箱铜板根本就不是老板给我抵工钱的，是我一时糊涂，从工地上拿的……"

此话一出，谁都愣住了！小张的妻子柳眉倒竖，跺着脚朝小张直嚷："你看看你干下的好事，你把大兄弟都害成啥样了，你对得住大叔吗？"

没想朱老汉却在一边拉了小张妻子一把："别说他了，这事儿我早知道。"他把小张从地上拉起来，说，"我也实话对你说了吧，那天回去之后，我才发现你的外套在我车上，而且外套口袋里还有这么多钱。我想，你又不知道我睡哪里，我怕你发现丢了外套丢了钱会回工地去找，就去那儿等你，结果人还没进去，就被一帮家伙打了，车也被砸坏了。他们说我怎么又来偷铜板，我一听这话就知道是咋回事儿了。可我心想：你能救我的命，你这人肯定坏不到哪里，也许是遇上

难事儿一时着急，才做下这种糊涂事。那帮人非要我加倍赔铜板钱不可，我想来想去，就把儿子看病的钱赔出去了。我寻思着，儿子的病或许还可以再拖拖，可如果不把钱赔出去，万一他们真把你盯上了，背上了贼名，只怕以后你就真成贼了……"

朱老汉说到这儿，小两口早已感动得泣不成声，两个人拉着朱老汉的手说："大叔，从现在起，您和大婶就是我们亲爹娘，给大兄弟治病的事，一定包在我们身上！"从此后，不管店里生意有多忙，每逢过年过节，两口子一定挤时间带着大包小包往朱老汉家赶，说是回家看爹娘来了。他们还四处寻医问药，治好了朱老汉儿子的病，把他带到店里做了帮手。

朱老汉逢人就说："怎么样？我没看错人吧？两口子都是好人呐！"

（题图、插图：刘斌昆）

电话杀人

□点点

这是怎么回事

当红影星艾丽参加完新片的开机仪式，回到家夜都深了，第二天睡到中午还没有起来。蒙眬中，她听到有人在拼命敲门，起来开门一看，原来是经纪人普克拉急匆匆来找她。普克拉把一张有艾丽亲笔签名的欠条复印件递给她，艾丽一看，顿时吓得面如土色："这是怎么回事？我没……没欠人家钱啊！"她脑子里突然一个闪念：昨晚开机仪式结束走出会场时，成百上千个影迷手里拿着各种各样的东西非让她签名不可，会不会这家伙就是趁这时候在浑水摸鱼？

"你说这张欠条是昨晚签的？"普克拉惊讶万分。"对了，"他又像想起了什么似的，很快从口袋里摸出一个封了口的信封，交给艾丽，"这是和欠条复印件一起送来的，你看看。"

艾丽打开一看，只见信上这样写着："这样的欠条以后还会有很多！我是希姆，我想见你一面。"

"希姆？"普克拉一听希姆的名字，恨得咬牙切齿。原来希姆是另一个和艾丽齐名的女影星詹妮丝的经纪人，平时为人十分阴险狡猾，去年明明一部投资上亿美元的大片已经定了女主角是艾丽，可希姆为了要让詹妮丝争得这个席位，居然雇人绑架影片导演五岁的儿子，迫于无奈，导演只好把艾丽换下来。曾经有不少经纪人都栽在希姆手里过，可都因为抓不到把柄，只好吃进哑巴亏。今天他又使出这种卑鄙的招术，实在太损人了。

普克拉冲到电话机前，拿起话筒就要报警，可再一想，希姆不是说他手里还握有艾丽亲笔签名的欠条吗？真要打起官司来，难保能赢；况且眼

甜蜜的爱情需要两人来经营，和谐的家庭需要宽容的心，幸福的生活需要双手来创造。夜已深，人已静，繁星如我，伴你入眠。　上海　盛继光（1415）

下《最后的较量》新片刚开机，这个时候出来负面新闻，艾丽就完全有可能又当不成女主角，甚至连今后的前途都会受到影响。

"那该怎么办？"艾丽急得哭出了声。普克拉心想：绝不能让事情发展下去，被希姆牵着鼻子走。他脑子飞速转动起来，眼睛一亮，有了主意。

街头电话铃响了

两个小时之后，艾丽给希姆打电话，说因为怕影迷围堵，希望希姆能到她家里来见面，并且表示，如果希姆能交出手里所有她签过字的欠条，她愿意放弃目前《最后的较量》中女主角的席位。希姆没想到艾丽这么爽快就做出让步，兴奋得两眼放光，立刻一路哼着小曲，向艾丽家走来。

经过街边一个电话亭的时候，希姆心里一动：得先向詹妮丝报个喜，邀个头功！哈哈，事成之后，自己捞到的好处还会少吗？希姆走进电话亭，刚要拿起话筒，突然电话铃响了起来，希姆觉得很奇怪：这是怎么回事？怎么居然会有人把电话打到这里来？他好奇地拿起话筒，里面传出一个很低沉的声音："先生，难道你不觉得奇怪吗，街头电话会无端地响？"

希姆听不懂这话是什么意思，正琢磨着，只听电话里的声音在继续："哈哈，先生，要知道，我正等着你哪！我敢打赌，如果你现在离开这个

电话亭，马上就会有生命危险！"

这种街头游戏谁会相信？希姆骂了声"无聊"，正准备要挂掉电话，谁知对方一声猛喝："且慢！"然后是悠悠的声音，"知道吗？你现在的一举一动，都在我的掌控之中！"

"是吗？"希姆当然不会相信这种鬼话，不过他不觉对这个电话来了兴趣：对方到底是谁？要干什么？他故意抬起左手，一边挠自己的耳朵，一边对着话筒喊："那你知道我现在在干什么？"

对方笑了，说"你在挠耳朵。"希姆心里一惊：难道他真能看到我？他回转身，四下看，没发现什么异常啊，不由皱起了眉头。只听电话里的声音显得非常得意："哈哈，希姆，你闹不

明白了吧？要不为什么皱眉头！"

"什么？你认识我？你到底是谁？"希姆一边说一边又回转身，两只眼睛四下里扫射，可是，除了电话亭外有个小伙子在等着打电话之外，来来往往的人都各自在走自己的路，什么异常情况也没有，希姆心里不觉紧张起来。

电话那头的声音更得意了："你别找了，你是找不到我的。我知道你现在害怕了，是吗？"

"害怕？"希姆朝着话筒吼起来，"告诉你，我对你这种游戏不感兴趣，我会马上报警，让警察来惩罚你这个可恶的家伙！"

希姆本想立刻挂断电话，可是电话那头却突然没了声音。希姆不甘心地捏着话筒喊了一句："怎么，你也害怕……"谁知话音未落，电话那头就连珠炮似的发声音过来，说的都是希姆以前做下的肮脏事。希姆呼吸变得急促起来："你不要诬赖人，你拿出证据来呀！"

你今天很不走运哎

这时候，那个等在电话亭外的小伙子不耐烦了，不停地敲着电话亭的玻璃门，大叫着："先生，这是公用电话亭，你已经打了这么长时间电话了，请你快点出来。"希姆心里正火着呢，于是转过脸厌恶地扫了小伙子一

眼，说："这里又不是你的家，你有什么资格管我的事？"小伙子一听勃然大怒："你再不出来，我就杀了你！"

大概是小伙子的吼声被对方听到了，电话那边传来一阵得意的大笑声"哈哈，希姆，你今天很不走运哎，你可不是他的对手啊！"

"你给我闭嘴！"希姆对着话筒嚷道，"还不都是你惹出来的事！"

说着这话的当儿，电话亭外的小伙子竟真的动了怒，用身体猛撞玻璃门，看他那样子，就像立刻要冲进来把希姆吞了似的。希姆不觉有点心虚要真打起来，自己肯定打不过这个蛮小伙子，这不明摆着是自己挨揍嘛！

眼看玻璃门就要被撞开，电话那头的声音突然变得很亲切"希姆，需要帮忙吗？你绝对不是他的对手呀！"希姆此刻已经没了辙，于是就慌慌张张地问："你怎么帮我？"对方说："只要你点头，我可以立刻用红外线手枪杀了他。"

希姆不信，而且再生气也不至于要杀人吧？可就在这时候，玻璃门被撞开了，小伙子冲进来，一拳头就朝希姆胸口砸来，打得希姆上下牙根直打颤。希姆招架不住了，一转头，对着话筒喊了声："好！""好"字刚出口，就见小伙子猛怔了一下，一头仰倒在电话亭门口，血从他的肩胛处汩汩地流出来，直朝亭子外流去。

果真把他杀了？希姆的脸一下子

今夜灯光灿烂，本该陪你浪漫，皆因坏人捣乱，今晚必须办案，还望老婆体谅，别再独自惆怅，苦了你我两人，平安送给人民，智擒歹徒伏法，我能早点回家。　　河南　陈新伟（1416）

就白了，颤抖着身子直朝电话里喊："你为什么要杀他？"

"你看到我杀人了吗？"电话里说，"明明是你自己杀死他的，你敢不承认？街上的人可是都看到了啊！"果然，路人发现小伙子倒在地上，都围了上来。

难道电话也会杀人

希姆这才发现自己已经掉进了对方故意设下的圈套里，气得话都说不连贯了："你……做……你这么做……意思……什么意思？"

"很简单，"对方的回答直截了当，"我要你自己把以前做过的丑事统统说出来。"

"不可能！"此刻，希姆真恨不得一刀把对方给宰了。

对方可饶不了他："你已经没有选择了，警察正在向你包围过来。"希姆两眼向亭子外一扫，果然有十几个警察，已经拿着枪向他逼近过来。"你威胁不了我，我手里没枪，警察会相信我的。"

"咔嚓！"电话里传来拉枪栓的声音，"难道你也想感受一下这支枪的威力？那么你现在可以看一下你的胸口，有个小红点正在那里游移，只要我这里轻轻一按枪栓，你就会像小伙子一样立刻倒地。"

希姆赶紧低头看，真的有个小红点在他胸口处游移，霎时间，一种前所未有的恐惧充满了他身体的每一个细胞："求求你，放过我吧，我不想死。"

"不想死就按我说的做，你现在不能放下手里的电话！"

此刻，警察已经到电话亭门口了，希姆吓得赶紧喊道"你们不要进来，我在接一个非常重要的电话。"

警察不信："这个时候你还在接电话？你在和谁通话？"

"你们别管那么多……"希姆的声音里带着重重的哭腔。

警察说："先生，希望你能明白，你现在如果不马上把枪交出来，那我们今天是绝对不会放过你的。"

希姆说"我真的没有杀人，我身

上没有枪，都是这该死的电话！可我现在不能出去，如果我一出去，马上就会被杀掉，真的！"

希姆刚说完，电话里的声音又来了："你的借口太可笑了，难道电话也会杀人？你说你没枪，那你头顶钢板夹层里的东西是什么？"

头顶钢板夹层里？希姆伸手往上一摸，不得了，果真摸出一把手枪。

失魂落魄的希姆抬起头来，正要对警察说什么，却看到亭子外，所有警察手里的枪都对准了自己的脑袋，顿时他的脸色死一样惨白，手里的枪和电话筒都"啪嗒"一声掉到了地上。希姆哭着朝警察跪下来，说："求求你们，别开枪！我做过很多坏事，但我真的没有杀人。我把我做的都坦白出来，求你们给我一条活路啊……"

于是，希姆就结结巴巴地把自己怎么利用艾丽给影迷签名的机会制造假欠条，怎么雇人绑架导演的儿子，怎么想方设法去抢别的经纪人"饭碗"之类的事，都一五一十倒了出来。正说着，突然他看见刚才已经被杀死在地上的小伙子，居然伸了个懒腰又从地上爬了起来，他惊恐地大叫道："啊，怎么你没死？不对呀，警察先生，他没有死！我没有杀人啊，你们怎么能说我杀人了呢？"

警察"呵呵"一阵冷笑："是的，他没有死，这只不过是一场游戏，是普克拉特意为你'度身定做'的，我们都是警校的学生，只不过是应邀参加这个游戏而已，不瞒你说，这些枪其实也都是假的。当然，普克拉自己倒是冒了很大的风险，因为如果你死不承认的话，他就将会遭到各种罪名的起诉……"

希姆的脸色顿时由白变青。

（本篇月月评短信代码：AA143）

（题图、插图：佐 夫）

背后的眼睛

□朱 木

你想干啥

香妮嫁到柳家庄，成了柳歪嘴的媳妇；柳歪嘴的妹妹柳棉桃也在这一天成了亲，嫁的不是别人，就是香妮的瘸腿哥哥。这地方穷，换亲从来不是件丢人的事！

成亲的第二天，柳歪嘴就跟着村里人出去讨生活了，家里只剩下香妮一个人，于是里里外外所有的活儿都由她操持。

这天刚吃完午饭，太阳正当头哩，人家还躲在大树下凉快，香妮就背起药筒子下地了。地里的棉花快叫虫子吃了，再不打药，就怕今年要白忙活了，棉花地离村子远，不紧着去，怕是天黑也赶不回来。

香妮急急地在狭窄的山路上走着，不知怎么，她总觉得背后有人在盯着自己，回头看，却不见人影。香妮心里不禁打起鼓来，因为这种感觉已经不是第一次出现了，嫁过来第二天下地的时候，她就感觉背后有眼睛在看着她，可回头打量，却又什么都没有。难道是有人要打自己的主意？香妮越想越害怕，越走腿越软，还没走到棉花地，眼前就天旋地转起来，终于两眼一黑栽倒在了地上……

蒙眬中，香妮觉得有人在用树叶子给自己扇凉风，这不由让她想起了爹：娘死得早，是爹一个人把自己拉扯大的，小时候爹不就是这样天天在睡觉前给自己扇凉的吗？可是爹……爹也已经见娘去了，怎么现在会……香妮猛地惊坐起来，一看，吓得浑身直打哆嗦：给自己扇凉风的竟然是一个陌生男人，一面摇着手里的树叶子，一面正直瞪瞪地看着自己。这感觉告诉香妮，在背后盯着自己的，就是这双可怕的眼睛。

香妮惊叫起来："你想干啥？"

陌生男人一愣，突然沉下脸来，恨恨地开口道："我……我恨！恨你！是你毁了我！"

"你说什么？"香妮一头雾水，"你是谁？我……我根本不认识你！"

陌生男人歇斯底里地狂喊起来："哼，棉桃明明喜欢的是我，要不是你，她怎么会嫁给你那个瘸腿哥？"陌生男人凶得简直像头发怒的狮子，恨不得一口把香妮吃了。

"你……是黑子？"这个陌生男人一定就是黑子！香妮嫁过来之后听村里人说过，嫁给自己瘸腿哥哥的女人叫棉桃，棉桃在村里的时候有过一个对象，大家都叫他"黑子"，村里人给香妮说了很多关于棉桃和黑子相好的事，还惊叹香妮怎么竟和棉桃长得一个样！香妮心想：黑子一定是想棉桃想疯了，才会这么跟着自己，才会这么盯着自己看！可是，换亲的事能怪自己吗？要不是穷，要不是为了哥哥，香妮也不愿就这么把自己嫁出去。

看着站在面前的黑子脸上痛苦的神情，香妮不知道该对黑子说什么好，她的眼光里充满了对黑子的同情，也充满了对自己婚姻的哀怨和无助。大概是黑子从香妮的这种眼光里读出了什么，脸上的神情渐渐缓和下来，他看着香妮喃喃道："你……你怎么会和棉桃长得这么像？棉桃……棉桃也喜欢大中午的下地干活，这个时候地里没人，她就是想和我多待会儿，嘿嘿，太阳把我们两个都晒得……晒得像锅底似的黑，人家叫我黑子，就叫她黑棉桃。可是……唉！"黑子说到这里打住了，

一面摇头一面叹气，随后就低下头，抚着手里的东西出神。

香妮一看，黑子手里轻轻抚着的，竟是一个小棉桃！她心里不由一阵颤动：要能嫁一个这么疼女人的男人，该多好！

死活不让进

黑子默默地走了，可黑子和他手里的小棉桃却像挥不去的影子，一直在香妮眼前晃动。不过让香妮奇怪的是，她嫁到柳家庄已经有一个多月了，怎么平时干活就从来没有见过黑子呢？从此，香妮就开始对黑子留意起来。

有一次，香妮跟村里人挑担去山那边，回来经过山嘴口的时候，有人指着不远处一座黑乎乎的茅草棚，对香妮说："瞧，那就是黑子的屋，别看这破样，除了棉桃，他还真没让人进去过，那天村长去，他也死活把着门不让进。嘿，瞧他那鬼样，不知搞的啥名堂！"香妮听了心里不由一动，悄悄记下了这个位置，隔了几天，趁没人注意的时候，就独自拐了过去。

黑子正在茅草棚前劈柴，看见香妮来了，先是大吃一惊，继而一阵惊喜，但随即便冷下脸来，说："你来干什么？这不是你该来的地方。"

香妮不理黑子，她已经想好了，今天非得进黑子屋里探个究竟不可。香妮猜测黑子所以不让别人进屋，一定是屋里藏着秘密，他不想让人知道，而这个秘密十有八九又一定和棉桃有关。可棉桃现在是自己的嫂子了，所以这个秘密也应该和自己有点关系了吧？黑子果真没有要招呼香妮进屋的意思，于是香妮就硬着头皮自己一头闯了进去。黑子一个箭步冲过来想拉住她，可是已经来不及了。

在香妮看来，黑子藏着的秘密，最多也就是可能在屋子的某一显眼处有棉桃留下的什么信物，只是他不想让人家看到罢了。可是没想到一跨进门，香妮就站在那里傻傻地愣住了。为什么？她完全被眼前这个出乎意料的景象给镇住了——她的目光所到之处，除了棉桃还是棉桃，桌子上、窗台上、墙壁上，甚至草棚的横梁上……大大小小的棉桃，挂了一屋子！有的正饱满，显然是才挂上去的；有的却已经干瘪，只剩了个空壳，自然是挂的时间久了……

这是怎样的一个男人啊！香妮心里深深地感叹着：如此一个情感世界，自然容不得再有别人踏入的！

香妮不敢再往前挪步了，她轻轻地转过身来，想退出屋去，谁知正与刚跟进来的黑子撞了个满怀。黑子突然像疯了似的扑上来，一把搂住香妮，急切地说："棉桃，我带你走好不好？咱们离开这儿，我一定能养活你……"

香妮被他搂得喘不过气来，拼命喊道："不，黑子，我不是，我不是棉桃，我是香妮！"

黑子突然愣住了，松开手，呆呆地看了香妮一会儿，猛地推开她，泪流满面地吼道："你走！你给我走！"

香妮吓得赶紧跑了出去。

黑子对棉桃痴情到这般地步，这让香妮心里突然涌起了一股想见见棉桃的冲动。再说，棉桃现在已经成了自己的嫂子，她过得好吗？她和哥哥的关系又会处理得怎么样呢？

一个星期后，香妮看看地里的活儿忙得差不多了，就决定回一趟娘家。

动身的前一天傍晚，黑子挡了香妮收工回家的路上。黑子胡子拉碴，头发乱蓬蓬的，嘶哑着嗓子对香妮说："香妮……你嫂子病了，听说你要回去，你替我去看看她，给她买点好吃的。"

香妮惊讶得张大了嘴巴："你说什么？她……我……我家离这儿好几十里地呢，你怎么知道她病了？你去看过她了？"

"你别瞎想，"黑子说，"我只是远远地看看她，我可没干别的，我不会给你哥添麻烦的，我不会再和棉桃说话了。"

"那你咋知道她病了？"

"我能感觉出来，她精神不好。"黑子痛苦地一面说着，一面塞给香妮一把小钱，"你去的时候，替我买点好吃的，给棉桃带去。"说完，就掉转头闷闷地走了。

只要棉桃过得好

第二天，香妮跑到村头的杂货铺，用黑子给的一把小钱横挑竖挑，好不容易买了一包小点心，提着回到娘家。果不其然，已经成了自己嫂子的棉桃正一脸病容地倚靠在床上，哥哥一个人下地干活去了。

两个女人猛一见面，就都惊叹彼此的相像！香妮把带来的小点心递给棉桃，她很自然地就把棉桃当成了自己的姐姐，迫不及待地给她说起了黑子屋里那满眼的串串棉桃。

棉桃一面听一面流泪，嘴里喃喃道："我知道，我知道他会这样。可我……可我又能怎么样呢，我……我已经怀上你哥的孩子了！"

"真的？棉桃姐，这是真的？"香妮一时反倒不知该说什么好了。

这时候，只见棉桃抽泣着从床角摸出一个小包，剥开一层又一层，最里面露出了一个漂亮的黑棉桃。棉桃对香妮说："这是我特地用颜料染黑的，你替我带给他。他是黑子，我是棉桃，这黑棉桃就是我俩的化身。留给他做个纪念吧，叫他赶快找个好人家的闺女，他有了自己的家，我心也安了……"说到这里，大颗的眼泪从棉桃的脸上滚落下来。

 今晚公司办舞会，短信请假来陪罪，多吃菜来少饮酒，你的教导记心头，不敢奢望MM陪，一心只想你的美，风月场所决不沾，永葆廉洁排万难。　1395***6880（1419）

"嫂子……棉桃姐!"香妮一头扑进棉桃的怀里,两个女人的手紧紧捏在了一起。

第二天,当香妮把这个黑得发亮的棉桃交到黑子手里的时候,黑子愣愣地蹦出一句话:"我忘不了她,除非我死!"

香妮小声劝他道:"你就听棉桃姐一句话吧,说不定以后你会遇上另一个棉桃呢!再说……再说棉桃姐已经有……有身孕了。"

黑子生生地打断了香妮的话头:"谁也代替不了她,她永远扎在我心里头了。小时候别人都欺负我,说我是野孩子,只有她不,她是第一个送我东西的人,虽然那只是一个很小很小的小棉桃!"

黑子的话,句句砸在香妮的心里。香妮抬起头,对黑子说:"黑子,你是个爷们,我敬重你,可你……你得为自己想想啊!"

黑子苦笑着摇摇头:"只要棉桃过得好,我自己就无所谓了,明天我就去省城打工,等攒下了钱,你就再帮我买点东西去看看她,她现在有了……有了孩子,这身体就更得养好!"香妮使劲点了点头。

可就在第二天,黑子却怀揣着那个黑得发亮的棉桃,永远地走了!为了省下一元车费,他搭了辆无照车去省城,结果在山路拐弯的时候,那车居然就像没头苍蝇似的撞下了山崖。

在黑子三周年的忌日上,棉桃带着儿子来给黑子上坟,这是棉桃自打出嫁以来第一次回柳家庄。香妮远远地看去,在哭泣的棉桃身边,小侄子正一晃一晃地甩着手里的一根枝条,枝条上面有一个黑得发亮的棉桃,在香妮的眼里是那么的晃眼!

(题图、插图:谢 颖)

故事中国——中国人的故事网

由《故事会》主办的故事中国网(www.storychina.cn)已经正式上线开通。一直致力于弘扬健康有益大众文化的《故事会》,正式吹响了进军网络的号角。

故事中国将打造一个属于中国人的故事网,在这里,每个人不仅是读者,还可以是作者、评论者和推荐者,可以把自己生活中的故事拿出来和千万网民分享。故事中国还将利用网络的技术优势,逐步开辟"听故事"、"看故事"和"说故事"、"拍故事"的功能,让故事的形式更加丰富多彩。

网站开通首月,为读者特别提供有奖注册活动。每天新注册的会员将有机会得到一份《故事会》送出的礼物。

故事中国的社区还有功能独特的"角色模拟"版块,在这里,你可以模拟文学故事中的人物畅所欲言,尽情释放心中的故事情结!

白家大院

□叶雪松

谈笑间闪出一个刺客

早先，辽西北镇有个白家大院，大院的主人白老爷这天做五十大寿，亲朋好友聚于一堂，正谈笑间，众人忽见白老爷头一扭，一道寒光闪过，一枚雪亮的柳叶镖就被他夹在了手里。众人还没回过神来，白老爷随手就将这把柳叶镖往厅角暗处一掷，只听"哎呀"一声，那里突然闪出个人来，用手捂着肩头，噌地就从窗户里跳了出去。

"有刺客！"众人纷纷嚷叫起来，伙计们立刻追了出去。白老爷"嘿嘿"一声冷笑，身子岿然不动，但细心的宾客却发现，他的眉宇间露出一丝不易被人察觉的忧郁。

事情过去了一个星期，虽然白家大院里没见再有什么动静，可白老爷就此轻易不出门了，什么事都让管家在外操持着。

这天，白老爷在家里品茶，来了一个媒婆子，说是要给少爷俊明说亲。可俊明一听就摇头，白老爷猜测儿子一定是有了心上人，打发走了媒婆之后，就问他。俊明也不隐瞒，说他其实已经相中了城西新开的一家绸缎庄掌柜的女儿林瑞娟，是在一次朋友的诗会上认识的。白老爷当时没有言语，第二天就吩咐管家去打听。

管家回来禀报说："老爷，问清楚了，那家绸缎庄确实是新开的，掌柜姓林，都说人挺不错，尤其是他女儿，知书达理，琴棋书画无所不通，长得又仪态端庄，是百里挑一的美人儿。"

白老爷想了想，于是就把俊明叫来，说："既然是你自己看中的人，爹也不反对。不过爹的意思，你不一定马上就急着把她娶进门，不如先让她来家里玩玩，熟悉了，事情自然也就成了。如何？"

俊明原先还有点担心爹会反对自己自说自话找媳妇，现在看爹这个态度，高兴地说："爹这么为我操心，儿子明天就把瑞娟带来，让爹也看看。"

第二天，俊明果然真把瑞娟给带到家里来了。白老爷一看，姑娘说话得体，举止大方，不由"呵呵"笑着，拿出一个红绸包来，对瑞娟说："姑娘，俊明是我的儿子，既然他看中了你，你以后就是我们白家的人了，这个东西，就算是我们白家给你的见面礼吧！"说着，他把手里的红绸包递了过去。瑞娟顿时羞得满脸通红，接过红绸包，连声说谢。

俊明没想到爹会特地为瑞娟准备礼物，兴奋得当场就叫瑞娟打开。结果瑞娟打开一看，红绸包里裹着的，竟是一对玉石耳坠，瑞娟捧在手里，非常惊异。

白老爷问："姑娘，喜欢吗？"

瑞娟轻轻一笑，说："喜欢。只是让您送这么贵重的礼物，实在……"

白老爷开心得哈哈大笑："喜欢就好，喜欢就好啊！"

当晚，俊明送走了瑞娟，走进白老爷的房里，说："爹，我看明天的天气肯定不错，你已经多日不出门了，我和瑞娟明天陪你出去走走，散散心，如何？"

白老爷打量了儿子一眼，说："这恐怕是瑞娟出的主意吧？"

俊明不好意思地点点头，说："是啊，瑞娟不让我说。瑞娟的意思是，爹送了这么贵重的礼物给她，她想有机会好好谢谢爹。"

白老爷很爽快地答应说："好啊，多亏她想得周到，那我们明天就去。我看城东风景不错，我们去那儿！"

人到轿落传出一声惨叫

第二天上午吃了早饭，一行人就坐上轿子，由伙计们抬着出了门。来到城东头，人到轿落，可就在这时，只听白老爷的轿里突然传出一声惨叫，伙计们赶紧掀开轿帘，一看，里面坐着的竟然不是白老爷，而是一个穿戴着白老爷衣帽的伙计，胸口中了一枚柳叶镖，只挣扎了几下，就咽了气。

伙计们大惊失色："白老爷呢？"慌乱间，就见凌空跃起一个伙计，"呼"地直朝那里的一片林子扑去。果然那里躲着个蒙面人，蒙面人看自己藏不住了，就从林子里闪身出来，和这个扑过来的伙计过起招来。

两人你一招、我一式地较量着，这可急坏了少爷俊明。俊明听到动

静，从轿子里钻出来，一时半会儿也搞不清楚是怎么回事，只觉得那个正在不断使招的伙计脸面很熟，再一看，不由惊叫起来："这不是爹吗？"

那么这个蒙面人是谁？他为什么要对爹下毒手呢？俊明不由想起爹做五十大寿那天刺客行刺的事来，用的不也是柳叶镖？难道是一人所为？

俊明这才知道爹其实对今天的这场较量早有了防备，他心里猛一激灵：难道今天出来走镖本身就是一个圈套？那么瑞娟呢？瑞娟演的什么角色？他回头向瑞娟的轿子走去，谁知瑞娟就在这时"呼"地从轿里飞出来，直向白老爷身上扑去。俊明大叫一声"不好"，赶紧向伙计们招手……

俊明和这些伙计平时都是白老爷亲手调教过的，所以和白老爷配合非常默契，没几个回合，他们就用"鱼网阵"把蒙面人和瑞娟擒获在手。

谁也没有想到，蒙面人居然就是城西那家新开的绸缎庄掌柜，瑞娟的爹。不过此刻从白老爷嘴里出来，林掌柜变成了"孔杰"。

"孔杰，这回你还有什么说的？"白老爷朝他轻蔑一笑，"我与你无怨无仇，你为什么两次要杀我？"

只见孔杰脖子一挺，说"受人钱财，与人消灾。事到如今，我也没什么好说的，要杀要剐，随你便！"

白老爷点点头："我佩服你是条汉子！可是你知道真相吗？"

"真相？什么真相？"孔杰一愣，眨着眼睛喃喃道。

白老爷瞥了他一眼，走到瑞娟面

常进酒店夜幕，沉醉忘了归路，应酬晚回巢，陷入思念深处，呕吐，呕吐。一帘幽梦你先入！ 福建 林洪（1421）

前，说"姑娘，我知道你其实不姓林，难得你一片孝心，雇了孔杰来为父母报仇，可是，你知道我当初为什么要杀你全家吗？"

瑞娟恼怒地瞪了白老爷一眼，这神态，和她昨天在白家的样子判若两人！

忆往昔仰天长叹

白老爷张了张嘴，正要开口说什么，突然，就见瑞娟"扑通"跪在了地上，朝天哭喊道："爹，娘，女儿无能，没能为你们报仇！女儿只能以死告慰你们的在天之灵了！"说罢，她纵身向旁边一块巨石撞去。

说时迟那时快，白老爷一把把她拽住："柳白凤，你这是何苦呢？"

原来，瑞娟就是隐姓埋名的柳家女儿柳白凤！三年前的一天，柳白凤的父母死在了白老爷的剑下，当时柳白凤在亲戚家玩，而邻居的女孩子正好来她家，就被白老爷当作柳白凤一起误杀了。柳白凤掩埋了家人的尸体，为了怕白老爷找自己的麻烦，就也给自己埋了个空棺，棺内放上了自己的一对玉石耳坠。她发誓一定要替父母报仇，从此就拼命拜师学艺，可知道自己终究功夫浅，不是白老爷的对手，于是就雇杀手孔杰帮忙。没想孔杰第一回失了手！在孔杰的劝说下，她于是就在白家少爷俊明身上下功夫，想伺机进入白家再下手。谁知第一次上门，一看白老爷给自己的见面礼，瑞娟就知道对方已经在怀疑自己了，这出戏不好唱。她脑子一转，于是就设法让俊明把白老爷引出来，再和孔杰一起收拾他。可到底力不从心啊！眼看复仇无望，柳白凤眼里的泪水"哗哗"直流。

白老爷注视了柳白凤好久，仰天长叹了一声，说："柳白凤，当年，你父亲为得到我们家传的剑谱，杀了我父亲。杀父之仇，我岂能不报？所以我才杀了你们全家。可一个偶然的机会，我才知道那天将你们邻家女孩当成你给错杀了。我发誓要找到你，后来看到写有你名字的墓碑，我觉得非常吃惊，命人打开，意外地发现了空棺内的这对耳坠，我就知道你其实还活在世上。我把耳坠留在了身边，目的就是要利用它来找到你。所以当俊明第一次把你带到家里来的时候，我有一种似曾相识的感觉，因为你长得极像你的母亲。为了试探你，我就将这对耳坠作为礼物送给你，尽管你掩饰得非常得体，可我还是从你的脸上看出了破绽……不过，现在我已经想明白了，这么冤冤相报，何时是个头啊？我到此收手了，今后我这条命也归了你，你如果想要，随时都可以拿去。"

白老爷吩咐家人放了孔杰和柳白凤，随后带着俊明坐上轿子，伙计们抬着，朝来的路上缓缓而去……

（题图、插图：黄全昌）

一元钱的夏天

李剑要毕业了，参加了很多个招聘会，投出去几十份求职信，可是都没有成功。勤工俭学挣下的钱，只剩下最后十元了，明天他将去参加某公司的复试，去那里需转两趟车，来去车费四元，中午最便宜的盒饭也要五元一个，这样口袋里就只剩下一元了。如果明天复试还不成功的话，李剑想好了，就用剩下的这一元钱给家里寄一封信，然后从地球上消失……

就在这天晚上，他父亲从乡下看他了。父亲给他带来一个储钱罐，

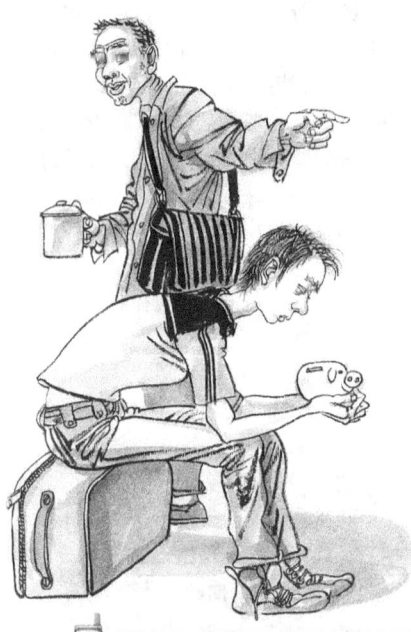

是陶瓷的，胖胖的小猪造型，这是李剑小时候过生日时姑姑送的，李剑没有想到，都过去这么多年了，父亲还替他保存着。父亲对李剑说"我来看看你，顺便把这个东西给你带来了，在没找到工作之前，它兴许对你有用。"李剑打开一看，当时积攒了他童年梦想的一分分、一角角都原封不动地在里面，数一数居然有一百多元。

第二天，父亲早饭没吃就走了，临走的时候告诉李剑，已经替他把下个月的房租交了。李剑知道父亲平时生活非常拮据，哪来这钱呢？问房东，房东说，父亲替他交的，全是一元钱的硬币，李剑呆了半晌，没说一句话。

第二天面试时，招聘方问李剑愿不愿意从最基层干起，李剑一反以往的挑剔态度，毫不犹豫就答应了。刚上班的那些日子，正碰上高温，他背着沉甸甸的产品宣传资料，在大街小巷穿行，直晒得头冒汗，嘴冒烟。半道上，他看到一位老人在卖一元钱一杯的冰镇中药凉茶，就忍不住从口袋里掏了一元硬币递过去。当那老人抬起汗淋淋的头，要把凉茶递给他时，李剑惊呆了：这老人正是自己的父亲，那脸已经被晒得墨黑，几乎认不出来了。

父亲为了让他能在这个城市立足，在炎热的夏天里，居然一元钱一元钱地积攒着……

（作者：黄德强；推荐者：白淑贤）

茶泡好了，被铺好了，灯还亮着，你是醉了还是累了还是迷路了——孩子他爸快回家！
广西 韦少远（1422）

车库里的小棍儿

这是小区里的一栋别墅，原房主是一对老年夫妇，已迁居墨尔本。人去楼空，留下的是一个整洁得几乎无可挑剔的空间，看得出老人离去前的精心打扫。

意外的是，车库没有整理利索，在车库近墙的一头，悬空垂着一根细细的小棍儿。当汽车驶入车库，不经意地发现这棍儿挡在前头，赶紧停车，还是碰着了，于是那小棍儿便轻晃着，拍打着车头。

新房主责怪主人的疏忽，正准备下车摘除这一多余的障物，却意外发现这根小棍儿的位置正好对准了车子的停车线。进而悟到一个小小的生活智慧：进入车库，只要车头一碰到小棍儿，就知道车正在恰当位置，而不必瞻前顾后，调校车位了。

后来，在厨房的餐桌上，新房主看到了有关这根小棍儿的文字说明。那是原房主留给新房主的一封信，里面除了详列什么钥匙开什么锁，电表、气表怎么结算之类的交代外，还特别提到了这根小棍儿："以前我们常为泊车入库的位置费心，开不够位，车库门下不来，曾经在墙边做过记号，也觉得费事。有一次，我太太在车库给灯影'碰'了一下，知是虚影，倒也生出这个主意，于是就有了这根小棍儿，只要一碰到它，就停车，不会有差。搬家清理曾想卸去这一完全是我们自备的赘物，但转而想到你们也许会有同样的需要，就故意留下了。如以为多余，则请代为摘除为谢。祝你们在这里生活得愉快！"

为一根小棍儿，留下一段文字，犹如在读一篇小小说，好温馨！

（作者：陈冠柏；推荐者：小 思）

为生命祝福

这天，爷爷给孙女带来一个小小的纸杯，孙女以为杯子里有什么特别的东西，可仔细一看，里面除了泥土什么也没有，孙女很失望。这时候，只见爷爷慈祥地笑着，从孙女的一堆玩具中拿出一个小水壶，灌了一壶水。他把水壶递给孙女，说："如果你能每天往这杯子里浇一点水，那么就一定会有特别的事发生。"

四岁的孙女对爷爷的话充满了好奇，于是就天天拿着水壶，给杯子浇水。可是一个星期过去了，杯子里什么变化也没有。孙女没了耐心，于是爷爷就天天来，天天提醒孙女，非让他给杯子浇水不可。

终于有一天早晨，孙女发现，杯子里的泥土中，长出了两片小小的绿叶。孙女兴奋不已，爷爷一来，她就大喊大叫地把这个新的发现告诉爷爷。孙女问爷爷："泥土里能长出绿叶来，它需要的只是水，对吗？"

爷爷轻轻地拍着孙女的头，说："不，孩子，它首先需要的是你的耐心。"

（作者：雷切尔；推荐者：梦 飞）

幸福的粽子

母亲是个心灵手巧的女人，她会把简单的饭菜做得有滋有味，会织各种花样的毛衣，会做漂亮的鞋子，但奇怪的是有一样她就是学不会，就是包粽子，这可是我们这一带乡下女人都会的手艺啊！

幸亏父亲不怪她，而且父亲会！每每到了包粽子的时节，就见青翠欲滴的箬叶在父亲手里很听话地翻转着，而后一只粽子就包成了。而母亲这时候就会搬着一只小板凳坐在父亲旁边，很笨拙地跟着父亲学，满脸笑成了一朵花，可手里就是学不会。于是父亲就骄傲得像个功臣，把母亲差得团团转，泡茶啦，拿水烟袋啦，母亲这时候的脾气出奇的温柔，甚至还小声地哼着曲。这样一年一年过下

汽车一定会驶回车库，晚点，只因塞车；船儿一定会停靠港湾，迟到，是因风大；我肯定回家，夜归，只因醉了，不知道回家的路了。　湖南　王年武（1423）

来，便成习惯了，包粽子理所当然是父亲的活，母亲只管打下手。

后来，我成家有了孩子，母亲过来给我带孩子。一日，孩子在外面看到有人在吃粽子，很新奇，也要，母亲立马就从市场上买了箬叶回来，不过一眨眼的工夫，一只只漂亮的粽子就包好了。我惊讶万分，问母亲什么时候学会的，母亲神秘一笑，只是被我问急了，才不紧不慢地回答说："本来就会啊！"母亲笑着求我，让我不要将这个秘密告诉父亲。

后来，有一次父亲来看我，东拉西扯不知怎的扯到粽子的话题上来，父亲突然笑着说："其实你母亲会包粽子，她做姑娘时，可是出了名的巧手呢！"父亲也笑着求我不要将这个秘密告诉母亲。

我的眼睛潮潮的，方才明白原来世间还有这样一种爱，它平淡，水波不兴，包在家常的粽子里，却是最为厚实的幸福。在母亲，是被疼爱着的快乐；在父亲，是付出的快乐。

（推荐者：徐传虎）

徒弟拜师学艺，问师傅："根据我的基础，请问师傅，要练多久才能成为一流的剑客？"师傅说："最少也要十年吧！"

徒弟觉得十年的时间太长，便说："师傅，假如我加倍苦练，是不是可以缩短一些时间？"师傅一听就摇头："那就要二十年了。"

徒弟不明白师傅的话，不甘心地又问："那假如我晚上不睡觉，夜以继日地苦练呢？"师傅的回答更爽快："那你就必死无疑，根本不可能成为一流剑客。"

徒弟忍不住喊起来："这太不公平了，为什么我越努力地练，就越不能成为一流的剑客？"

师傅意味深长地看了徒弟一眼，说："成为一流剑客的先决条件，就是要永远留一只眼睛看自己，如果你两只眼睛都只盯着对方，哪里还有眼睛注视自己、反省自己呢？"

徒弟听了恍然大悟，后来终成一代剑客。

剑客如此，人生亦然。很多时候，当我们两只欲望的眼睛只盯着眼前的心爱和痴恋时，我们的心就很容易被蒙蔽。心的迷惑，不就是痛之因、苦之源，不就是自己的失败吗？

（编译者：沈　湘；推荐者：彭建洪）

（本栏插图：安玉民）

留一只眼睛看自己

学写作文，可以从读故事开始

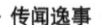

真人不露相

□ 于长华

民国时候，东北夹皮沟一带，屯子里会时不时地闯来成群结队的野猪，不是拱了这家的栅栏，就是毁了那户的庄稼。大伙儿十分头疼，可又拿这些畜生没办法。

于是，有个人就在自家门口挖陷阱，终于逮到一头野猪之后，就把它用绳子捆起来，吊在门口猛抽猛打，还嫌不解恨，最后硬是活活把野猪皮给剥了。剥皮的时候，野猪那惨叫声，顺着老白桦林子一直传进山里，胆小的人都吓得捂住耳朵不敢听。

恨是解了，可到了半夜，他家就遭殃了，成群结队的野猪找上门来，"嗷嗷"叫着往他家里冲。屯子里的人是被他家的哭叫声惊醒的，跑出来一看，倒吸了一口凉气。

屯子里有一对刚刚成亲的小夫妻，男的叫大奎，女的叫山杏。大奎一见此景，大叫一声"不好"，立刻对山杏悄悄耳语了几句，然后回身进屋拿了猎枪出来，撒开两腿就往山里跑。

片刻工夫，山里就传来豺狗此起彼伏的叫声，越来越响，越来越响，不一会儿，就见两三百只豺狗跟着大奎从老白桦林子里窜出来，直朝那户人家奔去。屯里人惊讶地发现，平时凶狠异常的豺狗，这时候简直就像是大奎手下的兵似的，完全听大奎的指挥，大奎指东，它们就朝东，大奎指西，它们就扑西，大奎一声令下，它们就立刻两个一伙两个一伙地与野猪干了起来，一个在前面斗，一个从后面扑到野猪身上，用利爪插进野猪的肛门，去掏它的肠子。

这么一来，开始还疯了的野猪，立刻一倒就是一大片，没倒的也吓得没命地往山上逃。

这户人家终于获救了，大奎因此成了远近闻名的英雄。屯子里的人这才知道，这一对外来的小夫妻，男的居然还有这么一手调遣野兽的绝活，真是"真人不露相"啊！

屯子里终于太平下来了，可是这样的日子过了不多久，眼看快过年的时候，出事儿了。

这天，大奎套了个爬犁，装上猎来的黄羊和野猪，想到镇上去把这些东西卖了，换些年货回来。可谁知这一去，直到天黑尽了，人都没回来，山杏急得团团转，到出山的路口看了不下十次，就是不见半点人影。

第二天中午，来了一队扛枪的，见了山杏就说："镇长有请，赶快跟我们走！"山杏心里一惊，怯怯地问："镇长找我干什么？"扛枪的说："你家大奎现在是镇长的座上客啦！"

大奎不是明明到镇上去换年货的吗，怎么会跑到镇长那里去的呢？原来这个镇长好色，抢了一个又一个良家民女，坏事做多了，又怕这些女人来找他报复，于是吓得晚上越来越睡不着觉，到后来，就老觉得有一群披头散发的女人站在自己面前，要找自

己算账。镇长看了无数个郎中，也不见好，有人就给他出主意，说只要吃了老虎胆，准好。可老虎胆到哪儿去弄？镇长想到了声名远扬的大奎，正要派人找他，谁知他却自己跑到镇上来了。

可是，大奎理也不理镇长。为啥？大奎和镇长有不共戴天之仇！当初，山杏是镇长家的佣人，镇长见山杏长得好看，几次动手动脚要打她的主意，山杏死活不从，就从镇长家逃出来，可是却在白桦林里迷了路，要不是遇上大奎，怕早喂了狼。这么恶劣的镇长，吓死了才好呢，山杏不知道会有多高兴，大奎怎么还会去帮他？

可让大奎怎么也想不到的是，镇长却让手下的人把山杏给带了来，天知道镇长怎么会知道山杏是自己的女人，看来这次不答应镇长是不行了，尤其是看到山杏见镇长时那惊恐的眼神，大奎心疼得心里在滴血。他立刻点头应允镇长，当天就进山取来一只新鲜的老虎胆。

镇长乐得眉开眼笑："哈哈哈哈！有本事！有本事啊！"随后就吩咐手下把老虎胆送去伙房烹煮。

大奎心里松了口气，就准备和山杏一起回家，可是他来到山杏那里一看，山杏正在偷偷地抹眼泪。

大奎冲过去一把抱住山杏，说："杏儿，我不是回来了吗？你哭啥呀！"

谁知山杏哭得更厉害了："可是……可是我对不起你……镇长他……"就在大奎进山的当儿，镇长竟然兽性大发，把山杏给糟蹋了。堂堂七尺男儿，连自己的媳妇都保护不了，大奎的眼睛里喷出火来！

突然，大奎感觉怀里的山杏没了哭声，一看，山杏的肚子上插着一把剪刀，汩汩流出的殷红的血，把她好看的新婚棉袄都浸透了。"山杏——"大奎拼命摇着山杏的身子，可是山杏再也听不到了。善良的大奎傻了眼，怎么也没想到事情会变成这样！他抱着山杏，不吃不喝也不走，坐在那儿整整两天。

到了第三天头上，大奎站起来，默默地抱着山杏回家，镇长原以为大奎会找自己算账，这下总算松了口气。可是没想到当天夜半时分，突然成百上千只野狼从深山里跑出来，穿过密密的白桦林，直奔镇上，把镇长家团团包围起来，镇长和手下那帮人的鬼哭狼嚎声整整响了一夜。

从此，镇上的人就再没见到过镇长的人影，倒是经常有人在野狼沟附近看到，一个人带着一群狼。人们都说，那人是大奎，大奎成了狼王。

（题图、插图：黄全昌）

（本栏目欢迎来稿。来稿可从邮局寄发，也可从网上传递。如为电子邮件，请发以下信箱：baofang@vip.sohu.net）

今晚又加班，莫等我吃饭，孩子若捣蛋，你先管一管，要是心情烦，出去转一转，若是太孤单，上网聊聊天，困了先晚安，老公把恩感。　云南　朗其明（1425）

家庭宴会

□ 孙洪鹏 改编

根据十九世纪英国作家奥斯卡·王尔德的小说《阿瑟·萨维尔勋爵的罪行》改编。

宴会上的手相专家

杰克一心想跻身上流社会，苦于没有门路。后来经人指点，学了一手看手相的本事，渐渐在达官名媛中有了名气。这天，有个叫波德米尔的贵妇人举行家庭宴会，杰克也接到了邀请，他兴奋不已。

宴会上，缠着杰克看手相的宾客不少，正热闹的时候，只听侍者一声禀报："阿瑟勋爵携西碧儿小姐驾到！"声音刚落地，就见门厅通道上一男一女两个人走了进来，男的自然是阿瑟勋爵，西装革履，英俊潇洒；女的自然是西碧儿小姐了，美貌绝伦，惊艳无比。

熙熙攘攘的大厅立刻安静下来，所有人的目光都齐刷刷地投在这两个人身上。勋爵阿瑟微笑着问："刚才什么事这么热闹啊？"于是，便有人把手相专家杰克介绍给了他。谁知阿瑟也对此表示出了极大的兴趣，伸出手来让杰克替他看一看。

杰克握起阿瑟的手，端详了一会儿，说"勋爵大人，您就要结婚了！"

"啊，真准！"边上那些贵妇人几乎是异口同声地惊呼起来。

可是杰克却把阿瑟拉到一边，附着他的耳朵悄悄说："不过，勋爵大人，您的婚期最好推迟一个月。"

"为什么？"阿瑟本来只是凑个趣，现在听杰克这样说，不由有点紧张，"怎么回事？"

杰克没有直接回答，反问道："勋爵大人，您相信手相这玩意儿吗？"

阿瑟点点头。

"好，"杰克像下了很大决心似的说，"那我告诉您，您在最近一个月里，将有一次劫难。"

"什么劫难？"

"谋杀！"

"谋杀？我会遭人谋杀？"阿瑟的眼睛瞪直了。

"不不不，"杰克解释说，"手相里说，是您去谋杀别人。"

"我去谋杀别人？我为什么要谋杀别人？这是要犯法的啊！"

"不，不是这样的，勋爵大人，这并不是您想不想做的问题。常言道，是福不是祸，是祸躲不过。不过，您如果越过了这个坎，您就将一生无忧了，娶妻生子，享不尽的荣华富贵！"

"那照您说，我该怎么做，才能越过这个坎呢？"阿瑟着急地问。

杰克沉思着说："说是谋杀，这具体也要看您怎么去做了。看得出，您很爱您的那个西碧儿小姐，您肯定不想因为这件事情去连累她，所以我劝您推迟婚期一个月，待您把这事儿干完了之后，再和西碧儿小姐一起好好享受生活。怎么样，勋爵大人？"

"那……"阿瑟犹疑着喃喃道，"我该怎么对西碧儿解释呢？"

杰克给阿瑟出主意说："不如由我来告诉她。当然，我不会说得很具体，我只是说您有劫难，但只要闭门一个月，就会躲过去的，但这一个月里，任何人都不能打扰您，包括西碧儿小姐。怎么样？"

阿瑟想了想，也只能这样了。

报上果然刊登了消息

于是当天晚上，阿瑟和西碧儿小姐吻别后，便开始了谋杀的准备，他琢磨来琢磨去，把目标选中了那个刚刚邀请他参加过家庭宴会的贵夫人波德米尔。波德米尔已孀居多年，但暗地里一直和阿瑟有来往，现在眼看着阿瑟要娶西碧儿小姐，波德米尔就吃起了醋，说要把她和阿瑟的事告诉西碧儿，后来是阿瑟向她保证婚后也不会断绝和她的来往，波德米尔才罢休。波德米尔成了阿瑟的心病，杰克的手相预言，正好唤醒阿瑟潜意识里要消除波德米尔的念头。

这天，阿瑟乔装改扮后直奔药店，买来了烈性毒药，然后把它装入准备好的胶囊，放入一只精美的银制糖盒内。阿瑟径直来到波德米尔家。波德米尔一见阿瑟就扑了上来，搂住他的脖子，撒娇说："亲爱的，听说你要闭门一个月，这可让我怎么过呀！"

"哈哈，我这不是来了吗？"阿瑟温情脉脉地把波德米尔搂进怀里。

波德米尔看到阿瑟带来的漂亮盒

老婆老婆我爱你，就像老鼠爱大米，公司应酬不得已，今晚不能陪着你，发条信息告诉你，不要等我伤身体。　1353＊＊＊3594（1426）

子，立刻嗲嗲地叫道："哇，你又给我送什么好吃的糖果来了？"

"亲爱的，它不是糖果，"阿瑟说，"是给你治胃病的新药。怎么样，最近胃好点儿了吗？还是天天犯？"

"是啊！"一提起讨厌的胃病，波德米尔就皱起眉头，"也不知怎么回事，吃了多少药了，就是不见好。"她急不可待地把这个漂亮的盒子打开，拿了一颗药丸就要往嘴里放，"阿瑟，这个世界上，只有你最关心我了！这药我现在就吃了吧，省得那该死的胃病说什么时候犯就又要犯了。"

"不不不，"阿瑟立即阻止道，"亲爱的，这种药丸只有在胃病发作的时候吃才管用。现在有我在你身边，你不用怕。"说着，他就和波德米尔拥吻缠绵起来。

一个小时之后，阿瑟就离开了波德米尔的住处，波德米尔依依不舍地送别他，却不知道阿瑟留给她的那个漂亮的盒子，会送了她的命。

果然，第二天，当地报纸上就刊登了波德米尔胃病发作不幸去世的消息。一场谋杀就这样悄无声息地过去了，阿瑟终于松了口气，他立即叫来杰克，当面向他道谢，并给了他一笔可观的酬金。可谁知杰克却把钱推了回去，杰克对阿瑟说："既然报上说波德米尔属于正常死亡，那怎么能算谋杀呢？也就是说，你命中注定的劫难并未过去，要想后半生高枕无忧，必

须再来一次。"

再来一次？阿瑟头疼极了，想来想去，决定这次把矛头对准那个叫罗伯特的勋爵，因为这个人是自己仕途上最强劲的对手。阿瑟动足脑筋，千方百计搞到一枚微型定时炸弹，伪装在一只新款手表里，他知道

罗伯特爱好钟表收藏，于是这天便以一个崇拜者的名义给他寄过去。他想象着，当罗伯特把玩这只手表时，突然一声巨响就能把他的头炸飞。

可问题是从寄出表的第二天开始，他翻遍了当地的大小报纸，也没有看到罗伯特被炸死的消息。只是后来有一则报道说，有人曾经恶作剧，给罗伯特寄来一只冒了烟的手表。

到底应该怎么做

这次谋杀又失败了！阿瑟焦躁不安，不知到底怎么做才能越过生命中的这一道坎。眼看一个月的期限就要到了，这天晚上，他独自漫步在泰晤士河畔，正筹划着下一步计划的时候，忽然发现河边条椅上坐着两个人，好像是杰克和西碧儿小姐。

这是怎么回事？他赶紧靠了过去。只听西碧儿小姐对杰克说："杰克先生，阿瑟到底能不能度过这次劫难啊？自他闭门以来，我们俩天天在这里为他祈祷，你能告诉我他到底遇到什么劫难了吗？"

"这个……"杰克犹豫了一会儿，对西碧儿小姐说，"本来我想等事情结束了再告诉你，可是，我终于忍不住了。可爱的西碧儿小姐，我还是告诉你吧，阿瑟命中注定要犯一次谋杀罪，为了让他躲过这一劫，我才让他闭门一个月，可谁知阿瑟不听我的

劝，真的进行了他的谋杀行动。"

"不，这不可能！"西碧儿小姐尖叫起来，"他会去谋杀谁？"

"小声点，亲爱的！"杰克说，"你不知道，阿瑟其实已经进行了两次谋杀，只是都没有成功。唉，真不知道下一个目标会不会是你！"

"这太可怕了！"西碧儿小姐颤动着肩膀，失声痛哭起来。

杰克顺势就搂住了她，安慰说："亲爱的，其实我才是真正爱你的人啊！自打我在波德米尔家见到你的第一眼开始，我就爱上你了！"他一边说一边就把嘴巴凑了上去。

阿瑟这才恍然大悟：自己从一开始就被这个骗子耍了！他真恨不得一拳头把这个混蛋砸死，可转念一想：慢，我倒要看看西碧儿的反应。

只见西碧儿猛地一把推开杰克，站起来一面哭一面跑："不，我不相信这是真的，阿瑟不会做这样的事！"

杰克不甘心地追了上去："西碧儿，你为什么不爱我？为什么？我愿意为你去死啊！"

西碧儿并没有因为杰克的这种表白而停住脚步。

这时候，一个低沉的声音在杰克背后响了起来："那你就去死吧！"

杰克猛然一惊：这不是阿瑟的声音吗？他心里有鬼，腿就软了，一个惊慌，掉进了冰冷的泰晤士河里……

（题图、插图：佐 夫）

醉生梦死

□ 顾文显

闹市口碰上了仙家

章巡守的夫人聪明美丽，又很能持家，遗憾的是嫁过来五年了，一直未能生下一男半女。在旧时，那可算是天大的罪过了，可章巡守依然对夫人百般疼爱，总说："生不生育是我章家的造化，与你一介女子无关。"

可尽管这样，他的夫人还是添了块心病，到后来居然饭前饭后不停地打嗝，胸肋处疼痛无比。章巡守为夫人四处求医，可毫无结果，夫人的病情一天比一天重。

这天，章巡守在闹市口看到有个游方道人在给人看病，只要病人说身上哪个部位疼痛，他随手一捏，立刻手到病除。章巡守大喜过望，也顾不得身份了，跪地就朝道人磕头："仙家，快救我夫人一命吧，我就是典房卖地，也要给您修道观上香朝拜。"

"岂敢，岂敢！"道人扶起章巡守说，"我只不过是个四海为家的闲汉，何德何能敢冒充神仙？不过，既然蒙您巡守看得起，那就去府上看看吧！"

章巡守于是便将道人请到自家客厅上座，又唤夫人出来相见。

道人朝夫人打眼一看，张了张口，欲言又止。章巡守急了："请师父直说便是。"道人这才开口道："恕贫道直言，恐怕夫人得的是心病啊，依贫道所见，只有五年的阳寿了。"

章巡守本想和夫人白头偕老，如

今一听道人说夫人只有五年的活头，怎忍心看着她离自己而去？夫妻俩立刻跪地哀请。

道人叹了口气，对夫人说："你啊，平时待人接物一定是妒忌猜疑之心太重，容不得别人比你舒服比你好，哪怕是有些人处境比你差多了，你仍然会觉得命运亏待了你。夫人，这样过日子不行啊，久而久之必定郁气伤肝。现在看来，这股郁闷之气已经在你胸间形成硬块了啊！"

夫人一听，满脸绯红，喃喃说道："师父说的极是，奴家也知道自己妒忌猜疑心重，可就是克制不住。今天，奴家仰仗师父的恩典，师父既知病因，必有妙方，无论如何请师父一定要救救奴家。"夫人说着说着就泣不成声，再三朝道人磕头。

道人想了想，说："好吧，贫道给你下药试试，不过你必须保证百日之内不得再因嫉妒猜疑之心而生郁闷之气，否则会立刻送命。你能做到吗？"

夫人自然一百个答应，于是章巡守便命仆从为道人收拾出一处洁净的房子，还派专人伺候道人斋饭，道人则亲自下厨，督看丫环给夫人煎药，让夫人服下。第一、第二剂药下肚，夫人还不觉得怎么样，等第三剂药一下肚，夫人顿觉胸襟开阔，胸肋处疼痛大减，章巡守自是惊喜万分。

道人除了给夫人下药，空闲时还常给她传授些经书，讲解为人处世的道理，教她如何豁达待人，糊涂待事。经道人这么一点拨，夫人心里敞亮多了，想想从前都是自己无事生非，为一点芝麻绿豆的小事生气，如今差点送了性命，真是何苦！渐渐地，她人就变得随和多了，奴婢们个个看在眼里，喜在心上，都说夫人如同换了个人似的，再也不用在她面前提心吊胆、战战兢兢的了！

心病还须心药医

就这样，一晃三个月过去了，夫人的气色明显和从前大不一样，但道人仍然坚持天天亲自下厨，督看丫环给夫人煎药，让夫人服药，没有丝毫的松懈。

眼看着道人先前说的百日之期就要满了，这天，道人突然对章巡守夫妻俩说："山中有要事，非贫道回去一次不可，往返虽只三日，可夫人的病贫道放心不下，眼看百日即满，万万不可前功尽弃啊！"

夫人朗声道："师父只管放心去，奴家现在已经感觉不出还有什么难受之处了，何况师父离开也只有三天的时间，奴家一定按时服药，请师父放心。"

可道人还是不放心，叮嘱说："请夫人白天一定要静心诵读贫道传你的经书，休生杂念。另外，"他说到这里，拿出三炷香交给夫人，"这是贫道特地为夫人准备的，请夫人每晚千万不

要忘了燃香，夫人只要闻着这股香味儿，就能很快入睡，一夜到天明。"

道人再三叮咛后，走了。可是三天后他从山中回来，一见夫人就大惊失色。章巡守看道人的神色，觉得很奇怪："明明夫人是按照师父您的嘱咐，白天吃药，夜晚燃香，一觉睡到红日出，怎么……"

道人连连摇头摆手："唉，皆是贫道无能啊！贫道明知夫人妒性超人，为什么还要喋喋不休地嘱咐那么多话呢，夫人这是要跟贫道争口气哩！"

听道人这么一说，夫人放声大哭，边哭边求："请师父救救奴家！"

原来道人走后，夫人心里就想：丁点小事，犯得着他这么唠叨吗？还不是想让我时记着他的恩德罢了。看来，世上真正超脱的人是不存在的，连出家人也玩心计呢！这么一想，夫人夜里躺在床上就睡不着了，她把府中的奴婢们"过"了一遍筛子：好一群阳奉阴违的奴才，现在都夸我变得豁达了，那意思不就是说我从前狭隘凶狠吗？可当初他们不也一个个对我奉承不迭吗？

如此看来，就是他们现在说的话也不能相信。她又想到章巡守：丈夫平时对我这般呵护，是不是因为看我现在还有点姿色？倘若自己以后老了，或者最终还是生不出儿子来，他难道还会这么对自己？再深一步想，他所以这样待我，莫不是做下了什么亏心事？宅中俏丽的丫环不止三二人，谁能保证他在外面没有暗藏侧室？

不过，夫人毕竟吃了道人这么多天的药，她马上就克制住了自己脑子里的这种杂念，告诫自己说：就算真是这样，也切不可生气，真要生了气，气死了他们才高兴哩！她拼命背诵道人平日传授给她的那些经书，一诵经，心里的气就没了。

渐渐地，夫人闻着熏香味儿入了梦境，梦见府上的一帮丫环正在花园里交头接耳，议论她这个当主母的许多不是，恼得她转身就退入后宅，哪知却撞见丈夫正搂着丫环在床上。夫人勃然大怒，随手抓起身边的什么东西就扔了过去，一阵摔打直到醒来，一看，蚊帐早已被撕扯得不成样子……

章巡守被夫人的这番自白说得目瞪口呆。

道人对章巡守慨叹道："我原本想让夫人在熏香中醉昏过去，就不会再有什么杂念，岂知她心生猜妒之意已到了无药可治的地步，虽说梦是假的，可那气却是真的呀！看来世上不是什么病都能靠药物治得好的。俗道对不起你们这两个多月的款待，惭愧，惭愧哪！"说罢，道人跌跌撞撞径直出门而去，拦也拦不住。

道人这一走，章巡守就只能眼睁睁看着夫人等日子了。只过了几天，他夫人的病情就一日重似一日，到最后直疼得昼夜哀嚎，吐血而死。

哲学先生评曰："嫉妒是毒药"，记得这句话出自于莎士比亚之口，后来却被人们在不同场合反复征引。可以看出，它是现实生活的一个普遍性话题。实际上，嫉妒不但是一剂急性的或慢性的毒药，而且其危害还具有双向性，因为它在毒害别人（受嫉妒者）的时候，更把嫉妒者自己毒害了。值得关注的是，大千世界，五彩缤纷，存着生长嫉妒的土地与温床，从涉世不深的年轻人到历经坎坷的老人，深受嫉妒心理之苦、之害的人却并不少见。对此，任何人都不应抱有侥幸的心理。

（题图、插图：安玉民）

  晚上加班你别急，挣钱全都为了你，年轻时候多努力，夕阳美丽无伦比。　1352***8370
（1429）

爱的

有一对夫妻，两人都是高级知识分子，都在南方的一个大城市工作，唯一的儿子又考上了北京大学。所以，说起这个家庭，左邻右舍都很羡慕。

转眼，这家男孩大学快毕业了，随着学识一同增进的，还有他那完美的品格、健壮的体魄和得体的举止。亲朋好友开始关心男孩的终身大事，经常电话问长问短的。经这么一提醒，父母觉得怎么这么大的事一直忽略了呢？打电话给男孩时，父母就说了自己美好的愿望。

不料电话那端传来男孩笃定的声音："你们别操心，我有女朋友了。"

儿子恋爱了？女孩是什么样的？和儿子相配吗……一连串的问号，搅得父母寝食难安，于是坐了飞机赶到北京。见到女孩的第一眼，父母不约而同地交换了眼色：女孩很普通很一般，但在父母面前，男孩却毫不掩饰他对女孩的喜欢。

父母觉得女孩配不上自己的儿子，二十年来，对于儿子，他们第一次感觉到了困惑。不过父母非常理智，他们意识到：如果阻扰儿子，那么可能儿子失去女孩的同时，他们也就失去了自己的儿子，从此远离幸福和安宁。

回家之后的一个星期以后，父亲终于做出了决定。他对妻子说："儿子爱的，我们也爱！他们俩是同学，一个是班长，一个是团支书，彼此的了解应该是很深的，我们要相信儿子的选择，既然爱她，就一定有值得爱的理由。"

果然，男孩郑重地写了信来，讲了关于女孩的两件小事。

女孩家在农村，家庭条件不富裕，但是女孩坦然地面对贫穷，朴素而刻苦，对同学友好温和，对误解不卑不亢。有一天，男孩请女孩吃饭，男孩已经明确表示出对她的好感，所以特别渴望尽可能在物质上体贴女孩一点。但是，结账的时候，女孩仍然像以前那样掏出钱来，笑着说："AA制。"男孩要推回女孩的钱，女孩用眼神制止了他。那眼神里，女孩克制、自尊、自爱的庄严情感令男孩肃然动容。

男孩女孩的学习都很努力，经常一大早到图书馆排队占位子。细心的女孩会一并把两人的午餐也准备好。两个饭盒：红的是女孩的，绿的是男孩的；饭菜很简单，却有足够的营养。男孩从来都是只管享受这份体贴，从没有发现两个饭盒里会有什么异样。这一天早上，女孩忘了东西，要回寝室去拿，于是把两个饭盒交给男孩。男孩站在图书馆门口等她的时候，很偶然地打开了这两个饭盒。

这一看，他的心"怦怦"跳动起来，就在这一瞬间，他认定了：她就是我要找的爱人。

饭盒里是两个相同的面包，不同的是绿盒的面包中间夹着厚厚的一块牛肉，红盒的面包中间却什么也没有。对于家境贫寒的女孩来说，一块牛肉是她能默默奉献的全部爱情。

读完信的父亲母亲，完全消除了对儿子选择女孩的困惑。只是，母亲觉得自己应该做点什么，让儿子感觉到他们作为父母，对孩子们真诚的祝福，以及对女孩隐隐的歉意。

爱有多大的创造力？母亲终于有了一个主意：她给女孩宿舍的4个姑娘，每人寄了一个包裹，里面的东西一模一样，她坦然告诉女孩们：这只是一个同学母亲的心意，东西并不贵重，所以请她们不要介意。

儿子在电话里激动地说："爸、妈，我真感谢你们！"

于是，毕业前夕的最后几个月里，女孩和她的室友每个月都会一起收到来自南方的包裹，有时是南方时令的水果，有时是女孩们喜欢的衣衫。每个月收到包裹的这一天，女孩的宿舍里就充溢着浓烈的母爱的气息……

咀嚼着这段真实的情爱，世俗的心因感动而柔软。

（作者：云娘）（题图：安玉民）

"感动中学生的故事"是本刊新推出的栏目，希望中学生及广大读者能喜欢。本刊热忱欢迎作者惠赐原创佳作，要求：1）题材不限，故事中的人物不限于中学生；2）情感色彩浓郁，故事情节生动；3）篇幅在两千字左右。来稿可从邮局寄发，也可发电子邮件，请在信封或电子邮件的主题栏内注明"感动中学生的故事"字样。本期责任编辑E-mail地址：baofang@vip.sohu.net。

这边酒色声欢，内心苦不堪言，抬头月上中天，深感你的孤单，过眼满目繁华，只念为我守候的那盏，归来夜静人馨，愿彼此相携永远！　江苏 邢文静（1430）

美丽心灵

□ 傅昌尧

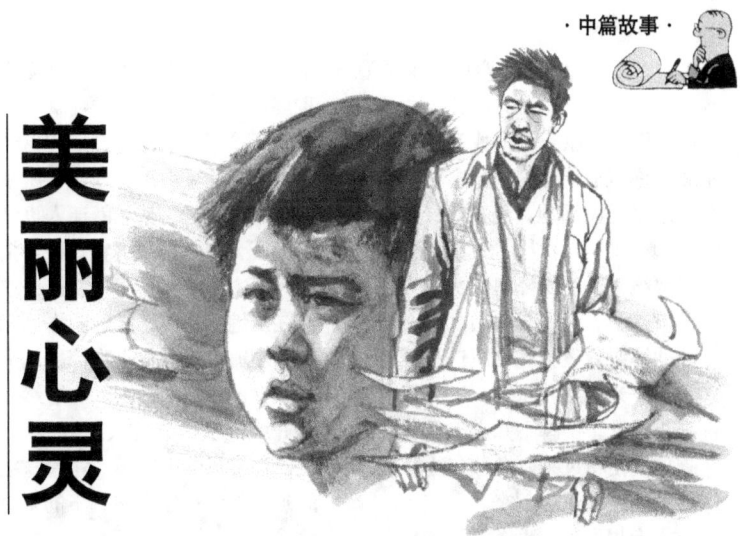

是人，都只能活一辈子。有的人是金币，有的人是伪钞；有的人是好酒，有的人是浑水。看起来也许相似，其实只要一试，就泾渭分明。

1. 血汗钱在哪

五丰寨这几年出去打工的人不少，眼瞅着他们这些人家的日子就像山坳里初升的太阳一样，慢慢红火起来，丁大根心里就痒痒得不行。唉，怪就怪自己胆子太小，总觉得出去闯世界还不如在家里捏锄头柄来得稳当，要是当时跟了一块出去，现在老婆孩子不也能和那些人家一样，看上大彩电了？唉，亏了，亏了！

丁大根牙一咬，脚一跺，做出决定：出门挣钱去！

眼下正是除夕，真要走的话，过了年就该走了。可一旦真决定了要走，丁大根心里又有点慌 进城以后，上哪里去找活干呢？如果能有个熟人帮忙给自己介绍一下，该多好！他摸着脑袋想来想去，想到了自己的一个远房表叔，就住在隔壁寨子，名字叫沈峰凯。这些年，沈峰凯在外面不知挣回了多少钱，家里收拾得简直跟皇宫似的，让他给自己指点指点，不就会稳当多了？丁大根把主意和老婆一说，夫妻俩便趁着第二天是大年初一，拎着平时舍不得吃的野猪腿和米酒，去给沈峰凯拜年。

踏进沈峰凯家门，没等丁大根涨红着脸"吭哧吭哧"把来意说完，沈

峰凯已经明白了他的意思，一甩小分头，说"大根啊，你找表叔我算你找对了啊！我不敢说你以后能怎么荣华富贵，但搞个小康绝对没问题，包在我身上！"

"真的？"丁大根夫妻俩激动得差点要跪下去给沈峰凯磕头。

就这样，过了年之后，丁大根就兴冲冲地跟着表叔沈峰凯进了城。

乍一来到繁华都市，丁大根只觉得眼花缭乱，手脚不知道怎么放，就连脑子也使不过来，幸亏有沈峰凯照应着，才慢慢适应起来。

丁大根发现，沈峰凯其实是一个包工头，手下网罗了一帮和自己一样的乡下汉子。他自己成天油头粉面地去一些建筑工地揽活，接到之后就让他们帮他去干，有时候时间紧，就白天黑夜地连轴转，把下面人累得要死要活。不过让丁大根感到安慰的是，沈峰凯对他倒是很讲叔侄份儿，完全把他当自己人看待，有时候需要看守材料、工具这一类轻松但重要的事情，就都交给他去做。丁大根自然领情啰，哪怕是针尖大的事情，只要是沈峰凯交代的，他都当天王老子吩咐的去干。唯独让丁大根犯嘀咕的是，跟着沈峰凯出来打工都快半年了，可这个当老板的表叔却没给他开过一次工资。丁大根老想问问这算什么意思，可张了几次嘴也没说出口。他只好在心里对自己说："算了，再等等

吧，下个月若是再不给，就无论如何也要抹开脸面，问他要了。"

下个月很快就来了，但这"下个月"的问题可严重了：沈峰凯不但依旧没给丁大根工钱，就连人也见不着了！丁大根觉得很奇怪，扳着指头一算，这才发现其实沈峰凯已经半个月没在工地上露面了！他会去哪儿呢？细一观察，丁大根更吃惊了：那些平时和自己一起干活的人，居然一个个都开脚跑了，最后只剩下他一个人，在四面透风的工棚里，守着一堆干活的破工具和小半袋吃剩下的米，独自发呆。

丁大根心里闷得慌：自己接下去该怎么办？回老家吧，不说身上连买车票的钱都没有，就是有的话，就这么回去，不让寨子里的娘们笑掉大牙？可等沈峰凯回来吧，天知道他什么时候能回来！唉，这个表叔啊，怎么走也不给自己打声招呼啊？丁大根心里空落落的没底，看看只有小半袋米了，就一天两顿的省着吃，在工棚里等着沈峰凯回来。可是等啊等，一直等到米袋子见了底，还是没见沈峰凯半个影子，丁大根慌了。

这天晚上，丁大根饿得实在受不了，蜷着身子缩在工棚一角，迷迷糊糊地睡了过去。突然，他被一阵咳嗽声惊醒，揉揉眼一看，来人竟是沈峰凯，他立刻像见到救星一样激动得"哇"的一声哭了起来。

沈峰凯看见丁大根却惊愕不已："大根，你……你怎么还在这里？"

丁大根哽咽着说："表叔，你要再不来，我可就挺不住了……"

沈峰凯挠了挠头发，嗫嚅道"我以为你早回家了……"

丁大根摇摇头："表叔啊，你让我保管这些东西，没你的话，我咋走哩……"

沈峰凯听了，不由心里一动，他想了想，将丁大根领到工地旁边的一个小饭馆里，点了一桌菜，让丁大根吃了个痛快。吃完了，沈峰凯对丁大根说："大根，工棚里不要住了，我带你去个好地方，还有件重要的事情要交给你办！"

丁大根吃饱了，又有了信心，就拍拍胸脯说："表叔，你说啥事吧，我保证帮你办好。"

沈峰凯于是就将丁大根带到城郊接合部的一幢黑咕隆咚的大楼里，在一个房门前停住了，他摸出钥匙，打开房门，领着丁大根走了进去，说："你就住在这里吧，柴米油盐什么都不缺，就是晚上没有灯。喏，那边桌上有个手电筒，是我特地给你备着的！"沈峰凯边说边就领着丁大根推开了通向里间的房门，借着从窗户外面照进来的月光，丁大根一眼看见床上躺着个孩子，好像睡着了，一动也不动。

丁大根有些发愣：这是怎么回事？他傻傻地看着沈峰凯。

沈峰凯将丁大根拽到外间，把房门掩上，说："大根，你知道我这些日子干啥去了吗？我是替你们讨工钱去的，可这钱全被狗日的吴经理给卷跑了！没办法，我一气之下就把他儿子给弄来了……你一定要给我看好这孩子，千万别让他跑了，我们就等着他老子拿钱来换孩子。当然，这孩子没得罪我们，该吃该喝的，你尽量满足他，千万别叫孩子有啥闪失。我……过几天会再来的！"说着，他从兜里掏出一沓钞票，往丁大根手里一塞，就走了。

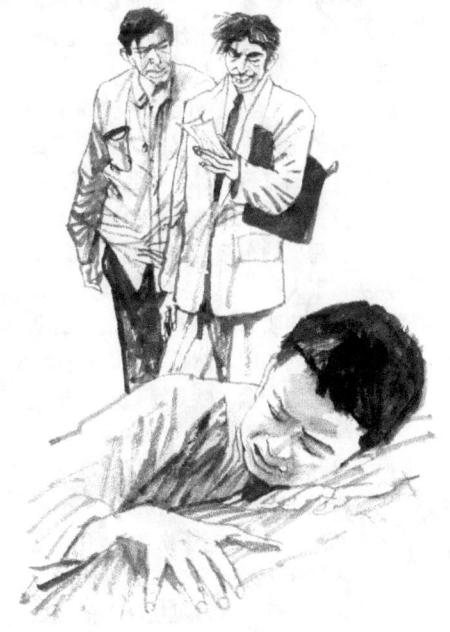

2. 孩子怎么办

第二天起床，丁大根才发现，他身处的这幢楼，是一个已经拆了一半的老式筒子楼，周围很荒凉，整个屋里散发着一股久不住人的霉味。丁大根忽然感到有些害怕，因为他琢磨了一夜，也没弄明白，沈峰凯是怎么把人家的孩子弄到这里来的。

男孩子才六七岁，跟丁大根自己的儿子差不多大小，长得眉清目秀。然而，等孩子醒过来，丁大根就尝到这孩子的厉害了。孩子年岁不大，但见过世面，懂得不少，还能认几个字，会弹一手电子琴。因为当时这孩子就是在学琴的路上碰上沈峰凯的，沈峰凯索性连人带琴一起将了来。孩子虽然小，但非常清楚自己处境的危险，所以抓着丁大根又踢又咬，非吵着要他送自己回家不可。不一会儿，丁大根的身上、脸上就被这孩子搞得伤痕累累，屋里的东西也被弄翻了天。没办法，丁大根就拿出在山里逗儿子的本事，学猪叫马叫牛叫羊叫，学山里各种各样的鸟叫，想哄着他。可孩子根本不吃这一套，吵累了，就坐在一旁冷冷地看着丁大根，一言不发。

见孩子安静了，丁大根便赶紧给他解释说："其实，叔叔我也不想把你闷在这里，可你老子做事太不厚道了，我们几十号人辛辛苦苦帮他干了大半年，汗珠子砸地见坑啊，他怎么

能把我们的血汗钱全卷走了呢？你说叔叔我们能不着急吗？你看看权叔我这手，全是厚厚的茧子啊，再看看我这腿上的黑疤痢，是钢筋扎的，因为没钱敷药，愣是烂成这样子……我山里还有一大家子人，张口等饭吃哩，我那小子和你一个年纪，马上就要报名上学了，等我给他寄钱回去……"

丁大根絮絮叨叨地说着，可孩子根本不听他的，大概是吵累了，又闭上眼睛睡了过去。丁大根自己其实早被孩子折腾累了，加上昨晚又没睡踏实，所以屋子里一安静下来，瞌睡顿时就像山一样压在了他的眼皮上……

不知过了多久，他猛然醒来，一看，屋子里竟然不见了孩子。他吓得赶紧奔到门口，一看，门是关死的，而且自己还特地把它用铁丝绞死，小孩子根本别想打开。那么，孩子会到哪儿去呢？再四下一看，这才注意到，靠北边的窗户下多了一把破椅子。跳窗了？他脑袋"嗡"的一声，难道这孩子跳窗逃走了？丁大根连忙冲到窗前，朝下面一看，见那孩子正站在不远处，东张西望地哭着，显然是不认识路了。

丁大根又惊又喜，惊的是孩子从二楼跳下去竟然像没事似的，喜的是他还没跑远，否则自己该怎么向沈峰凯交代啊？他立刻一阵风似的奔下楼，追上孩子，一把搂住后，转身就往回跑。那孩子当然不干了，在丁大

根怀里又踢又咬。丁大根吓唬说："你敢跑？马上天黑了，这地方到处都有狼，你想喂狼吃？"这话果然起了作用，孩子看看荒凉的四周和渐渐落下的夜幕，终于停住了哭闹。

丁大根哄他说："你听话！你爸爸已经从外面回来了，也带回了我们的工钱，很快就来领你回家……"

孩子不信："你撒谎！"

丁大根说："我撒谎我就是你龟孙子！"

回到屋里，丁大根想起沈峰凯当时给过他一些说是瞌睡的药，怕孩子闹凶了的时候丁大根管不住，不如索性给孩子吃药睡觉省心，于是就拿了一点拌在饭菜里。孩子当然不会知道，结果吃下去果然有效，这一觉睡到半夜都没有醒。

丁大根长舒了口气，看来今晚可以睡个太平觉了。正要倒头睡下去，忽然听到一阵急促的敲门声。丁大根一惊，悄声问："谁？"

是沈峰凯的声音："我，快开门！"

丁大根飞快地跑过去，解开铁丝，打开门，急切地问："表叔，钱讨回来了？"

沈峰凯并不进屋，站在门口，喘着气说："快……你快走！"

丁大根吓了一跳："咋的啦？"

沈峰凯说："那个姓吴的经理出事了，钱是一时半会儿要不到了，孩子你也别管了，回去吧，你赶快回老家去……"说着，掉头就走。

丁大根听傻了，追在沈峰凯屁股后头说："表叔，你……这孩子还睡着哩……"

沈峰凯转身骂道："你真是猪脑子，叫你走，你就赶紧走，还管什么孩子！我告诉你，你赶快给我回家，以后也千万别跟旁人说起这孩子的事……"

丁大根不死心，还想问问工钱的事，可沈峰凯一眨眼已经消失在了茫茫夜色之中……

3. 命咋这么苦

丁大根站在黑夜里简直想哭，此刻，他不但发现自己出来赚钱的梦完全破灭了，而且越想越害怕，因为沈峰凯说到那孩子时的口气是那么紧张，丁大根怕有祸事罩在自己头上，想想还是赶紧走吧。

他跟着沈峰凯刚才溜走的方向，拔腿就跑，可跑出几步又猛地停了下来，因为他忽然想起屋里还有他的几件破衣服。另外，他还记起孩子的那只电子琴，这东西看样子挺值钱。丁大根心想：自己辛辛苦苦赚来的工钱看样子是拿不回来了，若是把这琴弄回去，多少也给儿子一点补偿，哄他一个高兴吧。想到这里，就扭头又往回跑。

跑进屋里，丁大根用衣服把电子琴裹好了，塞进一个大大的蛇皮袋里，正要离开，忽听里屋床上传来那孩子轻轻的呻吟声。丁大根一愣，以为孩子在说梦话，可再一听，又觉得不对劲，连忙进去一看，只见那孩子坐在床上，两只手抱着脚，可怜兮兮地叫他："叔叔，我疼，疼啊……"

丁大根摁亮手电筒，一照，吓得手一哆嗦：那孩子的一只脚，自膝盖而下到脚脖子，肿得像一条发亮的瓠瓜！丁大根这才猛然想起，一定是孩子跳楼时摔伤的，孩子虽然吃了睡觉的药，可愣是被疼醒了。丁大根下意

识地上去一摸，孩子浑身烙铁一样烫手。

"叔叔，快送我去医院……"孩子抓住丁大根的手不放。

丁大根这回是彻底傻了，呆呆地站在那里，一动不动，手电筒也掉到了地上。那孩子一双泪眼在黑暗中闪烁着亮光，像剑一样刺痛了丁大根的心。丁大根下意识地弯下腰，将孩子抱了起来，安慰说："你别怕，叔叔送你去医院……"然后，他把蛇皮袋口扎紧，往颈脖子上一挂，把孩子往背上一驮，走出了筒子楼。

一路上，那孩子趴在丁大根背上不住地呻吟，丁大根心里真是又心疼

自行车的后轮爱上了前轮，可是他知道自己永远都不可能和她在一起。于是他吻遍了前轮走过的每一寸土地，默默地关注并陪伴着她。不要错过陪伴着你的人！　上海　周正超（1433）

又憋气，不由骂开了沈峰凯："你这个表叔，叫我干啥不好，偏扔个孩子给我！唉，苦的累的我丁大根不说二话，可这事儿咋整？你以为我不懂法？老家那电喇叭成天开着，我又不是没听到过，你绑了孩子，你就是犯法，我若是再把他扔了不管，以后万一追查起来，你叫我也跟着背黑锅？"

他就这么一路走，一路气吼吼地嘀咕着。也不知走了多久，累得都快趴下时，突然抬头看见小街边竖着一块亮着红灯的玻璃框子，上面的字他认不全，可那个红红的"十"字他懂，这是看病的地方，于是赶紧背着孩子一头撞了进去。

4. 何处是你家

这里确实是看病的地方，但是一个私人诊所，所谓医生，就是一个穿着脏兮兮白大褂的胖子。当丁大根把沈峰凯给他的那点用剩下的钞票都掏出来，放到桌子上的时候，胖医生点了点数，然后瞥了他一眼，说："就这点钱？那就只能先给你儿子打瓶点滴，退了烧再说。"

丁大根一听，忍不住说："医生，你就帮帮忙吧，你看孩子的脚肿得那个样！"

胖医生低头一看，冲丁大根伸出五个手指头，晃了晃："骨折，要治的话，起码这个数！"

丁大根本想告诉胖医生，这孩子不是自己的儿子，是不是可以少付点儿钱，可他怕会因此而引起对方的怀疑，给自己带来更多的麻烦，便说："医生，孩子疼得厉害，要不你就先给他吃粒止痛药吧？"

胖医生大概看孩子实在可怜，总算发了慈悲。

服了止痛药，喝了水，胖医生又给孩子挂上了点滴，他吩咐丁大根，等药水快打完了的时候叫他一声，然后就仰靠在躺椅上睡起觉来，头一歪，鼾声就起。

周围一片静悄悄，丁大根忽然心里一动：不如趁现在走了算了，反正自己已经做到仁至义尽了，至于这孩子，他那么聪明，以后总有办法找到父母的。想到这里，丁大根悄悄拿起蛇皮口袋，下意识地看了孩子一眼。

不想那孩子正忽闪着眼睛瞪着他，丁大根愣了。

孩子喊了他一声："叔叔，天亮了送我回家好吗？明天我要去上电子琴课。我会叫爸爸给你钱的，好吗？"

丁大根一听孩子提到他爸，心里的气就不打一处来："你爸爸早跑没影了，上哪找他去？"

孩子轻轻地说"爸爸有手机，我知道号码，这号码我爸爸从不告诉别人，就我知道。你有手机吗？我给他打电话。"

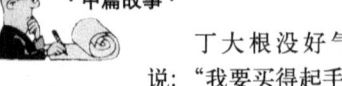

丁大根没好气地说："我要买得起手机，还会来遭这份罪受？"

不过丁大根嘴上硬，心里觉得既然有机会能找到孩子的爸，为什么不试试？说不定能把工钱拿回来呢？于是他赶紧把胖医生推醒，说是要打电话借钱，替孩子看病，求他把手机借来用一下。胖医生一听有钱好赚，立刻爽快地把手机从口袋里摸了出来。

孩子接过手机，很熟练地按号码键，可打了一遍又一遍，电话始终不通。丁大根这才猛然想起，昨晚沈峰凯不是说过孩子他爸出事了嘛！可到底出了什么事呢？他猜来猜去心里也没个谱。

天亮了，孩子的点滴也打完了，胖医生见没什么油水可捞，就把丁大根和孩子打发了出来。出了诊所，丁

大根心想：孩子的脚都成这个样子了，路也不能走，自己总不能老把这个包袱背在身上吧？于是扭头问背上的孩子："你家在哪？我送你回家吧！"

可孩子却说："我不告诉你，爸爸叫我不要告诉陌生人家在哪里……"

丁大根气得差点要把孩子从背上掀下来："你娘的！你要不说，我把你扔到路边喂野狗！你老子没良心，你这么点大的娃也这么没良心？我现在连喝口水的钱都没有了，你让我怎么办啊！"说着，竟号啕大哭起来。

孩子吓坏了，他可能没想到这么大的人怎么也会哭，而且哭得这么伤心。他用手摸了摸丁大根的后脑勺，嗫嚅说："叔叔，你不哭，我告诉你……我家住美丽园小区18号……"

丁大根有点不好意思地抹了把泪，按照孩子说的，一路问一路寻，虽然浑身筋疲力尽，可一想到工钱马上就有着落了，浑身就又来了劲。他不停地对孩子唠叨着："你可要说话算话哦，见了你爸爸，帮我说说，我记过账的，我这半年的工钱，一共是2330元，你最好叫你爸爸把我们那帮伙计的

钱都还给他们吧……"

可让丁大根万万没料到的是，当他背着孩子来到通往美丽园小区的那条林阴大道时，发现这里的道路被好多警察给封了，前面黑压压的围满了人。丁大根将孩子从背上放下来，让他坐在路边，又把蛇皮袋往他脚边一放，嘱咐说："你看好我的东西，我到前面去看出啥事了，要不就按着你说的地址去你们家，让你爸爸来接你……"说着，他朝孩子挥挥手，就朝前走去。

老半天，丁大根回来了，手里拿着不知从哪里搞来的半瓶矿泉水，盯着孩子看了半天，然后将水瓶递给孩子，说："娃啊，这条路不让进，你先喝点水，等会儿叔叔带你绕另外的路回家……"

孩子早渴坏了，根本没理会丁大根的话，一仰脖就将这半瓶矿泉水喝了个净光……

5.好人怎么做

孩子是被"哐当哐当"的火车声弄醒的，一睁眼，发现自己竟躺在一个装满煤炭的车厢里，吓坏了，他见丁大根靠在自己身边，黑糊糊的脸上，两只眼睛亮得刺眼，立刻惊恐地叫起来："你骗人，你要把我带到哪里去？我要回家，你是个大骗子……"他一边哭喊着，一边拼命揪丁大根的头发。

丁大根居然没有生气，而是一把将孩子搂进怀里，说："娃，你听叔叔说，叔叔老家有一个姓柳的老医生，不管是谁，只要身上的骨头断了，柳医生一接就接上了……你这脚骨头跌断了，叔叔带你去接骨头……"

孩子不依不饶，嘶哑着喉咙说："我不信，你肯定是坏人，你明明说要送我回家的……"

丁大根叹了口气，说："孩子，你听我说，我去过你家了，你家里没人，你爸爸跑了，大门关着……叔叔我要是坏人，早就把你扔在路边自己回家了，干吗现在还要带着你？"

孩子挺机灵，瞪着眼睛说："不对，你是人贩子，一定是想把我卖掉，好换钱……"

丁大根苦笑着，连连摇头："唉……你们城里人啊，怎么连小娃子家说话都这样剜人心？我……我这是何苦啊！"

其实昨天在美丽园小区门口，丁大根挤进人群打听18号住户吴经理家时，人家问他干什么，他说来讨工钱，那人就白了他一眼，说："你没看见啊，这个人已经死了！"丁大根傻眼了，老半天才从人们的议论中听出了个大概：吴经理上了别人的大当，工程款被他的一个合伙人卷走了，而下面施工队的人不信，追着他屁股后头讨要工钱，说他是故意和那个合伙人演双簧戏，想黑了他们的款子。吴经理被逼到了悬崖边，只好硬着头皮自己去寻那个合伙人，却一无所获。他垂头丧气地回到家里，没想儿子又失踪了，而他的老婆早在一年前就已经离他而去……这一连串接踵而至的打击，让吴经理的心理彻底崩溃了，走投无路之下，他索性就打开煤气阀走上了绝路……

丁大根懵了，自己倒霉不说，那个还在路边等着的孩子，转眼之间不就成了孤儿了？他心想：都说咱乡下孩子可怜，没想城里也有这么苦命的

孩子！怎么办？那孩子还跌折了一条腿，得赶紧给他接上。一想到接腿骨，丁大根就想到了老家一个外号叫"接骨柳"的柳老医生，可让他发愁的是，若把孩子带回去，不说这一路上遭罪受，不说看土医生再怎么便宜也总要花钱，就是孩子那一天三顿吃的，就足够让他伤脑筋的了。不过丁大根蹲在地上想了半天，最后还是咬牙站了起来，他对自己说：咱山里好活人，有口草吃也饿不死，既然这孩子叫自己碰上了，就不能扔下他不管。他怕一时半会儿对孩子说不清，为了防着孩子一路上吵闹，他干脆向一个好心的卖点心的老太要了半瓶矿泉水，把睡觉的药放了进去……那老太看他饿得直咽口水的样子，还硬塞给他五个大大的玉米棒子。

就靠着这五个玉米棒子，在整整颠簸了三个白天和夜晚之后，丁大根终于看见了老家熟悉的山岭。但他没有立刻回自己后山的家，而是背着孩子直奔前山接骨老医生"接骨柳"的诊所。

赶到那里时，已是日落西山，诊所里一位护士妹子被丁大根精疲力竭的样子吓得"哇哇"大叫。丁大根连忙喊她："小莲，我是后山的大根啊，你怎么认不出我来了？去年我的胳膊跌断了，不是全靠柳老医生接好的吗？"喔，小莲想起来了，因为丁大根治好胳膊后，还曾经给接骨柳送来

多少人因为寂寞而错爱一人，又有多少人因为错爱一人而寂寞一生。落叶的声音秋知道，流泪的感觉心知道，大海的体温鱼知道，想你的滋味我知道。　山东　李建梅（1435）

一面锦旗，给小莲送来一口袋刚从山上采来的野板栗，姑娘当时乐坏了。

小莲一边安顿孩子，一边问丁大根是怎么回事。丁大根摇摇头："讲不清，讲不清，你们还是快给孩子看病要紧，我这就回去弄钱去。"他把孩子留在诊所，蛇皮袋也忘了拿，连夜就往家赶。

午夜时分，总算到家了，当他敲开自家的木门时，老婆大翠一把将他拽进屋，颤抖着身子对他说："我的天啊，你总算回来了！你到底在外面犯了啥事儿啊？"

丁大根心里一惊："咋的啦？"

大翠说："这几天老有山外的人来打听你，凶得要命，好像要找什么孩子……"

"孩子？"丁大根正要说什么，远处传来一阵狗咬声，大翠一把将丁大根推到后门，说："快！你快去地窖里躲起来！"

6. 山里也有鬼

日上三竿了，大翠装着拾牛粪，在寨子里转了几圈，见没有什么异样的动静，这才来到地窖，把丁大根叫回了屋。

丁大根于是就把自己遇上的事儿，三言两语地跟大翠讲了个大概，接着就问她，家里有多少钱。

大翠挺不情愿地说："我刚从娘家借了三百元，是给孩子报名念书的……"

丁大根说："开学还有些时日，咱们还是先用这钱救了那孩子再说。"

大翠心里不乐意，嘴里嘀咕着："没求到雨，倒求来火了……"她一边抹眼泪，一边无可奈何地将口袋里的钱掏了出来。

儿子听说父亲带了个城里孩子回来，非吵着要一同去前山的诊所看看，丁大根于是就将儿子架起来，往脖子上一骑，说："走，爹带你一块儿去！"

和儿子在一起，丁大根把这些天的辛酸和劳累统统丢到了脑后。可他哪里知道，危险已经悄悄来临！父子俩走到山口转弯处，儿子突然嚷着要撒尿，丁大根才将儿子放下来，就觉得自己也想"方便"了，于是转身来到路边，刚弯腰的时候，突然有人从后面扑上来，丁大根拼命挣扎，后脑勺就被重重地敲了一下……

其实，丁大根是被沈峰凯手下的人打的，他们误以为这孩子就是吴经理的儿子，所以击晕了丁大根之后，背起孩子就去回复沈峰凯了。

沈峰凯原先还担心绑架孩子的事情一旦败露，要吃不了兜着走，尽管丁大根对他言听计从，但毕竟这是犯法的事，让丁大根一个人顶着，到时候这老实疙瘩总也会把他给供出来，所以那天半夜里他特地再赶回筒子楼去，让丁大根甩了孩子，赶快回老家去。可第二天当吴经理自杀的事传开后，他听人说这老家伙给儿子留了一笔巨款，于是就动起了歪脑筋，想吞了这笔钱。他还以为丁大根早听他的话走了，还把孩子留在那里，可跑去一看，根本没有孩子的踪影。后来在周围四处打听，有人说好像看到过一个背着孩子的人，问下来，模样挺像丁大根的，沈峰凯心里一激灵：丁大根为什么要带着孩子一块儿走？是故意要把孩子留在身边？是啊，有钱谁不想要？如果真是这样，沈峰凯料定这老实疙瘩不会有别的出处，只有一条路，那就是回山里的老家，于是立即带着手下人诣了过来。但是几次上门打探，却不见丁大根的影子，他们哪里知道，丁大根因为没有钱，有一半的回家路程

是靠他的一双大脚板走回来的!

现在总算是把丁大根给等回来了，他们当然要急着下手喽!

再说丁大根醒来后，摸摸后脑勺鼓起的肿包，再四下一看，儿子怎么不见了？"小根啊! 儿子啊! "丁大根急得声嘶力竭地叫儿子，声音里满是哭腔，可是山上除了"沙沙沙"风吹树叶的声音，连个人影都没有。丁大根慌了：难道这伙人绑不成吴经理的孩子，就来绑自己的儿子？可再一想：不对呀，要对自己儿子下手的话，早就下手了，他们不是冲着自己来的。可不能让吴经理的孩子在这里遭害啊，否则自己今后还怎么脱得了干系？想到这里，丁大根也顾不得自己儿子了，一屁股跳起来，疯了似的就朝前山的诊所跑。

诊所里，吴经理的孩子正躺在竹床上，脚上已经打了石膏，上了夹板。小莲看丁大根急匆匆地冲进来，连忙迎上去说："大根，孩子的骨头接上了，没事，你不用着急。不过奇怪的是，按理现在应该不怎么痛了，可这孩子怎么老是哭？"

丁大根没等小莲把话说完，掏出口袋里的三百元钱往她手里一塞，说："我把钱拿来了，给! "然后背起孩子，把地上的蛇皮袋往颈脖子上一挂，转身就朝门外奔，任小莲在后面怎么喊他拿药，也不回头……

7.看谁在作恶

丁大根没敢走大路，背着孩子从小路一直往深山里走。

孩子依然哭着，挺伤心地问："叔叔，你……你又带我上哪儿去？"

丁大根气喘吁吁地说："娃子，有人要绑你！"他把孩子背进一个山洞，从蛇皮口袋里掏出一条破被子，给孩子铺上，让他躺下来。

电子琴从蛇皮袋里滑出来，丁大根看到心里猛一沉：唉，原本是要把这琴给儿子的，可现在儿子琴没看到，人却被劫走了！

丁大根转回头对孩子说："娃子，你先在这里睡着，叔叔我出去给你弄吃的，等坏人走了，叔叔就来背你去叔叔家养伤，然后送你回家……"

孩子号啕大哭起来："叔叔，你骗我，我没有家了，我爸爸死了……"

丁大根一愣："你……你怎么知道？你听谁说的？"

孩子说："我刚才在医生那里看到的，报纸上那行字大大的，说我爸爸死了……"

丁大根一把将孩子紧紧地抱在怀里，说："娃呀，你放心，叔叔不会扔下你不管，你就是叔叔的儿子，有叔叔吃的，就一定不会饿着你……"

丁大根好不容易将孩子安顿好了，就赶紧走出山洞，打探儿子的下落。刚拐过一个石崖嘴，猛然发现老婆大翠跑过来。大翠一见丁大根，扑上来就骂："你这个挨千刀的，你到底在外面惹下什么麻烦事了，害得我们一家不得安宁！你还我儿子……"

原来，沈峰凯见手下弄来了孩子，高兴得要发狂，可到手了才发现手下人搞错了。他正要发火，眉头一皱，忽然计上心来，于是就叫人拿了一大堆吃的东西，来哄丁大根的儿子。山里孩子实诚，又不知道这里边曲里拐弯的原因，于是就告诉沈峰凯说，他爹去前山诊所接那个城里哥哥去了……沈峰凯于是立即赶到前山，可丁大根已经把孩子带走了。

见事情败露，沈峰凯干脆一不做二不休，就威胁大翠说，丁大根绑架了人家城里人的孩子，他必须要用这个城里孩子来换他们自己的儿子。没办法，大翠只好自己上山，到处找丁大根……

丁大根听大翠这么一说，手里的拳头捏得"嘎巴"直响："沈峰凯，你这个狗日的，还什么表叔哩，要不是你，我今天哪有这么多麻烦？"他边说边带着大翠往山洞方向走，"你也别着急，那孩子我藏在这里，他们抓不到他，一时半会儿就不敢把我们儿子怎么样！"

可是刚走到山洞口的时候，丁大根心里突然猛一跳，跺着脚对大翠说："坏了，我们上当了！你来找我，肯定把沈峰凯他们也引来了。"

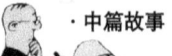

话音刚落，就听身后传来一阵"哈哈"大笑声，丁大根扭头一看，傻眼了：沈峰凯那帮人正从一块大石头后面闪出来，其中一个人的手里还拖着一个小孩，这不就是自己的儿子吗！

沈峰凯怪笑着说："大根啊，我原来一直以为你老实得像木头，其实还挺阴毒的啊！表叔我这样照顾你，没想到你竟想连表叔也一口吞了！"

丁大根听得一头雾水："你这话怎么讲？"

站在沈峰凯旁边的一个手下立刻朝他吼道："你他妈少装蒜！那个姓吴的肯定给他孩子留了一笔巨款，否则你干吗这么吃辛吃苦地把孩子带在身边？你连沈老板都要瞒着，你小子太不厚道！"

丁大根越听越糊涂了，怔了老半天，说："你说什么巨款？我真的不知道，我是看这孩子没爹没娘的可怜，腿又伤了，就……就把他带回来了……"

"少扯淡！"沈峰凯一瞪眼，"看在你我是亲戚的份上，我马上就把你的工钱结了，把儿子也还给你，但你必须马上把那个家伙的儿子交出来！否则我就报警，让警察来抓你，你绑架孩子，会坐大牢的！"

丁大根一听沈峰凯要报警，急了，大叫道："当初是你把孩子弄出来叫我看住的，绑架孩子的明明是你自己啊！"

沈峰凯"嘿嘿"一声冷笑："谁能证明？谁看见这孩子是我绑架了？"

丁大根傻了：是啊，没有人能证明那孩子是沈峰凯交给他的，反倒是现在，孩子的的确确是自己给弄到这山里来的。

丁大根急得直挠头。

大翠见状，立刻拨开洞口纷乱的茅草丛，扑往山洞里去，一面跑一面哭："孩子在洞里，我给你们孩子，你们把儿子还给我！"

丁大根见状，脑袋"嗡"的一声，赶紧一步跟进去，抢在大翠之前冲到孩子面前，朝后面上来的大翠一巴掌就扇了过去："有你这样的女人吗？自己的孩子是孩子，人家的孩子就不是孩子？"

沈峰凯他们紧跟着一个个进了洞里。

看到一张张凶狠的面孔，孩子吓坏了，抱着丁大根的腿，浑身发抖。

丁大根说："娃别怕，有叔叔在，谁都不敢碰你！"

一见到要找的孩子，沈峰凯可得意了，对小家伙说："我知道你叫吴海海，我去你家给你买过玩具，还认识叔叔吗？"

吴海海惊恐地瞪着沈峰凯，颤抖着声音说："你……是坏人，你说带我去找爸爸，可我爸爸现在已经死了，他一定是你害死的……"

一个人有点寂寞，两个人才有快乐，苍天安排了你和我，一路上去奔波，苦一点累一点算什么，开花就会有结果，没你陪的日子里，思念牵手你我。　1395***2848（1437）

沈峰凯不理他，只管追问道："你爸爸出门的时候，给你留下什么东西没有？你爸爸欠了我们很多钱哪……"

丁大根一把推开沈峰凯，拿起旁边地上放着的那只电子琴，说："孩子带出来的东西就这个，你又不是没看到过，要你就拿去！"说着他气狠狠地把电子琴往沈峰凯脚前一扔。只听"哐当"一声，电子琴被摔散了架，突然从里面飘出一张张纸条来。说时迟那时快，沈峰凯和他的手下"呼啦"一声就围了上去，他们还以为这一定是吴经理留给儿子的银行存单哩！

可沈峰凯只是往上面扫了一眼，脸色就"刷"地变了，别转身就要走。丁大根正纳闷哩，沈峰凯的一个手下忽然把沈峰凯拦住了，举着手里的纸条大声说："沈老板，这是怎么回事？你给解释解释。"

沈峰凯抹一把脸上的汗，嘴里打着哈哈，滑脚还想溜。那人举着手里的几张纸条，对其他几个说："弟兄们，我们上当了，沈老板已经把我们所有人的钱都从吴经理这里拿走了，你们看，这上面都有沈老板的签名盖章……"

丁大根突然像明白了什么，气得手指着沈峰凯说："你……你这只狼！我现在算是看透你了……你是故意要把这孩子绑起来糊弄我们，其实你早把我们的血汗钱给独吞了……"

"胡说！你们把条子拿来我看看……"沈峰凯说着，就要冲上来夺这些纸条。

丁大根此刻就像一头暴怒的狮子，捡起一块石头，冲上去吼道："你再敢跨一步，我把你脑袋砸成烂葫芦！"他眼睛里喷出火一样的光。

所有的人都怒目金刚般地围了上来，那个一直拖了丁大根儿子的人，早把孩子还给了大翠。

沈峰凯见自己的阴谋彻底败露了，吓得掉头就朝洞外逃，众人立刻大叫着追上去："姓沈的，你站住，你还我们血汗钱来！"

第二届"梅陇杯"法制故事大赛征文启事

为推进平安建设,构建和谐社会,由中华人民共和国司法部法宣司、上海市法制宣传教育联席会议办公室主办,上海市闵行区法宣办、上海市闵行区梅陇镇人民政府协办,《故事会》杂志社承办的2006年第二届"梅陇杯"法制故事创作大赛,决定面向全国征文。

此次活动有关事项如下:

一、征文内容:可从立法、司法、执法,公民学法、守法、依法维权,法律援助、法律服务、社会治安综合治理、社会公德、家庭美德、职业道德中的涉法内容,公民与违法犯罪行为作斗争以及中外历史上的涉法案例等各个角度展开。要求故事情节曲折生动,语言有口头文学特点,作品未在省地级报刊发表过,字数一般在15000字以内。

二、奖项设置:本次活动将聘请有关专家组成评委会,设一等奖1名,奖金5000元;二等奖2名,奖金各3000元;三等奖10名,奖金各1000元;创作奖50名,奖金各500元,个调税均自理。部分优秀作品将陆续在《故事会》上发表,并请专家就法律问题进行点评,结集出版。

三、征文时间:即日起至今年9月30日截止,10月底评出获奖作品并专函通知获奖作者。

来稿方法:1.从邮局寄发,请在信封上注明"法制故事征文"字样,本刊地址:上海市绍兴路74号《故事会》杂志社,邮编:200020。2.从网上传递,本刊为大赛所设的信箱是:fzhgushi@126.com,请在主题上注明"法制征文大赛"字样。

丁大根这回可聪明了,他赶紧捡起刚才散落在地上的纸条,心说:"哼,才不怕他跑呢!有字据为证,我报警去,看你见了警察还有什么话说……"当然他不会知道,这些条子其实是吴经理故意藏在儿子电子琴里的。因为吴经理知道儿子爱弹琴,他相信儿子以后总有机会看到这些纸条,他要让长大了的儿子明白,他是清白的,是谁逼他走上了绝路……

中秋节的晚上,月亮升起来的时候,丁大根一家围坐在一起,大翠端上来一盘小麦饼,笑着对吴经理的孩子海海说:"娃啊,你们城里人过节啥好吃的都有,大婶没有月饼,给你做点儿小麦饼尝尝,你肯定没吃过……"

海海似乎变得很懂事了,大口大口地吃着小麦饼,一副吃得很香甜的样子。丁大根的眼睛有些潮,他抚着孩子的头,说:"娃,等你腿好了,叔叔送你回城去,帮你去找你的亲娘!"

海海看着这家人,嗫嚅道:"那找不到妈妈,你们还管我吗?"

大翠哽咽着说:"放心,娃儿,婶子家没啥好吃的,可一定会让你吃饱……"

(题图、插图:杨宏富)

(本栏目欢迎来稿。来稿可从邮局寄发,也可从网上传递。如为电子邮件,请发以下信箱:baofang@vip.sohu.net)

  浪漫就是:明知她喜欢的不是你,而仍然送一百朵玫瑰到她家门口。浪费则是:明知她喜欢的就是你,而仍然送一百朵玫瑰到她家门口。　　湖北　涂雄杰（1438）

阿P故事

　　阿P是一个社会群体的缩影，他独特的对事对人的处理方式，使这些故事充满了情趣。不过洋相百出的阿P，他的内心世界又是复杂的，他的所作所为留给读者的思索是多层次多元化的。阿P故事不仅仅是消遣作品，还有着揭示社会矛盾、启迪人生和思考未来的认识和教育作用。

滑稽故事

　　滑稽是一门引人发笑的艺术，被称之为生活和艺术中一种特殊的"调味品"。本书所选故事均取材于社会生活，作者想象力丰富，倾向性鲜明，作品内容极具口传性，诙谐色彩浓郁，是人们茶余饭后上佳的精神伴侣。

芝麻官故事

　　芝麻官故事旨在全方位地展示这一特定社会角色的思想境界和人格境界。他们或两袖清风，为民请命；或贪赃枉法，假公济私；或昏庸糊涂，装腔作势；或廉洁奉公，兢兢业业。由于他们同老百姓的距离最为接近，因此他们的故事就更具现实意义。

打赌故事

　　古今中外73则打赌吹牛故事，按内容分为"逗趣、斗智、惹祸、戏丑"等四大类，多为表现人们的诙谐与机智，有的立意鲜明，寓有讽刺味，而较多的则是娱乐与逗笑。

知足堂

□ 苏利亚　搜集整理

讲个小故事，名字叫"知足堂"。有一个土财主，给人打赌说，天下必有知足人。别人不信，于是他就满天下地寻找，想以此来证明自己说的没有错，可是找来找去，就是找不到，只好很失望地回来。

走到自家村头桥上，突然听到桥墩下有人在喊"知足啊知足，真是太知足了！"土财主不信：我找了这么多时候，也没有找到一个知足人，怎么回到家门口反倒碰上了？于是赶紧来到桥墩下，一看，是个乞丐，正在别人用过的一堆余火前取暖，嘴巴里还"吧唧吧唧"地嚼着一块从火堆里扒拉出来的地瓜。

土财主觉得很奇怪，就问乞丐："这个样子，你就知足了？"乞丐说："桥下能避风，余火能取暖，这地瓜虽说是人家吃剩下的，可它能充饥啊，难道这还不能让我知足？"

土财主恍然大悟，高兴得连连点头"你说得对，说得对啊，从今往后，我会让你更加知足！"他把乞丐带到家里，好酒好菜招待不说，还特地给他腾出间房来住，取名"知足堂"，让丫环专心在房里伺候。

这一来，乞丐对土财主感激涕零，从此更加三句话不离"知足"两字。

这天，土财主要出门办事，临走之前把家里的事都托给了乞丐，乞丐自然一一应允。可土财主怎么也没想到，待他办完事回来刚踏进家门，那丫环就向他哭诉乞丐如何调戏她，土财主听后顿时变了脸色。

隔天，土财主把乞丐叫来，拿出一封信，说："我有个朋友在某地，辛苦你跑一趟，把这封信替我去送给他。"随后，他又给了乞丐四两纹银和一匹白马。

乞丐自然没有二话，立刻骑马上路，风尘仆仆来到某地，可四处打听，并无土财主要他找的那个人。这时，四两纹银已经花尽，乞丐只好变卖白马继续寻找，可找了好久还是没有找到。无奈之下，乞丐把土财主给的信拆了开来，想看看上面写些什么，然后再作打算。

这一看不要紧，乞丐顿时后悔莫及。因为这封信其实是土财主写给乞丐的，土财主在信上只有四句话"知足堂前戏丫环，忘了桥下那堆灰，四两纹银作路费，一去某地不复回。"

无奈之下，乞丐只有重操旧业。

于是就有了这句话：人心不足蛇吞象，劝君知足永常乐。

  月儿高高挂，佳人待我还，我欲乘风归，无奈万事缠。老婆莫牵挂，今晚勿等啦，早点入梦乡，忙完就回家，记得盖被子，不要感冒了。晚安，爱你的老公。　福建　吴智英（1439）

真实的效果

□ 王世超

我们都不是伟大的人，但我们可以用伟大的爱来做生活中每一件最平凡的事。

——和16岁的你共勉

有一对夫妻，男的叫唐林，女的叫如云，他们有个读高三的女儿，名叫唐娜娜。娜娜平时学习成绩很不错，再有半年就要高考了，两口子对她期望很高。

这天，夫妻俩买汰烧忙了半天，煲了一大锅营养汤，单等娜娜回来给她补身子，可眼看外面天都黑尽了，娜娜还没回来。如云焦急地对唐林说："这孩子，今天是怎么啦？"唐林一看表，都快八点了，也坐不住了，抓起外套就要去学校看看。

就在这时候，"叮咚"门铃响了，夫妻俩一起冲过去，拉开房门一看，是娜娜回来了，总算松了口气。但他们立刻就发现了问题：娜娜身上只穿了一件薄薄的单衣，脸色惨白，嘴唇冻得发紫，浑身抖个不停。夫妻俩顿时紧张起来，如云一把抱住娜娜，慌慌张张地说："娜娜，出什么事儿了？你身上的羽绒服呢？快告诉妈妈！"

娜娜钻在妈妈的怀里，半晌才挤出一句话："衣服被人拿走了……"

"啊？"唐林和如云不约而同地喊出声来。想想看，羽绒服好好儿的

穿在身上，咋会让人拿走了呢？莫非是遭了抢劫？夫妻俩不敢往深处想。

唐林缓了缓口气，对娜娜说："娜娜呀，你甭怕，告诉爸爸妈妈，到底出了什么事？"娜娜抬眼看了看爸爸，又看了看妈妈，便一五一十把事情经过说了一遍。

原来放学回家路上，娜娜和同学瞅见路边停了一辆农用车，旁边围了好些人，她们过去一问，才知道是一个乡下老大爷和他儿子一起开车来城里送面粉，因为车厢里货堆得太高，

车子在这里拐弯时，面粉滑落下好几十袋，现在要重新装上车，就碰上了难题，人手不够。旁边围着的人要老大爷出五块钱一袋的价，他们就愿意帮忙，可是老大爷没有这么多钱，急得搓着两只大手团团转。娜娜看不去了，捅捅同学，两个人"呼啦"把外套一脱，就帮起了老大爷的忙。可是等好事做完，衣服不见了。

如云一听原来是这么回事，肚里的火一下子就上来了：这件羽绒服才买了不到一个星期，花了好几百元钱哩，唉，现在说没就没了！况且平时一直关照女儿，马上就要高考了，不是学习上的事儿，千万不要去管，今天这不是多事儿嘛，衣服丢了不说，如果早点回家，这点时间起码还可以再多做几十道数学题啊！

如云忍不住要朝娜娜发火，唐林悄悄拉了她一把，转而拍拍娜娜的肩说："好啦，洗洗手赶紧吃饭吧，娜娜做了好事，咱们应该高兴才对呀！"

唐林话音刚落，娜娜的脸就笑成了一朵花，她一步冲到饭桌前坐下，端起碗，一边冲着爸爸挤眼睛，一边就大口大口地吃了起来。

晚上睡觉时，唐林捅捅如云说："花那么多钱买的衣服丢了，我能不心疼？可我就是因为吃了不做好事的亏，所以今天特别能理解娜娜。"

"你说什么？"如云惊疑地问。

唐林说："我是怕你担心，所以没

累眼看世界的时候，人累心也累；笑眼看世界的时候，人笑心也笑。一切由心生，一切由心灭，愿你的视野中永远有笑没有累，愿你的心中永远有喜没有悲。 浙江 方丽春（1440）

敢告诉你。我实话对你说了吧，前天我去公司上班，石头路那段你是知道的，早上人特别少，我骑车经过那里时，正好看到一个老头被电动车撞了，肇事者想逃，那老头死死抱住他的腿不放，见我骑车过去，就求我帮他的忙，可我当时怕上班迟到，没理睬他。哪想这老头竟是我们经理的老爹，昨天经理让我到医院去给他老爹送东西，我一去就被他认出来了，你说我难堪不难堪？懊悔不懊悔？我现在算是明白一个道理了：不管什么时候，能帮总要帮人一把，帮人家其实就是帮自己啊！"如云听罢，张了张嘴，什么话也没说。

第二天傍晚，唐林和如云下班回家，两个人惊呆了：咋也想不到，娜娜身上竟然又穿上了那件红色的羽绒外套！娜娜狡猾地朝爸爸妈妈挤挤眼睛，"哈哈哈"地笑弯了腰："爸呀，妈

呀，看昨天把你们吓的！我衣服根本没丢，昨天也没帮过人家什么忙！"

唐林和如云糊涂了：这到底是怎么回事？后来听娜娜一说，方才知道娜娜学校里有个同学，用零用钱去帮助一个毫不相识的人回家，结果回去之后被爸爸妈妈狠揍了一顿，事情传开以后，同学中说什么的都有。学校决定利用这个机会，在全校开展一次关于"爱的教育"的大讨论，并且向每个同学家长做一次问卷调查。为了取得真实的效果，娜娜和同学在回家的路上一路走一路开动脑筋，于是就编了这么个故事，回家测试各自的爸爸妈妈。

娜娜还在高兴地捂着嘴儿笑，可如云和唐林的心里却翻江倒海起来……

（题图、插图：安玉民）

马虎买驴

□ 崔 陟

这天晚上，马虎媳妇早早地就上了炕，关照马虎说："明儿个你还得赶集去买驴呢，早点儿歇着吧！"马虎满不在乎地冲她说"这买驴又不是咱'神六'上天，操那么大心干啥？"媳妇嘴一撇："瞧你平时那大大咧咧的样子，家里好几千块钱都揣你身上呢，可得多留神啊！"马虎不高兴了："行了，别唠叨了，睡觉！"

屋里的灯熄了，可让两口子万万没有想到的是，他们屋外的窗户根下，这时候正蹲着两个贼，是隔着一条河东黄庄的人，一个叫胖罗三，一个叫瘦柳四。现如今贼也懂得讲究信息的重要，天知道他们是怎么知道马虎家里有钱，于是就趁着天黑来窗根下听动静来了。

俩贼一听马虎明天要赶集去买驴，乐得眉开眼笑。为啥？俩贼可有主意了，等人家睡实了再进去偷多费劲啊，还不如明天在道上神不知鬼不觉地把钱拿过来，省事儿！

第二天，俩贼好不容易看着马虎上了路，就在后边悄悄跟着。半道上，马虎走累了，坐在路边的一块大石头上歇气，俩贼一看机会来了，马上追过去，一个递烟，一个点火，没几句话就和马虎混熟了。于是歇了会儿，三个人一起上路。

一路上，俩贼一边一个把马虎夹在中间，装作亲热的样子在马虎身上捋了一遍。什么叫捋？就是搜身，还不能叫人家察觉，这是他们那行的"专业技术"，可是什么也没找到。俩贼一使眼色，换个位置再捋，还是没找到。俩家伙毛了，决定先把马虎哄进酒馆再说，不光要把钱弄到手，还得跟他学一招，看看他到底把钱给藏到什么地方了。

几杯酒下肚，马虎脸红了，舌头也短了。胖罗三一看有门儿，就问：

 陌生的街头谁陪伴你走？他乡的日子谁是你的朋友？寂寞的心情你能控制多久？无聊的表演是否让你烦透？今天的你，会不会想起我这个关心你的朋友？ 山西 武俊光（1441）

如此计价 (文：肖 斌；图：包丰一)

1. 一男士领到薪水，便带太太上餐馆撮一顿。

2. 结账时，男士不明白自己只喝了一杯酒，怎么却要收一瓶酒的钱。

3. 服务员解释说："这是我们酒店的规矩，其他项目也是这样。"

4. 太太一听惊叫起来："刚才吃的醋熘鲸鱼，只有一块鲸鱼肉，难道也要收一条鲸鱼的钱？"

"大哥今天到集上干什么来啦？"马虎酒后吐真言，一点儿也不隐瞒："买……驴啊！"瘦柳四又问："那得带不少钱吧？""敢情，好几千呢！"

胖罗三赶紧讨好说："那可得多加小心啊！"瘦柳四假装讨好道："这年头可是什么人都有呀！"马虎打个饱嗝，说："放心吧，虽然大伙都叫我马虎，可我做大事还从来没出过差错哩！就说今天这买驴吧，昨晚你们那嫂子还唠叨个没完，一个老娘们儿有什么……见识啊！""就是、就是……"俩贼嘴里支应着，心里这个急呀，恨不得马虎马上把身上的钱掏出来。可马虎还在那里絮絮不休地说："我也知道，咱庄户人家存俩钱不容易，我能……不小心吗？"

说到这儿，马虎忽然站了起来，看看那俩贼，说："今天多谢了，改日我请客。时候不早……我得买驴去了。"说完，抬腿就要走人。

胖罗三急出一身汗来，怕财神爷一走，这辛苦就白费了，他连忙伸手一拦。马虎醉醺醺地问："你干……什么？"瘦柳四急得直跺脚，脱口就说："你那钱……"

马虎往自己身上一摸，"刷"脸就白了。俩贼也含糊了，心想准是碰见什么高手，在他们之前抢先得了手。

这时候，只见马虎猛一拍桌子，眼珠一亮："嗨，我……想起来了，那钱还在我媳妇枕头底下呢！"

特殊服务费

□ 郭东晓

小城物价局新来了一位主任，杨科长特地挑了个周末，借给主任接风的机会，安排大家到城里最大的新城酒店去吃一顿，席后还有娱乐唱歌。大家难得凑在一起这么疯乐，所以一直玩到深夜一点多，才余兴未尽地分手。

杨科长让大家先走，自己留下来结账，没想酒店出具的账单把他吓了一跳：总共十个人不到，一个晚上居然花去了二万多元。杨科长心里一声骂：好啊，这个黑心酒店，居然坑到我们物价局头上来了！他正要开口好好训斥他们一顿，可眼睛往账单上一瞄，心里就一个"咯噔"：账单上菜的价格和别的酒店相差无几，但多了一笔特殊服务费。杨科长想想吃饭唱歌途中，主任顶多也就出去抽了一支烟的工夫，哪像接受过小姐特殊服务的样子？可总不见得去问主任到底有没有这回事吧，于是只好把账结了。

过了周末，到星期一上班，杨科长拿了发票让主任签字报销。主任一看，不由皱起了眉头："这是怎么回事？就吃吃饭、唱唱歌，要那么多钱？"

杨科长不好多说什么，只是小心翼翼地提醒道："这……酒菜的价格倒没什么，就是……就是特殊服务费多了些。"

主任不解："什么特殊服务费？"

杨科长不知道怎么说好，愣在那里不出声。

主任立刻明白过来了："你是说，我接受过那种特殊服务？"

杨科长不知该点头还是该摇头，所以还是愣在那里不出声。

主任大发雷霆："你把我想成什么样子了？"

老婆和手机的共同点

大李不慎冒犯了老婆，被骂了个狗血喷头，哭丧着脸把玩手机，顿生感悟：老婆和手机还真有不少共同点：

◆ 谁都希望自己的手机是名牌的，哪个男人不希望自己老婆是最漂亮的呢？

◆ 手机什么时候响你无法预知，老婆的脾气你更是琢磨不透。

◆ 手机外壳贴上彩贴会更惹人喜爱，老婆化了妆之后会愈发靓丽照人。

◆ 忘了给手机缴费，它会罢工熄火；没有满足老婆的消费需求，她会拒绝做饭洗衣服。

◆ 对着手机通话久了，会觉得口干舌燥；和老婆悄悄话说多了，同样口水供不应求。

◆ 手机接收不到信号，是被你带离了服务区；老婆不理睬你，是你对她没有伺候到位。

◆ 手机的来电显示，告诉你对方是谁；老婆的脸色变化，同样表明了她的喜怒程度。

◆ 手机有缴费期限，老婆有忍耐限度。

◆ 要熟练使用手机，必须认真阅读说明书；要讨老婆欢心，必须认真研究降妻妙招。

◆ 手机没电，会自动关闭；老婆受气，会跑回娘家。

◆ 用手机要轻拿轻放，否则会让你心疼不已；对老婆要呵护有加，否则你不会安宁。

◆ 手机使用费高，会有额外话费奖励；老婆面前表现好，更会得到惊喜体贴。

（艾 子 供稿）

杨科长一看主任这样子明白了：敢情是被酒店给坑了。他立刻气呼呼地来到酒店，把经理叫来："你知道我们是哪里的吗？"

经理笑着直点头："知道，当然知道了，物价局的嘛！"

杨科长气坏了："知道你还敢坑我们？说吧，这特殊服务费到底是怎么回事？"

经理立刻赔着笑解释道："是这样的，昨天晚上你们才唱了一会儿歌，就吓死了酒店隔壁人家的四条宠物狗，他们上门来坚决要求索赔，我们没办法，只好赔给他们了；还有，你们闹了这么久，至少把来就餐的客人给吓跑了一半，想想你们难得来，我们实在不忍心进去扫你们的兴，所以当时就由着你们尽兴了，只是想来想去，这笔损失无论如何我们独自消化不了，只能请你们帮忙承担一部分了。就因为考虑你们是物价局的，所以特地给你们打了折扣，要是换了别人，哪止这个数哇！"

杨科长一听，呆愣在那里。

新鲜玩法

□ 翟德军

李小白的老婆在单位里和人吵架，因为喉咙响，人家吵不过她，就喊了一帮人，要在单位旁边的巷子里摆平她。李小白老婆哪里咽得下这口气，一个电话打到李小白公司，要老公马上带人去帮自己解围。

这可愁煞了李小白，他一个广告公司的创意总监，平时搞个策划什么的不在话下，可要去摆平这种人，哪有能耐？况且老婆还要他带人去，他到哪里去找人？

正在这时，经理来找李小白，说"女同胞过三八妇女节，男同胞也要借机会乐一乐，公司里正好有一套音响，不要搞什么抓阄的老土游戏，你给来一点创意活动，看谁有运气拿这玩意儿！"

李小白听经理这么一说，脑子里突然一个激灵，就故意放低声音，附着经理的耳朵如此这般地说了一番。经理一听，朗声大笑："这玩法新鲜，

新鲜！"

五分钟之后，李小白把公司里的15个男士集合起来，队伍齐刷刷直逼他老婆单位。快到那里的时候，李小白果真看到旁边的巷子口有几个人在鬼头鬼脑地张望，李小白朝男子汉们一声令下："大家注意了，目标巷子口，跑步前进！"立刻，"嚓嚓嚓嚓"15个男子汉脚步整齐地朝巷子口直冲过去，他们一面跑，一面还按照李小白出发前的布置，嘴里大声喊着"冲啊！冲啊！"对方不知就里，一看来了这么多人，不得了，吓得拔腿就逃。

李小白抹一把头上的汗，老婆面前总算可以交差了，不由笑出了声。那些男子汉们莫名其妙地瞪着李小白，不知是怎么回事，李小白突然回过神来，于是赶紧又下命令："停步走！大家听着，我数'一、二、三'，你们赶紧掏手机给经理打电话，谁先打进去，有重奖！"

路见不平

□ 宾 炜

楼道里的灯坏了，刘大嫂做完中班回家，摸黑上楼，刚走到自家门口，掏出钥匙要开门，谁知这时候门却自动开了，一个男人从里面冲出来，正好和刘大嫂撞在了一起。刘大嫂知道撞上来的男人肯定不是自己老公，拉开嗓门就喊："捉小偷啊！"可是话刚出口，眼前一道寒光闪过，刘大嫂心里一惊：这男人手里有刀！

正在这生死关头，猛地响起一声霹雳似的吼声："靠！"男人吓得一哆嗦，手里的刀掉在了地上，他立刻返身逃进刘大嫂家，从阳台上跳下去，拔脚逃走了。几乎是与此同时，喊"靠"的英雄从楼底下摸黑上来了。

刘大嫂借着楼道窗外照进来的月光一看，这英雄是住在四楼的大林，连忙不迭声地道谢。这时候，被惊醒了的邻居们纷纷从各自家里走出来，他们围上来听刘大嫂把前后事情一说，立刻把大林好一阵夸："骂人就该这样骂嘛！"从此，大林楼里楼外名声很响。大林的老婆小青更是激动万分，小青平时老嫌大林没有男子汉气概，这回才知道，原来自己每天都在与英雄共眠！

这天深夜，大林和小青从亲戚家回来，快到楼门口时，忽然看见有个黑影，正蹑手蹑脚地顺着楼墙外的水管往上爬。又是一个小偷！小青下意识地张嘴就要喊，谁知大林一把捂住她的嘴，生生地硬把她拖回家，直到进门才松手。小青气恼地说："你怎么不做英雄了？你没看见那个小偷？"大林神情紧张地说："这种事能喊么？谁知道他身上有没有刀！"

小青简直不敢相信大林会说出这种话来："你上次救刘嫂的胆气到哪儿去了？"大林头一低"那天是因为和弟兄们多喝了点酒，回来看楼道里漆黑一片，灯也开不亮，心里一火，喉咙自然就响了……"

自作多情

□谭金金

小拉正在办公室整理资料，忙得晕头转向，无意间抬起头，发现处长正站在办公室外面的走廊上盯着自己。

小拉吓了一跳，正犹豫着要不要出去向处长招呼一声，处长却突然用手拨拨前额的几缕头发，对自己笑了

笑，随后就转身走了。

这可把小拉给弄糊涂了：处长向来以严肃出名，进进出出整天板着一张脸，今天这是怎么回事？

小拉正呆呆地望着处长的背影出神，猛然发现又一个人在走廊上出现了，而且越走越近，深情地对着自己微笑。咦，这不是办公室的小丹吗，平时傲气得很，今天吃了哪门子笑药了？

小拉正奇怪，小丹已经推门走进来了，小拉赶紧也回笑着朝她点点头，谁知小丹就像没看见似的，一副冷若冰霜的样子。

小拉弄不懂了，忍不住开口问："我说你这位大小姐啊，你刚才进门前对我笑什么呀？"

小丹愣住了："我什么时候对你笑过了？"

小拉指指门外，说："我明明看到你从那头过来的时候，一直冲着我笑，你还不承认？"

"哈哈哈哈！"小丹顿时笑弯了腰，含在嘴里的一口水差点喷到桌上，"你没看到我们办公室的玻璃窗今天新贴了反光膜？我是把它当镜子在照，外面根本看不见里面的动静，你可别自作多情啊！"

（本栏题图、插图：顾子易）

（本栏目欢迎来稿。来稿可从邮局寄发，也可从网上传递。如为电子邮件，请发以下信箱：baofang@vip.sohu.net）

快乐的事永不忘，伤心的事别总想；心爱的人要常挂在心上，伤了自己的人尽量去原谅；有快乐便有悲伤，忘记所有的不愉快，让幸福快乐永远陪伴在你身旁！　河南　孙俊华（1444）

最具人气短信推荐 7月(下)：丈夫晚归

● 夫人乖乖，把门开开，盛饭热菜，寡人归来。 上海 李吉 (1445)

● 若我今晚不与你共进晚餐,说明我在为你打拼；若我在你就寝时未回家,你要理解我忙得不分昼夜；若我明早才能到家,你该庆幸有个世界上回家最早的丈夫。 河北 于明 (1446)

● 你总是心太软,独自等我等到天亮,你无怨无悔地为我独等,家里事你总是一人扛。我回到家里要把你拥抱亲吻,闭上眼睛吧,马上回来吻你了！ 四川 胡继锋 (1447)

● 亲爱的老公,当你收到信息后请以每小时八十公里的速度奔到我面前,五分钟看不到你的话,我将以每小时一百六十公里速度飞到你那里去。 上海 金峰 (1448)

● 时时晚归非我所愿,真想每夜拥你入眠,看你逐渐容颜憔悴,我虽不忍苦无良方,请你为我早早入眠,亲爱的,早点睡吧！ 浙江 王晓琴 (1449)

● 老婆莫把电话打,午夜之前我回家,老总请客我没醉,就怕回家睡沙发。 1379***9078 (1450)

上期刊登的短信字谜你还记得吗？

　　星星不见太阳光,永眠长逝莫悲伤,虚空极尽莫能计,每在心旁总情长,人随水去泪江江,心力点点酒苍茫,还记十月相倚伴,谁人犹在我他旁。 (1349)

谜底是：生死无悔全为有你
你猜对了吗？

和谐的家庭需要宽容的心
幸福的生活需要双手来创造

本期特别征集

　　中秋节短信。还有三个月,中秋节就要到了,每逢佳节倍思亲,那一天无数不能团聚的人们会用手机互诉思念。你有什么精彩的中秋节短信提供给我们？如果你的短信成功入选,并且成为中秋节下载量最大的一条,将赢得3000元奖金哦！ (详情见P62)

5月份短信王揭晓！

　　经过读者下载投票,5月份位列前十名的短信编号分别为：0910、0912、0938、0933、0936、1038、1043、1039、1042、1036,它们的作者 (推荐者) 各获奖金100元,5月份的短信王中王将从以上10条短信中产生,奖金3000元。谜底下期公布！

《话说中国》作为国礼赠送美国耶鲁大学

历时八年，全力打造历史文化读物精品，已成家庭收藏、馈赠亲友、学生阅读首选大任

《话说中国》八大看点

1. 《话说中国》以故事传真中国五千年历史，立体化全方位地展示中国历史文化精华，使现代人松走进历史的缤纷世界，和巨人同游，与先贤对话。

2. 享誉海内外的史学界顶尖学者李学勤教授担任本书总顾问，并由他精心组织了一批著名断代史家出任本书各卷的顾问。

3. 中国韬奋出版奖获得者、上海文艺出版总社编审何承伟担任本书总策划，全书集中了其从事编出版工作30年的能量与智慧。

4. 著名学者、断代史专家孟世凯、许倬云、葛剑雄、陈高华、熊月之等任顾问，全力参与本书的划、编撰与审定。

5. 杨善群、刘精诚、顾承甫、程念祺等30余位来自全国各地的第一线历史学者撰写全书文字，个人长年学术精华融于书中，倾力奉献经典而又精彩的篇章。

6. 全书10幅4开地图，由著名史学家、复旦大学历史地理研究中心主任葛剑雄教授精心阐释、定，系统展现从秦皇汉武直到近代各历史时期疆域变迁、民族融合、对外交往、名人胜迹等生内容。

7. 《清明上河图》《兰亭序》《韩熙载夜宴图》等名作巨幅拉页，原图引进，仿真印制，展现原作惊世风采，配以名家精心点评，让你轻松拥有国宝，读懂国宝。

8. 优秀装帧设计家、首届上海出版人奖获得者袁银昌领衔设计本书的整体包装。装帧版式设计独匠心，完美体现出本书的现代性创意与百科全书的特征，体现出为读者着想的良苦用心：美妙图与文组合，为您提供一程赏心悦目的中国历史文化之旅。

372

2006

SEMIMONTHLY
上半月版

8月

STORIES

本刊主办"故事中国网"(www.storychina.cn)正式开通，欢迎登录！

故事会
—STORIES—

2006 年 8 月
上半月·红版

主 编：何承伟

常务副主编：吴 伦

副主编：姚自豪（上半月·红版）

副主编：夏一鸣（下半月·绿版）

本期责任编辑：郑继文

发稿编辑：

姚自豪 周 吟 吕 佳

夏一鸣 鲍 放 王雅静 邢 悦

美术编辑：李宝强

电脑制作：郭瑾玮

通 联：归依玲

本社办公室电话：021-64375030

上半月刊编辑部电话：021-64332325

下半月刊编辑部电话：021-64336469

（上海市绍兴路74号 邮编：200020）

主管、主办：上海文艺出版总社

制作、发行总监：张 凯

电话：021-64313938

广告总代理：上海文艺广告传播中心

（上海市绍兴路74号 邮编：200020）

广告业务：021-34010383

广告投诉：021-64333738

广告经营许可证

沪工商广字3100320050022 号

发行：中国图书进出口上海公司

本刊各栏目欢迎来稿。来稿寄上海市绍兴路74号《故事会》杂志社，邮编：200020，请在信封上注明
"××栏目"收；本期责任编辑E-mail地址：zjw002@vip.163.com

（本栏插图：王 俭）

谁做老大

老李有一对双胞胎儿子，今年已经两岁了，长得十分相像。老李这个人马马虎虎的，有时自己也没法分辨这哥俩，可偏偏经常碰到熟人问他这哥俩到底哪个是老大，令他很头疼。

后来，问的人多了，老李干脆回答："还没确定，两个人都有机会。"旁人听了都不解，谁是老大不是生下来就确定了吗？在大家一再追问下，老李终于说道："我准备过两年再说，给他们一个公平竞争的机会。谁想做老大，那是要凭实力的，马马虎虎可不行。"

（美 成）

不是时候

超级女声海选时期，一位住在居民区的选手到了深更半夜仍在声嘶力竭地练歌，邻居忍无可忍，敲墙壁向她表示抗议。

这位女生气愤地大喊："都快两点钟了，还往墙上钉钉子，你这人也太不讲文明了！"

（陆 丰）

彼此彼此

在企业家联谊会上，砖瓦厂厂长虚心地向食品厂厂长请教，问："听说贵厂做的饼干比我们厂生产的砖头还硬，能否给我们介绍一点经验？"

食品厂厂长谦虚地回答："彼此彼此。我正想到贵厂取经去哩。早听说贵厂出的红砖比我们厂的桃酥还酥！"

（高 超）

七夕清辉满，良宵只恨短。一声思念苦，双泪落君前。 重庆 景丽 （1501）

买面包

有个小男孩到一家面包房买了一块3便士的面包，他觉得这块面包比以前买的要小得多，便问老板："你不认为这块面包比往常的要小些吗？"

"哦，没关系。小些，你拿起来就轻便些。"老板奸诈地笑了笑。

"我懂了，"男孩说着，把2个便士放在柜台上。正当他走出店门时，老板叫住了他"喂，你还没付足面包钱呢！"

"哦，没关系，"小男孩有礼貌地说，"少一些，你数起来就更容易些。"

（汪　志）

麻醉师

一位中年男子在酒吧里和酒友调侃。

酒友："您天天来酒吧休闲，看来是个单身？"

男子："不错。"

酒友："难道您自身的条件不好吗？"

男子："不！我可以迷倒任何一个女人。"

酒友："您是……"

男子："医院里的麻醉师。"

（高超）

七年一样

甲女："我同丈夫结婚到现在，七年以来，丈夫对待我总是像结婚那天一样。"

乙女："我昨夜还听见你们两人争吵呢！"

甲女："是的！丈夫与我结婚那天起，就开始跟我争吵了。"

（黄文仙）

大实话

一个不肯用功的师范学生问班主任："从我们学校出去的学生，将来都是当老师吗？"

老师苦笑："未必！"

学生："这是为什么？"

老师："像你这样，出去还得当学生。"

（流云）

购买动机

丈夫掏钱买了妻子想要的电脑，电脑包装里附着一张调查表，其中有这么个问题：是什么原因促使您购买本产品？丈夫在调查表上写道："唠叨！一年的唠叨！"

（陆 丰）

今天才想起

一位女士到公安局报案"警官先生，我丈夫失踪了。请你们帮帮我，无论如何要找到他，离开他我就没法活了！"

"他是什么时候失踪的？"

"两周前。"

"那您怎么到现在才来报案？"

"今天才想起。因为今天是他发工资的日子。" （白淑贤）

虚惊一场

在街头，一个年轻的妇女走到一个路人面前说"请原谅，先生，您一定发现我一直在注意您，这是因为我怎么看都觉得，您好像是我一个孩子的父亲。"

"什么？"路人吓得睁大了眼睛说，"我？这绝对不可能！"

"请别担心，要知道，我是保育院的女教师。" （郑圆军）

那个夫人是男的

妈妈对五岁大的儿子说："你爸爸今天晚上要在家里请客，招待一位南斯拉夫人。"

傍晚，父亲和那位客人踏进家门，孩子跑进厨房悄悄对他妈妈说："妈妈！快来看，那个夫人是男的！"

（黄文仙）

经济困难

甲和乙在酒吧里闲聊。

甲："经济不景气，养家糊口真辛苦！"

乙："你有几个小孩啊？"

甲："五个！"

乙："哇，五个孩子的确不好养！"

甲："孩子倒还好，孩子们的五个妈可真难养……"

（流 云）

 红娘把人间美丽的女人登记造册，送给月老审阅，月老看后吩咐："七夕快到了，给最善良最能干最聪明最美丽的女人发个短信，祝她七夕快乐，永远幸福！" 辽宁 王艳宁 （1502）

糟糕的降落

某次航班的飞机重重地降落在跑道上。乘客们一个个走下飞机，走在最后的是一位拄着拐杖的老太太。这位老太太看看站在舱口送别乘客的机长，说："孩子，我可以问你一个问题吗？"

"当然可以，太太。您想问什么问题？"

"我们是降落的还是被击落的？"

（郑圆军）

大方的富翁

一位富翁在医院看好病，掏出2元钱硬币递给大夫。大夫觉得受了侮辱，生气地问："这是给我的诊费，还是给护士的小费？"

"这是给你们二位的。"富翁说。

（黄金铃）

少煮一个鸡蛋

有个吝啬鬼早晨醒来时发现自己的太太去世了。起初，他吓得脸色惨白，随即，他却穿着短裤往楼下跑去，边跑边大声叫着："阿莲！阿莲！"

阿莲是他家的女佣，正在厨房准备早餐，听见主人叫喊，连忙问道："先生，什么事啊？"

吝啬鬼大声说："今早少煮一个鸡蛋！"

（林丽勇）

相见恨晚

小王第一次把男朋友带回家。小伙子人挺不错的，可有一个毛病——见了酒就忘了自己是来干什么的。巧的是，未来岳父也热衷于此。吃饭时两人杯来盏去，越聊越投机，大有相见恨晚之意。不一会儿，小伙子就喝趴下了。

送走男友，小王问还流连在醉乡的父亲："您对他印象咋样？"父亲微睁醉眼，一伸大拇指，夸道："实在！那……兄弟，真实在！"

（唐三彩）

·感动中学生的故事·

妈妈，
节日快乐！

□梅继国

心愿

再过两天就是母亲节了。下了晚自习，县一中一间寝室的几个小姐妹就聊开了。一个叫林晴的室友问："母亲节你们准备送妈妈什么礼物啊？"不等大家回答，她又得意地说，"我妈妈的手最漂亮了，我准备买一枚祖母绿宝石戒指送给她！"

接着，大家七嘴八舌地议论开了，有的说要送妈妈一套化妆品，有的说要送妈妈一串项链，有的干脆说要送妈妈一本书，里面有如何防范和消灭二奶的精彩内容……

寝室里渐渐安静下来，柳阿丽却怎么也睡不着，听到林晴说妈妈的手，她心里就涌出心酸和悲哀。妈妈的手粗糙不堪，一到冬天就裂开血口子，到了夏天都不能愈合。那时妈妈要是有一盒护手霜，该多好呀。

柳阿丽想，给妈妈买盒护手霜，她在那边一定很高兴。但一盒护手霜要十来元，哪来钱给妈妈买？

但她决心送妈妈一盒护手霜！

她想了很多赚钱的办法，却发现每个办法都不现实。刚吃了晚饭，她就听到林晴又在发牢骚："我爸爸整天就知道给我买书，我的书柜早已满了，还床头一大摞，床尾两纸箱。刚才他又给我买了好几本！我这就回去把书卖了！"柳阿丽听了心里一动，对林晴说："当废纸卖了多可惜，把你那些用不着的书卖给我吧，绝对

8 风从水上过，留下粼粼波纹；骆驼从沙漠过，留下深深蹄印；阳光从云中过，留下缕缕温暖；你从我心中过，留下片片思念。又是一年七夕节，祝亲爱的你节日快乐。1363***5850　(1503)

比你卖废纸合算。"

林晴看了眼柳阿丽，小嘴一撇："你当我缺你那两个钱花啊？"见自己的话让柳阿丽尴尬不已，又换了副笑脸，拉着阿丽的手摇着，说："我和你闹着玩呢，说真的，你要是能帮我处理那些破书，我真要好好谢谢你，到时我请你吃'麦当劳'，好不好？"

一听这话柳阿丽高兴极了，就要林晴和她一起去拿书。到了林晴家，她精心挑了几十本对林晴没多大用处的书，用一个大纸箱装起来，和林晴一起回到了学校。

卖　书

第二天是星期六，柳阿丽起了个大早，抱上装满书的大纸箱来到文化广场，瞅了个地方，把纸箱里的书一本本摆出来，喊着"五元一本"，摆开了场子。广场上人很多，不时有人停下来看一看，但摇摇头又走了。一上午很快就过去了，她一本书也没卖出。

到了下午，广场上的人渐渐少了，阿丽硬撑着没吃午饭，腿酸麻得不行，但她的小生意还是乏人问津。一直到了傍晚，广场上的人又渐渐多起来，这时她已饿得头晕眼花，却怕被人抢了摊位，还是硬撑着没吃东西。她咬咬牙，又将书降到2元一本，终于又有几个人过来看看，买走了两本。阿丽一下子竟不觉得那么饿了。这时，她看到林晴一手拿着几串羊肉串，一手拿着罐可乐边吃边朝这边走来。她心里一慌，连忙把头低下来。还好，林晴很快就走了过去，没有看到她。

又过了一会儿，过来一个八九岁的男孩，左挑右拣，拿起5本书，问："姐姐，多少钱？"

柳阿丽告诉他价钱。男孩掏出10元钱递给柳阿丽，又问："姐姐，我能问你一个问题吗？"见阿丽点了头，男孩又一本正经地问："你怎么把这些书都卖了？先说好了，不许骗人哦。"

阿丽说："姐姐卖书是为了在母亲节送妈妈一件礼物。"小男孩听了拍起了小手，高兴地说："姐姐好棒，自己赚钱给妈妈买礼物……"

这时，广场上突然乱了起来，摆摊做买卖的全都没命地跑起来。一位大叔见柳阿丽一动不动地发呆，就提醒她说："还不快跑！被城管逮住不但要没收你的书，还要罚你的款。"

阿丽顿时慌起来，急忙把摊上的书放进纸箱，抱起来跟跟跄跄地跟着大家跑，纸箱很沉，她越跑越慢，渐渐跑不动了。这时一个卖馄饨的小贩推着车冲过来，一下把她撞倒在地，柳阿丽眼前一黑，昏了过去……

不知过了多久，柳阿丽醒来，发现自己躺在医院里，林晴和同寝室另外几个小姐妹正焦急地围在她身边，那个买书的小男孩也在。见她醒过来，大家都松了一口气。林晴告诉她，

男孩是她表弟，傍晚时她带表弟到广场玩，看到柳阿丽在摆摊卖书，故意装作没看见走了过去。可她又想弄明白，就让小表弟假装买书，打听到了缘由。柳阿丽昏倒后，林晴把她送到医院，又赶紧给同寝室的小姐妹们打了电话。

接着，林晴拿出一个漂亮的大盒子，说："你从来不给我们说你家里的事，真不够意思。给，这是我们买的一套护肤系列化妆品，送给你妈妈的！"见柳阿丽张开嘴要说话，林晴摇摇头，拿手轻轻按住她的嘴唇，说："别说拒绝的话，因为这不是给你的。我们几个说好了，明天一起去你家，

把东西亲手交给你妈妈！"同寝室几个小姐妹齐齐点着头。

柳阿丽当时主要是又累又饿，再加上惊吓过度，才昏了过去，她一个劲地流泪，似乎有很多话要说，又一句话也说不出来。

礼 物

母亲节这天清早，柳阿丽还是留下一张纸条悄悄走了，她说感谢姐妹们，她妈妈用不上这些东西，她家很偏僻，路不好走，大家就不要去了。

寝室里几个小姐妹看了纸条有些失望。她们一商量，说，柳阿丽不邀请，干脆自己去。反正地址也知道，顺便还能看看乡下的田园风光。

她们说走就走，很快上了汽车，到了柳阿丽家所在镇子下了车，又走了好几里土路。几个小姑娘边走边看，叽叽喳喳说个不停。突然，一位女生手朝前面一指，说："咦，那不是柳阿丽吗？"几个人一看，前方不远处一块麦地有一座新坟，一位女孩正趴在坟头哭泣，身影很像柳阿丽。

她们连忙赶过去，只见柳阿丽将一盒崭新的护手霜摆在坟头，哭着说："妈妈，您用这盒护手霜，手就不会冻裂了……"

刹那间，一伙人全都愣在那里。仿佛过了好久，几个小姑娘一起轻轻地说："妈妈，节日快乐！"

（题图、插图：安玉民）

七月七，长相依，我们今世永不分离。牛郎思，织女泪，喜鹊桥上幸福依偎。就让爱，化作雨，滋润你我青春无悔。 1383***0321 （1504）

一场迷醉后，心在滴血……

真够朋友

□ 文 愿

大年初八晚上，我和几个朋友在一起喝酒，没多大一会，就一个个喝得面红耳赤。我也喝得肚皮发胀，去了趟卫生间，出来时，和一个同样歪歪斜斜的人撞在一起，睁眼一看，竟然是高中时的同班同学彭展。

我一下来了劲，拉着他高声说："什么话也不要说，走，到我们包厢喝酒去。我们几个铁哥们正在聚会，你也去认识认识！"

彭展见了我挺高兴，说："我们哥几个也在一起喝，他们在等我……"

"不行，你要是不去，以后就不是朋友！"我把彭展强拉硬拽弄进包厢，一说，大家一一站起来，和彭展连连碰杯。

我正要给他一一介绍，彭展一摆手说不要，说他学过相面，一眼就能看出对方是干啥的。接着，他把杯举到一个人跟前，说："你是记者，一看你文质彬彬，就是个舞文弄墨的人。如果不是，我自罚三杯！"

当记者的朋友点头称是，站起来端起杯一饮而尽。

"这位是我们可爱的保护神，说书的嘴唱戏的腿，公安的眼睛似刀锤。我若是个贼，一看你那刀子似的眼睛，不用你动手，我自己就会先瘫下去。"

没说的，我的那位警察朋友也喝光了。

接下来是第三位朋友，彭展打量一番，一时间没说话。房间里静极了，大伙儿屏着呼吸，等着彭展的判断。

片刻之后，只见彭展拿起一根筷子，顶住了那位朋友的脖子，说："废

话少说，钱包拿来！"

"哗——"房间里顿时响起一阵掌声。

彭展喝完一圈，就邀我去和他的朋友见见面，我也不推辞，来到外面，我问他："你小子什么时候成相面高手了？"

彭展"扑哧"一声笑了，说："啥高手，糊人的。你那个记者朋友不断在电视上露面，我有印象；那个警察朋友虽没穿制服，可上衣在他椅子上挂着，袖子上有'警察'两字。"

我问："那下面——"

彭展捋起袖子，胳膊上露出一个刀疤，说："这是你那朋友给我留的记号，我能不知道他是干什么的？"彭展说，那次他到银行取了钱，刚上公交车，就觉察到口袋里伸进一只手，去抓，对方反手一刀扎在他胳膊上，两千多块钱也被拿走。他一辈子也忘不了那小偷的样子。

我一时无话可说，愣了半天才说："那你打110吧，刚才我看到外面有一辆警车。"

彭展一听我的话急了，像受了侮辱似的，说："你这是说的哪里话？说到底他是你的朋友，你的朋友就是我的朋友，出卖朋友的事，咱干不来！"

彭展几句话说得太好了！我心里热乎乎的进了他们包厢，他的朋友很够意思，见了我一点都不见外，热情得让我不知如何是好。一个自称老江的搂着我的肩膀，亲热得像亲兄弟。大家轮流跟我碰杯，我来者不拒，又苦又辣的酒喝到后来都被我喝成甜的了。可刚刚喝到高潮，他们却非要送我回家，真扫兴！

我一再说没事，能好好走到家的，他们就是不信，彭展有事走不开，就让另一个人和老江一起送我，他们一左一右，架着我往外就走。

我被他们摆弄着上车下车，左拐右拐，也不知过了多久，一睁眼，竟然已经站在自家门口了。我摸着门，

  青丝寸寸愁年长，七月七日鹊桥上，对月影单互相望，牛郎织女似鸳鸯，郎情妻意长相伴，妻心永驻郎身上，七夕情人节日到，天下情人终成双。 1364***9965 （1505）

大声喊道:“老婆,快开门……赶快炒几个菜……来朋友了,我们要喝两壶……”

老婆打开门,脸色却很难看,对老江他们正眼都不看一下。老江却一点也不在意。他把我摁到沙发上,还给我盖上一条毛毯,不顾我再三挽留,执意要走。

等他们一出门,老婆就把门“嗵”地一声甩上,点着我的头数落道:“你怎么和他们一起喝酒?你知道他们是什么人吗?”

我舌头打着卷,问道:“你……认识他们……”

老婆急赤白脸地吼道:“色狼!那个高个是色狼!那次他在公交车上对我的同事耍流氓——不行,我得打110——”老婆说着就拿桌上的电话。

我一使劲跳起来,用尽气力吼道:“你敢打!你打,我明天就跟你离婚!”

老婆被我吓住了,气恼地问:“他是你什么人?你这样护着他!”

我咬着牙,重重蹦出两个字:“朋——友!”

也不知过了多长时间,恍惚间突然觉得有人打了我几巴掌,我竭力睁开眼,蒙蒙胧胧中,看到老婆怒睁双眼站在我面前,旁边一个披头散发的孩子正捂着脸哭,像是女儿乐乐。乐乐?她不是上辅导班去了吗?平时都是我接她,今晚我还没去,她咋就回来了?

没等我开口,老婆就骂开了:“喝了几两猫尿,就不知东南西北了,连接孩子也忘了,她走到胡同口,遇上那两个醉鬼……呜呜……”

我像被人打了一闷棍,突然一下清醒过来,心里直想大吼几声,可就是吼不出来。看到茶几上有个烟灰缸,就顺手抄起狠狠砸向自己的太阳穴,“嗡”的一声,我失去了知觉……

再次醒过来时天已亮了,家里一个人也没有。我揉着肿胀昏沉的太阳穴,想想夜里发生的事,不知道到底是个噩梦还是现实。就在这时,电话铃声响了起来,是彭展。他问:“老江的事,你听说了吗?”

我觉得老江这个名字很陌生,一时竟没有想起来。

彭展说“你喝多了,连老江也不记得了……他昨天和你碰了好几杯,还把你送回家。他俩出来的时候,遇见一个小妞,他那人有点色,结果……现在被抓到分局了,你不是有个当警察的朋友吗?我们一起去找找你那位朋友,好不好?人家把你送回家,咋说也是因为你出的事……喂,你怎么不说话啊?”

我听着彭展的话,胸口堵得慌,血一阵阵直朝脑门涌,最后终于忍不住,拿起电话,“啪”地一声,在地上摔了个粉碎……

(题图、插图:安玉民)

最具人气短信推荐 8月(上) 关键词：七夕

● 天上银河，人间黄河，牛郎织女相见难，你我至今苦思念，何时修得同船渡，今世莫把幸福误。

　　　　　山西 朱建平 (1544)

● 七月七，石榴树，放一把土，倒点水，和成泥，捏一个你，捏一个我，今生今世让我们永远你中有我，我中有你。

　　　　　山西 朱建平 (1545)

● 我们经常会错过一些东西，错过时没有发现，事后却追悔莫及。母亲说人最好不要错过两种东西：最后一班回家的车和一个深爱你的人。

　　　　　江苏 陈 曦 (1546)

● 一千年前，我遇见了你；两百年后，我钟情丁你，二坐石上，我铭刻下你，四海之内，我追随着你，五万年间，我牵你踏遍千山；六十轮回，我随你泛尽万水；七星岩下，我拥着你相诉衷情；八达岭前，我抚着你描画黛眉；九州何小，我与

你情漫字内；十方无界，我携你手飘然世外。

　　　　　山西 王 凯 (1347)

● 茫茫银河遥相隔，二度七夕二度逢。牛哥织妹鹊桥上，倾尽心中相思苦。你我之间没有银河之隔，不受七夕之约，只要你喜欢，天天我都陪着你。

　　　　　广西 覃泽德 (1348)

5月份短信王中王最终优胜者揭晓

　　编号为0938的短信下载数最高，成为5月份的"短信王中王"，推荐者周海忠(江苏)获得奖金3000元！（您可以下载此条短信，详情见P53）本刊下一期将公布6月份下载数前10名的"本月短信王"，敬请关注。

本期特别征集

　　本月特别征集 生活小窍门。日常生活中，我们常常会学到一些小窍门，使难题迎刃而解，使家务变得轻松，使厨房干净整洁，使菜肴美味可口。你有这样的小窍门么？请用70个字以下的短信写出来，发给我们，如果你提供的是最佳小窍门，将有机会赢取 3000 元奖金哦！（详情见P53）

繁星点点，跨越银河与你相见；不怕遥远，此刻想飞到你身边。

看短信，猜字谜！下面这条短信，每句打一字，连起来是一句话。你能猜出这句是什么话吗？请把你的答案发给我们，将有机会获得一份礼物哦！（发送方式同推荐短信）

禾苗未栽已八年，一人采玉多一点，种下杨柳不成木，日长一寸双人边，痴心不改却无病，而立之日妙声来，谁人无语又想说，救人不要半文钱。(1549)

花儿沾露水，蝴蝶花中飞，何时与你这样共相随；风筝线上飞，鸟儿把云追，何时与你这样依偎。重庆 陈友林 (1506)

哲理故事

　　生活中处处有哲学，57则作品无不通过曲折生动的故事情节与矛盾冲突，揭示丰富和深刻的哲理内涵，让你从中看到智慧的闪光与思想的火花，并由感情的激荡而升华为哲理的思索，从中悟出事物深层的蕴含与人生命运的真谛。

打官司故事

　　"打官司"这个词具有强烈的民间语言色彩，官司一打起来，各种矛盾冲突就无可回避，无法隐藏。本书共收集涉及法制的故事30则，分6大类，它们是：精彩个案，愚昧法盲，弄权枉法，道德法庭，回头是岸，法永道恒。

校园故事

　　一生最好是少年，一年最好是青春。
　　这是一本充满活力的书，学生的时代，校园的生活，如花盛开般奔放，如火焰般热烈，全书34则故事，也许能唤起您少年时代最美好的回忆。
　　愿这本书能成为学生和老师的朋友!

打工故事

　　随着改革的不断深化，打工的观念将会成为社会普遍认同的一个观念。本书收编的24则故事，就是生活中打工仔、打工妹们打工生活的真实写照与缩影，它们是同类故事中的精品，相信能引起您的阅读兴趣。我们祝愿打工者们：明天会更好!

警匪故事

　　本书汇集五则中篇故事精品，描写公安人员深入虎穴，与潜伏的敌特土匪斗志斗勇，最后使之落入天罗地网。故事情节曲折复杂，悬念性特别强，敌我之间关系扑朔迷离，错综复杂，人物命运特别牵动人心。

红色间谍故事

　　7则中篇故事，描写一群置生死于度外，出生入死在敌巢魔窟中，机智勇敢地与敌特匪首周旋，进行地下斗争的革命者。故事情节曲折，人物形象鲜明，具有震撼人心的艺术魅力。

捣蛋鬼故事

　　本书收入的"捣蛋鬼"，是一批头上长角的油子、懦夫、俞者、莽夫、偷儿、怪徒，他们大多性格怪异，但在激变的环境中却展现出了人们意想不到的美丽人生。书中也描写了另一类罪错者，故事往往以轻喜剧的风格来处理人物之间的矛盾冲突，让你饱览社会生活的丰富多采。

怕老婆故事

　　怕老婆现象古今中外均不同程度存在，汇集出书这是第一本。作者均取材于实际生活，有古代代表性作品，更多的是描写当代人的这类夫妻关系。他们怕老婆的行为，离奇古怪；怕老婆的动机，五花八门。

说大事、小事,普通人的身边事
讲闲话、实话,老百姓的心里话

百姓话题

守望这一份
亲情

世上什么最令人刻骨铭心、荡气回肠?一个字:情。父子母女之情、婆媳妯娌之情,兄弟姐妹之情、夫妻恋人之情,同事同窗之情、师生师徒之情,朋友邻里之情、战友学友之情……有了这份情,粗茶淡饭也是甜的、香的,餐风宿露也是暖的、好的;没了这份情,灯红酒绿、琼浆甘霖也是涩的、酸的,锦衣绣被、高楼大厦也是寒的、破的。

满园的花草需要浇灌、栽培,才能四季常青、繁花似锦;温馨的亲情只有润泽、绵延,才能天长日久、永不枯竭。这一份亲情需要守望呀,只有守住了这一份情,你的心里才不会有冬季的降临。

今天,我们就来聊聊这个话题。

• 第一个故事 •

毛老汉的"日记簿"

毛老汉75岁生日这天,他打电话把四个儿子叫了回来。吃了生日饭,毛老汉从屋里抱出厚厚一摞钱来,往桌子上一放,说:"你们想不到吧,这些年我勤扒苦做,竟然也攒下了16万块钱。人老了,这钱也用不着了,这些日子一直寻思着把钱分给你们……你们说说看,这钱怎么分?"

毛老汉的四个子女做梦也没想到

父亲竟然攒了这么多钱，一下子全都喜形于色。老大按捺着心里的开心劲，故意装作很平静的样子，说："爸，我们四家的日子有穷有富，就说我们家吧，虽然在省城，各方面开销大，孩子马上高中毕业，读大学又得一笔大款子，你看是不是按照各家的实际情况来分这笔钱？"

老二说："各家都有一本经，说不清理不明，我看还是平均分配，公平合理，无话可说。"

老四说："对，我看还是一家四万，干脆利落！"

四个儿子中，只有老三一直没吭声，毛老汉便问他有什么想法，老三说："爸，你现在年纪大了，也要用钱，我们平时回来得又少，万一出了啥事，身边没几个钱怎么成？我看这钱还是别分的好。"

老大咳了一声，说："按理说这钱我们不应该拿，可现在每家都有困难不是？就说你老三吧，一把年纪了连个对象都没有，整天卖力气出苦力，比谁都忙，有几个钱也好娶个媳妇成个家啊！"

老二和老四连声说是，毛老汉说："这两年我身子骨越来越差，如果不趁现在明白时分了，哪天一撒手，这些钱说不定会让你们兄弟伤了和气。至于怎么分，我倒也想了个法子——"说着，他从怀里掏出一张纸来，四兄弟把纸条传了一遍，只见上面写着——

老大：8430 元
老二：13640 元
老三：95800 元
老四：42130 元

老大一看，脸都急白了，也不知是动了真感情还是啥的，当时就忍不住流了泪，他哽咽着说："爸，都是你的骨肉，谁都知道我家现在最需要用钱，为什么你给我的最少？你这不是偏心吗？"

老二也很不服气，说："爸，小时候我们家里条件差，我和哥跟着您吃

  七夕是秋天的开始，我愿是初秋的夕阳，慢慢落在你似海的怀里；我愿是中秋的月光，轻轻撒在你如水的眼里；我愿是深秋的野菊，朵朵开在你吟秋的梦里…… 湖南 黄金峰 （1507）

的苦最多，怎么我们却分得最少啊？爸爸你老糊涂了啊？"

这时，毛老汉哆嗦着手又从怀里掏出一个本子来，老泪纵横，说："爸老了，可没糊涂，自从八年前你们娘去世后，你们知道这些年我的日子是怎么过的吗？我天天在盼你们回家，可你们这些年来回了几次家？这是我记的日记簿，你们看看吧。"毛老汉说着打开日记簿，在四兄弟面前一页页翻过去，他翻到 2 月 10 日这一页，指着老大，说："去年的这天晚上七点，你打来了一个电话，说了两句话，一共用了 30 秒。"

毛老汉说着又翻了几页，指着老二，说："6 月 14 日这天的电话是你打来的，说了三句话，用了 47 秒。"

毛老汉接着又说："9 月 25 日老四带着媳妇回来了，为我洗了衣服和被褥。"

只有老三在每月 15 日的这天都有记载，有时是带回一只烧鸡，有时是扫了院子，但几乎每一次记载都有两个字：吵架。原来毛老汉看老三一大把年纪还是光杆儿一个，就劝他娶一个乡下姑娘算了，他却不听。他没有一个稳定的工作，收入不多，还时常为毛老汉买这买那的，他没钱结婚，于是每次回来父子两人都免不了为这事拌嘴。

毛老汉说："这样的日记簿每年一本，我已记下了 8 本。你们每个人

回家或是打电话回来的时间，我一次次都给你们累积起来，清清楚楚。现在这 16 万块钱，根据你们回家所花的时间按比例分配，这样才最公平！"

看着眼前这些让父亲心酸的日记簿，四兄弟谁也说不出一句话来，屋子里静得可怕。好久，老三才开了口："爸，我做得也不好，因为老觉着自己没混出个人样，每次回家都没带个好心情回来，老是惹您生气。而且，我回来得也太少！您这法子很好，很合理，不过，我看以前的就不要算了，还是从现在开始计算，将来就用您这法儿分遗产，谁再不回来陪您，您就一个子也不要给他，好不好？"

另外三个兄弟满脸通红，一齐说"好"。

·第二个故事·

夜半门铃响起来

苏山是一名特警，经常在夜里办案，很晚才回家，可不管回来多晚，妻子小段总要等到他平安归来才能入睡，这种习惯自从结婚到现在，一晃就是三年。

这天傍晚，小段又收到丈夫的手机短信："亲爱的，我今晚有任务，你一个人吃得开心点。早点休息，不用等我。"三年来，小段收到数不清这样的手机短信，每次收到，小段总是回

复说"好的,我在睡梦中等你归来。"这次,小段回短信时恰好被旁边一位好友见到,好友取笑她说:"都老夫老妻了,怎么还那么酸?"小段笑了笑,什么也没说。她知道,旁人无法知道丈夫面对穷凶极恶的歹徒时的危险,也无法体会这条短信对丈夫的作用。

深夜,苏山悄悄归来时,小段还是很准时地醒了。她起来倒了一杯茶,对苏山说:"我对你的脚步声敏感,一到就醒了。"苏山感到很纳闷,每次回家自己都轻手轻脚的,但每次妻子都会醒来,起床给他倒一杯茶,莫非她没有睡,还是有其他原因?苏山想不明白。后来,苏山发现了其中的秘密:这天夜里,苏山没有出勤,待在家里,小段去医院看一位生病的朋友,回来时,苏山听到了她用钥匙拨动门锁的声音,就在这时候,床头上同时发出了"叮叮叮"的声响,苏山明白了,原来妻子请人安置了一个特殊的门铃,他每次回来,只要钥匙一拨动门锁,门铃就响,妻子总是能及时知道自己回来。

以后还是那样,只要苏山夜里回家,小段总是能及时醒来。苏山再三劝说妻子别等他,自个儿早点睡,妻子笑笑:"只有你回来了,我才能睡得踏实。"苏山喝着妻子递过来的热热的茶,心里十分感动。

约莫半年后的一个夜晚,小段去看望一位远方来的老同学。她和那同学多年不见,不觉一下就聊到了半夜。苏山一边躺在床头看书,一边等着妻子回来,等着等着,苏山困了,心想反正妻子一回来那个特殊的门铃就会响,就没有强打精神硬撑,不知不

相思苦相思难,相思远隔万重山;眼望川心挂牵,难舍梦中长思念;云也淡水也暗,无奈鸿雁去不返。上海 鲍鹏飞 (1508)

觉就睡着了。谁知这一觉睡到第二天才醒，苏山睁开眼睛时，发现妻子连早餐都做好了，他吃着早餐，疑惑地问："昨天夜里你什么时候回来的？那个门铃怎么没响啊？"

小段笑了笑，说："那个门铃呀，坏了几个月了。"

苏山一听愣住了：就在前天，苏山凌晨两点多回来，掏出钥匙一拨门锁，妻子马上就醒了。他这一回才算真的明白了：原来即使没有门铃，他一回家，妻子也能准时醒来的！

·第三个故事·

糍粑里的酸甜苦辣

眼看要过年了，黑子的女人也要回来了。女人下广东快一年，黑子在家盼得心里生疼，早早就给女人留下了好吃的，那是三块糍粑，他和儿子舍不得吃，小心地将糍粑放在大海碗里，用腊月水泡着。女人每次打电话回来，除了说想汉子和儿子，就说念着家乡的糍粑。她说："把糍粑在炭火上烤了，酥酥的，脆脆的，香香的……就着排骨汤下肚，三天后还打着香嗝……想死俺了！"说得黑子吧唧着嘴，口水掉了尺把长。

这天大贵来串门，心事重重地对黑子说："黑子，有个事，俺想告诉你……"他女人跟黑子的女人在一个工厂打工，两个留守男人就成好朋友

了。

黑子望着大贵，见他板着个脸，冷冷的，挺严肃，禁不住吓了一跳："啥事？快说！"

大贵开口说道"俺听到风声，说咱们的女人在外面都没干正经事。俺寻思了好几天，心里越想越烦！"大贵还说，张跛子的女人两年没回家，就跑到广东去接她女人，跛子的女人一直说在一家宾馆洗盘子，去了才知道，女人原来在一家发廊干那种事。昨天跛子给大贵打了电话，说村里好几个女人说是在工厂上班，其实都是骗人的，都在外面干那种事！

黑子听了，恼火地顶了大贵一句："别瞎说，俺女人一直在鞋厂上班！"

大贵愁眉苦脸地说："俺女人最近给家里的电话越来越稀，这里面肯定有问题。她这次回来，俺得审审。"

大贵走后，黑子也寻思上了：女人老不让他给广东打电话，女人说厂里的电话不好转，每回都是她往家里打，难道这里面有鬼？如此这般一寻思，他对女人的思念顿时减去了一大半。

晚饭时，黑子将泡在腊月水里的糍粑拿出一块，跟儿子美美地吃了起来，不料正吃着，女人来电话了，黑子平时一见女人来电话了，心也化了，脚也颤了，脸也笑了，嘴也甜了，可这一次，他一想起大贵说的那些

话，便一改往日亲昵的口吻，在电话里冷冷地说："正吃饭呢，打什么打！"女人说"黑子，俺下周三跟大贵媳妇一块回来了，想死你们了……俺乖儿子呢？让他接电话。"

黑子一听女人的声音，刚才憋起来的那股狠劲又渐渐没了，脑子里的种种疑惑跑得一干二净，又激动得全身发颤了。儿子接电话时，他一直是自己的脑袋挨着儿子的脑袋一块听，生怕漏掉一句。母子俩刚聊上两句，

女人就哭上了，女人一哭，儿子也跟着哭得稀里哗啦的。黑子的嘴里此刻留着烤糍粑的余香，他嗅到了，心里连肠子都悔青了：不该吃留给女人的糍粑啊！

第二天早上，大贵屁颠屁颠地跑黑子家来了，一进门就喜滋滋地说："兄弟，俺女人昨晚来电话了，说下周三跟你女人一块回来。"两个汉子一高兴，就嚷嚷着要喝两口。黑子家没啥菜，酒倒有，一瓶酒下了肚，黑子不满地说："大贵，你昨天瞎说，害得我将留给媳妇的糍粑吃了一块，想起来就心疼。"大贵面露愧色，叹着气说："女人在外真让人不放心啊，俺昨晚一夜都没睡好。俺女人脸黑，像个打油婆，按理说不会有事，可你女人就不同了，那么水灵……"一席话说得黑子酒兴全无，心里又七上八下起来。

再过一天就能见到女人了，黑子一改平日的脏模样，脸上的胡子没了，脑袋上的几根毛抹得齐齐整整，心里兴奋得像要做新郎，在家坐不住，做活没心思，只好在村子里转进转出，满面春风。

可到了中午，女人的电话又来了，她告诉黑子："大贵的女人已经上车了，明天下午到家，可是俺……俺回不成了。"黑子听了，大冷天的像被人当头浇了一盆凉水，一句话都说不出来。

女人见黑子没开口，感觉到了他的失望，焦急地说："你听俺说，厂里临时有了紧急任务，要轮着休假，俺要等大贵媳妇她们回厂了才能回。"

黑子听了这话，忽然冒出一股无名火来，捏着电话嚷开了："你给老子回来！他奶奶的，大不了不在那破厂干了！"

女人劝他，说工作不好找，不就是迟回家几天么？辞了工多吃亏呀！可女人不劝还好，一劝，黑子就想偏了，他狠着劲嚷了起来："你自己不想回来吧？嗯？广东的花花世界把你迷住了吧？嗯？你一口一声厂里厂里，老子早就怀疑你不是在厂里上班！"说完，他"啪"地一声挂了电话。

挂了电话，黑子一个人坐在屋里，越想越觉得真不该放女人出去，放出去心就野了，就收不回了……做午饭时，黑子又看到大海碗里泡着的两块糍粑，心里禁不住酸酸的，他想：俺心中有她，她却一点也不在乎俺！一边伤感着，一边又拿出一块来烤了，可咬了几口，却怎么也咽不下。

第二天下午，大贵的女人回来了，黑子犹豫了好久，直到太阳下山时才去了他家。黑子进门时，大贵正用热水给媳妇泡脚，黑子瞪着血红的眼睛问大贵的媳妇："俺媳妇真在鞋厂上班？"大贵的媳妇说："你问这话，是怀疑啥呢？"黑子也不绕圈子，将村里的风言风语说了一遍，还说："大贵哥也怀疑你哩！"

大贵的媳妇一听，脸都气黄了，一脚把脚盆都蹬翻了，她看看黑子，又瞧瞧自家男人，咬紧嘴唇，眼里滚动着泪珠，忽然，她对着两个男人伸出了自己的双手……黑子上前一瞅，妈呀，这是双什么手啊，皮肤糙得像松树皮不说，而且满是疤痕，大拇指和食指都走了形，虎口裂得像娃娃嘴……

女人在异乡的一切，都写在这双手上了，看着这双手，还有什么好说的？如果不是在厂子里做最艰辛的活，会是这样一双手吗？

黑子想说点什么，却最终什么都没说，他默默地走了。

第二天，小镇的邮局里发生了一场争执：一个汉子要邮寄一块糍粑到广东，邮局却不给寄，说糍粑属易腐食品，不能寄。那汉子急红了眼，"咚"地一声当堂跪下"求求你，给俺寄吧，俺媳妇就爱吃这一口！"

"毛老汉的'日记簿'"作者：云小靴；"夜半门铃响起来"作者：张维超；"糍粑里的酸甜苦辣"作者：阮红松。

下期话题：见证母爱　　　　　　　（题图、插图：刘斌昆）

说话 站在明处

□ 赵和松

这事谁干的

这天，上任不久的靠山村主任林海生气坏了，不知谁一纸举报，把他一条生财之道活生生卡断。

事情是这样的：他有个城里的亲戚不久前找到他，想租用他们村背后的一块荒地，做工业废品分解场。也就是他把废品运到这里，把有用的拣出来，没用的就一把火烧了。摆在桌面上的，他每月给村里一千元租地费。桌面下的，那就天知地知、你知我知。谁知第一车废品刚刚运到，县环保局的人就到了，说是接到村民举报，检查这个废品分解场。一检查自然"坚决不行"，这事就泡了汤。

林海生觉得上任第一件事就被人来了个下马威，而这个举报的人又不知道是谁，发火也找不到对象，就到村路上去骂街，见到人就吐着唾沫星子发无名火："哪个狗娘养的，有本事就明着来嘛，躲在背后捅刀子，算什么好汉……"骂的次数多了，村人都害怕，见到他就远远地避开。

又一天中午，林海生见村口有一伙人站着，就又走上去"老调重弹"。可这次，他刚开口，就"呼"地站出一个人来，大声说："你别骂了，我告诉你，是我举报的！"

这人叫林大树，六十多岁了，有点文化，早年当过村干部，现在儿子大了，基本上在家闲着。他平时不多说话，只在老人堆里谈谈天南海北、柴米油盐。他的举动让大伙都愣住了，林大树却言犹未尽，又冲着林海生说："天天像只疯狗似的骂街，还像个干部吗？也不想想自己这事做得对不对，要是对的话政府会不给你做呀？这举报有什么错？明着来怎么啦，现在我就整个儿站在你面前！"

林老头这一串"连珠炮"义正辞严，咄咄逼人，把林海生轰懵了。他原先料定不会有人敢站出来，他只是想煞煞这个人的威风，再嗅出点蛛丝马迹来，到时候给这个人一点暗苦头吃。可现在有人当面站了出来，还是个比他年长一倍的老人，又说得如此大义凛然，他一下子措手不及，不知道应该怎样说话。他呆呆地看着林大树，仿佛被人割去了半截舌头，支支吾吾地说了声"你……你……算你狠！"一溜烟似地走了。

村人们都为林老头捏一把汗。俗话说，"男不同女斗，民不同官斗"，林海生年轻气盛，刚上任就被林老头活生生地捅了这么一刀子，岂会善罢甘休。这林老头以后有好果子吃了！

林老头的儿子林小兵听到这个消息，捶胸顿足，简直要气疯了。

儿子的难处

林小兵办着一家企业，租的是村里的房子，最近正在扩大生产规模，很多事情要同村里商量。这年头的事谁都知道，村里一选村主任，就会沸沸扬扬，新主任一上台，就"一朝天子一朝臣"，原来定的东西都会重新"洗牌"。林海生上台后，林小兵正在

考虑怎么同他搞好关系。在这个节骨眼上，父亲这么横插一杠子，这不是要他叫天了吗？

林大树一回到家，林小兵就一迭声地埋怨："爸爸啊爸爸，你……你逞什么能呀？村里不对的事，你举报就举报了嘛，怎么还要站出来承认？"

林大树说："让他天天不着边际地骂街，好听啊？"

林小兵说："让他骂嘛，又不用你力气，反正他在明处，你在暗处，奈何不了你什么，现在好了，你站出来了，这……这不是自己明晃晃地给人家树一个靶子打吗？"

林大树说："我六十多了，他能打我什么呀？"

林小兵简直要哭出来了："你六十多了，可我是你的儿子啊！你这不是把我害苦了吗？"

"我害苦你什么了？"林大树不懂。

林小兵说"我的好爸爸，你是真不懂还是假不懂啊？我的企业要扩大，接下去就要用到旁边的一块杂地；用电要增加，也要通过村里的变压器；还有、还有……反正，很多事情都要他这个村主任点头呢！他在任何环节上卡你一卡，你都会透不过气来。就是不卡你，他找个理由今天'研究研究'、明天'商量商量'，拖你十天半月，你就有苦头吃了！"

林大树一下子跳了起来："我就

不相信，我站在明处说话，他敢躲在暗处使坏！"

林小兵摇头叹气，心想父亲太不了解现在的世界了。但事已至此，说出的话，泼出的水，再也收不回来了。他是个孝顺儿子，既然父亲这样说了，已经没必要再同父亲多费口舌。

几天后，林小兵写好了要用那块杂地扩大生产的报告，但抖抖索索不敢去找林海生。这两天他曾几次碰到过林海生，也试探着很热情地上前打招呼，但林海生似理非理，只是鼻孔里阴阴地"哼"一下就走过去。想起林海生鼻孔里的这声"哼"，林小兵的心就像被悬到了半空中。林大树得知后，一把将那份报告抓在手里，说声

"我去"，就直奔林海生去了。

林海生正在村委会办公室，好几个村干部也在。林大树一走进去，就把那份报告往他面前一放，说"这是我儿子的一份报告，因为他举报了你，他就缩手缩脚不敢来找你，怕你记恨他，给他小鞋穿。我说人家是堂堂的一村之长，是为大家办事的干部，会只有这么点气量吗？再说我也是为了大家的事，又是站在明处说话，海生会这么没水平吗……"

林大树"哒哒哒"一席话把林海生逼到了墙角，他还能怎么说呢？再说好多人都在场，即使他肚里有疙瘩，也要表现出点干部风度来。他哈哈一笑，说："这个林小兵啊，真是把我看扁啦！我会那么小鸡肚肠吗？我那几天骂几句，也不是说这举报不对，只是觉得有事不该背后说嘛。你拍着胸脯站出来了，这就好嘛！要是记恨你，我还配坐在这间办公室里吗？"说着，他泡了一杯热茶，很热情地递到林大树手里，又说，"让小兵放心，一切公事公办。同等条件下，还要优先。为什么？就冲着你关心村里的事，又光明正大，站在明处说话！"

果然，仅仅过了一天，林小兵那份报告就批了下来。

这事在靠山村引起极大的震动。有人将信将疑，去问林海生，林海生的话掷地有声："一点不假。站在明处说话的人，我佩服！"

因为有爱，所以一支玫瑰比一棵小树值钱；因为有十五的月亮，所以一个月饼比一袋面粉价高；因为有真挚的祝福，所以一条短信比千言万语更加珍贵。 四川 朱晓维 （1511）

这以后，好多人开始跃跃欲试了，有点什么事，等着林海生走过来当面对他说，说完了，再添一句："对不对，你去考虑，我站在明处说话。"

每当此时，林海生总是显得很大度："你站在明处说话，我就向你保证：有则改之，无则加勉。"

没人领的奖金

事情就是怪，渐渐地，"站在明处说话"，竟成了靠山村人的一种习惯。特别是林海生，开始是被林大树逼上梁山，后来是上马容易下马难，只得顺水推舟。再后来尝到了甜头，越来越适应这种习惯。村民站在明处说话，他站在明处办事，同大家感情融洽，事情办得亮亮堂堂，村民们越来越拥戴他，他也越来越觉得这个干部当得爽气。特别是一年后，离他们不远的一个村发生了一场灾难，他的感受更深刻了。

原来，林海生那个亲戚在他这里受阻后，又悄悄找到现在出事那个村的村主任，把废品分解场设到了那个村。最近不知进了批什么废品，剩料焚烧时产生的毒气一下子熏倒了村里一百多位男女老少，连省里的领导都惊动了，林海生那个亲戚和村主任不仅要赔偿几十万元医药费，人也被拘留，看来免不了一场牢狱。

这件事一出，林海生吓出一身冷汗。要不是当时有林大树举报，这场灾难就会落在自己头上。这时候他真心诚意地感激林大树，自己当即拿出一千元钱，设了个"村民直言奖"，派人敲锣打鼓送到林大树家里。

可林大树怎么也不肯领这个奖，拒绝的原因让大家都出乎意料。他说那件事根本不是他举报的，他也不知道是谁举报的，他当时只觉得这举报有道理，林海生这样骂街太不成样子了，与其让他这样疑神疑鬼地骂东骂西，还不如自己站出来承认算了，反正自己六十多了，也不怕他什么。老人说，他不能无功受禄，这一千元奖金，应该奖给那个真正的举报人。

林海生大为惊异，于是在村口贴出启事，情真意切地恳请举报人来领取这笔奖金。

几天过去了，无人来领取这笔奖金，林海生却收到一封匿名信。信上说，他就是那位举报人，但他不能来领这个奖。他说他虽然举报了这件事，但林大树挺身而出，站在明处说话，起的作用太大了。要是没有他这一着，林海生就不可能有今天这个样子，大家也不会那么拥护他。所以这个奖应该给林大树……

现在，在靠山村，只要谁在背后窃窃私语，有人就会说："别背后多嘴了，站在明处说话吧！"

（本篇月月评短信代码：AA151）

（题图、插图：谢 颖）

古老的婚礼

□ 方赛群

临时任务

这次期末考试，丰山俊的英语挂了个大大的"红灯"，被同学们嘲笑了一通。他心里很郁闷，就躲到乡下外婆家。

外婆家在一个叫"八禄堡"的村子。坐下没多久，丰山俊当村主任的大舅回来了，一看见丰山俊，喜出望外，连说："山俊来啦？太巧了！太巧喽！"丰山俊问："老舅，啥事这样开心呀？"舅舅哈哈笑着说："舅舅要做老丈人了，我那'洋闺女'10号要到咱八禄堡办喜事哩！"

五年前，丰山俊的舅舅到外地办事，在路上救了一位遭遇车祸的美国姑娘。这女孩名叫珍妮，为感谢救命之恩，就认丰山俊舅舅为"中国爸爸"。那回她到八禄堡来，被这里的风光迷住了，激动得连说："太美了！太美了！我和汤姆结婚的时候，一定要到这个美丽的地方来举办婚礼！"

这不，珍妮和汤姆过几天就要到这里举办婚礼了。

舅舅说："山俊啊，办喜事不难，可珍妮她要的是一个八禄堡'最古老的婚礼'。你是城里人，见识多，点子也多，得帮老舅拿主意！"

丰山俊挠开了头皮："我？行吗？"话音刚落，丰山俊那些童年小伙伴就一齐叫起来："这有啥不行的？咱这村子除了你谁还有这个能耐？"

清新空气洗洗肺，灿烂阳光晒晒背，七月七日要准备，找个女友去陶醉，忘记去年单身罪，甜言蜜语都要会，心会跟爱一起飞。 1386***6505 （1512）

小伙伴们这一咋呼让老舅更乐了，他拍拍丰山俊的肩膀说："后天的婚礼靠你来撑台面了。到时乡里的领导都要来参加呢！你可千万不能让老舅出洋相！"丰山俊一激动，把胸脯一拍，说："没问题，老舅！到时候看我的！"

包票是打下了，可接下来怎么弄呢？婚礼连头带尾只有四天了。多亏了丰山俊那帮小伙伴，大家你一言、我一语地出主意，不一会儿工夫，"古老婚礼"的全套方案就定下了。

接下来的几天，他们几个人忙得昏天黑地，但个个斗志昂扬，不吃不睡也不觉得累。

手忙脚乱

转眼就到了好日子。这天，外婆家布置一新，乡文化站的小聂也早早背着摄像机来了，张副乡长也来了。四乡八里的乡亲赶场看戏似的拥来，连七八十岁的老人都被搀扶着赶来看热闹。

这天天气很热，直到十点来钟，载着珍妮和汤姆的小车才出现在村口。两个年轻的"老外"穿着皱巴巴的牛仔服，戴着变色眼镜，见人就"哈罗、哈罗"地打招呼，一副优哉游哉的神情，根本不像来办喜事。

丰山俊舅舅整了整领口，又将了将头发，大步迎了上去，刚想说什么，珍妮上来就一个拥抱，手朝四周指

指，问："爸爸，今天这里过节吗？"丰山俊舅舅连忙解释说："不，这些人都是来……来看你结婚的。"珍妮耸耸肩、一摊手表示听不懂。旁边的翻译小姐连忙说："他们都是来出席你和汤姆的婚礼的。"珍妮露出惊奇的神情："这么多人来参加我的婚礼？八禄堡的人真是太热情了！"

婚礼马上举行。丰山俊拟定的程序是：汤姆随着八人抬的大花轿和吹吹打打的喜乐班子到老舅家接珍妮，然后过"外婆桥"到"八禄堂"拜天地……

当然，第一步首先要给新郎新娘梳妆打扮。珍妮看到为她借来的描金绣凤的大红色古装，高兴得像小孩一样直拍手："这是给我穿的吗？哇！我穿上一定比芭比娃娃更漂亮！"

丰山俊正在忙着，狗蛋把他拉到一边，说："这边有女翻译陪着珍妮，你还是跟我到那边照应汤姆吧。你是城里来的，外语水平好，可以顶个临时翻译。"

丰山俊说："不就是那身长袍马褂外加披红挂花戴礼帽吗？能有什么事？"狗蛋急了："天气太热，外套又小，汤姆得先把里面那身厚厚的牛仔服脱了。"

狗蛋说得不错，已穿上新郎装的汤姆这会儿正热得浑身冒汗！大家见丰山俊来了，齐声说："好了，好了，

会外国话的人来了。"在众人敬佩又期待的眼神下，丰山俊学着电影里外国绅士的派头，打着优雅的手势，告诉汤姆可以把里面的牛仔服脱下。令人焦急的是，尽管说了一遍又一遍，但汤姆仍然一脸茫然，不知丰山俊在说啥。丰山俊猛地明白了：肯定是自己那该死的英语！可到底应该怎么说，丰山俊搜肠刮肚也想不起来。

狗蛋急得直跺脚："想不到汤姆的英语水平这么差，听不懂山俊的话！看，时间快到了！"丰山俊环视四周，心里一急，顾不了许多，对着汤姆就是一阵穷比画："你的，把里面的衣服，脱了脱了的有！凉爽大大的！"丰山俊这一比画汤姆终于懂了，他满脸笑容地说着"OK!OK!"，走到里面换衣服。

谢天谢地，总算一切就绪。

洋相出尽

在丰山俊的指挥下，新郎汤姆从大花轿中迎出了披着红盖头的新娘珍妮，用一根红绸带牵着到"八禄堂"拜天地。在唢呐和鞭炮声中，看热闹的人里三层外三层，四周的笑声、掌声此起彼伏。

婚礼进行得很顺利。汤姆要背着珍妮过"外婆桥"了。就在汤姆蹲下身子背珍妮的时候，意想不到的情形出现了：新郎的仿古礼服下摆是前后两片，他蹲下身子时这两片自然地向两边分开。丰山俊猛然发现，汤姆光

七夕喜成双，鹊桥上，情意长。漏尽更残，伴我有秋凉，梦里依稀人憔悴，多珍重，早还乡。广东 郭小敏 (1513)

着屁股，连内裤也没穿！

天哪！他领会错了丰山俊的比画，以为是要光着屁股拜堂！

这一下子全乱套了！扛摄像机的小聂此刻正对着汤姆猛拍，旁边的人群早已"炸"开了，一些大闺女、小媳妇红着脸往外跑，一边跑一边骂："下作胚！下作胚！"而那些小伙子则"哈哈"大笑。

汤姆见别人对着他大笑，他也笑，还不住地向大家挥手致意。珍妮听见大家笑得起劲，大概觉得这里的人实在太热情，也掀起红盖头，不住地向大家抛飞吻。

丰山俊的脸上火烧火燎，只巴望着婚礼快快结束。可"好戏"并未结束，接下来是"古老的婚礼"核心内容：拜堂成亲。"八禄堂"上，在司仪的指挥下，汤姆和珍妮正认认真真地完成"一拜天地，二拜祖宗，三拜高堂"的程序。

珍妮和汤姆知道这"三拜"是最神圣的，因此每一个动作都非常认真，做得很到位。不用说，汤姆每跪拜一次，"情况"就会出现一次，人群就会"哄——"地笑一阵。丰山俊的舅舅、舅妈起先不明白发生了什么事，见大家笑得前仰后合，感到莫名其妙，直到汤姆珍妮"夫妻对拜"时，丰山俊的舅舅、舅妈才面对面看了个全景！舅舅目瞪口呆，舅妈一转身怒冲冲地跑了。王副乡长原本要在婚礼上说几句祝贺的话，此时也站起身走开了。而场上那热闹的情景就像开了锅的沸水。

一场喜剧在丰山俊的手里变成了闹剧。笑话在四乡八里传得比风还快。要面子的舅妈气得三天不吃饭，外婆也说个没完："唉！老刘家的脸面算丢光喽，这外国佬咋就这样没良心呢？要弄得我们丢人现眼？"

汤姆和珍妮婚后第二天就匆匆走了。想必是那个女翻译把实情告诉他们了吧？在外国人眼里，这是一种极其严重的人格污辱啊！

舅舅脸色铁青地把丰山俊叫到跟前，说："山俊，舅舅自小疼你，也知道你贪玩。但你什么玩法不行？非要这样玩才开心？"

天哪，老舅居然认定丰山俊是为了闹着好玩才故意这样干的！可丰山俊又怎么解释得清呢？

丰山俊闷头睡了两天，第三天上午，他默默收拾好带来的几件衣服，垂头丧气回到了县城。

一晃四年过去，丰山俊已是大学二年级学生，再也不会对英语犯晕了。这年暑假，他又来到外婆家。这时的八禄堡已开发成旅游景点，而"古老的婚礼"成为这里的一个旅游项目，每年到这里举办中国式婚礼的外国青年都有几十对！更令人想不到的是，丰山俊到外婆家第四天，珍妮和汤姆居然也带着他们的女儿来到了

这里。舅舅说，珍妮和汤姆每年都来看"中国爸爸"一次。

丰山俊太高兴了！事隔四年，他终于可以当面向汤姆表达歉意。虽然汤姆没说过一句责难的话，但丰山俊一直把这事搁在心里，很不好受。

他鼓足勇气来到汤姆夫妇的住处，不巧汤姆一家三口正好去看一对德国人的婚礼了。不一会儿工夫，汤姆他们回来，看见丰山俊很高兴，说起今天看到的婚礼，连连说："太有意思了，这让我想起了我们当年的情景！"

汤姆这一说，丰山俊更不好意思了，连忙说："汤姆，当年在你的婚礼上——"

"当年的事，我很感谢你！"汤姆笑着说，"你给我们主持的是八禄堡真正古老的婚礼！今天我看的这个婚礼，用你们中国的话说，已经不是'原汁原味'了。因为，那个新郎里面还穿着裤子。"

（本篇月月评短信代码：AA152）

（题图、插图：黄全昌）

（本栏目欢迎来稿。来稿可从邮局寄发，也可从网上传递。如为电子邮件，请发以下信箱：zjw002@vip.163.com）

·本刊信息传真·

"优媒杯"《故事会》优秀作品月月评

每期3篇选1 最高奖金800元

为鼓励读者参与，《故事会》决定举办"'优媒杯'《故事会》优秀作品月月评"活动，参加方式如下：1. 每期由初评委推荐3篇故事为候选作品，读者可选择自己最喜欢的一篇，将其月月评短信代码（如AA151，没有短信代码的作品不参加评选）发送到911903（移动用户、联通用户）、02838168（广东移动）。每次限选一篇，可多次投票。2. 凡选对本期"最受欢迎的故事"的读者均有机会获得现金奖。每期设一等奖1名，奖金800元；二等奖10名，各获现金100元；所有参加评选的读者均有机会获得参与奖，每期200人，各获精美礼品一份。3. 本期活动截止期为：8月5日。得奖读者在评选结果揭晓后将得到短信通知。用户每投一票收费1元。

本期候选作品：1.《站在明处说话》(p24)（短信代码：AA151）；2.《古老的婚礼》(p28)（短信代码：AA152）；3.《身不由己》(p62)（短信代码：AA153）

"优媒杯优秀作品月月评" 2006年6月（上）评选揭晓

2006年6月（上）得票前三名的作品分别为：《都是为了她》(1993票)、《无奈的姻缘》(1231票)、《欲望刺激器》(1224票)。

经抽奖，下列读者获奖：一等奖（奖金800元）：张申海（138****2775）；二等奖（奖金各100元）：刘军（138****1772）、黄艳香（137****0408）、史勇（136****0916）、李咏梅（135****9315）、高维进（138****7613）、党玉良（137****7591）、夏欣（137****6923）、董飞（136****0689）、张立深（138****0626）、曾庆云（137****0769）。阅读奖名单略。

我愿变成神话故事里你爱的那个牛郎，因为真爱感天动地，百鸟搭桥，让我们七夕浩瀚云河上空相聚。一年一次，我也足矣。 云南 王明东 （1514）

□ 薛军礼

陌路相逢的
兄弟

好孩子不哭。当心里的阳光像花儿一样绽放，你就是一道明丽的风景……

都是逃票的

陶栗子今年高考得了658的高分，可家里太穷，他打小没了爹，娘又生着病，一咬牙，他把仅有的300元留给娘，自己踏上了去新疆的火车。

他没钱买票，好在车厢人多，就硬着头皮混在人群里，心神不定地东张西望。这时，一个小家伙鬼鬼祟祟靠过来，问："哥们，没买车票吧？"他一看，是一个十二三岁的小男孩，陶栗子白了他一眼，没理他。小男孩又笑笑，说："甭紧张，我叫小辫子，和你一样，没买票。"说着，他又往陶栗子身边靠了靠，满是感叹地说，"我在火车上混了足一年了，一次票也没买过。嗨，你叫什么名字？"陶栗子见小辫子并无恶意，一下放松了，正想告诉他，却见小辫子脸色突然变得蜡黄，额头上冷汗直淌。

陶栗子一惊，连忙抱住小辫子，问道："喂，你怎么了？"小辫子捂着肚子，有气无力地说："肚子，我的肚子疼……"陶栗子按住他的腹部揉了一气，却丝毫没有作用，便站起来，说："兄弟你挺住，我给你讨些药去。"

陶栗子向8号车厢望去，一个戴宽边眼镜的年轻人正在服用黄连素。他走上前给宽边眼镜鞠了一躬，说："大哥，我的兄弟肚子疼，能不能把你的药片匀上几粒？"宽边眼镜瞪了陶栗子一眼，说："说得好听，这点药匀给你，我咋办？"陶栗子讨了个没趣，正要走开，旁边一位老人给了他一板氧氟沙星，顺带还给了他一瓶矿泉水"快去给你弟弟服用吧，不行就上广播室喊医生！"

陶栗子谢过老人，把药给小辫子服了。小辫子的疼痛慢慢减轻，脸上渐渐有了血色。他朝陶栗子笑笑，说："我这肚子三天两头疼，一会就好的，没事。嗨，哥们，你还没说你到哪里去呢？"陶栗子说了因家里没钱无法上大学，只好去新疆打工的事。

小辫子朝陶栗子跷起大拇指，说："哥们厉害，658，高啊！这么好的学问不上大学太可惜。不行，你一定得上学，没钱兄弟我帮你！"陶栗子看着小辫子一副义薄云天的样子笑了，说："你自己这样，还能帮我？"

小辫子正要大拍胸脯打包票，列车广播里却播出要查车票的提示。他连忙拽起陶栗子，把他拉到车厢里，指指座位下边，用命令的口气说："快，钻进去！"

小辫子像猫一样抢先钻到了另一个座位下面。陶栗子还在站着发愣，小辫子在下面蹬了他一脚，说："木头，快钻进来！"陶栗子一狠心刚钻到座位下面，查票的吆喝声便传了过来："查票了，请各位乘客把车票拿出来！"

陶栗子躲在座位下正六神无主，小辫子却把手指按在嘴上，做了一个让他别出响动的手势。谢天谢地，终于等到查票的走了，陶栗子不禁长出了一口气，说："兄弟，吓死我了。"小辫子笑着说："哥们，胆子太小闯不了世界。你趴这别动，我去弄点吃的！"

智擒小偷

小辫子走后，陶栗子一下放松了。他上车以来既紧张又害怕，还很累，这一放松竟迷迷糊糊睡着了。可没过多久，一阵"出来！出来！"的吆喝声又把他惊醒了，陶栗子睁开眼睛一看，自己被打扫卫生的列车员发现了，只好爬出来。列车员瞪了他一眼，问："是不是没买车票，嗯？"陶栗子张张嘴，一句话也说不出来。

正在这时，小辫子回来了，他给列车员深深鞠了一躬，"嘿嘿"笑着说："叔叔甭生气，他是我哥，没钱买票才钻座位。你看这样好不好？"小辫子一把抓过列车员手中的笤帚，"老规矩，我们替您打扫卫生！"列车员看了眼小辫子，说了声"打扫干净啊"，便回去了。

陶栗子和小辫子一个拿笤帚，一个拿拖把，开始在车厢里打扫卫生。

陶栗子扫到宽边眼镜脚下时，陶栗子朝他笑笑，说："大哥，请你抬抬身子，让我把里面的垃圾扫出来。"宽边眼镜却一动不动，还指着陶栗子骂道："滚一边去，你连票也不买，在这里瞎捣鼓啥……"哪知话音未落，小辫子手中的拖把已落在他的脑袋上，吼道："打死你！叫你欺负我哥们！"拖把带着水渍落在宽边眼镜的脑

 农历七月七，情人齐相聚，你用七巧灵手，为我织情衣，我愿做牛郎，伴在你身旁。祝愿你我两情事，能与天仙共流芳。 浙江 王兴斌 (1515)

袋上，污水顺着他的脸腮朝下淌。宽边眼镜恼羞成怒，猛地站起来要打小辫子。哪知道他屁股一抬，底下一只黑皮包亮了出来。小辫子迅速指着黑包叫了起来："好啊！怪不得你不抬身，原来偷了别人的皮包！"宽边眼镜见势不妙，撒腿便跑，却被陶栗子使了个绊子，"噗"地摔倒。小辫子立即吆喝起来："抓小偷，快抓小偷！"又把黑皮包举在手中叫喊："谁的皮包？谁的皮包？"

坐在宽边眼镜对面正呼呼大睡的一个青年男子被惊醒，一见小辫子手中的黑皮包就跳了起来，对着宽边眼镜就是一个耳光，骂道："狗贼，衣冠楚楚一路套近乎，原来是要对我下手！"接着又感激地对小辫子说："小兄弟，太感谢你啦！我是省地矿队的，我们十几个队员在人烟稀少的大业山探矿，这包里是他们几个月的工资呀！好险，好险！谢谢，谢谢！"

小辫子头一歪，说："他这种人我见得多啦，他向你动手时，我看了个一清二楚。嘿嘿，终于找到机会揭了他的老底。"

青年男子拿出300元感谢小辫子，小辫子正要推辞，忽然想到了陶栗子，便对青年男子说："这钱我本来不能要，但我这哥们考了658分却上不了大学，要到新疆打工。658分，多好的人才呀！这钱就给我哥们上学用吧！也算你为国家培养人才作了贡献。"说着，把钱递给了陶栗子。陶栗子犹豫着还不想接，地矿队的青年爽朗地说："收下吧，兄弟。这也是对你们抓小偷的奖赏！"

打动人的嗓门儿

旁边的旅客们听说陶栗子考了658分却要外出打工，发出一阵阵感叹，便有人五块十块地把钱放到陶栗子手上，一会儿陶栗子手上就堆得满满的。陶栗子感动得直发呆，小辫子早已灵机一动，说："为了感谢爷爷、奶奶、叔叔、阿姨的爱心，我给大家

唱支歌吧。"说完，拿腔捏调地唱了一曲《信天游》，还真有点荡气回肠的感觉。

旅客们看到小辫子小小年纪能说会道，为高他一头的陶栗子这样不遗余力地募捐，就给他送出一阵热烈的掌声，一个接一个上来给陶栗子捐款。小辫子拉着陶栗子给大家深深鞠了几个躬，又悄悄对陶栗子说："哥们，你这大学学费看来有戏了，我们再接再厉，到其他车厢继续筹款！"拉着已是满眼热泪的陶栗子，又到了9号车厢。他搂着陶栗子走到车厢中间，给大家鞠了一躬，二话不说，扯开嗓子就唱起了《走西口》。

不想小辫子那嗓子吊得老高的《走西口》刚开了个头，旁边一个靠窗位子突然站起一位中年人，直奔小辫子，猛一下抱住他，说："远志，你让爸爸找得好苦！"

小辫子看了眼跟前的中年人，不吭声。

中年人死死抱着小辫子，泣不成声，说："爸爸错了，爸爸对不住你。回家吧孩子，爸爸再也不逼你了。你爱唱歌，你就扯开嗓子唱好了。那个不喜欢你的人，她也不喜欢爸爸。她已经走了，你这就跟爸爸回家吧，我们爷俩开开心心地过日子！"

没等爸爸说完，小辫子"哇"地一声，亮开他的大嗓门惊天动地地哭了起来。他一年多来流浪在火车上，

没流过一滴眼泪。这回，终于在爸爸的怀里打开了闸门。

原来，小辫子大名舒远志，中年人是他爸爸。远志妈妈很早就死了，爸爸娶回的后妈很不喜欢他，老说他的坏话。爸爸虽然钱不少，但事业上不得志，希望远志能有出息，给他的指标是班级前三名，可远志使出了吃奶的劲儿，每次考试都排在班级第三十名。爸爸一气之下，没少给他吃皮肉之苦。远志在郁闷的时候，就唱《信天游》，唱《走西口》，邻居们说，这孩子唱得还真像那么一回事，保不定将来会成一歌星。可后妈对爸爸说，远志哪是在唱歌，是在发泄不满。爸爸一怒之下，又给了远志一顿饱揍，勒令他从此不得唱歌。远志一气之下，书也不读，家也不要，带着五毛零花钱，登上了远去的列车……

小辫子在爸爸怀里哭了一阵，突然想起了呆在一旁的陶栗子，说："爸爸，这位哥哥比我有能耐，大学一考就是658分，厉害吧？可他却没钱上学，要去新疆打工，娘还在家里生着病。你帮帮他吧！"

小辫子的爸爸看看陶栗子，点点头，道："好，你别去打工了。我们在前方下车，再转车去你家，看看你娘……"

陶栗子红着眼睛狠狠地点点头，重重地握着小辫子的手。

（题图、插图：杨宏富）

 年年今日念，恨不能相见，牛郎织女恋，终日盼团圆；梦里常相见，心里总挂牵，祝愿有情人，携手白头心相伴！ 河北 张国青 (1516)

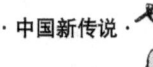

离奇命案的背后，有令人触目惊心的缘由……

你的心灵如此脆弱

□ 黄 云

死在新婚之夜的男人

10月5日上午，冀定市公安局接到报案，冀定建成房地产公司经理梁春死在婚床上。

市刑警大队长尚可斌马上带人赶到现场。

现场全是新婚喜庆的装饰，似乎还有昨天热闹的情形，但被婚床上面目狰狞的半裸男尸大大冲淡了。

法医的初步结论是，梁春死在清晨七点半前后，身上没有任何伤痕，排除了暴力谋杀的可能。他临死前经受了极度的惊恐，刹那间涌向心脏的巨量血液产生血栓塞，从而导致死亡。也就是说，他是被吓死的。

死者梁春的新婚妻子叫徐晶，是冀定医学院的老师，现在活不见人，死不见尸，踪影全无。她是目前为止唯一的犯罪嫌疑人。

尚可斌首先安排人手追查徐晶下落，同时围绕梁春的所有社会关系展开调查。

他很快就看到了调查结果：八年前，徐晶和梁春是冀定医学院的同班同学。徐晶在江南出生长大，性格温和，经历简单，学业和事业一帆风顺，目前的工作也做得不错。同事和学生对她评价较好。她家庭环境优越，父母都是冀定政府官员，有一定权势。

倒是梁春的经历颇为坎坷。

他从小生长在一个充斥着暴力的家庭里，母亲是江南女子，父亲是个屠夫，有暴力倾向，且嗜酒如命。在

他小时候，父母间经常发生争吵，生性残暴的梁父动不动便对梁春妈妈拳打脚踢，连年幼的梁春也不放过，不仅让他饱受皮肉之苦，有一次喝醉了酒后，竟然野性大发，逼梁春吃生猪肉。从此，梁春见了猪肉就十分反感，再也不敢碰猪肉。而梁春的妈妈也不堪忍受家庭暴力，撇下年幼的梁春远走他乡。梁春十四岁那年，梁春的姨妈来冀定把梁春带到上海。后来，梁春从上海考入冀定医学院。

尚可斌对梁春的幼年境况唏嘘不已，同时他又感到困惑：梁春和徐晶都是读医学院，为什么梁春会改行成为房地产公司的销售部经理？

突然现身的新娘子

又一个消息吓了尚可斌一跳。第二天，徐晶竟然好好地在单位上班，似乎压根儿就不知道发生了什么事。

徐晶面对来访的尚可斌非常吃惊，一脸茫然，反问道："你在说什么？发生了什么事？"

尚可斌看着徐晶，这个女人身材修长，面庞俏丽，一双眼睛波光流转。对尚可斌一再提及的丈夫，徐晶十分不解，不停地问："什么丈夫？"

尚可斌愕然。徐晶和梁春的婚姻在熟人中尽人皆知，她怎么可以矢口否认？尚可斌只好转换话题，问她这两天在干什么。徐晶回答得更简单，说："在上班。"

"那么，10月5日早上你在哪里？"

"10月5日？我……我也不清楚，我记得前天我好像莫名其妙进了一家派出所，后来，他们给我换了一套衣服，把我送回了学校。"

尚可斌连忙安排人和各派出所联系。很快，河西派出所传来消息，说10月5日早上，他们接到报案，街上有一个非常古怪的女人在逛荡，大清早的只穿一件睡衣，淡粉色睡衣上绣着一对喜庆的鸳鸯。她神色呆滞，没

古有梁祝蝶双飞，今生遇你何为悲；白蛇升天许仙随，情感动天永不悔；七七见好鹊桥会，牛郎有心织女慰，千古传情世人追。（中间的字送给你）　浙江　李丹　（1517）

有目的胡乱地走。便将她带回所里，问她的情况。她却只是发呆，什么也不说，什么也不做。

第二天一早，那女人却在派出所大叫起来，说怎么会在这地方，接着她向干警说了自己的身份，说上课的时间快到了，要赶回学校。警方见她说话条理清晰，思维敏捷，不像在撒谎，就为她换了身衣裳，按她说的用车把她送到了学校。

尚可斌蓦然闪过一个念头，她会不会因为受的刺激过大，引起暂时选择性失忆？

于是，尚可斌不再提及结婚及丈夫，只是问她知不知道梁春这个人。

徐晶脸上颤了一下，好像在极力思索："梁春？好熟悉的名字……"

徐晶跟着尚可斌到了她的新房。她疑惑地打量着自己新房的一切，当目光集中在床头那幅大大的婚纱照上时，面部开始不停地抽搐，嘴唇剧烈地抖动，突然间，她迸发出全身的力量，撕心裂肺地喊道："梁春——"

这是只有对爱到肺腑的人才能迸发出的悲怆的呼喊！徐晶的喊声震惊了在场的所有人员。

到底是什么事情让梁春突然在惊吓中暴毙呢？

尚可斌他们走访了参加婚宴的所有当事人，还是没有获得任何有益的线索。就目前的情况看，徐晶嫌疑最大，但看着又不像。她没有谋杀新婚丈夫的任何理由。退一步说，如果她要谋害梁春，也不会选在洞房花烛后的次日清晨。

等徐晶情绪稳定后，尚可斌继续对她进行讯问，但徐晶的回答再次让尚可斌大失所望。

徐晶说，那天早上，她一醒来就看到新郎梁春面目狰狞地暴毙在婚床上，突然觉得天塌地陷了一般。后来的事，她就完全不记得了，等她有了意识时，人已经在派出所里。

河西派出所汇报，发现徐晶是在5号早上八点半左右，离梁春死亡不到一个小时，这与徐晶的叙述相吻合。

梁春死亡时肯定发生了一件事。那到底是件什么样的事，尚可斌他们一无所知。

往事疑云

刑警查出了一件令人难以置信的事。

八年前，梁春和徐晶是冀定医学院的同班同学，关系很好。但后来发生的一件事，却使两个人走上了完全不同的人生轨道——

那天，梁春他们全班同学集中在解剖教室，上《解剖学》第一堂现场解剖课，很多学生感到既新鲜又有点害怕。主课老师余教授有条不紊地展开解剖，边切划标本边解说。几名女学生吓得脸色酱紫，但仍强忍着内心恐惧，注意着老师的一举一动。

没想到，解剖刚进行到一半，梁春却支持不住，"哇"地吐了一地，余教授没想到梁春这样一个高高大大的男生竟如此不堪，便作了个手势，示意其他同学把他扶出去。

梁春接下来一整天没吃下一口饭，整个人精神恍恍的。他后来也一直没吃饭，人一天天憔悴下去。但同学们却惊奇地发现，梁春这几天仍然能去教室上课，参加活动。

与此同时，余教授也发现一个非常奇怪的现象：解剖教室里的人体标本突然变得残缺不全，缺口有刀切割的痕迹。这天夜里，他悄悄守在解剖教室。到了半夜，他看到了惊心的一幕：梁春像梦游般撬开解剖教室的窗子翻进来，将泡在福尔马林溶液里的人体标本捞上来，掏出小刀，慢慢地切割标本上的肉，放进嘴里，不停地咀嚼着……

余教授强忍着才没让自己叫出来，他只觉得头皮一阵阵发麻，四肢也不听使唤，瘫坐在那儿，直到梁春重新翻窗出去，他才慢慢醒过神来。

第二天一早，余教授将此事报告给学院院长，学校领导马上开会研究，决定先对梁春进行精神检查。检查结果让人大吃一惊：梁春因在解剖现场过度惊吓，极有可能被吓出癔症，并产生某种联想，以致发生梦游强迫自己切割人体标本吃。

通过协商，校方做出一个决定，劝梁春自动退学，并答应为他保密，不向外面泄露此事。

就这样，梁春在第二个学年就因健康原因退学。

梁春回到家里。但他在老家除了父亲已经没什么亲人了，而父亲又是那样一个酒鬼。他没呆多久，母亲就回来找到他，把他接到北京。原来他母亲到北京后又结了婚。又过了一段时间，梁春进了继父的房地产公司工作。今年6月，公司在冀定成立房地产公司，梁春顺理成章回到冀定，凭着个人能力当上了销售部经理。

梁春回到冀定的第一件事就是到母校里找徐晶。其实他们早在大学一年级时就确立了恋爱关系，只是当时学校禁止学生在校期间恋爱，才没有公开。学校劝其退学对他的打击实在太大，他不敢再找在学业上非常优秀的徐晶。直到这么多年后，他以一个收入丰厚的房地产公司销售经理的身份回来，才觉得自己可以面对徐晶了。

徐晶毕业后留校任教，现在是冀定医学院的讲师。她后来也遇到不少很优秀的男士，心里却激不起火花。这是因为她太爱梁春了，她抹不掉梁春在自己心里的影子。

久别重逢，分外激动。两个人都觉得年纪不小了，谈婚论嫁很快被提到议事日程，一到10月份，他们就领了结婚证，举办了婚礼。

人心好复杂

尚可斌虽然还是不能排除对徐晶的嫌疑，但也理不出头绪。无奈之下，他到北京拜访了犯罪心理学家老严。

老严对尚可斌说："可以考虑对徐晶实施催眠术，通过催眠让她回忆出那天清晨到底发生了什么。"

尚可斌心里一动，暗道"我怎么没想到呢？"

· 大千世界 众生百相 ·

尚可斌匆匆赶回局里，把情况向主管局长做了汇报，得到同意后，他立即赶到上海请来全国著名的心理医学专家。在征求徐晶意见时，徐晶表示愿意配合，因为她也很想弄清楚她深爱的丈夫究竟是怎么死的。

催眠按计划顺利地进行，尚可斌紧张地在外面等待。四个小时后，尚可斌看到专家摇着头出来，说："我让她叙述那天发生的事，可她什么也说不出来……"

尚可斌大失所望：人的心灵真是复杂啊！

但专家接着又说："在催眠过程中，她老在叫着老师，还说老师脱光了她的衣服……"

尚可斌大吃一惊，接着问："这是什么意思？"

专家说："这说明她童年受过创伤，很可能受到过来成人的伤害，这个人极有可能是她那时的老师……"

尚可斌说："这不可能。徐晶家境良好，她接触的都是有身份地位的人，并一直处于良好的保护中。"

于是，他建议心理专家再对徐晶实行一次催眠。

第二次催眠进行得依然顺利，并最终明白，徐晶9岁那年，家里给她请了个家庭教师。那教师是个女的，经常搂着她，抱她，还脱她的衣服，令

她喘不过气来……

徐晶在催眠中进入了深度睡眠。这次，催眠师没唤醒她，她对尚可斌说："这个可怜的孩子太疲惫，她承受了太多的打击。让她多睡会吧。到了时间她自然会醒过来的。"

尚可斌点头同意。他吩咐手下的一位女刑警看护好徐晶，自己马上赶到徐晶父母家。

徐晶的父母刚开始吞吞吐吐，犹豫半响，还是告诉尚可斌说，在徐晶9岁那年，他们的确为她请了一个家庭教师，那人看上去温文尔雅，可万万没想到，她竟然是个恋童癖患者，经常对徐晶进行骚扰，还在半夜偷偷爬上徐晶的床，做一些不堪的事，让徐晶的身心受到非常大的伤害。后来，徐晶的母亲无意中发现此事，立

即赶走了那个女教师。

脆弱的心灵

尚可斌脚步沉重地离开徐晶父母家。他把梁春和徐晶的经历调查清楚了，很多谜团也解开了，但梁春的暴毙还是一个谜。这个谜底不解开，案子就依然是个悬案。

他正懊丧地走着，手机突然响了起来，是看护徐晶的女刑警打来的，她异常惊慌地报告说："大队长，快回来，徐晶死了！"

这句话犹如平地惊雷，顿时把尚可斌惊呆了！他来不及多想，火速赶回局里。只见徐晶躺在催眠床上，四肢僵直，嘴巴张开，舌头外吐，跟死人一般无二。在公安局里发生这样的命案，这也太离奇了，值守的警察也太不负责任了！尚可斌厉声问道："这到底是怎么回事？"

负责看护徐晶的女刑警汇报说，她见徐晶睡得很沉，就打了个盹，没想到就一会儿工夫，她一睁开眼就看到徐晶死在床上。

尚可斌戴上手套，翻了翻徐晶的眼睑，没料到，他手刚伸过去，蓦地吓了一跳：徐晶还有微热的体温！

女刑警也惊奇地说："队长，她在动……"

只见徐晶脸上慢慢有了血色，又过了好一会，她的舌头也慢慢缩了回去，身体渐渐松软下来。

尚可斌摇摇她的身子，喊道："徐晶，徐晶……"

徐晶慢慢睁开眼睛，见眼前这么多人看着她，疑惑地问："怎么了？"

尚可斌问："徐晶，刚才发生了什么事？"

"又发生什么事了？你们不是在对我催眠吗？我只是睡了一觉啊。"

尚可斌命令女刑警马上带徐晶去医院检查身体，但检查结果表明，徐晶什么病也没有，除了丈夫暴毙使她精神状态不佳，她的身体非常健康。

尚可斌想了老半天，又赶到徐晶父母家，询问徐晶平时的生活状态。徐晶的父母开始还是不愿意说，直到尚可斌对他们说了徐晶在公安局莫名其妙的表现，徐晶的母亲叹了一口气，说："自从那女人害了我女儿后，女儿的精神总有些恍恍惚惚。有时在大清早会出现一种僵死状态，四肢发硬，口张舌伸……但过一会儿又自动恢复正常。她自己什么也不知道……我们不知道该怎么办，又不想让她自己知道，就一直没有告诉她，后来徐晶长大后，发生这样的情况越来越少，也就没带她去看医生……"

尚可斌心里一动，立即告别徐晶父母，再次去北京找到了老严。

老严告诉他："国外也报道过类似案例，一位女士在幼年时遭受过性侵犯，使她后来发生清晨形同僵死的症状，心理学上称这是一种'转化型歇斯底里精神官能症'。这类患者多是女性，而'结婚'是最佳的治疗方法。但徐晶的'结婚'也可能暂时造成了她病症的恶化，这是因为在新婚之夜，丈夫的性刺激可能激发了埋藏在她潜意识深处的往事，而使'晨间僵死'症状重新出现……"

尚可斌恍然大悟，说："我明白了，梁春的性刺激使徐晶在新婚一大早又一次出现'晨间僵死'症状。梁春醒过来看到这一现象，以为妻子暴死，童年时被父亲强迫吃生猪肉的经历在他的心灵形成很深的创伤，造成精神上的自我强迫症。大学时吃人体标本事件，又进一步加深了他的病症。所以新婚妻子赤裸的'尸体'才会给他极其强烈的惊吓冲击，以致气绝身亡。而徐晶醒来后看到丈夫暴毙，本来就非常脆弱的心灵根本无法承受这样的现实，就在潜意识里强迫自己遗忘眼前的一切。她在无意识的情况下穿上睡衣，离开了新房……"

老严说："的确如此……"

尚可斌的心灵一阵震颤，梁春和徐晶童年的创伤，竟然给他们带来如此深重的灾难。

他很想现在就回家，好好看看自己刚刚6岁的女儿。他暗暗发誓，要一直陪护着女儿，直到她长大成人，不让她的心灵受到任何创伤！

（题图、插图：谭海彦）

·情感故事·

你还有个

□ 吴作望

奇怪的瘸腿汉

叶梅是个孤儿，她在哥哥的资助下读完大学，一毕业就被深圳有名的侨宝电子公司聘用了。公司老板姓郑，是个年过五旬的台商，特别器重叶梅，业务洽谈和一些商务应酬都带上她，三个月后，又提升叶梅为公司行政助理。

郑老板没架子，与那个看门的瘸腿汉子很谈得来。瘸腿汉姓丁，黑黑瘦瘦的，长相猥琐，脸上还可怕地留着两道刀疤。叶梅来公司报到那天，这瘸腿汉到火车站接她，还帮着把行李扛到七楼宿舍，对叶梅大大咧咧地说："妹子，有啥困难就说一声，只要我老哥能办到。"可叶梅却对他印象不住，特别是有天晚上她来公司加班，看到瘸腿汉竟然粗着嗓子和郑老板争执，见叶梅来了，他才住了嘴……

一个看大门的对老板如此态度，郑老板却似乎没当一回事，还像往常一样跟瘸腿汉子说得来。

这天，一位马来西亚客商请郑老板马上过去签一份重要合同。郑老板临走时吩咐叶梅："我得好几天才能回来，几位副总正好也外出了，这几天你代管一下公司的日常事务。"

老板刚走，瘸腿汉就来到办公室，大大咧咧地问叶梅，老板去了哪里。听叶梅说了情况，他大吃一惊，说："什么，老板出国了？他出国咋不

44　织女绣锦缎，牛郎河西盼；鹊桥河间架，七夕终短暂；愿爱长相依，我们永相伴；天不遂
　　人愿，我们何时见？ 江苏 李泽东 （1520）

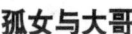

跟我打声招呼？"

叶梅朝他看看，说："听你的口气，老板出国得经你批准，是吗？"

瘸腿汉朝叶梅看看，说："妹子，话不要说得那么冲嘛。我是有急事才找老板的。"

叶梅懒得理他，自顾自做自己的事。瘸腿汉见叶梅仍不想理他，只好干咳一声，转身走了出去。

晚上，叶梅加完班离开公司，经过门卫室时，见公司大门竟然还敞着，瘸腿汉正在喝酒，一副醉醺醺的样子。她的气又上来了，推开门走进去，将瘸腿汉训斥了一顿。瘸腿汉根本没听见叶梅的话，反而嘀咕道："这公司又不是你的，操这么多心干啥？"

叶梅大声说："我现在代管着公司，希望你下不为例。"

不料瘸腿汉根本没把她的警告当回事，次日中午，竟然邀请外面的民工过来喝酒，信和报纸也不送到办公室。叶梅这回不客气了，就问他还想不想在公司干。瘸腿汉脖子一梗，说："不干就不干，才当两天的代理就目中无人呀？"叶梅说："你可想好了，真不想做，马上去财务室结算工资。"

瘸子汉就像等着叶梅这句话一样，马上说："那就请你快给我结算工资吧。小丫头，你炒我的鱿鱼没错，我服！你可得好好干，要是也像我这

给炒了鱿鱼，看我怎么笑你。哈哈哈。"

孤女与大哥

瘸子汉被炒的当天下午，郑老板就从国外回来了。一进办公室，他就问叶梅："门卫室怎么换人了，老丁呢？"叶梅说："他工作时间酗酒，屡次违反公司纪律，我让他辞职了。"郑老板一下惊呆了，喊道："什么，你炒了他的鱿鱼？快，快派人把他找回来！"

老板的话让叶梅又一次感到很奇怪，问："郑总，你为什么老是庇护他？我让他辞职难道错了吗？"

"你错没错我不知道，但老丁根

本不是你说的这种人！"郑老板沉着脸，眼中冒出了火，"你知不知道？如果没有他，你现在还是一个无家可归的孤儿！"

叶梅冷笑道："怎么可能？我是我哥供养读的大学。"

郑老板盯了一眼叶梅，说："你哥？你根本就没有哥！当年你父亲在采石场事故中丧生，你母亲又患上了绝症，而你才13岁。你母亲因你年纪实在太小，就编了个谎话说你还有个哥哥，让你在心里存一点希望。她骗你说你哥是她未婚先孕在你外婆家生的，现在深圳打工，让你去找他。"

这是叶梅心里最深刻的记忆。妈妈临死前给了她一张纸条，上面有哥哥叶志勇在深圳的通信地址。妈妈死后，孤苦无依的叶梅不想上学，就动身去深圳找哥哥。这天到了省城，天已黑了，她身无分文，又冷又饿，蜷缩在街头一间商亭旁。一位年轻男子走过来看看她，蹲下来关心地问："小妹妹，你咋一个人蹲在这里？你父母呢？"他听了叶梅的情况后，像是触动了什么心思，叹了一口气，对怯生生望着他的叶梅说"小妹妹，你甭怕，大哥不是坏人。"说着，脱下身上的旧棉袄披在叶梅身上，又拉起她说："饿了吧？大哥这就带你去吃饭。"

那天晚上，年轻的汉子不仅带她吃了一顿饱饭，还将她安顿在旅社住下。第二天，他看了叶梅母亲留下的字条后，眼睛又湿了，对叶梅说："这地址我很熟悉。我正要去深圳哩，你人生地不熟又没路费，不如你回去好好读书，我帮你在深圳找到你哥。今年秋天，我一定带他到学校来看你。"他给叶梅买了返回家乡的车票，还给了她一个学期的学费和生活费。

秋天，那位好心的大哥真的把叶梅的哥哥带来了，还带来了学费和生活费。可从那以后，叶梅就再也没见到他。她多次打电话向哥哥打听，哥哥总是含糊其辞，说他也不知好心大哥的去向……

郑老板接着说："那位好心的大

天上鹊桥见，人间今宵圆，月上柳梢头，人约黄昏后，七夕鹊桥见，情谊两绵绵，无语相见事，尽在不言中。福建 欧阳熙 （1521）

哥一看字条就知道是假的。因为深圳根本没有纽约区，更没有伦敦街。但他还是答应要带你哥哥回来见你，因为他也要让你心里留着那份希望。后来，他到处打工挣钱，到了秋天，又雇一个同乡冒充你的哥哥，一起探望你这个无亲无故的妹妹。"

叶梅惊呆了，说："怪不得我哥说他人在国外，这么多年一直托人寄钱，却总也见不着人。"她的泪水簌簌流下来，真没想到，好心大哥就是已经被她炒掉的瘸腿汉！

叶梅问道："那好心大哥他、他怎么变成现在这个样子？"

郑老板的眼睛也湿了，说："他不仅是你的好心大哥，也是我的救命恩人。"

心愿未了

七年前，郑老板从台湾踌躇满志到深圳办了这家电子公司。由于他的家族在台湾赫赫有名，他被一个黑社会团伙绑架，歹徒将他押在一幢楼里，让他家人拿巨款来赎他。他趁看守不注意，写了一张求救纸条扔到窗外，声言只要救他，当付100万元酬谢。凌晨三时多的时候，一位壮汉顺着室外下水管道爬上来，打昏看守，带着他逃了出来。走到冷清的街道时，郑老板长舒出一口气，让这壮汉跟他去住处兑现100万元酬谢。谁知这汉子冷冷地说："你走吧，我还要回

工地守场子。"郑老板吃惊地问"难道你不是拾到求救纸条才来救我的？"汉子一愣，生气地说："什么求救纸条？我跟踪这伙坏人已经很长时间，这次是想上来寻找线索，救我被拐骗的妹妹，顺便把你救了出来。"正在这时，一辆亮着刺眼灯光的轿车对着他们直冲过来，汉子喊了声"不好"，奋力将他一下推开，可自己却被轿车撞倒在地。轿车一停，下来两个歹徒，抡刀便向躺在地上的汉子砍去。一旁的郑老板见势不妙，赶紧逃走。后来通过公安局才找到这位被砍得奄奄一息的汉子，经过一番救治，把他接到自己公司。

叶梅听到这里，这才明白好心大哥是因为伤残改变了外貌和声音，使自己没能认出他来。

郑老板说，几年来，他多次想报答老丁，不论他提出什么条件。可老丁始终只有一个条件，说他有一个在读大学的妹妹，希望她毕业后能进公司工作，将来能做一番事业。

郑老板接着又心情沉重地说："他把你安顿好后，一直在想办法离开公司。我知道，他这是要去找他失散十年的妹妹。"

此时的叶梅泪流满面，哭喊道："哥啊，你是我在世上最好最亲的哥！无论你走到哪里，我都要找到你，今生今世好好照顾你！"

（题图、插图：谢 颖）

逃跑的英雄

□丰国需

现在的人都喜欢赶时髦，这不，阿P也迫不及待地加入了车迷的行列。不久前，他考出了驾照，这手痒啊，一直痒到心里，总想弄辆车开开。可私家车还没钱买，单位的车又轮不上他开，把他给憋的。

今天阿P休息。一早，他就看到有辆轿车在小区门口停下来，一个中年男子从车上走下来，走进了旁边的茶庄。

阿P现在对车子就像是小猫见了鱼，两条腿不由自主就朝这辆车走去，上下一打量，竟发现车子没有锁。一时间，阿P小脑瓜子转得像电风扇：白天进茶室喝茶的，没有两个小时出不来，何不趁此机会开出去兜两圈过把瘾，再神不知鬼不觉地停回来。这么一想，阿P便钻进驾驶室启动了发动机。

也是巧了，此时，大街上正发生着一件大事。一位中年妇女从银行里取出十万元钱，把钱放在马甲袋里，顺手挂在自行车的把手上。就在这时，从她后面突然冲上来一辆摩托车，坐在摩托车后面的人伸手将那只马甲袋一把抢去，眨眼间就跑出老远。中年女子大声尖叫："抓强盗！强盗抢钱了！"一边喊，一边蹬着自行车奋力去追。可自行车哪比得上摩托车，眼看着摩托车越跑越远。

阿P这时刚好将车开上了大街，目睹了这一幕，当即热血朝上涌：大白天敢抢东西，这还了得！他一踩油门就追了上去。不一会工夫，摩托车就被追上了，但坐在摩托车后座的强盗早有准备，扬手就朝轿车扔来一块石头，只听得"砰"的一声，石头砸在轿车的挡风玻璃上，挡风玻璃立刻像雨网一样散开来。阿P心里那个火呀，方向盘一转便朝摩托车撞过

月影光如昼，银霜茫茫；七夕会鹊桥，情意绵绵。鲜花团锦绣，美景交融；仙鹊聚天桥，好生幸福。河北 鲁亚平 （1522）

去。就在要撞上摩托车时，他脑子一激灵，又猛地一打方向，绕开了摩托车。阿P想：就算是见义勇为，也不可以撞死人的……

就在这一拐一绕的当口，摩托车又窜出好远。阿P又一次加大油门，追了上去。

转眼间摩托车驶出了市区，如果再由它一直开，人生地不熟的阿P就拿两个劫匪没办法了。阿P急中生智，突然从旁边斜插上去，两个劫匪下意识地躲避，车龙头一歪，连人带车一下撞在隔离墩上，只听"砰"的一声巨响，摩托车翻倒在地，两个歹徒也倒在地上哼哼唧唧地爬不起来。

阿P将车停住，得意地从轿车中走出来，冲着两个劫匪一人给了两脚："哼，跑呀，怎么不跑了？跟你阿P爷爷玩，你们还嫩了点。"说完，他转到车后，打开后备箱找找有没有绳子之类的东西，说来也巧，后备箱里面正好有一捆绳子，他当即拿出绳子将两个劫匪捆在隔离带上，又把那个装满钱的马甲袋捡了回来。然后，他得意地点上一支烟，等着失主和警察赶过来。

"呜呜呜"，不一会"110"警车亮着警灯奔了过来，眼看警车越来越近，阿P突然叫了声"不好"，这部车子是从别人那里"借"来的，等会警察一问，我怎么说得清楚？搞不好还当我是偷车贼呢！不行，赶快脚底板抹油，溜！等警车一到，阿P把钱放到下车的警察手上，转身钻进车子，一踩油门溜了。那位警察一下子没反应过来，连忙喊道："小伙子，你别走，还没问你姓名呢。"阿P这时早跑远了，哪里还听得见！还是另一位警察眼尖，把阿P的车牌号记了下来。

这时，那位中年妇女也气喘吁吁地乘出租车赶到了，见劫匪被抓住，钱分文不少，激动得眼泪直流，连声向警察说："这10万元钱是我们全厂80位民工的工资呀，真是太感谢你们了！"她是一家私营厂的老板娘，名叫刘丽。

警察告诉刘丽："你不用感谢我

们，劫匪是一位年轻司机抓住的，你要谢他才对！"刘丽这才想起，当时的确有辆轿车追上去帮她追劫匪。于是连忙问："那位英雄在哪？我要好好谢他！"

警察说："那位英雄做了好事不留名，已经开车走了。不过你放心，我们记下了他的车牌号，一会儿就能帮你查出他的姓名和住址。现在请你先配合我们去局里做个笔录。"

说完，警察把两个受了伤的劫匪带走，刘丽也跟着去了公安局。

在公安局里，刘丽刚讲完事情经过，一个人突然闯了进来，大家抬头望去，都笑了，此人正是阿P!

原来，阿P把车子开到半路，想想又不对了，车子挡风玻璃被砸，车头上也有损伤，这样子把车停在老地方对车主实在过意不去，可如果去修理厂修，车主看见自己的车子没了肯定会报案，那可真的跳进黄河也说不清楚了。怎么办？想来想去，他还是将车子开进了修理厂，自己再打车来公安局"坦白交待"。

阿P说了事情的来龙去脉，请求警察帮着向车主解释一番。一旁的刘丽听了，一把握住阿P的手，一迭声地说着"谢谢"。

这时，警察给交警支队打完了电话，转身对阿P说："车主现在正在交警队报案，我们一起去交警队吧。"刘丽说："我也去，我来向车主求情，车

子的修理费由我来出。"

警察带着阿P他们一进交警支队的门，丢车的那位中年人跳起来就抓住阿P，吼道："好你个偷车贼！"

这时走在后面的刘丽正好进来，一见那中年人，急忙喊道："小光，快放手，他是我们的恩人呀！"

这又是一桩巧事。原来，这位中年人正是刘丽的丈夫李小光。

刘丽将事情的经过讲过一遍，李小光还没开口，阿P红着脸先说话了："大哥，实在对不起，怪我开车的瘾头太大，没经过你同意就将车子'借'走，还把你的车搞坏了。车子我已经送到修理厂了，我会承担所有修理费用的！"

李小光激动得一把搂住阿P，说"兄弟，你这是什么话，你帮了大忙，哪有要你出修理费的道理。以后你只要想开车，随时都能来找我'借'！"

阿P一听，笑得长脸当时就变成了圆脸，嘻嘻，因祸得福，今后有车开了，他忍不住哼起了小调。

（题图、插图：顾子易）

> 阿P是一个深受读者欢迎、且具有多重性格的喜剧人物。他正直、朴实，却又染有许多不良习气；他自作聪明，却又往往事与愿违，弄巧成拙；面对屡屡受挫的现实，他却能自我解嘲，很有点阿Q的精神姿态，让人啼笑皆非。
>
> 本栏目欢迎来稿。电子稿请发邮箱：zjw002@vip.163.com。

 恨记忆无法埋葬，怨往事无处躲藏，风起处梦不能飘走，云过时雨还在淌，妒人间文君司马，嫉天上织女牛郎，若得伊人开心样，愿把地狱做天堂。13241520231 （1523）

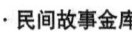

罢了

□ 荆　墨

离京城二百多里有一座大山，山后腰有座名"金禅寺"的寺庙，是皇帝敕封的。据说这个庙的方丈是皇帝遗留在民间的儿子，州县官员谁也不敢招惹他。他仗着皇帝老子的势力，横行不法。凡是他相中的闺女、媳妇，就抢了来藏在寺里，行欢作乐。

这天，有姐弟两人来此地投靠亲戚，姐姐年方十八，长得漂亮，弟弟叫赵成，比姐姐小两岁。两个人从几百里外赶来，刚进县城，姐姐就被那个金禅寺方丈一眼看中，给抓到了寺里。

赵成急忙到县衙击鼓鸣冤，县令一听是金禅寺方丈的事，二话没说就把他轰了出来。赵成人生地不熟，走投无路，急得在大街上直哭。有位好心人看不过去，把他偷偷拉到一旁，告诉他，能救出你姐姐的只有一个人，那就是朝廷的甄御史，你赶紧到京城找他吧。

赵成谢过这位好心人，一路乞讨着到了京城，又打听着找到了御史衙门，可御史衙门不是署理刑民官司的衙门，把门的衙役便让他到刑部告去。哪晓得赵成进了刑部大堂，不管三七二十一就先吃了通杀威棒，主审官再一听是金禅寺方丈的事，惊堂木一拍，喝道："些许小事，竟然也闹到刑部来，你是不是活得不耐烦了？"一声令喝，又打了他一顿板子，把他扔到大街上，不再理会。

可怜赵成状没告上，反倒给打了个遍体鳞伤，伤心欲绝。这天，他正趴在大街上乞讨，迎面过来一顶八抬官轿，赵成听到旁边的人说"甄御史下朝了"，心里顿时涌出一股子怨气，把要饭篮子往旁边一搁，爬到路中间，大声喊道："甄御史，真糊涂！"在前面开道的衙役一看，火了，一鞭子便朝赵成身上抽去。

坐在轿里的正是甄御史，一听有人拦在路上骂他，掀开轿帘，他急忙喝住要打赵成的衙役，吩咐落轿，把赵成带到轿前，问赵成是怎么回事。赵成哭着说："怎么回事？我打老远来找你诉冤，却被你害成这个样子！"甄御史看赵成伤得不轻，便把他带到轿上，让他把事情原委细细道来。当听说又是金禅寺方丈的恶行，不禁皱紧了眉头，一声不吭。

甄御史把赵成带回御史府，让赵成住下来，请来郎中为他疗伤。但对救他姐姐的事，却只字不提。赵成心急火燎，只盼着甄御史快点想辙把姐姐救出来，却一连几天见不上甄御史的面，自己身上的伤倒是慢慢好了。

却说这天皇帝上朝，处理完一干事务正要退朝，甄御史出班，呼道："皇上，臣还有一事要奏。"皇上忙好一阵子已经有些累了，这甄御史又一向很啰嗦，便不耐烦地说："快快道来。"甄御史便将金禅寺方丈这些年来抢了多少民女，害了多少人家，特别是最近强抢赵成姐姐的事，原原本本，仔仔细细地说了开来。皇帝对金禅寺方丈的事其实早有耳闻，但一直睁只眼闭只眼，现在甄御史又说个没完，实在没有耐心再听下去，就大喝一声："罢了！"让甄御史不要再说，这件事到此为止。

甄御史今天倒也干脆，听皇帝这

七夕佳节，香风缠绵，明月斜照江面，柳梢轻舞人亦笑，相思最浓断桥边；年年岁岁，夜夜如前，花好月圆人间，携手相伴永到老，祝愿佳人终成眷。 四川 李宏 （1524）

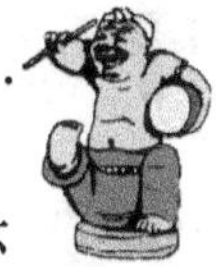

么一说，连忙跪地磕头，大声说道：“臣遵旨！”

甄御史下了朝，一回家直接就到赵成房间，笑呵呵地说：“你且随我走上一趟。”说完，带上一干人马，和赵成一起直奔金禅寺。

不两日到了金禅寺，甄御史命衙役在前面鸣锣开道，打出钦差大臣的一应执事，威风八面立在金禅寺山门，喝令金禅寺方丈前来接旨。

方丈见来的是一个小小的御史，没拿正眼看他，更没下跪。哪知道甄御史大喝一声“拿下”，一帮如狼似虎的衙役便扑上前，一把将方丈摁在地上，强行让他朝南跪了。甄御史这才宣读皇上罢免他方丈之职的口谕，又治了他一个不下跪接旨，蔑视皇权的大罪，流放三千里到西北戍边。

甄御史命人将金禅寺前后上下搜了个遍，砸开铁锁，放出了赵成的姐姐和其他被抢来的民女。

办完这些事，甄御史不急不忙地带着人马回朝。可这消息早已到了京城，传到皇帝的耳朵里。皇上震怒不已，急忙召甄御史上殿，准备治他假传圣旨的大罪。

甄御史来到大殿，一见皇帝满脸阴沉，连忙跪在地上，高呼：“臣前来复旨，臣替黎民百姓感谢万岁隆恩！”皇帝一听愣了，问：“朕没让你做什么呀，你谢的哪门子恩？”甄御史说：“皇上不是叫臣去罢金禅寺方丈吗？臣罢了他回来复旨啊！”

皇帝一听，想起那天自己刚说“罢了”两字，甄御史就连忙说“遵旨”，顿时明白自己掉进了甄御史的圈套。可现已是既成事实，自己那个私生子做得的确不像话，只好就此作罢。

（题图、插图：黄全昌）

·本刊信息传真·

精彩短信收发自如　3000元奖金等你来赢

2006年《故事会》“短信王中王”有奖大征集

应征方式：将短信内容（原创、推荐均可，本期特别征集：生活小窍门）发送到9119004（移动、联通），02838666（广东移动），并按提示完成相应步骤，即可参赛。每条参赛短信收费0.50元。

下载和评奖：只需发送XF+4位短信编号（如XF1508）到91191（移动、联通），广东移动用户发送GU+4位短信编号到02838666000，即可获得该条短信，还可登录故事中国网（www.storychina.cn）查看全部短信。每月下载数前10名的短信成为“本月短信王”，作者奖金100元；每月下载数最高的1条短信荣获“短信王中王”称号，作者奖金3000元！所有入选短信作者（或推荐者）获得短信公司赠送价值10元的彩铃服务。下载资费：0.50元/3条（广东移动：1元/5条）。客服电话：020-22816956。

乱世中的情义，叫人击节三叹……

当手掌

□ 黄廷洪

平地风波

故事发生在民国初年，转眼又到了三伏天。这天中午，芜湖城信义典当行里生意很清淡，老板刘梦奎擦着满头的汗，忽然想起自己的结义兄弟胡一亭离开芜湖已经三个来月，不知他现在怎么样了。正在想着，忽然听到柜台外有人在喊："掌柜的在哪里？"

刘梦奎赶紧站起身，看见一个男人绷着脸站在外面。这个人大蒜鼻子豹子眼，瓦盆似的大脸上有几颗麻子，大暴牙凶狠地突在嘴唇外面。刘梦奎心里一沉，感到来者不善，忙赔着笑脸问道："客官有何吩咐？"

大暴牙扯着腮帮子，大咧咧地说："到当铺自然是当东西，难道是逛窑子不成？"

刘梦奎问："你两手空空，不知当什么？"

大暴牙不作声，手里忽然就多了把菜刀。他把左手放在柜台上，手起刀落，将一只左手齐腕砍了下来。

店小二吓得一声大叫，抱着头蹲在地上，尿了裤裆。刘梦奎也是大吃一惊，哆嗦着身子说不出话来。一旁看热闹的人更是目瞪口呆。大暴牙把砍下来的手掌递进柜台里，说："掌柜的，我刚从赌场下来，输了个溜溜光，你看这只手能当多少银子？"

刘梦奎开了几十年当铺，从来没

有遇到当自己一只手掌的，他知道今天遇到大麻烦了，赶紧走到店堂，拿着一块布要给大暴牙包扎伤口。大暴牙却一点也不领情，他伸手点了自己身上几处穴道，竟然一滴血也没淌出。他痛苦地龇着牙，大声说："老板，你这店堂上可是写着'诚信为本，老少无欺'，你不会不让我当这只手吧？"

刘梦奎说："好汉爷，您这是何苦？这手掌您带回去，需要多少银两开口就是。"

"怎么着？嫌我这只手不干净？"大暴牙痛得头上直冒汗，朝刘梦奎瞪起了眼珠子。刘梦奎赶紧赔小心，让他开价。大暴牙说："不多，我只要十两银子，如果你觉得这只手值不了，我把另外一只手也砍下来。"

刘梦奎连忙说"值"，吩咐手下马上给了他十两银子。

大暴牙煞有介事地让刘梦奎开当票，刘梦奎问他姓名，大暴牙咧着嘴说："我叫大暴牙。"

不一会儿，当票写好了——

民国五年六月十五日，押大暴牙左手掌一只，当纹银十两，当期三个月，过期不赎，所当之物归本铺所有。

大暴牙拿到银子和当票很是满意，他让刘梦奎拿来一只青花瓷罐，亲自将那只砍下的手掌放进罐里，封好口，嘱刘梦奎好生保管，就算过了当期也不可随意扔了。

远走甘县

大暴牙走了，刘梦奎却好半天缓不过劲来。一群木鸡似的看客直到大暴牙走远，这才醒过神来，议论纷纷。

一个名叫罗二的前清秀才走到刘梦奎的跟前说："刘老板，只怕你的灾星到了，刚才那个人你没认出来？"

刘梦奎愣愣地看着罗二。罗二顿了顿，说："这大暴牙不是别人，就是

几年前猖狂一时的土匪头子马彪。"

刘梦奎摇摇头，说："马彪三年前就被官府抓住正法了。再说马彪的画像我在官府的通缉文告上见过，根本没有暴牙。"罗二笑道："死的那个是官府被上头逼急了找的替死鬼，真正的马彪仍逍遥法外。那满嘴的大暴牙是马彪为掩人耳目伪装的。"

看热闹的人这才恍然大悟，生怕马彪再返回似的，一个个溜之大吉。

刘梦奎这才意识到更大的麻烦还在后头。这当票上写得清清楚楚：三个月之后马彪还要来赎当。眼下正是三伏天气，再过三个月，那只手掌怕烂得只剩骨头了，怎么给他赎回？还不了大暴牙的手掌，不弄你个山穷水尽家破人亡他能甘休？这马彪可真是心狠手辣呀！

刘梦奎越想越觉得害怕。接下来的日子简直度日如年。眼看三个月当期一天天过去，刘梦奎一咬牙，决定离开这个是非之地，回到祖上故地甘县。他将没有到期的当品如数退还物主，连本钱也不要了，在一个黑沉沉的夜晚带着家人匆匆离开了芜湖。

经过千里迢迢长途跋涉，刘梦奎终于在一个月后携妻带女到了甘县。半路上，妻子一再要他扔掉那只装着马彪手掌的青花瓷罐，但细心的刘梦奎想着万一哪天遇上凶残的马彪，有这只手掌也有个应付，所以一直不肯

扔掉。来到甘县，他已没了开当铺的本钱，就找了家药店，谋了个账房先生的差事。

二十年之后，刘梦奎又凭着一点点辛苦攒下的本钱，终于在甘县正街买下一间店铺，重新挂起当年从芜湖带来的"信义典当行"牌匾。

这时的刘梦奎已是年过花甲，两鬓如霜。

兄弟重逢

这天，一位在甘县大街上散步的老人站在刘梦奎店铺门口，盯着信义典当行的招牌看了好久，走进店铺。这位老人七旬有余，精神矍铄，满面红光。跟在他身后的汉子年近六旬，依旧十分壮硕，走起路来虎虎生风。

老人一脸激动地盯着铺子里的刘梦奎，高声喊道："梦奎，你是梦奎！一别二十年，你认不出我了吗？"

刘梦奎吃惊地抬起头，对着老人端详片刻，惊喜地喊道："大哥，果真是你？"

来人正是他的结义兄弟胡一亭，当年红透半边天的黄梅戏三庆班班主。这次他刚带着三庆班在甘县落脚，饭后到街上闲逛，看了信义典当行的匾额好生疑惑，走进来一看，果真是离别了二十年的结义兄弟刘梦奎。

故友异地重逢，万分感慨。胡一亭见刘梦奎两鬓染霜，一脸落寞，这家小小的信义典当行跟当年在芜湖的

那家有天壤之别，便问他如何落到这步地田。刘梦奎长叹一声，便将二十年前马彪如何化装成大暴牙用一只手掌敲诈自己，自己又如何带着全家人逃到甘县的经过说了一遍。

跟着胡一亭的汉子在一旁听罢，大吃一惊，问道："刘老板，那个青花瓷罐你没有打开看过？"

刘梦奎苦笑道："一只土匪的脏手，看它何用？"

这汉子突然"扑通"一声跪在刘梦奎面前，"咚咚咚"叩了三个响头，额头都淌出血来，说："刘老板，我对不起你，想不到我当年一个恶作剧，害得您吃了二十年的苦头。"

刘梦奎大惊，赶紧扶起汉子。汉子便问他当年那个青花瓷罐还在不在，刘梦奎说："在呀，我把它从芜湖带到甘县，埋在屋后的桂花树下。"

汉子喊道："快把罐子挖出来，打开看看！"

刘梦奎将那瓷罐从桂花树下挖出来，打开一看，惊呆了，罐子里是十五根摆成手掌形状的金条，金条下压着一张发黄的字条，上面写着——

梦奎：

我欠你的情，也欠你的钱，你再三不要，可目前你身陷困境，做哥哥的又岂能置之不理。我只有让班里会变魔术的王老幺用这个方式给你。这下你不要也得要了。哈哈哈……

愚兄：一亭字

原来，当年胡一亭带着三庆班刚到芜湖时，只是一个乡下草台班，人称"花子班"。但刘梦奎慧眼识珠，坚持给三庆班捧场，还不时出高价请三庆班到家里唱堂会，硬是帮三庆班在芜湖站稳了脚跟。后来，土匪马彪绑架了胡一亭的女儿，索要五百两赎银。此时三庆班刚成气候，出不起这么多赎款，又是刘梦奎仗义出手，拿出五百两银子从马彪手中赎回了胡一亭的女儿。胡一亭稍有起色，就要还刘梦奎那五百两

银子，但刘梦奎执意不要。

后来三庆班如日中天，而刘梦奎的信义典当行却一年年走下坡路，惨淡经营。胡一亭一直想帮刘梦奎一把，但刘梦奎是个心气极高的人，只想凭自己的能力走出困境。

后来胡一亭应上海一家大戏院之邀离开芜湖，一到上海就一炮打红，财源滚滚而来。胡一亭又想起结义兄弟刘梦奎生意一天不如一天，只怕要不了几年就要关张。他苦思良久，想出一个法子，让班里善变魔术的丑角王老幺带去十五根金条，伪装成一件物品当给刘梦奎，再留条提示。他想，有了这十五根金条，刘梦奎一定能渡过难关。

王老幺有一手变魔术的绝活，他生性喜欢开玩笑，本来他计划将十五根金条藏在草帽里当给刘梦奎，不想坐船时江上一阵大风将头上的草帽刮走，又在六月天里给热个半死，于是便想开个玩笑，吓吓刘梦奎。他买了些面粉和配料，在旅店关起门来捏捏弄弄，把十五根金条做成一只手掌，把自己装扮成大暴牙，"砍"下自己的手掌当给了刘梦奎，而刘梦奎又因故一直没有打开那个青花瓷罐，这才引出一连串的事情来。

胡一亭双眼含泪，让刘梦奎再看看身旁的汉子。刘梦奎仔细一看，果然依稀有些当年大暴牙的模样。汉子哭着说"刘老板，当年哪有什么马彪，那个大暴牙就是我装扮的呀！"

真相大白，刘梦奎、胡一亭和王老幺三个人紧紧相拥，抱头痛哭。

（题图、插图：黄全昌）

·本刊信息传真·

故事中国联手搜狐读书共同举办新锐写手故事大赛

唤醒故事的青春激情

沙叶新、陈村、宁财神等领衔出任评委

6月5日起，由《故事会》主办的故事中国网联手搜狐读书频道，共同举办首届中国新锐写手故事大赛，为每位年轻朋友提供了展现创造力、想象力和故事讲述才能的舞台，以及成为故事中国网和搜狐读书签约写手的可能。本次大赛历时三个月，分初选、复选和决选三个阶段，大赛设一等奖1名，奖金5000元；二等奖3名，奖金3000元；此外还有三等奖和新锐奖若干名。大奖得主有机会参加故事会举办的颁奖暨笔会活动，大赛优秀作品将结集出版。

大赛的评委阵容强大，由著名剧作家沙叶新、知名作家陈村等领衔的评委将和《武林外传》编剧宁财神、网络作家慕容雪村等领衔的新锐评委共同参与终审，并对优秀作品进行点评。大赛详情请登录故事中国网(www.storychina.cn)了解。

一份执著，两颗真心，拌三分糊涂，四分怜惜，加五钱眼泪，六两柔情，配浪漫七杯，用八分爱水，九经考验，煲成十全十美正果。七夕情人节快乐！ 江苏 赵金花 （1527）

阳台上的牛

□ 翁方煜

刘冰大学毕业进了一家软件开发公司，这是份令人羡慕的职业。但近来刘冰犯了急，急啥？朋友和同事一个个养起了宠物，波斯猫、袖珍犬、鹦鹉八哥什么的已经不稀奇，有人竟养起斑纹猪、青花蛇、台湾蛙以及虎齿鱼，据说有位兄弟甚至在网上订购了一条鲨鱼！而他啥也没有。你说刘冰能不急吗？当然，他刘冰也不是等闲之辈，他要养就养有轰动效应的宠物！

这天，远在乡下的表弟打来电话，说他家的老黄牛刚刚下了崽。刘冰一听立时有了主意，马上同表弟在电话里商量起来。第二天，表弟托人从乡下运来一只大木箱。一只小牛犊正乖乖地待在里面。刘冰那个高兴啊，马上给它取名"黄黄"。可高兴归高兴，刘冰还是有点犯难——他住的

是17层公寓，物业公司明文规定住户不得饲养动物，如果被发现，黄黄肯定会被送进屠宰场。

刘冰将木箱糊上一层牛皮纸，小心地留了透气孔，请来两个民工，刚要抬起，来了两位保安，问："这是什么东西，这么笨重呀。"刘冰马上答道："工艺品，易碎，请勿触摸。"说着，和民工一起将木箱抬进了电梯。

有了宠物果然有精神。这天，刘冰将全公司的年轻人全请到家里，隆重推出自己的黄牛新宠。这头小牛犊果然有轰动效应，这群在钢筋混凝土森林里长大的大孩子围着小牛犊看来看去，几个小美眉不住地说"帅呆了""酷毙了"。刘冰风光十足，心里那个美啊。

不想一位姓黄的同事说，这宠物好是好，只怕养不了三个月。

刘冰脖子一梗："啥？三个月，我要养它三十年！你瞧着好了。"

决心下了后，刘冰也遇到一些困难。就说牛的吃喝拉撒吧，哪一项都避不开。不过刘冰不愧为当代年轻人，聪明着哩。

刚开始他以为牛爱吃肉，就把红烧肉弄来了半盆，肯德基一次就买了五份，不想这小家伙不但不予理会，还扬着头"哞哞"直叫，分明是在喊饿。最后通过表弟在电话里的指点，刘冰才知道它要吃青草。呵呵，这个大都市啥都好买，就这青草没地儿能买到。小刘抓耳挠腮时，突然看到小

区公园草坪上长满了绿油油的青草，甚至公寓周围就有不少绿化带，不禁眼睛一亮。过了不久，小区物管发现小区草坪经常有人修剪，连角角落落都修剪到了。虽说一下子找不到这位活雷锋，但还是把雇来的三位剪草工给辞了，省了不少费用。

刘冰家的卫生间很小，而且小牛犊也不是很自觉，大小便免不了就在屋里这一摊那一堆，家里的味道也变得很酷很刺激。刘冰最初使用一些纸巾和带香味的空气清新剂，后来发现他每月的工资收入只能在这项支出中使用八天，他动起聪明的脑瓜子一想，居然发明了一种可以专门为牛接屎接尿的"尿不湿"产品，非常有效。这个产品就是：拃在小牛屁股后面的一只漂亮的塑料桶！

刘冰很想让小牛犊跟自己睡在一起，因为养宠物的人都是这么做的。不过，小牛犊总是嫌他碍事，老用蹄子把他拨拉到床下。无奈，他只好给宝贝黄黄用了个单间。

在刘冰的精心饲养下，这牛长得疯快，才两个月就高达一米五六，刘冰的担忧也随着牛的个儿一起增长。眼看它就要成为庞然大物了，哪天被小区物管发现了，这宝贝儿再怎么娇贵只怕也留不住。这几天就不时有邻居在电梯里问他，怎么他家里经常有牛的叫声，每次他都以碟片里的声音或是手机的铃声搪塞过去。

又过了二十多天，小牛犊长得更大了，而且并不满足于主人为自己配备的专室，经常要往门外挤，刘冰可怕地发现小牛身体的宽度快要与房门的宽度相等了。他还知道，总有一天，牛会挤不出这扇房门。

这天，刘冰正在公司上班，突然接到小区物管电话，要他马上回家。"出事了！"刘冰心里一紧，赶紧打的往家赶。一进小区，就看到自己那幢房子的楼下围满了人，还有扛着摄像机的记者和110警察，大家都翘首往上看。只见第17层自己家的阳台上，站着一头肥硕的小牛，扬着头，发出一阵接一阵的"哞哞"声。

原来，小牛犊在阴暗的小房子里给闷坏了，它实在憋不住了，终于挤破房门冲了出来。它走到阳台上，看到外面非常亮堂，空气里满是它思念着的青草香味，高兴极了，不禁扬起头"哞哞"地叫了起来。它可不知道自己这一叫，把整座城市都吓了一跳。

刘冰看到自己一直珍藏的宠物暴露在大庭广众，急了。他哀求着要过警察手中的喇叭，对着阳台大叫："黄黄，进去，快进屋里去！"

小牛犊可不懂这个。它还没把灿烂的阳光和空气中的青草味儿享受个够呢。突然，它顺着青草的味儿看到楼下有好大一片绿油油的青草，那是多么好的食料啊！它低下头，盯着楼下，铜铃般的眼睛越瞪越大。突然，这头小牛犊高高跃起，向着楼下长满了绿油油青草的草坪跳了下去。

没想到，阳台比它一直呆着的房间还窄小，没有起跳空间，它跳不过阳台上的铁栏杆，两条前腿正好卡在栏杆上，动弹不得……

（题图、插图：安玉民）

· 本刊信息传真 ·

征稿

《百姓话题》是我刊精心打造的一个经典栏目，我们热忱欢迎广大作者来稿。该栏目题材不限：社会热点，人间冷暖，街谈巷议，家事国事，古今中外，天南地北，尤其欢迎富有时代新鲜感、为老百姓所喜闻乐见的题材内容。

来稿要求短小精悍，一般在2千字以内；每篇都需要有一个新鲜、奇巧的核心情节。

本栏目优稿优酬。来稿可从邮局寄发，也可发电子邮件（E-mail地址：yaobianji@126.com），请在信封或电子邮件的主题栏内注明"百姓话题"字样。

身不由己

□ 黄守东

这天是老板罗伯特举办婚礼的日子,公司全体职员全都兴冲冲地来了。婚礼很顺利,可就在新娘露易丝要说出愿意嫁给罗伯特时,来宾中突然有人喊了声:"等一等!"

顺着声音看过去,竟然是公司职员马丁!只见马丁从来宾席中站起来,一步步走到新娘面前,他的神情很古怪,脸上的肌肉一下一下地抖动着,像笑又像在哭。罗伯特虽然面带微笑,却掩饰不住内心的恼怒,问:"马丁,你有什么建议吗?"

马丁张张嘴,似乎想说什么,但没说出来,反而一把扯过老板的新娘子,把她紧紧搂在怀里。新娘子只发出半声尖叫,她那性感美艳的嘴唇便被马丁的一张厚嘴封住了。

露易丝从马丁的怀里挣出来,愤怒地给了马丁一巴掌,一头扑到罗伯特怀里哭起来。没想到这巴掌并没把马丁打醒,他又把露易丝从老板怀中硬拉出来,"扑通"一声跪倒在新娘子脚下,狂热地吻着她的双脚,说:"露易丝,我爱你,我无比爱你,你不能嫁给罗伯特……"

罗伯特气得脸色发白,挥了挥手,几个同事上前拖走了迹近癫狂的马丁。但这时露易丝却突然说:"我要重新考虑当初的决定。"婚礼终于半途而废。

在回去的路上,同事们都在议论马丁,一致认定马丁肯定会被开除。

  银河之上,一世的等待,几世的缘分,都化作了滴滴晶莹的泪珠,洒下凡间,留给世人无限的祝福。祝七夕情人节快乐。1337***0026 (1529)

谁也没想到，一个星期后，马丁又大摇大摆出现在公司，还被罗伯特提拔为部门经理。马丁得意地说，是老板三番五次打电话把自己请回来的。

好事接连而来。没过几天，马丁又接到露易丝的电话，说要见见他。

马丁本想回绝，可露易丝的声音像有一种魔力，他一张口就说"同意"。

马丁按约定时间到达时，露易丝已提前等在酒吧。她告诉马丁，自己已和罗伯特解除了婚约。马丁吓了一跳，心里面既惭愧又不安，很想向露易丝道歉，可他费劲地张开嘴，只说了一个"好"字，露易丝就接着说"是的，你说的没错，我经过冷静思考，觉得罗伯特并不爱我……"

露易丝说得泪水都流出来。她一把握住马丁的手，动情地说："马丁，你在婚礼上的举动太让我感动了。我这才明白，原来你是如此爱我。我知道，这世上没有一个人能像你这样爱我……"

露易丝的话让马丁面红耳赤，他使劲咽了咽口水，结结巴巴地说："我，我……爱你……"露易丝眼睛亮亮的，沉浸在感动和幸福中。

从这天开始，露易丝经常约会马丁，马丁一次次的慌乱和激动都被露易丝看成是马丁爱自己太深的表现。可越是这样，他越是没有能力说出真相。随着接触的增加，马丁真的爱上了这个美丽又单纯的姑娘，他已经离不开她了。

这天，马丁和露易丝在教堂举行了婚礼。他们一脸甜蜜幸福，公司的同事来了，连老板罗伯特都来了，大家都在祝福这对真心相爱的男女。

谁知道，就在牧师问马丁是否愿意娶露易丝为妻的当口，马丁突然神色大变，指着露易丝大叫："你这个丑陋自私的女人，我根本不爱你，你马上滚开，我再也不要见到你！"

人们再一次惊呆了，露易丝脸色惨白，惊恐地看着自己内心深爱的男人，怎么也不愿相信这是真的。可马丁却叫骂着把她推倒在地。露易丝坐在地上，再一次看着马丁，她绝望了，爬起来扯掉婚纱，捂着脸跑出了教堂。马丁跟着追了出去，可他并不是去拉回露易丝，而是跟在她后面用更恶毒的语言咒骂她，边骂边猛抽自己的嘴巴。

参加婚礼的人全走了，马丁一个人蹲到地上，抱头痛哭。这时，一个人在旁边叹息一声，马丁抬起头，看到罗伯特正满脸同情地看着他。罗伯特拍拍马丁的肩膀，说："我知道，你是逆意综合征患者！"

罗伯特说的没错，马丁确实患有逆意综合征。这是一种古怪的病，患者平时与常人无异，但每当关键时候就可能发病，发病时患者不能控制自己，你要扔掉的东西手却给你捡回

第二届"梅陇杯"法制故事大赛征文启事

　　为推进平安建设,构建和谐社会,由中华人民共和国司法部法宣司、上海市法制宣传教育联席会议办公室主办,上海市闵行区法宣办、上海市闵行区梅陇镇人民政府协办,《故事会》杂志社承办的2006年第二届"梅陇杯"法制故事创作大赛,决定面向全国征文。

　　此次活动有关事项如下:

　　一、征文内容: 可从立法、司法、执法,公民学法、守法、依法维权,法律援助、法律服务、社会治安综合治理、社会公德、家庭美德、职业道德中的涉法内容,公民与违法犯罪行为作斗争以及中外历史上的涉法案例等等个角度展开。要求故事情节曲折生动,语言有口头文学特点,作品未在省地级报刊发表过,字数一般在15000以内。

　　二、奖项设置: 本次活动将聘请有关专家组成评委会,设一等奖1名,奖金5000元;二等奖2名,奖金各3000元; 三等奖10名,奖金各1000元; 创作奖50名,奖金各500元,个调税均自理。部分优秀作品将陆续在《故事会》上发表,并结集出版。

　　三、征文时间: 截止时间为2006年9月30日,10月底评出获奖作品并专函通知获奖作者。

　　来稿方法: 1. 从邮局寄发,请在信封上注明"法制故事征文"字样,本刊地址: 上海市绍兴路74号《故事会》杂志社,邮编: 200020。2. 从网上传递,本刊为大赛所设的信箱是: fzhgushi@126.com,请在主题上注明"法制征文大赛"字样。

来,你要拥抱一个人,你的手反而可能会打那个人的耳光……这种病给马丁带来巨大的痛苦,他看了很多医生,吃了很多药,不但未见好,反倒愈来愈厉害。开始只是手不由心,后来连嘴巴跟自己的意志对着干了。

　　他从没向任何人说过自己的病,不明白老板是怎么知道的!

　　罗伯特又叹了一口气,说:"我也是逆意综合征患者,我不爱露易丝,可我却不可控制地追求她,请她嫁给我。我痛恨你扰乱我的婚礼,却偏要对你委以重任……"

　　马丁流着泪,说:"不爱她时,我偏偏对她说爱,当我真的爱上她时,

却反而把她赶走。上帝啊,我都做了些什么……"

　　马丁不想失去露易丝,他决心治好病,告诉她真相,请求她原谅。

　　可是,当马丁再去医院就医时,医生经过反复会诊,非常认真地告诉他,他的逆意综合征早已经痊愈了!

　　马丁喊道"这不可能! 你们一定搞错了。病好了我自己会不知道? 病好了我怎么还做违背自己意愿的事? "

　　医生说"逆意综合征让你形成了一种行为习惯,虽然现在你的病好了,但这种习惯仍在支配你的行为……"

（本篇月月评短信代码: AA153)

（题图: 佐　夫)

  梁祝化蝶是转世前缘千古绝唱,鹊桥相会是知心爱人在水一方,海誓山盟是太重的承诺,天长地久是善意的谎言,我只想和你一生一世到白头。 吉林 玄青 （1530)

走出大学校门,理想和现实是他解不开的心结,他千头万绪,四顾茫然。这时,转机不期而至……

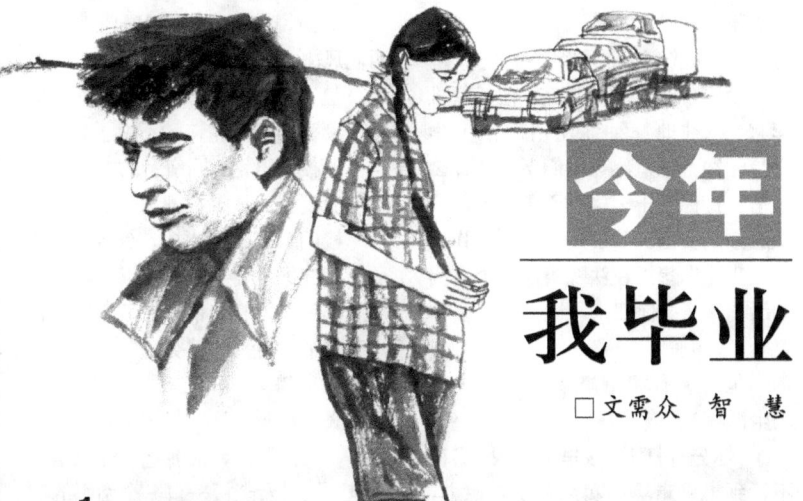

今年我毕业

□文需众　智慧

1. 美梦难圆

包飞宇是大学法律系应届毕业生,他做梦都想成为一名法官。但如今大学毕业生就业是个大问题,包飞宇为了找工作连日来做简历、跑应聘,磨破了嘴、走细了腿,却没有一家法院愿意接收他。

学生不能就业,老师也跟着发愁,包飞宇的班主任老师四处找同学、托亲友帮忙,可眼下法院都在精简机构,在岗的都觉得压力大,刚毕业的新生太难进了!

无奈之下,班主任老师给包飞宇出主意:如果今年实在找不到单位,可以暂时不毕业,等明年情况好转再毕业,那时进中级法院也不一定。

包飞宇一时拿不定主意,当晚就向家里打电话,向他父亲请示。

包飞宇的父亲当过小队会计,有些见识。一听儿子说等到明年才能上班拿工资,顿时"嚯"地就上火了:"儿子,千万别上当!这是缓兵之计。现在到处都是推,今天推明天,明天推后天,你们学校倒好,一下就推到明年。我说儿子,那今年怎么办?你妹妹上学得花钱,能不能今年先把她拿绳子吊起,明年再放下来?你奶奶有病,炕上吃、炕上拉的,能不能今年把你奶奶先放冰箱里冻起来?"

"老师也是为我们着想呀。"包飞宇耐着性子跟爸爸解释道,"回家等一年,也许明年就业形势会好……"

"回家等一年？"父亲余怒未消地说，"回家你能干什么？"

"回来先帮你种种地……"

没等包飞宇把话说完，他爸就吼起来："种地？种地还用你读大学吗？你知不知道你在咱们堡子是什么威信？打你考上大学那天起，大伙就知道你是要当大法官的。你二舅昨天还央我让你想法在法院给他找个看门的活儿干干，你回来种地？咱还要不要脸了？啊？"

包飞宇小声嗫嚅道："爸，那我怎么生活啊？"

"你先打打工，城里活好找，实在不行到批发市场倒卖点茄子、辣椒、西红柿。"

"这不太好吧？我今年当不上法官，明年还得当法官，万一以后让人认出来，那不得喊我'茄子法官'？"

父亲想想也是，自己要脸，儿子更得保住面子。可是为了供包飞宇读大学，家里已经落了一大笔饥荒，如果现在再叫他每个月拿出五六百块钱，他为难了，不由又埋怨起儿子来了："你说你当初选什么专业不好，选法律！哪怕选个兽医也好嘛，镇上的刘兽医现在有班都不上了，辞职在家配驴、配马、配骡子，都挣大钱了……"

包飞宇听他爸爸口口声声不离钱，生气了，说："爸，你不能只惦记钱，人得有理想和追求。我的人生理想就是当法官，你懂吗？"

父亲说："不惦记钱？没钱你喝西北风去……"

包飞宇知道跟他爸讲不通大道理，没等爸说完，就不说了。

刚搁下电话，同宿舍的老六他们就拉他到校园外喝啤酒，吃烤肉。

校门口有个烤肉摊，是宿舍哥几个经常光顾的地方。老六家里有钱，每次都是他掏腰包请客，不忘拽上包飞宇这个农村来的"穷鬼"。

烤肉摊老板是位五十来岁的妇女，服务员叫小红，长相不差，话语不多，人很勤快，忙前跑后的总是一阵风。她对女老板一口一个姑妈的叫着，两个人亲得像一对母女。见包飞宇他们又来了，连忙笑脸相迎，很快拿来啤酒，端来烤肉。

喝啤酒、吃烤肉就是图乐，可眼下包飞宇却是满腹心事，闷闷不乐。眼看大家就要各奔东西，大部分同学已经找到了比较理想的单位，差点的虽然改行也有了出路，最差的同意回家等一年，可自己却有家难回，加上学校已经开始催促毕业生抓紧时间离校，自己将成为生活没有着落、露宿街头的流浪汉了。这么一想，他哪能乐得起来呀？

最后一杯啤酒下肚，包飞宇让打着酒嗝的老六他们先回去，自己准备一个人走一走，理一理思路。

夜色已深，包飞宇默然伫立在路边，沉思了好一会儿，又望望满天星斗的夜空，长长吐了一口气，然后回转身，走到烤肉摊前，见女老板和小红已经开始收摊了。

他略一迟疑，开口问道："大婶，您知道哪里有租金便宜的房子吗？"

女老板看了一眼包飞宇，同情地叹了口气，答非所问地说："工作还没着落？""难啊！"

"你就没想点别的办法？""我是学法律的，能有什么办法？"

"别自暴自弃，"女老板停下手上的活计，说，"爱拼才能赢！我倒有一个想法，如果你觉得可行，咱们唠一唠。不行你也别生气。"

"什么事？你说吧。"

女老板说了开来。

原来，女老板是服务员小红的姑姑，她们俩住着一间14.5平米的平房。现在平房所在的棚户区要拆迁改造，政府有个特困户安居政策，人均居住面积不足7平米的，政府给予补贴，但她们只有两口人，人均比7平米的杠杠多出了半平米。但如果户口本上再添上一个人，这人均居住面积一"平均"下来，就能享受政府的补贴。

女老板说："现在对我们家来说，人，就是钱。"

包飞宇问："你们家其他人呢？"

"唉，一场车祸，小红她爸、她妈，还有我丈夫、儿子都没了。小红那年才八岁，我从郊区搬来照顾她，政府可怜我们，给我办了'农转非'。"

包飞宇又问："大婶，我能帮你做什么？"

女老板试探着说："我寻思，能不能把你的户口跟我们落在一起？"

包飞宇纳闷了："什么意思？"

"我想招你当上门女婿……"

包飞宇一听，感到不可思议。

而女老板却不管他的感受，说，她原想给自己找个老头，在婚介所都找好人了，临到要登记了，又让居委会兜头泼了一盆凉水，说户口已经冻结，不许进人。她就想在户口冻结区找一个，可她在那一片过了好几遍筛子，没想到光棍还缺货，只有一个73岁的老头刚死了老伴。她寻思自己也这岁数了，老头就老头吧，只要能多分点房子，将来让小红能住得宽敞点。不料那个老头不干，还骂她老不正经。

女老板说到这儿，苦苦一笑，道："据说户口冻结也有特殊政策，刑满释放的犯人回来就给落户口。可那劳改过的人，我看着都起鸡皮疙瘩。"

包飞宇说："大婶，这下您彻底没辙了吧？"

女老板瞅了包飞宇一眼说："除了刑满释放的，刚毕业的大学生也能落上户口。"

"你要找个大学生啊？"包飞宇差点笑出声来。

女老板却一本正经地说："看你这孩子想哪儿了。我今年都56了，那不是祸害青苗吗？我是想问问你，你看得上我们小红不……"

包飞宇这才恍然大悟，这女老板绕了半天大圈子，原来是替她侄女说媒。他不由看了看已经忙活完的小红，只见小红正满脸通红地低着头，一声不吭。

包飞宇心里在暗笑。他想，自己虽然今年当不上法官，但以后必定是要当法官的，小红她连个体户都算不上，咋般配呀？

"让我跟你们一起摆摊烤肉？"他笑着调侃道，"烤肉不行，吃肉我还凑合。"

女老板认真地说："不用你烤肉。你考研，她烤肉。"

2．闪电婚礼

包飞宇依然摇头，说："那也不行啊！我是研究刑法、民法、国际法的，你们是研究芝麻、味素、辣椒面的……"

女老板鼻子一哼："没有工作，没有地方挣钱，饭你都吃不上，还能研究这法那法？"

这话冲得包飞宇嘎巴了两下嘴，说不出话来。

"我看你小伙老实稳当，才跟你说，别人我还看不上呢。"女老板瞪一眼包飞宇，一撇嘴，说，"要不是拆迁，这种好事能轮到你？就我们小红这才干和模样，根本就不愁找婆家！"

包飞宇想了想，说"那我们只登记，不办事，等你们房子落实了，我们就各走各的路，你看可好？"

"好你个大头鬼！"女老板生气了，"结了婚再离？离过婚的，那小红还能是大姑娘吗？她以后怎么办？"

包飞宇吭哧了半天也出不得声，无意间他又瞅了小红一眼，见她正在抹眼泪，他的心猛地一颤，顿时，他像个做错了事的小学生，小声对女老板说："大婶，你让我回去考虑考虑。"

"对！你应该好好考虑考虑。"女老板觉得包飞宇"有意思"了，"我明天听你准信。"

此刻，包飞宇的思想乱透了：能考研究生，确实让他动心，见小红抹眼泪，意识到自己那番结了再离的话伤了人。他不知怎么办好，于是拨通家里的电话，向他爸请示汇报。

父亲大半夜被儿子的电话从被窝里拽出来，一听，当即大喜过望："哈哈，成家立业，先成家，后立业，儿子，什么时候办？"

包飞宇说："那女的是烤羊肉串的。"

"烤羊肉串的？"父亲一听顿时无语，但稍一琢磨，又问，"挣钱不？一天能挣多少钱？"

"你怎么就知道钱，钱，钱！"包飞宇生气地把电话摔了。

第二天上午，女老板真的找到包飞宇宿舍，一见面就问："考虑得怎么样了？"

她见包飞宇耷拉着脑袋不吭声，又说："我要是你，根本就不用考虑。结婚就有房！回迁

后就是60多平米。60多平米哇，得值多少钱？靠工资你不吃不喝要攒十年！"她顿了顿继续说，"我才56岁，身体也健，现在帮你们挣钱养家，将来我还能给你们带小孩！小子，这可是打着灯笼也难找的生意呀！要不，你就摇头不算点头算？"

包飞宇不知是该摇头还是点头，又给他爸打电话，他爸可不像他那样犹犹豫豫，痛快地说："成！让她家先帮着把你上学落的饥荒给还了！"

包飞宇暗叹一声，看了看女老板，默默地点了点头。

女老板心花怒放，立即拉他和小红办好了结婚登记，接着拿着结婚证书飞也似地跑去落了户口。

谁也没想到经济最困难的包飞宇

一毕业就"闪婚"，让他那些同窗兄弟们惊诧不已。

老六帮包飞宇往新房搬行李，一边走一边打趣："谁说闪婚都是白领玩的小资情调？你这个穷光蛋才是真正的白领——一分钱没花，白领一个大姑娘，厉害！"

那间14.5平米的平房成了新房，房间一分为二，当中挂了块布帘子，大的这面是包飞宇和小红的洞房，余下的刚好给小红的姑姑搁了一张小床。

包飞宇的父亲因拿不出路费，只好不来参加婚礼。包飞宇就提出家里人吃顿饭，意思一下，别搞什么婚礼仪式了。

但小红的姑姑一百个不同意，她说："人一生也就这么一遭，咱这是明媒正娶，光明正大的事，干吗不声不响的，要那样今后咱孩儿还怎么抬头见人？"

她说仪式不仅得办，还得隆重地办，热烈地办。她要找婚礼司仪，摆婚宴，办得热热闹闹。

姑姑的要求得到老六等哥儿们的支持。老六主动请缨，在学校划拉了一帮还没离校的弟兄，组成一个小乐队，在举办婚礼的饭店门口连吹带打、连敲带拉，《好日子》、《睡在我上铺的兄弟》、《明天会更好》、《向天再借五百年》这些曲目虽然让他们拉了个半生不熟，却让包飞宇感动得落了泪。

这么大的响动让姑姑十分满意，小红也是满面春风一脸幸福。

班主任老师在同学们的簇拥下出席了婚宴，让包飞宇感动得又一次落了泪。

小红的家在这片即将拆除的棚户区的中心，必须穿过耗子洞一样拐来拐去的小胡同才能到达。不要说坐汽车，连步行还得侧着身子才能进入洞房。这时住在胡同口的一位上了岁数的"垃圾婆"，竟不合时宜地扛着一大捆捡来的七长八短的纸板，在前面一晃一晃地走着，挡住了新郎包飞宇和新娘小红的去路。包飞宇见了，仿佛她就是未来的小红，不由暗暗叹了一口气，想：难道这就是未来的法官夫人？

忙活了一天，该休息了，不料老六又领着几个弟兄冒出来，对包飞宇大喊大叫："闹洞房喽！"

包飞宇气得要骂，可姑姑却喜笑颜开地说："闹！欢实地闹！"

于是嘻嘻哈哈一番折腾，闹到后半夜，才把老六他们打发走。

姑姑收拾了一下，说自己去宾馆住。眼见天也快亮了，包飞宇就劝她说："这么晚了，就在这儿将就下吧，都累了一天，去宾馆还得花钱。"

姑姑说："今天是你们的大喜日子，我一个老婆子在这儿凑啥热闹。"

说着，她冲两人一笑，拉上门走了出去。

3．离家出走

姑姑在外面住了一个星期才住回来。包飞字和小红在两人世界里过了一周甜甜蜜蜜的好日子。又过了几天，小红跟姑姑出去卖烤肉了，让包飞字在家里复习，准备考研。

小红时刻牵挂着包飞字，每晚收摊回家，总是忙不迭地嘘寒问暖，每当此时，包飞字便感到有股暖流传遍全身，但他想当法官的理想仍然毫不动摇。一想到理想和前途，他的脑子就是一片空白，他不住地问自己：难道我十年寒窗，勤奋苦读，就图这个归宿？

他眼睛盯在书本上，脑子里却是白纸一张，甚至觉得与小红结婚，小红对自己如此体贴温柔，是往自己脖子上套绳子，让自己掉进了温柔陷阱。他脑子里恍恍惚惚，一会是垃圾婆在眼前一晃一晃，一会是自己身穿法袍在法庭上正襟危坐；一会脑子里鼓胀胀地要爆炸，一会又空荡荡的，只觉得整个脑瓜子只剩一张吃饭的嘴。

他在纸上不住地乱写乱画，后来发现自己写的全是"包飞字"这三个字，看着这三个最熟悉的汉字，一种恐惧莫名其妙地袭上心头：包飞字？我就是包飞字？我真的是包飞字吗？

这就是我想要的生活？

他想到离婚。可又觉得开不出口，小红对自己是真的好，她姑姑对自己也没说得。自己不能这么无情无义，伤害小红！可是不离婚，他又不甘心就这么庸庸碌碌过日子，让老婆卖烤肉串来养活自己。

包飞字心里憋闷，他知道自己目前这个状况不要说考研，不疯掉就是万幸，于是他决定出去散散心。

他跟小红说了想法，又跟姑姑"请假"，说要去看老六。姑姑劝他把小红也带上，一起去外面玩两天。

包飞字要出去的目的是自己一个人清醒清醒，冷静冷静，就托辞说，他是去和老六研究个案例，得在那住几天，小红去了不方便。就这样，他一个人上了路。

老六靠着他爸的关系进了黑龙江三岔地区一家区级法院。他见了一身疲惫的包飞字很意外，打趣道："这么快新姑爷就回门看我来了？"

包飞字一直视老六为无话不谈的知己，就掏心窝地说了自己心里的苦恼，希望他能帮自己在这里找个临时工做做。老六一听，为难地说自己刚来，根基不稳，谁也不认识，不但没法帮着找工作，还担心留包飞字住在单位宿舍里，会给领导和同事们留下不好的印象。毕竟是哥们，包飞字理解老六的难处，只住了两天就告别老六走了。

包飞宇不想回家，他拿着老六给的500块钱又到了另一座大城市，想到那儿再撞撞运气。但他整天出没在这座城市大大小小的法院里，总是精神饱满地进去，灰头灰脑地出来。

钱很快就花光了，眼看要吃不上饭露宿街头了，但倔强的包飞宇还是不甘心，他决定到劳动力市场去看看，哪怕"掉价"打工，在解决了生活难题后再找门路。

包飞宇来到东北最大的一家劳务

市场，交了一块钱入场费，进入场子。这场子很大，人很多，他还没转到第四圈，就被市场里的治安人员"请"进了市场办公室。因为来这里求职打工的都黑不溜秋，包飞宇斯斯文文，白白净净，像是发面馒头掉进了泔水缸。加上他东张西望，既不像要雇工，也不像要打工，更不像记者或便衣，那他是什么人，想干什么？他实在很可疑！

包飞宇只得说自己大学毕业没找到工作，想先找个地方挣俩钱糊口，然后再找适合自己专业特长的工作。市场主任老马听说包飞宇是学法律的，同情中多了几分敬重，多看了他两眼。

就在他们说话间，一个老汉手捂着流血的脑袋撞进办公室，粗声大气地嚷着："我交钱了，你们就得负责！我在市场里挨的打，我为什么要找派出所……我就找你们市场！"

老汉身后跟了一男一女两个年轻人，男的留着"寸头"，也在骂骂咧咧："就打你了！你装什么大头蒜？"

马主任赶紧问："怎么回事？"

原来，"寸头"青年和老汉是一个镇子上的，他看中了老汉的姑娘，姑娘也乐意，老汉却没看上他，又扛不住"寸头"的死缠烂打，就领着姑娘躲到这里来打工，没想到"寸头"也追到这里，继续纠缠，老汉说了几句硬话，"寸头"恼羞成怒，竟把老汉打

 距离再远，不过银河的两端，心有彼此，何必在乎相隔多少光年；相见很难，不过等一次四季轮换，爱无别恋，七夕鹊桥，美丽传说永流传。 广东 李文 （1534）

了。

一个工作人员说："我告诉他们，这是他们自己家的私事，咱们不能管，老头不干……"

小伙子求婚不成，还把假想中的老丈人给打了，这种事马主任还头一次见到，他对"寸头"说："你打了你丈人，你丈人他更不能答应你了。"

"我给他面子叫他老丈人，不给他面子就叫他老鳖犊子。""寸头"仍凶巴巴冲老汉说："你姑娘都同意了，你装什么蒜？"说着，他手指头都要点到老汉的鼻子尖上了，吓得老汉身后那姑娘直打战。

马主任拍案而起，吼道："怎么的？还有没有王法？"

"寸头"毫不收敛，一步跨到主任面前，转过身对主任轻声耳语："他不是她亲爹，是后爹……"

马主任一时不知怎么办，一眼看见了包飞宇，忙说："对了，你不是学法律的吗，你来给处理处理……"

包飞宇早已听清了事情的来龙去脉，就对小伙子说："你把人打了，不管打的是谁，得赶紧给包扎，失血过多，造成伤害可能被判刑。"又对老汉说："你干涉婚姻自由，他可以告你。"

话虽不多，条理清晰，浅显易懂，马主任、老汉和工作人员听了都心服口服。

"寸头"一听，自己不是一点理不占，乐得对老汉说："听见没？老丈人！我可以告你！"

包飞宇继续侃侃而谈："老爷子要是真的干涉了他人婚姻自由，根据《刑法》第257条，能判2年以下有期徒刑。即使情节轻微，也可能处以拘役。"

"寸头"听得咧开嘴直乐。

"你也可以打110报警，"包飞宇瞟了"寸头"一眼，对老汉说，"他侵害你的人身权利，根据受伤害程度，可依据《刑法》第四章第234条，判他3年以下有期徒刑，他如果强迫你姑娘，法庭查实，认定情节严重，最高可判10年。"

"寸头"听了目瞪口呆，人顿时成了瘪茄子。

"这里是公共场所，在这里扰乱公共秩序的，根据《治安管理条例》第三章第一节第23条规定，可以处5到10天的拘留。市场应该立即打110报警。"包飞宇一边对马主任说，一边抄起了电话。

"别报！"老汉和"寸头"一听此话，一起拉住包飞宇的胳膊，异口同声地说，"我们都很忙，就别麻烦警察了。我们的事自己合计着解决。"

说罢，老汉领着闺女走了。"寸头"在后面跟着，也走了。

马主任对包飞宇真的刮目相看了，心想，我这里还真缺这么一个能说会道的人。

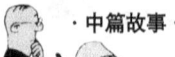

4. 千里寻夫

包飞宇离开家转眼过了两个月，连个电话都不打，这是小红和姑姑始料不及的。

姑姑给包飞宇父亲打电话，包飞宇父亲说儿子没回去，还紧张地问出了什么事。姑姑又给老六打电话，可老六的手机号码换了，打不通。

活不见人，死不见尸，姑姑害怕了。她想，万一包家来向她要人怎么办？她想报警，既怕丢人，又心存侥幸，想再等等看。可是日盼夜盼又盼了些时日，发现小红已经怀孕了！万般无奈，终于报了警。

警方通过学校了解到老六的工作单位和联系方式，通过电话，老六说包飞宇在他那儿只伴了两天就走了。

小红姑姑猜想包飞宇准是生了外心，这一出去说不定就不回来了。小红却说包飞宇不会生二心抛弃她。她愁得整天哭哭啼啼，以泪洗面，还时不时问姑姑："他会不会是让坏人给暗害了？"

姑姑又怀疑是老六窝藏了包飞宇，她领着小红千里迢迢来到老六工作的城市，在老六工作的法院"蹲坑"盯了好几天，确实没有发现包飞宇的踪迹，这才当面找到老六。姑姑警告老六："人是从你这儿失踪的，我们就得找你要！你要是敢窝藏，我们就上法院来闹，让你当不成法官。"

老六想不出辙，又看不出眉眼高低，就一本正经地劝小红："包飞宇这王八蛋真不是个东西，找到他赶紧跟他离婚。"小红听了这话，扑过去伸手就朝老六脸上抓去，要不是老六逃得快，准被挠个大花脸。

小红一屁股坐在地上，哇哇大哭。

姑姑长叹一口气，对老六说："我们哪里是为了多拿点住房补贴才招他做上门女婿，实在是小红跟你们混熟了，天长日久不知不觉爱上了包飞宇，为那小子害上了相思病，我孩儿读书少，心眼实，就喜欢读书人，把那小子看成了心肝尖儿。我实在是没法儿才想了这个招儿，来遂了孩儿的心愿，哪知道……"

老六听了感动得一塌糊涂，一迭声地承诺，一旦发现包飞宇踪迹，立即通风报信。

姑姑本想再到别处找找，但小红怕包飞宇这个时候突然回了家，他没带钥匙进不了家门，两个人就赶紧回了家。

小红为包飞宇的失踪哭天哭地，包飞宇却在这家劳动力市场如鱼得水，大展才华。

原来这家劳动力市场表面上风平浪静，里面却是鱼龙混杂，纠纷不断。这天，包飞宇外出回到市场，只见办公室门口一个黑胖女人像被蜂子蜇了一样，跳脚大骂："马大头，你妈的，你装什么鳖犊子龟孙子，你贪污，连人家小寡妇你都不放过……"围观的人群哄堂大笑。

马主任却紧关房门高挂免战牌，包飞宇一问，这才知道黑女人是市场里有名的女泼皮，绰号"白大虫"。

"白大虫"虽然五大三粗长得黑，但她姓白，又专干刮下岗女工钱财的勾当，人们私底下就称她"白大虫"。她仗着和几个恶男人有关系，又能放下脸来撒泼，成了市场里的"梗梗"，欺行霸市。只要她撒泼，没人敢拦，如果不让她骂到尽兴，她跟你没个完。

好鞋不踩臭狗屎，马主任奈何她不得，只得躲。

包飞宇年轻气盛，看不得她这泼相，于是，他分开众人，对正骂在兴头上的"白大虫"说："大姐，你肯定受了不少委屈，我给你做主，今天你敞开嗓门儿尽兴骂，但凡你的委屈，我全给你记录下来。"说着他掏出纸笔，"需要打官司告状，我帮你，我可是学法律的。不过，如果你说的不实，那也是你法庭上的罪证。"包飞宇说罢，打开笔记本，又说"你先说说小寡妇是怎么回事……"

"白大虫"见包

飞宇正襟危坐一脸认真，倒有点怯了，她梗了梗脖子，勉强说："我也是听人家说的……"

"人家是谁，请你说清楚，谁能给你证明，请你提供一下证人名单，好调查取证……"

"白大虫"顿时气馁，她自知不是对手，就左右四顾，说："我不跟你说，我还有活。"说着要走，包飞宇却一把拉住她，说："你先别走，我还有几个问题要问，今天把你的事彻底解决了，免得明天再来。"

"白大虫"使劲挣脱包飞宇，一边逃，嘴里还不服软地嚷嚷"老娘没工夫跟你小毛孩子嚼嘴磨牙……"乐得一群围观者鼓着掌哈哈大笑。

接下来，包飞宇又用法律帮马主任解决了一个又一个难题。马主任器

重他，喜欢他，市场里等活干的常客，也因为包飞宇经常替他们说话，都拿他当干部尊重。

马主任把原来雇用的夜间值班的更夫辞退，换上了包飞宇，既替包飞宇节省了住宿花销，还为他每月增加了300块钱收入。不少直接找到市场办公室的"好活"、"俏活"，马主任也都理所当然地安排给了包飞宇。

这天，马主任对他说："小包，把你的工作关系落到这里吧。"

包飞宇还惦记着自己当法官的梦想，就说："上这来？来干什么？"

马主任说："这么大一个市场，这么多人，还怕没有你做的事啊？"

"可这里都是些鸡毛蒜皮的小事，用不着打官司告状！"包飞宇心事重重地说，"在农村，这些小事村主任出头就解决了。"

"小事解决不好，就成大事了！"主任说，"前天，'河北帮'和'山东帮'相互撬活，不都动手了吗？"

包飞宇实在是不甘心放弃自己的法官梦。法官多么重要呀，再说社会地位也不一样。老六学习成绩比自己差远了，现在也人模狗样地当上陪审员，在法庭高高在上地坐着，多威风。

这么一想，他犹犹豫豫地对马主任说："让我考虑考虑。"

这天下午，一辆"沙漠风暴""呜"地叫着开到市场外，车上下来一个女老板，那气派就像外国大片里的"大姐大"。她旁若无人地进了市场办公室，一屁股往沙发上一坐，兴高采烈地对马主任说："哥，我总算离完了！"包飞宇见人家兄妹谈私事，就赶紧走了出去，等女老板走了好半天，才回到办公室，没想到这时马主任正在等他，要跟他讲自己妹妹的事。

马主任的妹妹"大姐大"开了一家"美丽"烧烤城，刚开始是夫妻店，不到十年工夫发展到在全市开了六家分店。

"大姐大"发了财，老公却成了赌鬼，他嗜赌如命，还拿大钱出境赌博。"大姐大"好劝歹劝也劝不回丈夫，便当机立断提出离婚。离婚倒也简单，"大姐大"把三个店的财产分割给了"赌鬼"。"赌鬼"接了这三家店，打出广告要把饭店盘出去。

按理说，剩下的就不是"大姐大"该管的事了，可分出去的三家店200个服务人员也要被扫地出门，这些人有的是当初夫妻店时的元老，从做姑娘干到当媳妇，现在都是孩子妈了，和"大姐大"不是一般的感情，都跑到"大姐大"这边哭求她留下自己。

大姐大虽然还有三家店，但也收留不下200名服务员呀。

马主任问包飞宇："你说怎么办？她们和我妹妹有感情，我妹妹也舍不得她们，她让我无论想什么办法，哪怕犯点小错误，也得给她们找个好人家。"

他又叹着气，说："谁能一下收留200个服务员，哪个老板敢要啊？"

"大姐大"和服务员水乳交融的感情让包飞宇很感动。他略一思索，说："你妹妹算错账了，应该抓紧时间，赶紧买下那三家烧烤店。"

马主任说："我也想过这个问题，可那赌鬼要现钱，咱妹妹拿不出来。"

包飞宇说："现在烧烤城已经开了十年，员工和烧烤城已经形成企业文化，再有十年，'美丽烧烤'这个牌子说不定比现在的六家店都值钱。如果不兑过来，不出两年，必然要起商标产权纠纷，那时候损失就大了！"

"啊？"马主任顿时张大了嘴巴。

包飞宇胸有成竹地提出让"大姐大"用自己三家烧烤店作抵押，向银行贷一笔款子，然后从前赌鬼丈夫手上买回那三家店。

"大姐大"采纳了包飞宇的意见，又把三家店买了回来。员工们记着她的情义，把烧烤店当成自己的事来做，上下一心，黄土成金，生意越做越好，喜得"大姐大"亲自上门请包飞宇上高档酒店大吃一顿，一口一个兄弟叫着，夸他是个难得的人才，硬出高薪给他派了个法律顾问的头衔。

包飞宇开心地喝了半瓶白酒，喝得脸红脖子粗，一股成就感强烈地涌上心头。他忽然觉得，这样的工作虽然跟自己的梦想还差着老鼻子，却舒心顺畅，真是一种不错的选择。

5. 梦醒时分

这天，包飞宇突然看到报纸上有篇文章里有老六的名字，文章的题目是：《法官说，法律没有义务澄清事实》。市场里的人看了报纸都说这个法官好糊涂。

包飞宇十分惊讶：老六怎么能说这种话？

原来，有一名运动员在一场大赛中服用兴奋剂被查出来，为了逃避处罚，他找了个自己的亲戚当被告，到老六所在的法院打了官司，原告和被告一个愿打一个愿挨，被告把所有的事全揽在自己身上，法院只能判运动员胜诉。结果出来后舆论哗然，记者到法院采访时，老六竟然对他们说法律没有义务查清事实。

放下报纸，包飞宇急忙给老六打电话，问他嘴巴上还有没有把门的，怎么张口就乱说话？

老六一听是包飞宇，惊喜得带着哭腔问："兄弟，你在哪？"

包飞宇急切地说："我在哪不重要，你先说你自己，你怎么能说出法律没有义务澄清事实这种话？这风头出得也太大了，全国人民都看见了。"

老六叹了一口气，说"那不是我说的，我现在也没资格审理案件。这

话是院长说的。"

接着，他问包飞宇"你怎么还没回家？"

包飞宇纳闷了："你怎么知道？"

"你媳妇和姑姑都上我这来找我要人，你现在到底怎么样？快回家吧，兄弟，人家孤儿寡母待你可不薄啊，你活不见人，死不见尸的，人家多担心啊。小红已经怀孕了……"老六说着又打哭腔了，"你媳妇真厉害，我说了一句让她跟你离婚，她差点把我脸给挠了……"

一听小红怀孕了，包飞宇心里滚过一阵惊雷："怎么，她怀孕了？她真的怀孕了？"

"我干吗骗你？她肚子上像扣了一口小锅，谁都能看出来。我说，你这小子不要人五人六地老觉着自己了不起，进了人家门好像受多大委屈似的。你知不知道，小红她是早就瞧上你为你害了相思病，她姑妈急得没招，才想了法子诱你上门。多好的一家人哪，你小子老鼠掉进米缸里还身在福中不知福。真是岂有此理！"老六一口气又给他敲了几榔头。

放下电话，包飞宇心里说：自己要当爹了！可自己有资格当爹吗？我配当爹吗？

没等包飞宇想好怎么办，老六的小报告就以电波的速度传到了小平房。

姑姑听说包飞宇出现了，"噌"地就跳了起来，急切地问："在哪？我去找他！"

小红眼泪汪汪地问："他好吗？"

"听说话的语气和声音，好像还行。"老六说，"吃糠咽菜不可能有那种精神，他竟然还有底气教训我！"

小红继续哭着问："他是不是又找了好人家，当陈世美了？"

老六说："他连个工作都没有，谁能看上他？"

老六说罢，把从来电显示里提出来的电话号码告诉小红。姑姑急不可耐地要给包飞宇打电话，小红抽抽泣泣按住姑妈的手，说："先别打！只要他还活着，我心里就有了底。他是做法官的料，我配不上他，何必不停地找他，让他心里作难。他如果心里放得下这个家，自然会回来，如果心里没这个家，就是派军队把他抓回来也没用啊！"

小红如此体谅包飞宇，连她姑姑都为之动容。那么，千里之外的包飞宇又如何呢？

对当不当法官，包飞宇倒是想通了，他已体会到法律是无处不在的，到处都是用武之地。现在他心里最挂念的是小红。小红心地善良，吃苦耐劳，怀上了孩子还四处奔波寻找自己，老六只说了句让她跟自己离婚的戏言，她竟然差点挠了老六的脸！小红对自己的痴情，新婚时的甜蜜，婚后小红对自己的关怀体贴……他越想

我是许愿池的希腊少女，你是我的真命天子，我们约定在一千年以后遇见，手持香水百合继续谈情。回到过去，我要高声对你说："爱你一万年，我心永恒。"福建 何忠明 （1537）

越感动，他的眼睛湿润了，一种从未有过的甜蜜和幸福的电流流过了他的全身。

他拿起电话就要跟小红通话，可在摁最后一个号码的时候，又放下了。他想，怎么跟小红解释清楚？自己做得也太不男人了呀！

他想买好车票回去，在半夜时分偷偷地钻回家，钻进小红的被子里。可小红会开门吗？姑妈会骂吗？人家在你最困难的时候收留你，是指望你开门立户撑起一个家和和美美地过日子，可你都做了些啥？她们还会要你这样小鸡肚肠、鼠目寸光的人吗？

后悔的同时，他忽然有一种害怕，那个本应属于自己的好日子，只怕再也得不到了。

他一个人跑到一家小酒馆里，喝了个昏天黑地，喝着喝着，泪水止不住就流了出来，他任凭泪水尽情地流，流在脸上，流进酒中，最后，他像个孩子似的趴在桌子上"呜呜"大哭了起来。

马主任终于知道了包飞宇的一肚子心事，他没辙，就找来了妹妹。

"大姐大"来到包飞宇那个狗窝似的宿舍，粗门大嗓地说："兄弟，回去吧。有一个好人家不容易，人家对你多好呀。就算不当法官，凭你的聪明劲儿啥事做不好？"

包飞宇苦着脸沮丧地说："回不去了，我这错犯得大了，她们不会要我了……"

"嘿，人活一辈子，谁没个走岔几步的时候！别怕，大姐送你回去！"

马主任紧跟着说："我也送你！"

知道包飞宇要走的消息，不光马主任舍不得，那些常在市场找活的常客也舍不得他，他们一人凑上一块钱，给他买了全套的婴儿用品，装了满满一大包。市场办公室的人也是你一件东西他一件礼物的送了一大堆，就连那个凶巴巴的白大虫也赶来凑热闹，说："小兄弟，大姐我服你！"

老年忠告：记住年龄与忘记年龄

◇ 制定学习计划时可忘记年龄，拿老本买股票时请记住年龄；

◇ 跟孩子胡吹海侃时可忘记年龄，经过迪厅门口时请记住年龄；

◇ 老朋友聚会时可忘记年龄，吃饭喝酒时请记住年龄；

◇ 身体棒得能打老虎时可忘记年龄，一时头疼脑热也请记住年龄；

◇ 老板比你年轻时应忘记年龄，部下全是姑娘小伙时请记住年龄；

◇ 发傻地读一本好书时可忘记年龄，深更半夜还在泡电视时请记住年龄；

◇ 兴高采烈时可忘记年龄，怒发冲冠时请记住年龄；

◇ 回首人生时请记住年龄，面向未来时可忘记年龄。

（推荐者：郑园军）

（欢迎读者为本栏目推荐新鲜有趣的俏皮话和顺口溜。来稿请寄：上海市绍兴路74号《故事会》杂志社，邮编：200020。请写明姓名和联系方法，并请在信封上注明"快乐辞典"字样。电子邮件请发 zjw002@vip.163.com）

最让包飞宇感动的是，"大姐大"买回的那三家店200名职工听说了他的故事后，每个人不仅凑份子给他没出世的孩子买了东西，还为包飞宇扎了一个好大的玫瑰花环。

马主任特地选了个好日子送包飞宇。"大姐大"的"沙漠风暴"在前面开路，那个大大的玫瑰花环就摆在车头厢盖。马主任开着另一辆轿车跟在后面，最后是烧烤城运货的小卡车，满载着大家送给包飞宇的礼物，整个车队浩浩荡荡的，竟有几分送亲队伍的阵势。

车队向小红所在的城市驶去，包飞宇坐在"大姐大"旁边，车内播出的歌声轻柔地抚摩着他："从终点又回到起点，走到最后才发觉，总在刹那间，有一点发现……"

"兄弟，其实你也可以不走。""大姐大"瞥了包飞宇一眼，说，"市场非常需要你，小红和她姑妈本来就在做烤肉，如果她们肯过来，我可以让她们承包一家分店。"

包飞宇感激地看了"大姐大"一眼，说："嗯，这是个好主意。我要把发生在这里的故事一个个告诉她们，让她们做选择……"

车子驶上了高速公路，包飞宇的眼前天高地阔，风光无限……

（题图、插图：杨宏富）

有情之人，天天是节。一句冷暖，一线寒暄；一句叮咛，一笺相传；一份相思，一心相盼；一份爱意，一生相恋。祝你情人节快乐。上海 卞申岭 （1538）

家庭故事

　　家庭是一个舞台，千千万万个家庭演绎着万万千千的故事。这本故事书里的51则作品，艺术地再现了家庭中的矛盾纠葛、悲欢离合和儿女情长，内容亦庄亦谐，或耐人寻味，或令人捧腹，有较强的可读性和可传性。

情爱故事

　　集中所收38则故事，几乎覆盖人们情爱生活的各个环节，社会众生相在作品中得到了不同程度的映照和折射。这些故事不仅在情节设计上精于构思、巧于安排，而且在艺术风格上也各有所长。对看惯小说电影戏剧的诸位来说，浏览此书是一种全新的享受。

聪明人故事

　　本书犹如一叶风帆，引您在智慧之海遨游。故事中的主人公活跃在各自的人生舞台，凭着自己的聪明才智，斗强蛮，蔑权贵，助弱小，解万难，演绎着一出出绝妙无比的连台活剧，内容既有情节性又有趣味性。

傻子故事

　　傻子故事在民间流传极广。本书共收72则傻子故事，内容生动风趣，人物栩栩如生，一群言行可笑、可悲而又憨厚可爱的艺术形象，如一幅幅色彩奇特而又耐人寻味的漫画，让你目不暇接。

青春读本 1、2、3

——感动中学生的 300 个故事

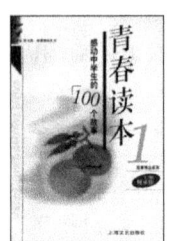

这是我国第一种由中学生全选、推选和评选而成的作品集。它来自全国各地的中学生之手，是从数万件推荐作品中大浪淘沙筛选出数千份来，然后又特邀上海市的几所重点中学的同学们组成"读书会"，依其多数同学的公认，最后才集镌了这三册共 300 个故事。

据先睹为快的同学们坦言，读了这些作品，才知道什么叫轻松阅读，体会到愉快教育的真正魅力；因为它不但使人学会了感动，而且还让人在感动中留下生命的暗记；用不着逐字逐句地诵读，这些故事已完全潜入了意识领地，在需要的时候喷薄而出。

当然对于其他读者来说，看这些作品，一方面，可以了解我们中学生到底喜欢什么样的作品，另一方面，也可以从中探究他们的心理世界和价值取向。

* * * * * * * * * * * * * * * * * * * *

滴水藏海 1、2、3、4

——1200 个 3 分钟典藏故事

我们常有这样的生活经验 有时，想说出一番道理容易，而想让人接受这番道理则难，但如果你借助一个精彩的故事来述说道理，借事寓理，托事言志，情况则完全改观。

这就是故事的魅力。

《滴水藏海》收录的 900 则作品正是这样魅力洋溢的精彩故事。这些故事内容精深，构思精巧，篇幅精短，形式精致。学者撰文，教师授课，干部讲话，家长训导，学生作文，都可从中得心应手地广征博引，如同置一架书橱于身边。

阿瑟·高顿（Arthur Golden），美国作家，代表作有《艺伎回忆录》等。

玫瑰花的

秘密

□ [美] 阿瑟·高顿

张玮玲 改编

那年我在奥尔森老爹花店当伙计，每个星期六晚上，都要在8点钟准时送一束玫瑰给卡罗琳小姐。

卡罗琳与科曼相爱多年，已经订了婚。可科曼一到外地就变了心，和一个叫克里斯蒂的女人结了婚。

科曼带着妻子又住回镇上。新娘的确长得很美，但镇上的女人都认为是她从卡罗琳手中抢走了科曼，几乎没有人理她。

克里斯蒂的日子不好过，但更痛苦的还是卡罗琳小姐，我第一次为她上门送玫瑰时，她看上去像一个幽灵。因为她足足有半年时间把自己关在小屋子里。当我把装着玫瑰花的盒子交给她时，她大吃一惊，小声问："玫瑰？谁送给我的？"

我说："是的。奥尔森老爹说，送花人要求悄悄把花送给你。"

第二个星期六，我又在相同的时间给卡罗琳送去玫瑰。第三个星期六时，我送上第三束。到了第四个星期六，我还没敲门，门就迅速地打开了，卡罗琳给了我一张笑脸，她的头发看上去也不那么凌乱了。

第二天上午，卡罗琳小姐出门了，她走向教堂，衣襟上别着一朵鲜艳的玫瑰。她的头抬得高高的，正眼也不瞧坐在那儿的科曼和他的妻子。

就这样，随着我一个星期接一个星期地送去玫瑰，卡罗琳小姐慢慢恢复了正常生活。

最后一次给卡罗琳小姐送花时，我说："下星期我就要搬家到外地，不能再给你送花了。不过，奥尔森老爹说了，他还会请别人来送的。"

姜是老的辣 （文：流　云；图：包丰一）

1. 丈夫想把久住的岳母赶走，他跟太太策划："我假装嫌你的菜炒得不好，而你坚持说好。"

2. "如果她说你烧得好，我就赶她出门；如果她说不好，你就请她离开。"

3. 晚饭时，夫妻俩很快吵起来，丈夫问岳母："你认为你女儿烧的菜怎么样？"

4. 老太太不紧不慢地回答："我刚到这里不久，还吃不出味道的好坏，等我吃几个月后再说吧。"

　　卡罗琳犹豫了一下，然后热情地邀请我进屋去坐坐。她拿出一个雕刻精细的帆船模型，递到我手上，说："这是我爷爷留给我的，现在我送给你，感谢你送来玫瑰！"

　　我回到花店，偷看了奥尔森老爹的记账簿，上面写着："科曼，购买52束四季开花的红玫瑰，预付13美元。"

　　原来如此！我终于明白，科曼并不像我想象的那么绝情，他用自己的方式悄悄向卡罗琳忏悔。

　　转眼几年过去，我重返小镇，又走进奥尔森老爹的花店，我们聊起往事，谈得很投机。我问："卡罗琳小姐现在怎么样了？"

　　"卡罗琳小姐吗？"奥尔森老爹欣慰地说，"她同一个药房老板结了婚。好家伙！第二年就生下一对双胞胎。"

　　"哦！"我有点惊奇，又问道，"她不知道科曼一直在给她送花吗？"

　　奥尔森老爹叹息说："科曼根本没有送花，他对此事一无所知。"

　　我瞪着双眼看着他，惊奇地问："那么，那年的玫瑰花是谁送的？"

　　"一位太太！"奥尔森老爹说，"这位太太说她不能坐视卡罗琳小姐因为她而毁了自己。她就是克里斯蒂，科曼的太太。"

　　（题图：佐　夫）

84

500 尾小金鱼

商人到小镇推销鱼缸，尽管鱼缸做工精细、造型精巧，但问津者寥寥。

为打破僵局，商人找到一位卖金鱼的老头，以很低的价格向他订了500尾小金鱼。老头很高兴——他在小镇卖金鱼多年，一直生意惨淡。商人让挑着金鱼担子的老头和他一起来到穿镇而过的水渠上游，商人吩咐卖金鱼的老头："把这500尾金鱼全都投进去。你只管投，买鱼的钱我一分不少全给你。"

不一会儿，一条消息传遍了小镇：小渠里不可思议地出现一尾尾漂亮的小金鱼！人们争先恐后拥到渠边，甚至有许多人跳到渠里，兴致勃勃地捕捉小金鱼。

捕到小金鱼的人立刻兴高采烈地去买鱼缸，那些还没捕到金鱼的人也纷纷赶着购买鱼缸。因为大家都想，既然渠里有了金鱼，虽然自己今天没捕到，但总有一天会捕到的，鱼缸早晚能派上用场。

商人把鱼缸的售价抬了又抬，但几千个鱼缸还是被抢购一空。

（推荐者：流 云）

威尔斯教授是位德高望重的交通安全问题专家。这天，他被一个交通事故频发的城市请来，参加主题为"遵守交通规则、减少交通事故"的研讨会。威尔斯教授在会上做了题为"从我做起，珍爱生命"的精彩发言，受到与会者的热烈响应。

中间休息时，教授发现香烟没有了，就到马路对面的超市去买烟。为赶时间，威尔斯教授没有走人行道，而是违规直接横穿马路，结果撞上一辆疾驶而来的汽车。

撞上教授的是超速行驶的交通局局长。他忙着赶来参加这个交通安全会议，竟然没有控制车速。

（作者：黄守东）

可怜的专家

·3分钟典藏故事·

寻找缺陷

某县城建局发布招聘启事，招聘道路管理处副处长。这是一次难得的机会，应聘者如潮水般涌向城建局。

他看到这则启事时离截止日期只剩三天了，顾不上休息，就匆匆赶到城建局招聘处。原来这次招聘还附了一道考题：因为工程需要，需开挖刚刚修建的景观大道，在道路下埋设城市排水管道。但县政府刚刚下文，新修道路五年之内不得开挖，你作为主管副处长应如何处理？

景观大道位于县城新区，宽阔而笔直的大道旁种植树木花草，连路灯都是欧式仿古造型，放眼望去赏心悦目，气象一新。这么齐崭崭的一条新路，谁忍心挖啊？

应聘者想了很多点子，有的提出让县府特许批准；有的建议这条排水干管改道；有的说为了城市发展需要，哪怕先施工，事后再做深刻检讨，也是值得的。

他最后一个进入招聘会场，提出：景观大道存在重大缺陷——没有修建盲道，影响盲人行走，必须增设盲道。而那条城市排水主干管，可以在扩建盲道时同时施工。

举座皆惊，在场的专家和领导无不赞赏。

事后，有人问新上任的副处长，别人看到的全都是那条道路的漂亮美观，你是如何发现它的缺陷的呢？

他说，我爱美，我用自己心里的美与这条道路的美一一参照，找到了它的缺陷。

原来缺陷就是人性美的缺失。

（作者：陈建文）

铅笔的原则

铅笔即将被送出工厂，制造者把它带到一旁，对它说：在进入这个世界之前，我有五句话要告诉你，如果你能记住这些话，就会成为

86 夜色柔丽，月照七夕。我紧握手机，编辑字字珠玑，穿越记忆中的往昔，传去我久违的爱意，捎来你依然的气息。黑龙江 韦金海 （1540）

最好的铅笔——

1．你将来能做很多大事，但你不能盲目自由，你要同意自己被一只手握住。

2．你可能经常受到刀削般的疼痛，但这些痛苦能使你成为一支更好的铅笔。

3．不要过于固执，要承认你犯的任何错误，并改正它。

4．不管穿上什么样的外衣，你都要清楚一点，最重要的部分总是在里面。

5．在你走过的任何地方留下鲜明的印迹，不管处于什么状态，你都必须写下去。

（推荐者：卜黎飞）

一秒就是一粒珍珠

她 刚上小学时，到姥姥家过暑假，姥姥问她一年几个月、一月多少天、一天多少小时、一小时多少分多少秒……她答不上来，就反问姥姥："一秒是什么？"

结果还真把姥姥问住了。姥姥结结巴巴地解释说，一秒就是钟表上"咔"的一声，一秒就是一分钟的六十分之一……她缠着姥姥，让姥姥说清一秒究竟是什么。

无奈之下，姥姥从一个小瓷罐里倒出一堆小珍珠，认真地对她说："钟表响一下，你就捏一个小珍珠放回瓷

罐里，全部放回去之后，我就告诉你一秒是什么。"她半信半疑地随秒针捏着一粒粒小珍珠，直到把它们全部放回瓷罐。然后，她又缠着姥姥问一秒是什么，姥姥就机智地回答："一秒就是一粒珍珠！"

一秒就是一粒珍珠，多么形象的比喻啊，让时间有了具体的概念。转瞬即逝的每秒钟和一粒粒亮丽珍贵的珍珠联系在一起，匆匆时光便多了一份珍惜，悠悠岁月就积存一些丰厚，短暂人生也有了另一种计量单位和价值取向。

（推荐者：中人）

父亲做的馅饼

一位父亲遇到了一个难题：他的未成年的孩子们要求看一部"少儿不宜"的电影，因为电影的主演是他们最喜爱的演员，而且看过这部电影的人都说这部电影拍得很好。电影之所以"少儿不宜"，是因为影片中有少量性和暴力的场面。

但父亲一直不同意，他甚至并不跟他们摆理由讲道理，只是摇摇头说一个字："不！"

这天晚上，父亲问孩子们是否愿意尝一尝他制作的馅饼。他说，这些馅饼采用的是他们最喜欢的馅，另外还添加了一些新东西。孩子们问添加的是什么东西，父亲语出惊人："苍蝇！"

不过，他很快又安慰孩子们说这只是一些很小的苍蝇，其他馅子则是绝对新鲜和优质的，并且他把火候和时间也掌握得恰到好处。他再三保证，馅饼味道一定会好极了，根本不会感到里面有苍蝇的味道。

不管父亲对馅饼怎么赞美，孩子们也不愿意尝一小口。父亲哪怕说破了天，他们的回答也只有一个字："不！"

然后，父亲告诉他的孩子们，对于少儿来说，那些性和暴力场面就如同馅饼中的苍蝇，无论这些电影由谁主演，也否认不了"苍蝇"的存在。

（推荐者：黄金玲）

（本栏插图：安玉民）

本刊热忱欢迎来稿，可从邮局寄发，也可从网上传递。邮寄地址：上海绍兴路74号《故事会》杂志社，邮编：200020；本期责任编辑信箱：zjw002@vip.163.com。

学写作文，可以从读故事开始

  七夕到了，俺这人比较穷，只有几个十分送你：十分想念你，十分关心你，十分珍惜你，十分牵挂你，十分体贴你，十分想见你，十分深爱你。 海南 陈伟芬 （1541）

不服不行

□ 刘凤东

王彪入狱前是个木匠，手艺很好。这次监狱维修房屋，要在犯人中找一名木匠。稍微会点木工手艺的犯人都抢着报名。王彪心里对这些人不屑一顾，想，这些人不是打架斗殴，就是小偷小摸，再不就是贪污腐败，哪能与我科班出身的相比。这次入选的只能是我！

可是，最后入选的木匠竟然是因受贿入狱的"乔局长"！

王彪不服气了，都是服刑的，也得讲个公平竞争呀。他来到管教陈队长的办公室，说："报告队长，我是正经做了七八年的老木匠，怎么会不如他一个当局长的？"

陈队长哈哈一笑，说："要论木工手艺，你还真不如他。"停了一下，他又说，"我让你看一样东西，你就会服气了。"

说完，陈队长找出一张报纸，指着上面的一篇文章，说："你看看这个。"

王彪认真地看起报纸，报上讲的是"乔局长"贪污受贿的案子。其中一段话让王彪大吃一惊：检察院办案人员从他家一只非常普通的沙发腿里搜出了100多万元现金。"乔局长"交代，为了掩人耳目，他亲自改装了这只沙发……

100多万元钱王彪没见过，但他见过1万元钱，都是面额100元的大钞，厚厚的一沓。一只沙发四条腿，竟然能放下100多万，这得多么高超的手艺啊。

王彪说："队长，我服了。'乔局长'的手艺比我强……"

拒绝污染

□ 张 俊

赵老师教了三十年语文,水平好,脾气也大。他行为古板,自尊心又强,学生们都在背后叫他赵夫子。

这天他找校长有事,刚到门口,就听校长跟副校长说:"现在的网络语言真不得了,搞得人晕头转向。再这样下去,中国的语言文字不知会变成什么样子!"

赵夫子听了这话心里一动:下月教委举办教学论文研讨会,正好以此为题写篇论文。

主意一定,他立刻行动起来。他决定亲自上网了解网络语言,于是拜女儿为师,学会了用QQ聊天。

赵夫子在聊天室认认真真泡了大半个月,又用了三个晚上,写出一篇洋洋洒洒的论文——《中华语言拒绝污染》。不出所料,该论文一炮打响,夺得全市教学论文一等奖。校领导赞扬他为学校争得了荣誉,大加表扬。

再去上课的时候,赵夫子心情格外舒畅,板书比以往更好,同学们安安静静地做着笔记。

这时,坐在第一排靠墙位置的男生看黑板正好反光,不论他左摇右晃,怎么也看不清楚,急得他不停地说:"唉,什么字?写的什么字嘛?"

这句话忽悠一下钻进赵夫子的耳朵里。岂有此理,他的字公认是学校最好的,竟然还有人这么瞧不上。他气得发抖,指着那男生,说:"你站起来!把刚才的话给我重复一遍!"

男生诚惶诚恐地站起来说:"我说……说……这写的什么字嘛?"

赵夫子气得面红耳赤,猛一拍桌子,震得眼镜从鼻梁滑到了鼻尖,他吼道:"偶晕!偶负责任地告诉你,偶写的是标标准准的中国字!"

哈,赵夫子也用上了网络语言!

牛郎织女鹊桥相会,一条天河隔不断,夜夜渴望面对的思念,一颗真心交谈出,丝丝热情搓成的红线,七夕的缠绵,编织出爱的真谛,此情可成追忆。广东 刘金山 (1542)

年龄不是问题

□ 阿 玮

程世余妻子去世后，身家过亿的他成了"钻石王老五"，很受欢迎，但因为儿子还在上学，所以一直按兵不动。今年他儿子大学毕业，他松了口气，准备找老婆了。

他很快认识一位叫莉莉的女孩。莉莉啥都没得说，就是年龄太小。可莉莉说，她爱的就是程世余的成熟，那种乳臭未干的毛孩子她看不上眼。程世余听了心里很受用。他又想，不知儿子会不会接受一个比他小两岁的后妈，就很正式地把儿子请到酒吧，跟他说了这件事。谁知道儿子一听就笑了，说："老爸，都什么年代啦？年龄不是问题。"

没想到儿子这么开通，程世余激动得当即表态，他以后也不干涉儿子找女朋友，无论美丑贫富，做老爸的一定尊重儿子意愿。

接着，他把儿子的态度告诉了莉莉，莉莉很开心，让他赶紧提亲。程世余挑了个好日子来到莉莉

家。莉莉爸爸去世了，家里只有妈妈。她妈妈保养得很年轻，看起来像莉莉她姐。她妈妈盯着程世余头上的几缕白头发，疑惑地问："您老……贵庚？"

程世余赶紧掏出条钻石项链，毕恭毕敬递过去，说："请相信我的诚意，年龄不是问题。"

莉莉她妈接过项链，脸上立刻多云转晴。程世余又趁热打铁，临走时满脸通红地叫了一声"妈"。

婚事就这样定下来了。程世余正紧锣密鼓地筹备婚礼，儿子告诉他说，今晚要带女朋友来见老爸。

不一会，儿子带着女朋友来了，一进屋就兴奋地介绍说："这是我爸，这是我后妈……"

一旁的莉莉却惊呆了，她直勾勾地看着儿子的女朋友，叫道："妈！"

程世余做梦也没想到，儿子的女朋友居然是自己未婚妻的娘。

醉了说不得

□ 郭进容

阿莉的老公大国出差有一段时间了，本来说昨晚回来，可等了一夜也不见人影，电话又总是关机，阿莉都快急疯了。

天亮时大国总算打回电话，却在电话里不停地打哈欠。阿莉问："怎么像一宿没睡？"大国说："唉，昨天一哥们叫了几个女同学，拉去大喝一通，喝麻了！"

阿莉一愣，大国的初恋情人就在他出差的那个城市，顿时心里倒翻了一瓶醋，说："肯定发生了特别的故事吧？"大国支吾老半天，才说"老婆，我喝醉后发生的事真的记不起来了，直到早上醒来才发现有些不对劲……"阿莉心里一紧，盯着问："什么不对劲？"大国带着哭腔说："都怪那该死的酒精……老婆……"

刹那间，阿莉脑子里一片空白，话筒滑到地上，趴在床头放声大哭。

大国匆匆赶回时，阿莉愤怒地喊道："都这样了，你还回来干什么？"大国语无伦次地问："老婆，你……你不会因这件小事不肯原谅我吧？"

阿莉一起身便回了娘家。大国在家里郁闷了好半天，叹了一口气，准备去把阿莉接回来。

哪知一进岳母家的门，大国就吓了一大跳：阿莉全家人正等着他。老岳母指着大国的鼻子骂道："阿莉什么地方对不住你？你竟然背着她在外面鬼混？""什么呀，我哪有？"大国又对阿莉说，"老婆，走，回去我给你解释。"

阿莉说："要说就说给大家听！"

大国说："这事不能让大家知道！"阿莉不理他。

大国只得到处点头哈腰，可满屋子的人全都跟黑老包一个样，不理他。

大国一跺脚，咬着牙说："好，我告诉你们！昨晚酒醉后我……尿床了！呜呜呜……"

（本栏题图：顾子易）

七月天，烈日炎，火热感情更缠绵。情人节，盼相见，想你念你夜难眠。雨后晴，彩虹现，宛如鹊桥把线牵。我和你，心相连，不是瞬间是永远。 辽宁 戚长久 （1543）

373

2006
SEMIMONTHLY
下半月刊

8月
STORIES

本刊主办"故事中国网"(www.storychina.cn)正式开通，欢迎登录！

故事会
STORIES

2006 年 8 月
下半月刊·绿版

主 编：何承伟

常务副主编：吴 伦

副主编：姚自豪（上半月·红版）

副主编：夏一鸣（下半月·绿版）

本期责任编辑：夏一鸣

发稿编辑：

姚自豪 吕 佳 周 吟 郑继文
鲍 放 王雅静 邢 悦 朱 虹

美术编辑：李宝强

电脑制作：郭瑾玮

通 联：归依玲

本社办公室电话：021-64375030
上半月刊编辑部电话：021-64332325
下半月刊编辑部电话：021-64336469
（上海市绍兴路 74 号 邮编：200020）

主管、主办：上海文艺出版总社

制作、发行总监：张 凯

电话：021-64313938

广告总代理：上海文艺广告传播中心
（上海市绍兴路 74 号 邮编：200020）

广告业务：021-34010383

广告投诉：021-64333738

广告经营许可证

沪工商广字 3100320050022 号

发行：中国图书进出口上海公司

本刊各栏目欢迎来稿。来稿寄上海市绍兴路 74 号《故事会》杂志社，邮编：200020；请在信封上注明"××栏目"收；本期责任编辑 E-mail 地址：xiayiming@vip.sohu.net

节目太多

丈夫在客厅看足球赛，妻子夺下遥控器命他去洗碗。妻子看了一会球赛，觉得没什么意思，就又换了另一个台，正巧电视剧里的男主人公正在哭泣，妻子看了一会，也觉得没什么意思，准备再调。突然，丈夫从厨房里冲了过来，问道："怎么回事？为什么有人哭了，是不是中国队输得太惨了？" （张永进）

干吗罚钱

一个醉鬼骑自行车闯红灯被交警拦下，并被当场罚款二十元。醉鬼嘴里喷着酒气："为，为什么罚我？"交警厉声道"因为你违反了交通规则，犯了错误！"醉鬼不服气地说："犯了错误？那，那罚酒好了，干吗罚钱？"（伊 豆）

（本栏插图：李 加 史 琦）

发现漏洞

盖伯打电话给物业公司，说他家屋顶有点漏雨，要求派一位修理工过来维修。修理工很快就过来了，按照盖伯的指引，他来到餐厅，好不容易才找到那个漏洞。

修理工好奇地问："你真细心，你是什么时候发现漏洞的？"

盖伯皱起了眉头，说："我也是偶尔发现的。昨天晚上，我坐在餐厅喝汤，可一连喝了两个小时，那碗汤都没有喝完！" （李荷卿）

老资格

女儿二十岁生日那天，父亲觉得要和女儿谈谈恋爱观的问题。谈着谈着，父女俩激烈争论起来。父亲显然争不过女儿，最后摆出一副老资格的样子，说："你懂什么？我吃的盐比你吃的饭还多。"

女儿也不甘示弱："爸爸，你知道吗？我吃的醋比你吃的盐还多！" （张永章）

短信不长友情长，短信不贵真情贵，短信字少关爱多，短信架起心灵桥，短信传情不短路，朋友真情永相连。1300***8107（1601）

· 笑口常开 轻松一刻 ·

住饭店

有个乡下人很有钱，但很少出门。这天，他来巴黎度假，心里很高兴，就选了一家高级饭店住下。服务生给他拿起行李箱，然后带他坐电梯上楼。

这时只见乡下人满脸怒气，对服务生说："你们太欺负人了！"

服务生很紧张："先生，怎么啦？"

乡下人左右看看，说："怎么啦？别以为我从乡下来，就让我住这么小的房间！"

服务生恍然大悟，连忙解释道："别生气，先生！这不是房间，是电梯。"

（艾　柯）

早想好了

人家干什么赚什么，可有个老农却干什么亏什么。最近这位老农别出心裁，批发了一些尼龙绳，到镇上的集市里摆了个地摊，可还是生意冷清。

邻居见了，就问他为什么不干点别的生意，老农说他怕亏本。邻人笑了，说："你卖尼龙绳就不怕亏本吗？"老农振振有词地说："我早想好了！如果亏本后想自杀的话，我就用不着到人家那里去买绳子了！"

（陆章健）

理直气壮

小张、小王、小李三个人在一块喝酒，结果三个人都喝醉了，其中小李醉得最厉害。于是，小张、小王就一左一右搀扶着小李回家。小李妻子平时就反感丈夫喝酒，今天见他们三人搂在一起的狼狈相，不禁责怪道"你们怎么能喝成这个样子呢？"

"这、这样有什么不好？"三个醉汉理直气壮地说，"我、我们又不是和别的女人勾勾搭搭！"

（伴丁三）

三大效应

有个叫小强的同学，在女同学中很有人缘，凡是女同学的事，总是"有求必应"。这天，同学打趣道"小强，为什么你在漂亮的女同学面前就像个佣人似的？""你懂啥，这叫美女效应！"

"可长相一般的女生叫你，你为什么也言听计从啊？""这叫女人效应！"

"这我就不懂了。有一次，我看到一个长相恐怖的女生叫你，你也唯命是从？"

"这叫恐龙效应。恐龙说的话，你敢不听吗？"

（郑　小）

难解的习题

小刚做习题时被一道题难住了，怎么做也做不出来。爸爸见了，笑他上课没有好好听老师讲解。小刚不服气，正好这张试题卷印刷质量不好，"习题"的"习"字缺了一点，他一拍脑袋，恍然大悟道："爸爸，怪不得今天题目这么难，原来我做的都是些'习'题啊！"　　（丁　三）

就怕货比货

老福开了家棺材铺，这天有个人到他店里看货，看了半天，最后说："老板，这口棺材和那口棺材看起来一模一样，可价钱为什么要相差一倍？"

老福听了，打开棺材盖，对那人说："货与货不一样哪。不信，你躺到里面试一试。这棺材贵是贵了点，可睡起来舒服多啦！"

（胡光辉）

职业习惯

放学后，小明来到妈妈的鞋店，只见他蹦蹦跳跳地跑到妈妈身边，兴奋地说："妈妈，我们班今天转来一个新同学呢！"

"哦，是吗？"妈妈一边整理货架上的鞋，一边心不在焉地问，"那，是男式的还是女式的？"

（卜晓明）

 挨饿这事干得好就叫减肥，招人这事干得好就叫按摩，发呆这事干得好就叫深沉，偷懒这事干得好就叫享受，死皮赖脸这事干得好就叫执着。 广西 周晋（1602）

请稍后再拨

周末之夜，在电信公司工作的小王和同事在一个娱乐场所聚会，结果玩得很晚才回家。妻子很不开心，就数落了小王几句，可小王不买账，两人吵了起来。正在这时，小王手机"嘟嘟"响了，他拿起手机，气呼呼地说："你拨打的用户正在生气，请稍后再拨！谢谢！"（盘文铭）

看不出来

在一次舞会上，一位男士对他的舞伴说："姑娘，您戴的是假发吗？"女士很惊讶："你是怎么知道的？商店的老板向我保证，这假发是从外国进口的，我戴上它，任何人都不会看出来。"

男士笑了，说"老板也许没有说错。不过，我告诉你，是您忘了把假发上的商标取下来。"（木 易）

唯一的爱

在珠宝店，一个年轻人为女朋友选购了一条昂贵的项链。珠宝商说："我们店可以为每个顾客免费在首饰上刻字，请问，您要在项链上刻上女朋友的名字吗？""可以，"年轻人想了一会儿说，"不过，不能刻上她的名字，要刻就刻'给我唯一的爱'这几个字吧，这样万一吹了，我还可以继续用！"（木 土）

万无一失

有个大富翁在做腹部手术前，曾听人说，有些不负责任的医生，在手术中会把器械留在病人体内。为此，他特意请人制作了一套纯金手柄的外科手术器械，并对医护人员讲"诸位，这些手术用的刀呀、剪呀，手术后就留给你们作个纪念吧。"

富翁想：我看这次谁也不会把器械放到我肚子里了。

手术如期进行，可只进行到一半，就听主刀医生对手下发火道："谁把手术刀藏起来了？还有剪子呢？你们怎么搞的，手术还没完呢！"

（杨 松）

（本栏目欢迎来稿。来稿可从邮局寄发，也可从网上传递。如为电子邮件，请发以下信箱：xiayiming@vip.sohu.net）

·我的故事·

你是不是
学坏了

□ 赵展召

大学毕业后，我四处求职，可我只是个本科生，竞争起来没什么优势，一晃一个多月过去了，工作的事还没有着落。

但我不想让父母操心，于是就主动打电话给家里，说已经找到了工作，让他们尽管放心。听了这话，妈妈在电话那头高兴极了，说："儿子，咱总算熬出头了，明天妈妈就去看你，到时候你去接我啊。"

我吓了一跳，父母住在乡下小镇，来回一趟光路费就得一千来块，他们哪有这笔钱啊？我急忙劝妈妈别来，可妈妈乐呵呵地说："我知道你担心什么，告诉你，咱攒了三千块钱，足够妈妈来回的路费了，妈妈想死你了，一定要去看看你。"

我心里很想拒绝，但话又说不出口，吞吞吐吐的，反倒引起妈妈疑心了，妈妈就问是不是不欢迎她，这下我没办法，只好答应下来。

两天后，妈妈风尘仆仆地赶来了。我把她接到家，安顿好之后，虚情假意地说请她下馆子吃点好的，妈妈把脸一板说："别挣点钱就大手大脚的，将来你还得攒钱娶媳妇呢！去买点简单的，妈在家给你做饭吃。"我心里有些难过，妈妈好不容易来这里，我却不能请她吃顿像样的饭，但我只能顺水推舟地答应下来……

南方这座城市，天气热得要命，但再热也得找工作啊！我陪妈妈在家

8

一拜天地，从今受尽老婆气；二拜高堂，为她辛苦为她忙；夫妻对拜，从此勒紧裤腰带；送入洞房，我跪搓板她睡床。唉，我是绵羊，她是狼。 广西 孔婷（1603）

只呆了一天，就谎称公司忙请假困难，离开家后直奔人才市场，晚上回到家里，人累得半死不活的。

这天，我拖着疲惫的身子回到家，看我大汗淋漓的样子，妈妈急忙打了凉水，洗了毛巾，让我脱下上衣帮我擦汗。记得我上大学前，妈妈经常这样给我擦汗，此情此景，让我的心里一阵温暖……突然妈妈拿毛巾的手停住了，打量了我老半天，然后说："儿子啊……工作那么累吗？看你一天天怎么无精打采的啊？"我打了个呵欠，随口说："可不是嘛，我休息一下就好，您就别操心了。"

正说着，有人敲门，原来是房东来收房租，我脑子"嗡"的一下大了，糟了，口袋里只剩下几块钱，但我很快就镇定下来，故作镇静地对房东说："你先回去吧，明天我把房租给你送去。"房东怀疑地看着我说："今天跟明天有什么区别？反正我都来了，你就先给我吧，免得明天你还得跑一趟。"我急得汗都下来了，说："你先回去吧……我还能不给你钱吗？"

这时，在一旁的妈妈问："儿子，多少钱？妈帮你给他。"

房东收了钱走了，我嗫嚅着说："妈，我的钱放在公司里，明天我拿回来就给您。"妈妈意味深长地看了我一眼，什么也没说。一个堂堂大学生落到这种地步，真是悲哀，我不敢跟妈妈多说话，怕说露了馅，便早早躺

下休息了……睡梦中我觉得有人来到我床前，一激灵爬了起来，见是妈妈正坐在旁边，呆呆地看着我，我勉强笑着问她怎么了，妈妈欲言又止，好半天问道："儿子，你跟妈说实话，你是不是做什么……犯法的事儿了？"

我吓了一跳，急忙问她怎么想到这儿了，妈妈摇头。突然她哭了，说："儿子，到什么时候咱都得做本分人啊，不该沾的决不能沾啊！"

这老太太，整天瞎想什么啊？我粗着嗓门说："妈，你放宽心吧，你儿子没学坏！好了好了，你先让我睡一

觉吧，都快累死了。"

第二天，我一口气走了好几个用人单位，也没来得及找同学借钱，也就忘记了还妈妈钱的事儿。第三天下午，我一进家门，突然发现老爸不知道什么时候来了，我又高兴又惊讶，急忙上前问候："爸，你怎么来了？"就见爸爸脸色一沉说："小兔崽子，在外面几年长出息了？说，你是不是不学好？"

我愣了一下，立刻明白是妈妈找他来的，原来那天的事儿妈妈还放在心上呢，可妈妈怎么就认为我不学好了？就因为我没钱交房租吗？我又憋气又窝火，说自己整天上班，想不学好也没时间啊。爸爸瞪着我说："你整天上班不开工资？一个月挣一千多块没钱交房租？没事儿你妈能大老远折腾我来？"他越说越气，突然上前一把扯下我的衬衫，拉起我的手，然后指着我胳膊肘窝处大喊："还想骗我们？这是什么？不是注射毒品的针眼吗？不是因为这个，你年纪轻轻干点工作能累着？能整天委靡不振、愁眉苦脸？你老妈好歹也看过电视，知道注射吸毒这回事。爸爸妈妈供你读书不容易，你怎么能这样啊——"说到这，他突然一抬手，"啪"的打了我一记耳光。

我被打得一个趔趄，妈妈急忙冲上来扶住我，我低头看着肘窝处密密麻麻的针眼，心里不知道是什么滋味，这才想起，那天妈妈帮我擦身子，问我是不是犯法时那种奇怪的样子，原来那时候她看到这些针眼，动了疑心，再加上我说挣钱不少却连房租都没钱付，让她联想到了吸毒。我苦笑着说："爸爸妈妈，我没不学好，只是我确实有一件事儿瞒着你们：到现在为止，我还没找到工作呢。你们真不知道现在找工作多难啊，而且，有一项体检项目，需要抽血，有时候我一天要跑好几家单位应聘，少说也要抽两三次啊，这些针眼都是这么来的，这不是注射毒品的针眼。"

爸爸瞪着我说："你就撒谎吧，你化验一次血，以后拿着化验单给人家看不就行了？怎么非要抽血不可？"

我长叹一声说："你们是这样想，可人家不相信啊，怕咱有什么传染病，弄张假化验单欺骗他们，所以我这血几乎是天天抽啊。"

爸爸妈妈你看我我看你，最后还是对儿子的信任占了上风，爸爸埋怨妈妈说："你看你，你看你，冤枉儿子了吧。"妈妈眼睛一瞪说："那我也没让你打儿子啊，谁让你那么冲动的？"

爸爸难为情地搓搓手，问我疼不疼，我叹了口气说不疼。说真的，脸真是不疼，可是，胳膊上那些针眼却隐隐疼痛起来……

（本篇月月评短信代码：AA161）

（题图：安玉民）

政府大院养老虎

本书系《故事会》金栏目"中篇故事"精选，共收9则传奇色彩浓郁的精品。大老虎走进政府大院，还被委以"保卫"重任，它果然尽职尽责，抓到了坏人，真叫新奇荒唐。两头公牛一碰面就眼红气粗，斗得天昏地暗，当它俩遭遇群狼围攻时，竟捐弃前嫌，配合默契，脚蹬角挑，杀得饿狼嗷嗷惨叫，可谓奇妙。还有鹰猴各为其主，舍命拼斗；小黄牛为救女主人，居然初生牛犊不怕狼；民兵营长独闯野猪沟，杀死红野猪；汽车班长迷路斗公狼，血战沙尘……

黑色人物在行动

本书系《故事会》金栏目"中篇故事"精选，共收9则该栏目之精品，主要围绕金钱这一主题多侧面地拓展故事情节。其中有因钱而污染灵魂，导致亲情泯灭，好友成仇；有见财起意，不择手段冒领他人钱财；有为钱所逼，做了违心之事；更有为发横财，行骗作恶等。这些作品的特点是故事情节曲折生动，令人回味无穷。

密访曲家屯

本书系《故事会》金栏目"中篇故事"精选，共收9则有关形形色色的"官"故事精品。或是颂扬清官对官心系民众，为民请命，惩治土顽，巧妙拒贿，秉公施政；或是批评某些干部为创政绩大搞形式主义，弄虚作假，蒙骗上级，苦了百姓；更有一部分作品对那些贪官污吏们以权谋私，仗势欺人，坑害民众，甚至为逃避罪责杀人灭口，销毁罪证等不法行为进行了无情的揭露与抨击。

高原守护神

本书系《故事会》金栏目"中篇故事"精选，共收其9则故事精品，说的是怎么做人的故事。作品通过对人物举手投足的精心设计，形象地描绘做人的道德、原则与气质，展示了人与人之间相互关爱、恪守诚信以及见义勇为的精神。面丑心善的火化工关爱弱女，可歌可泣；好邻里关心失足青年，以情动人；男女青年历尽坎坷，体现了大海可以作证的为人美德，等等。

干件大事

□ 李 华 编译

杰克是"郁金香"擦鞋铺的伙计，这天店里只剩下他一个人，正准备打烊，就见有个人走了进来，杰克见此人黑衣、黑裤，一身的黑打扮，有些面熟，但一时又想不起来，就忙请他就座。

黑衣人找了个位子坐下来，把脚

伸到前面，然后大大咧咧地问道："小鬼，一天挣多少钱？"

杰克听了心中很不舒服，听得出黑衣人是在嘲笑自己。

没等杰克回答，黑衣人就开始炫耀说，他在杰克这么大的时候就挣很多很多钱。说话时，他一双眼很不老实，不时地东张张、西望望。

杰克手里忙着擦鞋，脑子也没闲着，终于，他想起来了：在邮局曾经见过黑衣人的照片，是个大诈骗犯，不错，三个州的警察都在通缉他！

黑衣人继续说道："小小年纪擦皮鞋，甭想有出息。小鬼，你得有想象力！"

杰克没吱声，但明显加快了擦鞋的速度，他想，得赶紧给他擦完了事。

这时，只听黑衣人又说："我16岁那年，一次就挣了2500美元。"

2500美元，这句话让杰克心里一动，他记得通缉令上说，捉到这个大诈骗犯，可以得到一大笔奖金，杰克随口附和道："你真能干！"可自己该怎么办呢？用装鞋油的罐子打他吗？不行，自己根本不是他的对手，这个大块头只要一拳头就能把自己揍扁。现在要是有人来多好！想到此，他紧张地瞅了瞅门外。

黑衣人似乎受到了鼓励，

初恋的味道：酸奶，甜而酸；热恋的味道：酒，容易喝晕；结婚的味道：茶，不换的话，越泡越淡越无味；离婚的味道：咖啡，苦，但使人清醒。 辽宁 薛铁 (1605)

吝啬鬼的超常思维 （文：黄果香；图：包丰一）

1. 吝啬鬼想学一门乐器，老师推荐他学钢琴，可吝啬鬼嫌钢琴价钱太贵。

2. 老师提议道："学小提琴吧，小提琴是乐器之一。" 吝啬鬼摇摇头说："也要几千哩。"

3. 老师有些不高兴了："口琴怎么样？几块钱就能买得到。" 没想到吝啬鬼还是摇头。

4. 老师把手一摊说："那你想学什么？" 吝啬鬼眨眨眼说："你教得了吗？我想学口哨！"

便越说越来劲："除了想象力，你还得有勇气。有了勇气，就能抓住机会，哪怕有鞋带那么一点本钱也能干大事！"

杰克下意识地又朝门外看去，忽然他发现警官戴利正从街对面向这边走来，黑衣人这时好像也看见戴利警官了，人显得有点紧张，话也说不利索了："行，行了，小鬼，我要走了！"

警官正好到了门前，杰克突然大喊一声："戴利警官，快来呀，这人是个通缉犯！"

"住口！"黑衣人吼道，说着掏出手枪，然后从鞋摊上一跃而起——只听"啪"的一声，他脸朝下栽倒，摔得不省人事……

"小鬼，你干得真聪明，"警官朝杰克竖起了大拇指，"你知道吗？你可得到7500美元的奖金。"

"真的有7500美元？"杰克腼腆地笑了笑，"嘿，其实那不是我的主意，是诈骗犯的主意。他告诉我，要是有了勇气和想象力，就是有鞋带这么一点儿本钱都能干大事。我看见你过来，就悄悄地把他的两根鞋带系在了一起……"

（题图：佐 夫）

（本栏目欢迎来稿。来稿可从邮局寄发，也可从网上传递。如为电子邮件，请发以下信箱：xiayiming@vip.sohu.net）

 ·快乐辞典·

足球《三国》

◆ **最佳前锋:** 关羽。千里走单骑，过五关，斩六将，直抵龙门，人称最佳盘带大师。

◆ **最佳门将:** 张飞。独守当阳桥，一夫当关万夫莫开。

◆ **最佳后卫:** 诸葛亮的两个老军士。唱"空城计"时，两个清道夫把守大门，让魏国"前锋"司马懿无功而返。

◆ **最豪华阵容:** 关羽、张飞、赵云、马超、黄忠五虎上将组成的五人足球队。

◆ **最红的球星:** 关羽。面如赤枣。

◆ **最黑的裁判:** 张飞。实在太黑了。

◆ **最惨的交战纪录:** 孟获俱乐部与诸葛亮俱乐部七战皆输，无一胜绩。

◆ **最著名的假摔:** 刘备摔孩子。

◆ **最佳射门:** 吕布辕门射戟。

◆ **最烂射门:** 诸葛亮草船借箭，曹操射门无数，不是射中守门员（草人），就是射中门框，无一中的。

◆ **最有争议的足球先生评选:** 刘备曹操煮酒论英雄，结果只有他们两人当选。

◆ **最佳本土教练:** 诸葛亮。刘备三顾茅庐方才请到，将刘备当时的甲B球队培养成甲A球队前三甲。人称神奇教练。

◆ **最佳外籍教练:** 孟德斯鸠。曹操字孟德，自从执掌魏国俱乐部屡战屡胜，对手们恨之入骨，称其为:"孟德这鸟东西"，按照文言文表述方式则为:"孟德斯鸠"。

◆ **最失意的主教练:** 周瑜。将荆州主场出租后，竟然收不回来。

◆ **最著名之以多打少战例:** 刘关张三英战吕布。

◆ **最快射门:** 关云长温酒斩华雄。

◆ **最著名的俱乐部成立仪式:** 刘关张桃园三结义。

◆ **最失败的转会:** 曹操俱乐部花巨资购买关羽，但仍未能挽留他。

◆ **最厉害的造越位战术:** 刘备托孤，嘱诸葛亮必要时可以取而代之，但诸葛亮不敢越位。

◆ **最倒霉的裁判:** 督邮。因为哨太黑，被球员张飞痛殴。

◆ **最成功的联队:** 吴蜀联队利用赤壁主场之利，大胜曹操的超豪华阵容。

◆ **最严重的假球:** 华容道关羽放曹操。

◆ **最成功的球员:** 曹操。场上队长，中场组织核心，退役后任俱乐部教练，最终成为董事长兼俱乐部主席。

◆ **最著名的球星保护规则:** 赵子龙大战长坂坡，比赛监督曹操命令防守队员，不得伤害球星。

（作者：云 弓；推荐者：张志国）

  初恋时朝朝暮暮，热恋时要生要死，新婚时喜气洋洋，三年来还算顺畅，七年后不痛不痒，再往后就变了别样，小蜜小蜜的谈对象，忽听一声断喝：你休想！ 广东 吴达权（1606）

哇，没想到书可以出得这么漂亮！

"生活原来如此"成为全国书市的亮点，欢迎邮购

"生活原来如此"系列共有16册书,收录了几百个蕴涵心灵感悟、隽永难忘的生活小故事。每个小故事都配以精彩插画,寓意中赋予美感。这些美丽而雅致的精装"小"书,是送给自己和朋友最温馨的礼物。在全国书市期间,它们已引起读者的浓厚兴趣,成为关注的亮点。

这里的一则则小故事,睿智而经典,每一则都会让你的心灵为之震撼。让你在洞悉生命意义的同时,体味生活的美丽。让我们在安静中保持心的平和,让我们一起来倾听生活的声音。虽然生活内在的声音常是微小的,但你的内心越平静,聆听得就越清楚——"生活原来如此!"

细米 （青春系列小说）

少年细米生来就是一个爱脸红的男孩儿，他与表妹红藕两小无猜，一同长大，日子如清水一般自然流淌。然而，有那么一天，大河上飘来一叶巨大的白帆，白帆下飘来一群仿佛来自天国的女孩儿。这些从苏州城里来这里插队的女知青，给平静的乡村带来了一股新鲜而迷人的气息，而其中的梅纹姑娘以她纯净而温柔的情感与精神力量，使细米这个桀骜不驯的乡野之子步入新的成长历程。他们初次相见时，彼此就有了一种奇异的感觉。在后来苦难而温馨的岁月中，细米一边在梅纹的引领下走向前方，一边开始暗恋着她的声音、她的举止以及她身上所有的一切，而她在那段孤独无助的时光里，似乎更深刻地陷入了一种对于细米的不可名状的眷恋。一种非恋情的恋情，在一个到处是河流与芦苇的水乡世界中令人感动地展开着，处处风采飘逸，处处诗意流动。

小说深谙人的情感的微妙，写就了一段天地之间可以与日月同在的情感故事，以优雅的笔调完成了一个少年的心灵雕塑。安宁的村落、寂静的麦田、旋转的风车、河里的小船、各色的鸽子、雪白的芦花、袅袅的炊烟，与四季优美的乡村风景一道，参加了这个东方少年的现实世界的加冕礼。

鸟 奴 （青春小说系列）

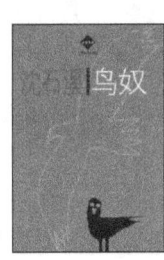

这是一部故事精彩可读性很强的动物小说 这是一部蕴含深刻哲理让人掩卷沉思的动物小说。动物行为学家"我"与藏族向导强巴在滇北高原日曲卡雪山进行野外科学考察时，意外地发现一对蛇雕与一对鹩哥把自己的窝筑在同一棵大青树上。从动物分类学上说，蛇雕属于食肉猛禽，鹩哥属于普通鸣禽，蛇雕是各种雀鸟的天敌，鹩哥被列入蛇雕的食谱。在大自然的食物链上，二者是猎手与猎物的关系，怎么可能共栖共存呢？"我"决心揭开这个谜。"我"埋伏在离大青树不远的石坑里，亲眼目睹蛇雕一家子是如何飞扬跋扈欺凌可怜的鹩哥的，也清楚地看到鹩哥一家子是如何谨小慎微忍气吞声在夹缝中求生存的。经过半年的观察研究，"我"排除了这家子蛇雕与这家子鹩哥之间传统的"共生共栖"、"单惠共栖"和"假性共栖"这几种大自然常见的共栖关系，而是属于非常罕见的主子与奴隶的共栖关系。动物界特殊的"兽际关系"，折射人类社会复杂的"人际关系"，具有强烈的震撼力量。作品语言流畅生动，对大自然的描写惟妙惟肖，值得一读。

官司准能

□ 胡秀欣

律师栾艳菊开了一家私人律师事务所，半年多了，却门庭冷落。

这天，栾艳菊正发愁，一个女人走了进来。看这个人，也就二十七八岁的年纪，她坐到栾艳菊面前说："大姐，我想咨询个问题。"

"什么问题？"栾艳菊随手拿过记录本。那女子连忙摆手："大姐，不要记录，我想请你为我保密。"看她一脸认真的样子，栾艳菊合上本子说："好吧，有什么事你就说吧。"

那女人脸微微一红，稍一犹豫，讲了起来……

她叫关晓玉，几个月前，她认识了一个大老板，那老板自称很有钱，他们多次在一起。可上个月，她发现自己竟怀孕了，可那老板有妻室，不可能娶她。她来此是想问一问她可不可以通过法律手段向那老板索赔……

听关晓玉讲完，栾艳菊问道："你有什么证据吗？比如照片、录音带、录像带等。"

关晓玉摇摇头："没有！"

栾艳菊惋惜地说："你什么证据都没有，这就不好办了，你现在根本就证明不了这孩子是那个老板的。即使你说的完全正确，但打官司是需要证据的！"

听栾艳菊这么一说，关晓玉顿时泄了气。她失望地叹了口气，无奈地说："看来，我只好自认倒霉了，我只

是看他有钱才这么想的，如果无法索赔，那我只好去医院了，谢谢你大姐！"关晓玉说着站了起来，转身想走。栾艳菊急忙起身将她拦住说："你等一等，你的想法不是不能实现，但你要按我的主意去做。"关晓玉一听事情还有门，眼里立刻流露出惊喜神情，她迫不及待地说："大姐，你帮帮我，打赢了官司，我一定好好谢你！"

栾艳菊将嘴巴凑近关晓玉跟前，告诉关晓玉，最好的办法是将孩子生下来，做亲子鉴定。

关晓玉一听直摇脑袋，说她没有工作，怎么能养得起孩子？她可不想官司没打好，再弄个累赘。

栾艳菊眉头一皱，略带责备地说："你这人真是有点傻，怎么不往远处想想——你把孩子生下来，我可以帮你索要抚养费呀！他是个老板，最起码得要他几十万。钱到手了，孩子还不好处理吗？你不愿意养活，也可以送人嘛！"

栾艳菊一席话，说得关晓玉茅塞顿开，她兴奋地拉着栾艳菊的手说："大姐，我听你的，这个官司你可得帮我打赢呀！"栾艳菊自信地一笑："你放心，到我这没有打不赢的官司，你只要按我说的去做……"栾艳菊告诉关晓玉，孩子生下来后就去法院起诉，然后就来找她，有她亲自辩护，这场官司赢定了！

送走了关晓玉，栾艳菊心里别提有多高兴了，一想到日后有大笔的律师费挣到手，心里就特别得意。此后，栾艳菊掰着指头数日子，等着关晓玉生下孩子来找她。几个月后，关晓玉还真来了，怀里抱着个婴儿，是个男孩。她一脸的沮丧，一进门就哭了。栾艳菊不由愣了，忙问出了什么事？好半天，关晓玉才哽咽着说："我被骗了，让我怀孕的那人根本不是什么大老板，他只是一个机关部门的小头头，手里根本没有多少钱。"说着，将几张照片送到了栾艳菊面前："这是那人的照片，大姐……"还没等关晓玉说完，栾艳菊就懵了：照片上的人，正是自己的丈夫。

天哪！她大脑顿时一片空白……还没等回过神来，就听关晓玉又接着说："我找了他，眼下我给他两条路，一是和他老婆离婚娶我；二是我起诉他索要抚养费，让他身败名裂。大姐，你说我这样做是否能赢？"

（题图：刘斌昆）

花心老爸

□ 金 戈

麻烦多多

梅坤在县城工作,买了大套房,想把乡下老爸接进城来安度晚年,可老爷子总是推诿,无奈之下,梅坤只好按老爷子的意思,雇了一位姓金的农家大嫂做保姆,专门照料老爷子的生活起居。

一晃三个多月过去了,这天,梅坤开会路过老家,顺道来看看老爷子。他推开虚掩的房门,只见保姆俯

卧在床上,老爷子正在为她捶背掐腰做着按摩呢。呃,这是咋回事?到底谁是主人谁是保姆啊?梅坤简直被眼前的情境搞懵了:"爸,您这是……"

老梅头见是儿子,直起腰,捶了捶背说:"那啥,金大嫂身子骨不舒服,我帮她按摩按摩。"边说边拉着梅坤进了厨房,让梅坤帮着生火,自己淘米摘菜的忙了起来。

梅坤憋了半天,终于开了腔"我说爸,咱出钱雇请保姆,是让她侍候您的,可不是让您来侍候她呀!"

老梅头叹了口气:"话是这么说,可人家也是一把年纪的人了,自打进咱家门,一直待我不薄。只是,这阵天冷,她老毛病发作了。唉,她也是个苦命人,无儿无女,老伴也不在世,我帮她按摩按摩,兴许,很快就会好起来的。"

怪不得老爷子不肯进城,问题全在这儿,看来,他俩早就相好了,请

她来做保姆，只是一个借口。其实，梅坤并不反对老爷子找个好老伴，可眼下金大嫂这种病病歪歪的样子，真要在一起过日子，那以后自己可是麻烦多多啊！

过了几天，梅坤亲自开着一辆小车，停在老家门口，一下车，便乐呵呵地递给金大嫂一袋水果，说了一些感谢的话，接着又对老爷子说："金阿姨近来身体有些不适，就让她好好休息休息，我想接您进城住几天，您不知道，您的宝贝孙子天天念着您呢！"

老梅头本来有些犹豫，听梅坤说孙子想他，便动心了，回头又嘱咐金大嫂，要她安心养病，等他回来。随后，便和梅坤一起进城了。

心事重重

令老梅头有些遗憾的是，上初中的孙子应付似的叫了声爷爷，便去做他的作业，看他的电视，再也不和他搭茬。好在儿媳妇吴霞还算客气，特地为他准备了一间卧室，铺盖枕头也是新的。只是，老梅头总觉得像出差住旅馆，睡不踏实，迷糊了一晚，第二天便想回去。

正准备开口告辞，儿媳妇却请来了一位老嫂子，说自己和梅坤这几天碰巧特别忙，怕老爷子一人在家寂寞，特地请来这位老嫂子，陪他唠嗑、解闷。老梅头见儿媳妇一番诚意，不忍推却，只好听其自然。

老嫂子能说会道，和老梅头东扯西拉泡了一天，临走，儿媳妇偷偷塞给她二十块钱，老梅头这才知道，原来人家是家政公司的陪聊人员，全靠陪人聊天赚钱吃饭呢！第二天，老嫂子又来了，老梅头心疼二十元钱，说啥也不和人家聊，早早把人家打发走了，宁愿独自在家枯坐。

挨到第三天，老梅头再也呆不住了，坚持要回乡下去。儿媳妇再三挽留说："您万一要走，我也不强留您，只是，您等梅坤回来了再走不迟，要不，他会说我没侍候好，又要怪我了！"正说着，梅坤真的赶回来了。他头上直冒热气儿，气喘吁吁地拦住老爷子："您还走啥，从今往后，您就和我们住一起了！不瞒您说，那个姓金的保姆我已经打发她回去了，老家那栋旧房子，这两天我做主把它卖掉了。"说着，从兜里掏出一本存折，拍在老梅头手中，"喏，卖房款全给您存在这儿，由您支配，您想咋用就咋用，我们不动您一个子儿！"

老梅头听了，惊得眼睛发直，半晌，才哆嗦着嘴唇说："梅坤，你，你咋这样呢？那房子虽然日后都是你的，可现在，它，它还是我的窝啊！你咋不吱声就卖了呢？"

"老爸，您先别急，听我慢慢说。其实呀，我们一直想把你接进城来，可您总是说舍不得那房子，不愿离开老家。看着您一年老过一年，我们越来越不放心让您一个人呆在乡下，也不放心让别人来照顾您。为了让您能和我们住在一起，安度晚年，这次，我和吴霞合计，故意瞒着您卖掉了房子，让您断了对老屋的那份念想。您要打要骂随您，做儿子儿媳的可是真心实意为您好啊！"说着说着，梅坤的眼泪都快下来了。

事已至此，老梅头还能说什么呢！面对儿子"如此孝顺"，他万般无奈地叹了口气："唉，随你们也罢！房子本来是留给你们的，既然卖了，房款你们就拿着，我反正也是吃你们的，喝你们的，还要钱干啥？"

乡下没了栖身之地，老梅头心里明白：自己和金大嫂的黄昏恋，今生怕是没戏了！他每天只能呆在儿子家里，等他们上班下班。晚上虽然能见着面，可老梅头和他们搭不上话茬儿，除了吃就是睡，或者看看电视。虽然隔壁左右都有人家，可谁也不搭理谁。有几次，他好想和金大嫂打个电话，问问她的病情，在电话里唠唠嗑。可惜，金大嫂家又没电话，要想通话，还得从别人家转接。别的事儿让人转接一下倒也没啥，可这电话唠嗑儿让人转来转去的，那不是招人现眼吗？这天，他正发愁，看见儿媳吴霞从兜里掏出只手机跟别人聊天，那玩意儿小巧玲珑，不用电话线就能通话，多方便啊！老梅头顿时心中一动，脑子里突然冒出一个大胆的念头：对了，给金大嫂买只手机！

想到这里，他连忙去商店打听，这才知道，买只新手机，至少也得上千块钱。找儿子去要这笔钱吧，他开不了这个口！想来想去，决定自己去挣。可自己毕竟年过花甲，城里的重活儿干不了，能赚钱的细活都讲究高科技、高文化啥的，自己干啥好呢？

为这事，他一连在街上转了好几天。转来转去，转到一家盲人按摩店门前，心想，自己不是有祖传的按摩手艺吗？这下可有用武之地了！

他找到按摩店老板，亮出祖传的那套活儿，老板见他好使，便破例收留了他，并要他戴上墨镜，装成盲人来店里上班。虽然工资不高，可毕竟也能赚到钱了。

此后，老梅头每天吃完饭便出了门，小两口以为他喜欢逛街，只是叮嘱他小心过往车辆，按时回家吃饭，别的也就懒得过问了。老梅头也不想让他们知道自己心里的秘密，就这样，偷偷摸摸当了三个月按摩工，手指头都给按肿了，总算凑齐了买手机的钱。

情意绵绵

这天一大早，老梅头瞒着小两口，乘上回乡的班车。车到村前，他第一个下了车，远远望见金大嫂的家，他情不自禁地摸了摸怀里那款刚买的手机，心里怦怦直跳。可是当他走近门前，却发现门上挂着一把锁。问了问左右邻居，这才知道，自从他离村进城不久，金大嫂就一病不起，半个月前，突然去世了！老梅头不由双腿一软，心里冰凉冰凉……

在邻居的指点下，老梅头蹒跚着找到金大嫂的坟墓，抽泣了半晌，好

半天才缓过气来，点燃一叠叠冥钱，然后从怀里掏出崭新的手机，一把扔进荧荧的香火里，喃喃自语道："老妹子，这手机我是特地给你买的，指望你能用它和我唠唠嗑，没想到，咱在阳间用不着……你若有灵，就收这份薄礼吧！记着，念我时，就用它给我打个电话……"

从乡下回城后，老梅头就像换个人，一天到晚，只会傻呆呆地守望着电话机，电视也不看了，胃口也越来越差，到后来，什么也吃不下了。小两口请医生反复检查，也没查出是啥病。熬了一个多月，瘦得只剩一把骨头。小两口见老爷子大势已去，只好悄悄准备后事。这天，一家人围在老爷子跟前，只等他咽下最后一口气。突然，老爷子精神灼灼地从床上坐了起来，声音朗朗地说："坤儿，快，来电话了，一定是金大嫂打来的，快给我接！"

顿时，一家人都惊呆了，因为谁也没有听见电话铃响，不由你望望我，我瞅瞅你，不知所措。

老爷子还在一个劲儿要接电话，梅坤无奈，只好将座机话筒递给他。老爷子双手紧紧地攥住听筒，贴在耳边，颤颤抖抖地说："老妹子，你腿脚不好，不要出门来接我，就在家等着。别忘了，给我沏壶老茶，我这就来，就来……"

（题图、插图：黄全昌）

 在爱情长路上，每个人都会经历缘深缘浅的波折，不管怎样，你要铭记一个道理：放弃的不必回头，错过的不要想念，在你身边的，且爱且珍惜。 河北 刘明华（1609）

特殊的陪嫁

□ 段海斌

俗话说"男大当婚，女大当嫁"，从小在孤儿院长大的王倩近期要结婚了。虽说她参加工作后，就已经离开了孤儿院，但她头一个电话还是打给了王院长。

王院长一直把王倩当作亲生闺女看待，听到喜讯后，一口一个高兴，还说要为她准备嫁妆。

结婚前一天，王院长打电话给王倩，说是给她准备的嫁妆准备好了，让她自己来拿。

王倩嘴里说不用麻烦了，但心里却高兴极了，挂了电话，王倩就神采飞扬地去找未婚夫林冬，两人有说有笑地来到王院长家。不巧，王院长不在，保姆说王院长去乡下接一个要入院的孤儿，有一百多里路，估计要第二天才能回来，不过，王院长走时有过交代，她把送给王倩的嫁妆放在了一个小盒子里，等王倩她们来了，转交给王倩。正在这时，电话铃响了，保姆忙过去接电话……

王倩接过精巧的礼品盒，亲了又亲。有心当场打开看，又怕保姆笑话她，两人憋着高兴劲儿呆了一会儿，就兴冲冲地告辞回家了。

王倩和林冬两人回到家，一进门就迫不及待地打开礼品盒，再一看却泄气了——里面除了一根长长的红绳子外，什么也没有。王倩的脸一下子挂不了，真没想到王院长这么抠门，哪有结婚送这嫁妆的？林冬也在一旁

不冷不热道"算了，算了，又不是亲妈。能送你点东西就算不错了。"王倩仍是余怒未消："哼，结婚时也不能通知她！"说着，便把那根红绳子扔在墙脚。

结婚那天，王倩、林冬请了许多朋友，却唯独没有请王院长……

一晃几个月过去了。新婚的激情渐渐消失了，小两口的磕磕绊绊逐渐多了起来。一次，林冬一时冲动打了王倩，王倩哭着跑出了家门，在街上漫无目的地走来走去。不知怎么，转来转去竟转到了王院长家。

王院长把满眼是泪的王倩拉到屋里，问到底是怎么回事。王倩委屈地说出了事情的原委：林冬有时要上中班，回到家里常常都夜里十一二点了，王倩胆小，每次都把门反锁，林冬来了就要叫门。可王倩睡得很死，林冬敲破了门，王倩也听不到。两口子就为这事儿老吵架。

王院长一听，很惊讶："我给你的嫁妆你没用？"王倩一惊："什么嫁妆？"

王院长说："就是那根红绳呀。你把它一头拴在你的手腕上，一头搭在窗户边，林冬一回来，一拉你，你就知道了。你们住的那间小屋也没多大，我给你准备的绳子长度肯定够！咦，保姆给你盒子时没说什么吗？"这下王倩全明白了，她没回答，而是惊讶地问："你怎么知道我们会发生这事？"

王院长笑着搂过王倩说："你呀，从小睡觉就死，天上打雷都弄不醒你，当妈的哪有不了解自己女儿的……"

"妈——"不等王院长说完，王倩一把抱住王院长，失声痛哭起来。

（题图：刘斌昆）

喝酒原则：和老板喝，以老板满意为原则；和客户喝，他醉我不醉为原则；和女朋友喝，她晕我不晕为原则；和朋友喝，把自己灌晕不用掏钱为原则。　1385***0936（1610）

用生命证实

□ 吴宏庆

国保的话，当场就说："你们放心，这事我一定会给你们一个交代的！"说话时，鼻腔里"呼哧呼哧"的。

李国保满心欢喜地回到队里，跟工友们一说，大家非常兴奋，说总算找到了个为民办事的好官。可是不知道为什么，直到快过年了，张局长也没有给他们答复，于是李国保再一次找到了他。张局长此时却显得很为难，支支吾吾地说："我最近太忙了，实在是抽不出空来，等过了这阵子再说好吗？"

李国保心里顿时就凉了一截，这不是明显在敷衍他们吗？一路上，他都不知道自己是怎么回到队里的。他心里很不好受，对大家说："这事都怪我，是我辜负了大家的重托。"工友阿禾苦笑着安慰他说："这事不怪你，要怪就怪我们民工命苦。唉，可怜我那

李国保年前到城里的一家建筑队打工，这一年累死累活，到了年底，满以为可以带钱回家过年了。谁知道包工头却突然卷款潜逃了，大伙儿顿时就傻了眼。

这时有人提醒道，有民工劳资纠纷的，可以去找一个叫张局长的人，因为李国保上过高中，有文化，所以大家委托他去找张局长。

张局长不好找，李国保扑空了好几次，最后才在单位的大门口拦住了他。张局长人很胖，他扶着墙听完李

生病的老娘，还在等我的钱去救命啊！"说着说着竟呜呜哭了起来……

夜里，李国保满脑子都是工友们愁苦的神情，翻来覆去也睡不着：都怪张局长，是他给了大家一个美好的希望，却又不负责任地破坏了这个美梦。什么好官，说不定他跟包工头根本就是一伙的！想到这，他再也睡不着了，点上蜡烛，写了一封信：明天晚上十一点整，拿二十万元在中心公园城雕前等我。如果报警，就绑架你的儿子……

说二十万，是因为他们十几个工友的工资加一起正好是这个数。当然，他写这个信，只是想吓吓张局长出口恶气。

第二天一早，李国保就来到张局长的家，慌忙把信从门缝里塞了进去，然后逃也似的走了。但是李国保万万没有想到，当天，几个警察就找上了门来……

仇人相见

这一年的春节李国保是在拘留所度过的。他无时无刻不在想着张局长，每想一次，都恨得直咬牙。数月后他从拘留所出来，意外地收到被包工头卷走的那笔钱，据说这是张局长帮他们要回来的。但李国保对此一点也没有感激之情，他认为这是张局长为了不把事情闹大而做的。

原建筑队散伙了，李国保一时还找不到活干，有一天，他打了个电话给阿禾。阿禾听说了他的现状后，说"你到我们这来吧，保证有活干！"李国保立即赶过去了。原来阿禾在一个风景区里拉黄包车，他介绍了李国保去面试，结果很快录取了。

景区里每天都有很多旅游者，一趟十元，一天拉个十几趟不在话下。每天能净挣几十块钱，这让李国保很是满足。

这天中午，李国保正在和阿禾闲聊，远远地看到对面来了几个人。李国保一看中间那人，顿时就两眼冒火，这不是张局长吗！几个月没见，他更胖了，鼻子里"呼哧呼哧"的，每走一步都大喘气。

李国保想了想，迎上前去，装着不认识，问道："先生，坐车吗？"张局长看了看他，点了点头，就一屁股坐上了他的车子。刚一坐上，车子顿时猛地一沉，张局长他们几个人哈哈大笑起来。

李国保知道他们在笑什么，自己跟张局长相比，实在悬殊太大，他人长得精瘦，拉着张局长就像小猴拉河马一样。阿禾看不过去了，过来说："你还是坐我的车吧，我力气大，保管让你坐着舒服。"张局长还没开口，李国保就拦住阿禾，说："你别管，让我来。"说着嘿嘿一笑，一弯腰一躬背，迈动脚步。

下坡路上，因为张局长的分量重，李国保拉得挺轻松，甚至还一路小跑起来了。张局长很高兴，不时回头看看被远远抛在后面的人，发出一阵阵"呼哧呼哧"的笑声。下坡路完了，紧跟着就是上坡路，这个坡挺大，李国保借着下坡的冲劲冲到了半坡上，接着闷头往上拉。

张局长躺在车上，举目远望，山明水秀的很是惬意，又转过头来问道："喂，我好像在哪见过你？觉得脸挺熟的。"李国保喘着粗气，说："你以前来过这吧，那当然就见过我。"张

局长直摇头说："我从来没有来过这啊，真是奇怪。"

这时李国保停下车来，对张局长说："先生，请问你想走哪一条路？"张局长一看，前面有两条路，一条大道，一条山道，他好奇地问道："这有什么讲究吗？"

李国保向他解释说，大道是属于景区规定的拉车道，山道是山里人出入的路，山路险峻，却是风光无限，不过，这只是他们拉车人的"私人节目"，只需另加五元就可以了，算是挣点儿外快吧。

张局长听了，很是好奇，他伸长了脖子往山道上看了看，说："既然来了，就体验一下吧。走山道！"

生死关头

这条山道叫"龙尾口"，处于悬崖之上，是个锐角形的转弯，路特别窄，最宽处只有黄包车的两个轮子那么宽，最窄处一边轮子甚至是悬空的。

说话间，就到了龙尾口，李国保紧捏车把手，猛地往前一冲，像要冲下悬崖一样。张局长虽说有准备，可是也吓了一大跳，这不是明摆着要自杀吗？还没等叫出口，却看到李国保在将要掉下悬崖之前猛地一个急转弯，张局长屁股一颠，人差点颠出车外，忙紧紧地抓住车子，一看右边，是空的。为什么会有这样的感觉呢？张局长惊魂未定，想了好一会，这才明

白自己已经过了转弯处，右边是悬崖呢。他擦了擦不知何时冒出来的汗，又感觉车轮的声音不对头，怎么只有一边有声音，他小心翼翼地伸出脑袋探了探，妈呀，一边的轮子是空的，仅靠李国保用手劲加技巧撑着。他胆颤心惊地往前面看了看，还有十几米这样的小路，过去了路就宽了。

这时，李国保突然停了下来，张

局长忙问道："你怎么不走了啊？"李国保回过头来说："我擦擦汗。"这倒也是，他脸上的汗早就挂下来了。张局长又问道："你不能拉过去再擦吗？"现在全靠李国保两只手撑着车子，要是他擦汗，剩下的一只手能把住车子吗？万一失手……李国保回过头来，嘻嘻一笑，突然松开右手，拿起了腰间的汗巾。张局长猛地感觉车子向外翻去，他魂飞魄散地发出一声尖叫，眼见着就要翻下悬崖了。突然又在半空中停了下来，跟着，人也缓缓地回到原地。

李国保在危急时刻把稳了车子，回头一笑，说："你刚才说的没错，我们是见过面。"张局长一愣，问道："真的吗，在哪见到的？"

"你真的记不起了？"

张局长摇了摇头，说"真想不起来了。"张局长这时突然感觉很惶恐，他下意识地看了看后面，发现一个人也没有，李国保刚才跑得快，已经把后面的车子远远地甩开了。

李国保心想，现在，只要他一松手，张局长就会掉下去，而自己充其量只是失手……

他双手颤抖着，脸皮一阵阵地抖动着，坐在车上的张局长也不由自主地抖动起来，他哆嗦着问道："你为什么不动了？"

"你真想不起来我是谁了？"

"对不起，我真的想不起来了。"

 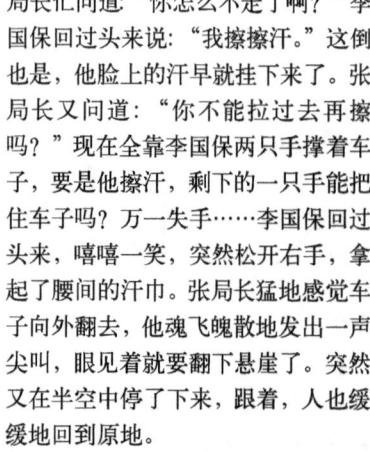 祝你：干起工作不觉累，挣下票子不浪费，找下妻子不臭美，生下孩子不后退，住上房子不觉贵，开上车子不要飞，钱够花，觉够睡，正赶上小康社会。1308***6123（1612）

也是，他一个大局长哪还会记得自己。李国保苦笑，刚才见到张局长时，就想到了要把他诱到这里来将他丢下悬崖，可是现在看到他如此惊慌失措，却全然没有报复的快感了。也许张局长掉下悬崖后，别人会真以为自己只是失误，可是却瞒不了自己的良心，这以后他都将在"杀人犯"的阴影下度过。算了，就放过他这一回吧，恶有恶报，不是不报，时候未到，这样的坏蛋总有治他的人。想到这，他一咬牙，一顿足，很快地就把车子拉到了安全的地方。这时，李国保突然感觉心里很轻松，像卸下了一副重担一样。

生命巨赌

张局长的心总算回到了原位，他大口地喘着粗气，不停地擦着头上的油汗，口中却说："刚才真是太刺激了，师傅好技术，这五块钱没白花。"

李国保说："先生，要不要再试一次？"张局长忙摇头"这么危险的游戏还是别玩了好，一不留神不但害了别人，还会连累自己。"

李国保把张局长拉到了目的地，下了车后，张局长付了钱后就走了。李国保坐着休息了一会儿，往厕所里走去。刚把蹲位的门关上，就听到外面有人进来了。一听到那熟悉的"呼哧呼哧"声，他就知道是张局长，旁边的一个人说："张局长，你身体不

好，不好好地呆在医院里，来这里做什么？"

"你们不知道，我有桩事一直压得内心很不安。半年前，有个民工找我解决工资的问题，当时我因为犯病了，天天都在医院里呆着，一时抽不出时间来办。后来不幸发生了敲诈勒索事件，案子很快破了，我这才知道写信的人就是那个民工，他以为我是在敷衍他。因为我工作的失误，让他在拘留所里住了好几个月……也没有时间去看他！这不，前阵子退了休，就四处打听他的消息，听说他在这里做事，就过来看看他。"

"那你见到他没有？"

"见到了。"张局长笑了起来，"他是我这一生最愧对的人，总担心他过不了人生这道'坎'，不过今天我无意中用生命做了一次赌博，而事实证明，我们都跨过了这道门槛！"

李国保顿时就愣在了那里。这时，腰里的手机响了，接来一听，是阿禾打来的，他说："你觉不觉得那个胖子有点眼熟？我刚想起来了，他就是当年的张局长！唉，好人啦！喂，喂，怎么不说话了？"

李国保无力地放下手机，不知是庆幸自己没有走那危险的一步，还是后悔自己的冲动，他捂着脸哭了起来……

(本篇月月评短信代码：AA162)

(题图、插图：魏忠善)

千层底

□叶 梓

人与人是讲缘分的，阿朱就很喜欢班主任吴老师，不但喜欢她的课，就连她走路一跛一跛的样子都喜欢。阿朱没有母亲，在心里，她是把吴老师当作母亲的。她喜欢盯着吴老师的跛脚看，在心里一遍遍地计算老师该穿多大的鞋。她的心里，有个不为人知的秘密。

吴老师也喜欢这个人穷志不穷的阿朱，为了不让阿朱感到自卑，偶尔，吴老师还叫阿朱帮自己批试卷。

这天，阿朱抱了一叠作业来到吴老师办公室，吴老师拉着她的手问："阿朱，你星期天除了温习功课，还有别的事吗？"阿朱摇摇头。

吴老师沉思片刻说："我想请你帮个忙。星期天你到董倩家怎么样？董倩这孩子很聪明，但是太贪玩。快高考了，你们在一起温习功课，可能对她是个促进。当然，如果你不愿意，我也不勉强你。"

说实话，阿朱的确不愿意，这个董倩平时就爱虚荣，除了化妆、打扮，几乎什么都不会。但她也知道，董倩的母亲和吴老师是大学同学，关系很好……想到此，她看着吴老师期待的目光，默默地点了点头……

星期天，阿朱背着书包到董倩家，可回来时，她却低着个头，眼泪在眼眶里打转。是啊，人和人为什么就有那么大的差别？董倩买一支口红就要一百块，一双高跟鞋要四五百，可自己呢？学费拖到现在，却不知道该怎么向父亲开口。来到校门口，阿朱稳了稳神，把眼泪擦干净，抬起头，突然，在几米远的树下，她看到一个熟悉的身影。

阿朱跑了过去，是父亲。父亲正蹲着吸旱烟，看到阿朱，忍不住咧开嘴笑了。阿朱一只胳膊挎在父亲的胳膊上问："爸爸，你什么时候来的？是不是等了很久？"

父亲摇头，说："我刚到，正要歇歇脚再去找你。"说着，他从怀里掏出还带着体温的五张百元钞票，叫她快去交学费。阿朱看着这些钱，都不敢问父亲钱是怎么来的。看着父亲更加苍老的脸，阿朱的眼泪在眼眶里打转，和父亲道别后，揣起钱，飞快跑进了学校。

第二天，阿朱早早就把学费交了，然后进教室上课。

正上着课，董倩的母亲突然来了，她看上去怒气冲冲，示意吴老师出来。吴老师安排大家自习，一跛一跛地走出教室。阿朱从窗口看到两人在树下说着什么，董倩的母亲满脸愠怒，吴老师神色焦急，不时地朝阿朱的座位看一眼……

下课后，吴老师告诉阿朱，可以不必去董倩家了。现在到了冲刺阶段，她应该抓紧一切时间好好复习。阿朱低下头，不知怎地，她觉得这事可能和董倩妈妈有关，可自己会有什

么事可谈的呢？

又过了一阵子。一天下课之后，吴老师叫阿朱把作业送到她的办公室。阿朱收齐了作业过去，敲敲门，吴老师不在。阿朱推开门，把作业本放到吴老师的办公桌上。转过身，她突然发现墙角有一张折成两折的一百元人民币。阿朱的心怦怦跳着，一百元，是她两个多月的伙食费呀，她伸手将钱捡了起来，她发现自己的手有些颤抖。但最后，她还是转过身，把钱放到了吴老师的办公桌上……

令人窒息的高考终于结束了，阿朱顺利地考上了大学。她报的是师范大学，因为读师范省钱，还因为她想做一个像吴老师那样的老师，让更多像她一样贫困的学生走进大学。阿朱读大学的钱对父亲来说简直是天文数字，但幸运的是，阿朱因为品学兼优得到了资助，一项帮助贫困大学生的"阳光工程"，让阿朱获得了七千元的学费。

整整一个暑假，阿朱沉浸在兴奋中。每天下地干完活儿，她就坐在灯下纳鞋底。她在心里藏了三年的秘密终于有了实践的机会，她要亲手做一双千层底的布鞋，送给吴老师。这是阿朱第一次做鞋，针一次又一次扎了手，血珠染红了手上的碎布。但阿朱不觉得疼，每缝一针，她的心就似乎贴近了吴老师一步。她听老人说，千

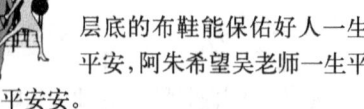

层底的布鞋能保佑好人一生平安，阿朱希望吴老师一生平平安安。

阿朱终于把鞋做成了。在上大学前，她怀里抱着沉甸甸的千层底布鞋去找吴老师。

站在吴老师的门前，阿朱显得既兴奋又忐忑不安。正要敲门，突然听到里面传出激烈的争执声。一个男老师说："为什么要让阿朱获得助学金？我看她根本不配。你这样袒护她其实是害了她，不管是不是她偷了五百块，但起码她有很大的嫌疑。你这

是在姑息养奸，迟早会后悔的！"

阿朱一下子呆住了，头上像挨了一闷棍。谁丢了五百块？怎么怀疑到了自己头上……下面吴老师又说了什么，她再没听清。突然，她想到了那落在墙角的一百块钱，原来，那是吴老师在试探自己！阿珠觉得心像被狠狠地捅了一刀。这时，她听到里面笨重的脚步声走过来，阿朱放下鞋，哭着跑开了。

难道穷人就必定是小偷吗？难道考验穷学生就一定得用这种方式吗？阿朱躲在家里，哭了整整一晚……

阿朱上了大学，却再未和吴老师联系。

一晃四年过去了。阿朱以优异的成绩从大学毕业，分到一所实验中学当老师。很偶然的一次，她在街上碰到已结婚的董倩。董倩没有考上大学，毕业后就结了婚，现在孩子都两岁了。她热情地邀请阿朱到自己家坐一坐。阿朱和她闲聊了一会儿，董倩突然说："阿朱，有件事我做错了，很对不起你。现在想起来，我真的后悔死了。"

阿朱问："什么事？"

"高三那年，你帮我补课的时候，我偷偷从妈妈的钱包里拿了五百块钱，买了一双自己喜欢的高跟鞋。我妈妈发现钱少了，怀疑到你的头上。我不敢承认是我拿的，你知道，我妈妈脾气暴躁，我怕她打我。直到毕业

天天上班愁更愁，老板说话没理由，我们干得像梦游，时时批评眼泪流，工作多得像报仇，干起活来像木头。说你呢，还在看，还不快点干活！ 四川 卿桥英（1614）

后，我才把这件事告诉了妈妈。"

阿朱目光直直地看着董倩，心里一下子像打翻了五味瓶，什么滋味都有。她终于明白自己为什么会有偷五百块钱的嫌疑，原来如此！

董倩紧紧握住阿朱的手说："多亏了吴老师，我妈妈要告诉校长，吴老师叫她千万不要声张，自己掏出五百块钱给了我妈妈。一想起这件事，我就觉得很对不起你，对不起吴老师。"说着，董倩流下泪来。

阿朱呆呆地，半晌没说话。过了一会儿，董倩擦干眼泪，接着说："后来，我每次看到吴老师都难过得要命。真正的贼是我啊！从那天起，我攒着零花钱，半个月没吃菜，攒了一百块，就偷偷放到了吴老师办公室的墙角。她应该是个粗心大意的人，看到一百块，会以为是自己不小心掉的，这让我心里还好受些。"

阿朱不知道自己是怎么离开董倩

家的。回到学校后，她第一件事就是收拾东西，去看吴老师。

来到母校，阿朱有一种特别的亲切感。她来不及细想，就匆匆走进吴老师办公室，发现吴老师正伏案备课，吴老师以为是课代表来了，竟头也不抬地说："把作业放桌上吧。"阿朱一动也不动，吴老师似乎察觉了什么，抬起头，见是阿朱，高兴地站起来，因为动作太快，身子趔趄了一下，阿朱上去扶了吴老师一把。

吴老师拉着阿朱的手坐下，说："有一句话，一直没有机会对你说：谢谢你，那双千层底布鞋，舒服极了。"

阿朱看着吴老师，久久地看着，突然泪流满面。也是前不久她才知道，吴老师的左脚，是假肢，要比右脚穿大一码的鞋子。阿朱做的千层底布鞋，只能封存在柜子里……

（题图、插图：魏忠善）

·本刊信息传真·

郑重声明

为严肃出版纪律，编辑部再次郑重声明：1.本刊拒绝重发稿、抄袭稿。一经发现，编辑部将视情节轻重，对其作出相应的处理，如通报有关部门、在刊物上公开曝光等，并保留向司法部门起诉、追究法律责任的权利。2.所有来稿务请注明：原创、翻译、改编、推荐、搜集整理以及需要说明的事项（包括该作品是否已投寄其他刊物）。3.来稿三个月内未接到任何通知，作者可另投他处，编辑部不再退稿。

保险柜里的

蚊子

□ 于永军

锁定李四

八月的一天，天气十分炎热，市公安局刑侦支队接到报告，说昨天夜里市中心商业大厦发生一起特大盗窃案，财务室的保险柜被打开，一百二十万元的巨款不翼而飞。案情十分严重，队长命令侦破组刑警毕剑、鲁华立即赶赴现场。

当毕剑、鲁华赶到现场时，现场已被封锁，几个技术民警正在进行现场勘查。看到毕剑和鲁华赶来，分局刑警大队长老杨急忙迎了上来，都是老熟人，简单寒暄两句后，话题就直奔主题。

老杨咂了咂嘴，语气中有些暧昧，似乎是在夸奖盗贼"这小子有两把刷子，活做得很干净！"毕剑和鲁华相视一笑，能让老杨承认有两把刷子的自然不同凡响，毕剑笑道："难道是个神偷？"老杨习惯性地摸了摸下巴，抬杠似的说："差不多！我们已经对现场做了勘查，财务室位于商业大厦的第十二层，大厦每层都配有一名保安值班，这倒没有什么稀奇，最主要的是这小子竟打开了财务室的两道防盗门，保险柜的密码和自动报警装置也没有难住他。更让我佩服的是：这小子手脚很利落，竟没给我们留下什么蛛丝马迹！我们初步进行了排查，内部人员作案的可能性不大，这小子肯定是个老手，开锁手段高超的老手！"

某些企业：领导贵族化，员工奴隶化，人际复杂化，加班日夜化，上班无偿化，效益保密化，竞聘内定化，检查形式化，待遇民工化，加薪？神话！ 四川 刘坤（1615）

"老手，开锁手段高超……"毕剑和鲁华沉思道，他们相互对视一眼，几乎同时叫道，"燕子李四！"

老杨道"我也怀疑这小子，不过他的胃口能有这么大？"

毕剑若有所思地说："人是会变的，这小子沉寂两年也该出洞了！"接着，又吩咐，"老杨，如果我没记错，李四就住在古北三巷6号楼406室，你马上安排人员进行抓捕，同时通知交巡警，全市布控别让他给跑了！"

"好的！"老杨点点头，立即安排人员抓捕李四。

艺高胆大

李四原名李思源，因在家排行老四，又称"李四"，他自幼习武，练得一身好轻功，脑瓜子好使，手脚也利落。小时候他妈妈一次出门发现忘带钥匙，李四就学着大人的样子用一截铁丝捅锁眼，三捅两捅还真让他给捅开了，从此就对各种锁具感兴趣，不断摸索，几年后竟没有他打不开的锁。有了这手活儿，李四手就痒，慢慢地竟走上了邪道。因为他功夫好，手段高，道上的狐朋狗友就送了他一个"燕子李四"的绰号，意思是和传说中的燕子李三不相上下。可常在河边走，哪有不湿鞋的？李四很快便成了公安局的"座上客"，在局子里挂了号。不过这小子贼精，每次作案最多也只偷一万，被公安局逮到了认栽，

逮不到那就赚了，所以尽管两次被劳改过，服刑的时间都不算长，但他那手开锁"神功"还是深深地惊动了办案民警，作为大要案侦破组的老刑警，毕剑、鲁华当然会把他深深印在脑子里。

"我不信这小子敢玩蛇吞象，一百二十万就不怕卡了他的脖子！"老杨很显然还不相信李四的胃口有这么大。

"起码他有重大作案嫌疑！"毕剑尽管也不敢肯定，但毕竟不愿放过这条重大线索。

出人意料的是，李四并没有逃，

民警赶到时，他正坐在楼前的柳树下，看两个人下棋哩。看到警察找他，拍拍屁股就站了起来。下棋的人见了开玩笑说："李四，又进宫了！"李四眯着眼，不火也不恼，还笑了笑："我也就是去报个到，过会就回来看你们下棋！"说着，乖乖上了车，来到了市局刑警支队。

市局刑警支队的讯问室里，毕剑和鲁华两人已经赶了回来，正默默坐着吸烟，看到李四被带进来，似乎没看到一样，一言不发。李四也是老油条了，见毕剑他们不发问，也呆呆地坐在椅子上，一脸无辜的样子。

"知道我们为什么抓你？"毕剑丢掉香烟，突然发问道。

"不，不知道，我咋知道呢？"李四满脸堆笑。

"你是不到黄河不死心啊！"毕剑又点上一支烟，对鲁华说，"先给他作个笔录。"

鲁华问道："你叫什么名字？"

李四嘻嘻一笑，说："大哥，我们不是都认得吗？"

鲁华喝道："少废话，我问你叫什么名字？"

李四立即点头哈腰："李四，李四，他们都叫我李四！"

"说你的本名！"

"我叫李思源，男，汉族，42岁，现住古北三巷6号楼406室，小学文化。父亲叫李大根……"李四如背家谱。

"我问你什么你回答什么！"鲁华喝道。

"是，是！"李四满脸堆笑，应道。

"我问你，昨天晚上，你干什么去了？"

"昨晚，我先是在楼下和邻居喝茶乘凉，后来就回家看电视，再后来就睡觉了！"

"看的什么电视？"鲁华问。

"《大宋提刑官》。"李四答。

"什么内容？"鲁华继续追问。

"呵呵，一个县官，姓什么我忘了，他刑讯逼供，屈打成招，被宋慈宋大人给收监了……"李四说到"收监了"时，眯着眼瞥了鲁华一眼，似平鲁华就是那个刑讯逼供的县官。

毕剑没有问话，他知道对付像李四这样的老油条，这么简单的问题肯定难不住他，但他也没有阻止鲁华讯问，只是静静的听，想从中找出破绽，揪住狐狸狡猾的尾巴……

天衣有缝

夜渐渐深了，鲁华的问话没有什么突破，李四开始眯墙上的钟，尽管是午夜，天还是很热，远处传来几声闷雷，看样子快下雨了，也许下了雨天就会凉快一些，但此时毕剑的心情却越来越沉重。通过问话，凭一个老刑警的直觉，李四有恃无恐的样子正好说明他有很深的作案嫌疑……终于，李四再一次看了看墙上的钟，笑道："大哥，都快夜里一点了，天快下雨了，我阳台上还晾着衣服，你们要是没什么事，我是不是可以回去了？"

回去？毕剑皱了皱眉，他知道在没有有力证据的情况下，公安机关只能放人了，但他没有理会李四，而是对鲁华说："你看着点，我出去一下！"毕剑走出讯问室，陷入了沉思，很显然，李四沉寂两年，如果是他作案，肯定是有备而来……

外面的天气很湿闷，一团团的蚊子在讯问室门外的灯光下飞舞着，闻到毕剑身上的汗味，嗡嗡飞了过来，一只蚊子轻盈地飞到毕剑的脸上，伸出了吸管，等毕剑感到脸有点痒时，它已吸饱了肚子，正想展翅起飞，不料被毕剑轻轻一挠，竟挠到了手里。毕剑看着蚊子滚圆的肚皮，轻蔑地笑了笑："只能怪你自己，你太贪吃了！"用指甲轻轻一点，蚊子的肚皮破裂，流出一团鲜红的还没凝固的血来，看着这团血，毕剑的脑子突然灵光一现……

十分钟后，毕剑精神抖擞地走进讯问室，他望了望墙上的钟，又冷冷地看着李四，声音充满了威严："李四，你还没想好？我们原本希望你能老实交代，给自己留个机会，可惜你死不悔改，我一定要亮出你的罪证吗？"

"我，我没有罪啊！"李四眨了眨眼，声调中充满了委屈，他不相信毕剑出去一趟能找到什么证据。

"我看你不见棺材不落泪！"毕剑冷笑一声，"如果我没有记错，你李四第一次被我们抓获，是因为你在现场留下了指纹！第二次你被抓获，是因为你在现场留下了脚印！这一次你自以为干得天衣无缝，没有留下痕迹，可惜啊，百密一疏，你还是留下了现场罪证！"

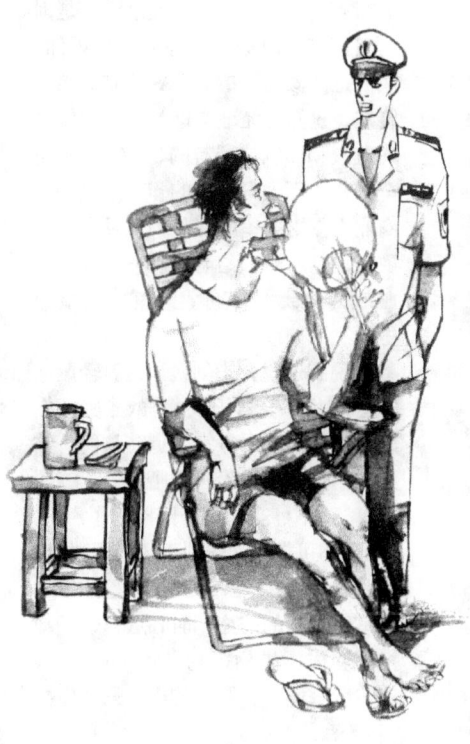

道高一尺

李四"嘿嘿"一笑："毕警官，我不知道你是什么意思？"

毕剑戴着白手套从衣兜里拿出一个塑料袋来，走到李四跟前，"你看一看这里面是什么？"李四睁大眼睛，塑料袋里竟装着一只蚊子的尸体，蚊子的肚皮破了，流出一团黑红的血。

"这，这是一只蚊子……"李四嚅嚅道，目光中充满了疑惑。

"不，这是你的罪证！"毕剑厉声道，"我们为什么要和你兜圈子，是因为我们在等时间，现在可以告诉你，我们是在做血液的DNA 鉴定，通过鉴定，我们已经证实这具蚊子尸体里的血液和你以往留有的DNA 样本完全吻合！而这只蚊子的尸体是我们在商业大厦财务室的保险柜里发现的！现在你是不是该给我解释一下，你的血液为何会留在商业大厦的保险柜里？"

说到这里，毕剑缓了缓，轻蔑地笑道："你不会告诉我，是蚊子吸了你的血，又飞过财务室两道防盗门，钻到密不透风的保险柜里吧？"

"这不可能！"李四叫出了声。

"不可能？"毕剑不容李四喘息，步步紧逼道，"当你一心一意打开财务室保险柜的防盗门时，这只蚊子却把你当成了猎物，它飞到你的脸上，美美地吸满了一肚子的血，只是你被眼前大量的现金迷住了眼，并不在意一只蚊子的侵袭，但你的身体却下意识做出了反应，你一抬手，拍死了这只蚊子，这只蚊子尸体就留在了你的手上，当你搬取现金时，蚊子的尸体又刚好遗落在保险柜里，而我们正是在保险柜里找到了它！"

李四听得目瞪口呆。该死的蚊子！

半晌，李四才清醒过来，就像泄了气的皮球，一下子瘫了下来。他万没想到自己策划了两年的行动却被一只蚊子给"咬"砸了，现在他只怪自己太贪婪，没有把握每次最多只偷一万元的原则，一百二十万会判多少年啊？

李四终于崩溃了，他承认案了就是他做的，并且他十分狡猾，竟把所有的钱都藏到了商业大厦财务室旁边房屋的天花板上，企图等事件平息后再取走……

"毕剑，你这家伙太棒了！"第二天，老杨听了鲁华详细介绍破案经过，马上给毕剑打来电话，"我把现场勘查的那帮小子统统臭骂了一顿，现场勘查太不仔细了，保险柜里那么大的蚊子竟没发现！"

"什么呀，你也损我！"毕剑笑了笑，"老杨，这可是帮你破的案，你要请客，那蚊子可吸了我不少的血啊！"

（题图、插图：谭海彦）

上帝的安排

□唐雪嫣

感谢上帝，他把一切都安排得如此巧妙，完美无缺……

汉斯是个独行大盗，他的拿手好戏是开保险箱。可瓦罐不离井上破，一次偶然失手，他被判了七年徒刑，妻子也跟他离了婚。

出狱后，汉斯去父亲那儿接回十岁的儿子迈克，迈克是个聪明的孩子，总有与众不同的言行。汉斯不想让儿子跟他活受罪，受活罪，思前想后，他还是决定重操旧业。

这天晚上，汉斯来到镇上最好的酒吧，要了一杯威士忌慢慢地品尝，可耳朵却不闲着。

汉斯的耳朵比狗都灵，这是多年苦练的结果，他知道，男人贪杯，一贪杯，就免不了从口中露点隐私，于是他就从嘈杂的"声浪"里捕捉有用的信息……

忽然，他听到一个压得很低的声音："我踩过点儿了，那个老约翰……"

那人的声音太低了，而且沙哑，即使是汉斯，也只能听到断断续续的几句，他急忙顺着声音不露痕迹地移动了几个座位，这回总算听清楚了："邮票在保险箱里，我们没人能打得开，所以只能把保险箱弄走，再想办法取出邮票。今天他的儿子去了纽约，家里只剩下老约翰一人……等他睡得正香，我们就动手。"

"那邮票能值多少钱？"另一个人问。

"八十万。我们卖给中间人，也能得四十万美金。"

汉斯知道他们所说的老约翰，是一个旧邮商，住的地方离汉斯家并不远。

此时他心里有了主意，便付了酒钱，从容地走出酒吧。这样的大买卖可遇而不可求，他要尽快行动，让这帮蠢货累个半死去抬一个空箱子吧……

汉斯来到老约翰家，已是午夜时分，四周静悄悄的，很快，他便找到卧室翻窗而入，就在他四处寻找保险箱的时候，老约翰醒了，刚想报警，汉斯眼疾手快，一拳头打了过去！

两分钟后，汉斯终于找到了保险箱。说实在的，这个保险箱可不容易对付，费了好大的劲他才打开，那枚价值连城的邮票静静地躺在里面。

东西到手后，汉斯迅速翻窗而出，就在他刚刚跨上摩托的时候，一辆停在路边的轿车突然亮起前灯，晃得汉斯几乎睁不开眼睛，他心里想：糟了！他来不及多想，发动摩托车调头冲了出去，那辆轿车也尾随而来。

汉斯飞快地拐过街角，恰好一辆巡逻的警车闪着灯经过，汉斯心里一动，跟在警车的旁边若即若离地行驶着。他这时还不能确定那辆车是不是冲着他来的，可是不管怎么样，让警察作保镖肯定不会错的。

后面的车快速跟上来，然后超过

他扬长而去。汉斯终于松了口气。

不过，他还不敢大意，他谨慎地转进一条只有摩托车能出入的小巷，绕个弯子，直到确定没人跟踪的时候，他才回到家。迈克已经睡了。汉斯小心地将邮票夹在一本书里，然后将书扔在地上——即使有什么意外，也不会有人想到价值八十万的邮票会随随便便地扔在地上。明天一早他就去寻找买家，很快他就又是一个有钱人了。

汉斯刚躺下准备美美地睡一觉，突然，房门被人一脚端开，两个大汉冲进来，手里乌黑的枪口对准了他。

他这才恍然大悟，那辆车竟然真的是冲自己来的，而且在街上时还故意放过他，打消了他的怀疑，直到他回家时才杀他个措手不及。

汉斯心里后悔，乖乖举起手。这时儿子迈克惊醒了，看到凶神恶煞般的两个大汉，吓得大哭起来。一个大汉不耐烦地咒骂一声，上前绑了迈克的双手，用胶布封了他的嘴，将他扔到客厅里，然后问汉斯："邮票在哪儿？"

汉斯装聋作哑地说："什么邮票？我不知道你们在说什么！"

那人一把抓过汉斯的手按在桌子上，狠狠地问道："邮票在哪儿？"

大汉见他不说，抢起手枪狠狠砸下去，只听"喀嚓"一声，他的手骨断裂了，汉斯一声惨叫起来。

有片安宁叫做从容，有片退思叫做开悟，生活留给我们许多忙碌的死结与空白的片断，或去沉沦，或去醒悟。 广东 张颖（1618）

大汉狞笑道："别他妈的耍花招，实话告诉你，就是因为你开保险箱的技术是第一流的，我们才会选中你，才会在酒吧让你听到那些话。我们需要你为我们去偷那枚邮票，因为那个保险箱根本就无法抬走。要是没有那辆可恶的警车，你出来时我们就拿到邮票了。现在老实点儿，交出邮票，饶你不死。"

汉斯看着已经残废的手，心想今天无论如何也不能交出邮票，这张邮票就是以后的生活。见他不说，两个大汉开始对他用刑，汉斯被打得死去活来，但他咬紧了牙关，就是不说出邮票的下落。

汉斯如此硬朗，倒是出乎大汉的意料之外，一个家伙恨恨地说："好，你不说，我就杀了你儿子。"他怒气冲冲地踢开客厅门，突然他大叫一声，只见屋里空无一人，地上扔着割断的绳子和一把水果刀，窗子大开，迈克不见了。

就在这时，外面传来刺耳的警笛声。两个大汉脸色大变，急忙冲出屋去，但警察已经包围了他们，他们只好乖乖地束手就擒。

原来，机灵的迈克用水果刀割断了捆绑他的绳子，然后跑到外面打电话报了警。汉斯被送到医院，面对警察的质询，他说那两个大汉是劫匪，要抢他的钱，因为他没钱，所以遭到毒打。汉斯这样说的时候，见警察没

什么异样的反应，不由松了口气，看来那两个家伙果如他所料，并没说出真相。

打发走警察，汉斯心里一块石头落了地，现在该担心那本书里的邮票了。如果那两个大汉还有同伙的话，或许会去搜他的家，那就糟了。

汉斯对迈克说："儿子，今天多亏了你。不过爸爸看来要在医院躺上几天了，你帮爸爸拿几本书来在这儿看，尤其是家里地上的那本，爸爸还

没看完呢。"

迈克去了。汉斯想，一旦伤好出院，立刻带着邮票和儿子远走高飞，绝不能再落到那帮人的手里。就在他浮想翩翩之时，迈克兴高采烈地跑进来，手里捧着一大束鲜花"爸爸，祝你早日康复。"

汉斯吃了一惊，这一大束花很贵的，迈克哪来的钱呢？就见迈克从书包里掏出那本书递给他说："爸爸，我在这本书里找到一枚邮票，我知道有一个商店收购这种旧邮票，就拿去卖了，他们给了我一百美元啊……"

汉斯只觉得天旋地转，险些晕了过去，受了这么多苦为了什么？不就是为了这张该死的邮票吗？可是迈克却卖了它。他正想大发雷霆，几个警察冲进来，不由分说按住他给他戴上了手铐。

"原来是你，汉斯。"一个老人走进来问他。汉斯抬头一看，不由哀叹一声，这人就是邮票的主人老约翰。

老约翰大笑："真要谢谢你的儿子啊，丢了这枚邮票，我急得差点自杀，没想到你的儿子竟然把它给我送来了。天啊，我给了他整整一百美元，于是你才有了这束祝福的花儿。安心去坐牢吧，迈克交给我，他帮我找回了八十万的邮票，我会像照顾自己儿子一样照顾他的。哈哈，感谢上帝，他把一切都安排得如此巧妙，完美无缺。"

（题图、插图：佐 夫）

（本栏目欢迎来稿。来稿可从邮局寄发，也可从网上传递。如为电子邮件，请发以下信箱：xiayiming@vip.sohu.net）

"优媒杯"《故事会》优秀作品月月评
每期3篇选1　最高奖金800元

"'优媒杯'《故事会》优秀作品月月评"活动，参加方式如下：1. 每期由初评委推荐3篇故事为候选作品，读者可选择自己最喜欢的一篇，将其月月评短信代码（如AA161，没有短信代码的作品不参加评选）发送到911903（移动用户、联通用户）、02838168（广东移动）。每次限选一篇，可多次投票。2. 凡选对本期"最受欢迎的故事"的读者均有机会获得现金奖。每期设一等奖1名，奖金800元；二等奖10名，各获现金100元；所有参加评选的读者均有机会获得参与奖，每期200人，各获精美礼品一份。3. 本期活动截止期为：8月20日。得奖读者在评选结果揭晓后将得到短信通知。用户每投一票收费1元。

本期候选作品：1.《你是不是变坏了》(p8)（短信代码：AA161）；2.《用生命证实》(p25)（短信代码：AA162）；3.《人活一口气》(p59)（短信代码：AA163）

2006年6月（下）月月评揭晓启事及获奖名单，详见"故事中国网"(www.storychina.cn)。

这酒啊，看起来像水，喝到口里辣嘴，喝到肚里闹鬼，走起路来绊腿，半夜起来找水，早上起来后悔。唉，不喝还对不起嘴，喝多了真找不着北！ 1381***9888（1619）

女儿香

□ 魏柏林

梅香是个乡下女孩，今年十四岁，因病住进了县医院，没几天时间，花了好几千块钱。梅香不知道自己是啥病，她问医生，医生说她是重感冒，还有点儿贫血。她不信，感冒咋会用这么多钱呢？又问爸爸，爸爸也这么说。

这天，爸爸又回家筹钱去了，姑妈替爸爸来照看小梅香，一起来的还有姑妈的儿子大松。大松和梅香是表兄妹，小伙伴在一起聊得很开心，小梅香故作轻松地说："大松弟，你猜，我得的是啥病？猜对了我给你好吃的。"

大松想也没想，随口就说"猜啥呀，我早就知道，你是晚期白血病……"话一出口，他突然想起妈妈的嘱咐，连忙改口说，"不、不是白血病，是贫、贫血，真的！"

小梅香半天没吭声，眼里含着泪，她看了看周围，见病房里没有其他人，反倒安慰大松说："大松，你别着急，反正也没别人听见，我就装作不知道，姑妈不会责怪你的。"

这个晚上，小梅香还是偷偷哭了好几回，泪水把枕头都打湿了，她知道，晚期白血病是一种很难治好的病，就是能治好，也要很多很多的钱，可是，家里只有爸爸一个人种地，哪有那么多钱啊？于是，她一边哭，一边想着心事。

第二天早上，爸爸赶回了医院，身上脸上还沾着斑斑点点的血迹，梅香挺吃惊，问了好半天，爸爸才吞吞吐吐地告诉她，原来爸爸回去没借着

钱，请人帮着杀了家里的耕牛，连夜卖了，顾不了换衣服。看见爸爸一夜间苍老了许多的面容，又想到那头心爱的老水牛为她而去，梅香不禁鼻子一酸，眼泪又下来了。爸爸替梅香抹去眼角的泪水，挤出笑容说："我知道你舍不得那头老水牛，其实，它早就不中用了。卖它之前，我给它喂了最好的草料，我对它说，卖了你给梅儿治病，你没意见吧，它挺明白似的点了点头，嘴里还'哞哞'地叫唤，我们这才下了手……"说着说着，爸爸也满眼是泪。

父女俩正在病房唏嘘，进来了几位医护人员。这是医院的惯例，每天这个时候，主治医生和护士都来例行查房，不料，一向听话的小梅香，这回却一反常态，她从病床上爬了起来，既不回答医生的询问，也不接受任何检查，两眼噙满泪水，只顾默默地收拾着自己的行李物品。主治医生不解其故，轻声问道："小梅香，你是我们的病人，应该配合我们才对，可不能任性啊！"

"谁是你们的病人，我没病！"小梅香反常的言语举动，不仅让医护人员感到惊讶和不解，一时间，就连小梅香的爸爸也是丈二和尚，摸不着头脑。他见女儿冲撞了医生，脸都急白了，梅香好像没看见似的，自顾自地说："爸爸，我本来就只有一点点感冒，他们硬说我是重感冒；我鼻子流

了几回血，明明是我血液多了，可他们还说我贫血、贫血！整了几千块，还要整，害得咱家把牛都卖了……爸，别听他们的，我真的没病，有病也早就好了，你瞧，我这不是好好的吗？走，咱回家，再这样整下去，咱家的房子也保不住！"梅香边说边将爸爸直往门外拽，一时间，医生护士全傻眼了，虽然小梅香的话有些过火，可大家并不怪她，令大家着急难受的是，面对这样一个纯朴的孩子，却不能对她说出真实病情！

当然，更着急的是梅香的爸爸。这个孤儿出身的庄稼汉，由于贫穷，一直没有娶妻成家，所幸，十年前从牛棚边捡了个弃婴，总算做了一回父亲，眼见聪明伶俐的女儿 天天长大，饱尝艰辛的他才有了一丝精神安慰，没想到，可恶的病魔偏偏向女儿伸出了黑手……当他知道女儿病情的那一刻，急得差点撞破了头。他暗自发誓，宁愿自己去死，也要夺回女儿的生命！

可眼下，令他不解的是，时隔一夜，善良乖巧的女儿，突然变了个人似的，不仅拒绝治疗，还愣说人家医院的坏话。此刻，老实巴交的他，既怕说出真相伤及女儿，又怕女儿恶言恶语得罪医生，一时急火攻心，手脚无措，只觉得眼前一黑，昏了过去……

在场的医生护士，这下更紧张

了，一拨人稳住小梅香，另一拨人将梅香爸送急诊室抢救，输液、灌氧、扎银针，忙了好一阵，才慢慢缓过气来。

小梅香见爸爸醒过来了，终于松了一口气，随医护人员重返自己的病房。不料，小梅香一到病房，反倒"哇"地大哭起来，哭得大家不知所措。

好一会，她才止住哭声，慢慢走到大家面前，深深地鞠了一躬："叔叔阿姨，对不起，我知道你们对我好，你们怕我伤心，才隐瞒我的病情，其实，我已经知道自己得的是啥病。请你们原谅，先前我说的那些话，只是想哄住爸爸，好让他放弃对我的治疗，没想到，我爸会急成那样。现在，趁我爸不在这里，我求求叔叔阿姨，帮忙撒个谎，骗骗我爸，就说，就说你们诊断错了，我不是白血病，而真的是感冒……"

大家一听，惊呆了："啥？孩子，这样做不行啊！不道德啊！"

"因为，因为我家太穷了……爸爸独自一人，把我养这么大，已经苦了多少年，如今我得了这个病，再要治下去，爸爸就会倾家荡产，永远过不上好日子了，我没有机会报答他的养育之恩，可我不想再拖累他，求求你们，请叔叔阿姨接受我这个小小的心愿，骗骗我爸，答应我吧，就这一次……"说完，小梅香双腿一屈，"咚"地一声，跪在冰冷的地面上。

医生护士听着看着，一个个心都碎了，大家围着小梅香，哭成一团……

这时，躺在急诊室的梅香爸，神志渐渐恢复，他心里惦记着女儿，起身就想去看看，碰巧，女儿的主治医生正来找他。

梅香爸连忙向他打听女儿的情况，主治医生愣了片刻，脸色凝重地告诉他"实在抱歉，你女儿以前的诊断有误，她患的不是白血病，而是重感冒……"主治医师说完，递给他一个厚厚的信封，说是卖牛的钱，还有零碎的，是大伙凑给小梅香买吃的

钱！梅香爸听后，直掐自己的大腿，哪里相信这是真的！他撇下主治医生，疯子似的跑到女儿的病房，一连问了好几个熟悉的医生护士，见大家都这么说，他高兴得连连打躬作揖，感恩不尽。知情的医生护士目睹这样的情境，心里别有一番滋味，有的忍不住偷偷地落泪。

大家心里清楚，小梅香这一去将成永诀……

临别时，大家嘱咐梅香爸，要他给女儿买身好衣服，买点好吃的，千万注意调养。梅香爸没想到如今的医院这么厚道，激动得泪光闪闪，孩子似的笑个不停，唠唠叨叨的，又说了许多感谢的话。然后，牵着女儿的手，乐颠颠地出院了。

你别说，梅香爸还真听医生护士的话，走出医院大门，他就要给小梅香买这买那，小梅香一样也不肯接受，她要爸爸把钱省着买耕牛，她说，马上就要春耕了，家里不能没有牛。梅香爸拗不过女儿，只好默默地跟着女儿转悠。

路过一家照相馆时，小梅香突然来了兴致，她说："爸，咱去照张相吧！"梅香爸见女儿高兴，连声答应，好好好。

小梅香先和爸爸照了张合影，自己又单独照了一张。等了一会儿，那相片便洗印出来了。父女俩捧着照片看过来、看过去，高兴了好一会。

梅香说："爸，这下好了，以后我要是不在你身边，你看看这张相片，就不会惦记女儿了。"

爸爸说："傻丫头，你咋会离开爸呢？你将来就是嫌弃爸，爸也要永远赖着你！"

梅香靠在爸爸的怀里，眨着眼睛找理由："比如说，我要是上大学了，或者毕业工作了，还有……将来，女儿出嫁了，那时候，不就离开了爸爸吗？"

梅香爸摇了摇头："不，我不会让我女儿出嫁，到时候呀，我要招个女婿倒插门！"说完，甜蜜蜜地笑得直淌口水。

父女俩回家没过几天，小梅香的病情突然恶化了，可她坚持说自己只是感冒，拒绝爸爸送她上医院，直到停止呼吸的那一刻，爸爸才猛醒过来：医院骗了他！

梅香爸跌跌撞撞闯进医院，呼天抢地，要医院赔他女儿的性命。

主治医生拿出一张纸，递给悲痛欲绝的梅香爸，纸上有一枚手印和几行字迹，还夹有一根红红的燃香，一眼就认出那是女儿留下的：

爸爸，我知道自己是晚期白血病，是我自愿放弃治疗的！您别怪女儿，也别怪医院。我听姑妈说，烧香可以求福，我要是不在了，爸爸您就替我点燃这炷香……

（题图、插图：安玉民）

做女人一定要经得起谎言，受得起敷衍，忍得住欺骗，忘得了诺言，放得下一切，宁愿相信世上有鬼，也不要相信男人那张破嘴。 辽宁 邢榕（1621）

难忘的篮球教练

高中毕业后,我进了天津篮球队。当时担任天津队教练的是著名前锋张栋材。张栋材任教,很欣赏日本的"大松博文训练法",即超强度训练法,同时又极力强调"要用脑袋打球"。这一点,我的体会很深。

记得一次和山东队比赛。对方有个后卫,个子小,非常机灵。他善于用"阴招"。当你抢篮板球时,他就悄悄用手指夹住你的短裤边儿,这就能止住你了,让你不敢弹跳。就这样,我好几次被他这个小个子"摘了帽",抢

走了球。观众当然不知道我的"苦衷",大声喊:"11号傻大个儿,下去!"张教练就把我换下来。

下来之后,我对张教练说:"这不怨我,他用手扯我裤子边儿,我怎么跳?"没想到张教练反而斥责我说:"你的脑袋呢?想办法去!什么时候有了办法,什么时候再上场。"

人的聪明一半是给逼出来的。很快,我就有了办法。我跑到游泳队借了条游泳裤,黑色的,很紧。我把这游泳裤穿上,外边再套上运动短裤,并且故意将腰带弄松。上场之后,我不但不躲避那小个子,反而去靠近他,紧贴他。终于在抢篮板球时,他又用手指夹住我裤边,我猛地向上一蹿,短裤被他一直拉到脚脖子上。全场先是一惊,随即大笑,那小个子自然被罚下了。

比赛后,张教练说:"我早看到他扯你短裤了,我换下你,就是让你想办法。打球主要是用脑袋。有人说,咱们是体力劳动者,其实咱们也是脑力劳动者。"

尽管后来我离开了体坛,走上文坛,但他的那些话语,那些思想与智慧,是不能忘记的。

(作者:冯骥才;推荐者:水云间)

(本栏目欢迎来稿。来稿可从邮局寄发,也可从网上传递。如为电子邮件,请发以下信箱:xiayiming@vip.sohu.net)

· 3分钟典藏故事 ·

赢得掌声

最近，音乐学院举行天才儿童小提琴演奏会，表演者是个七八岁的小孩子。他的表演给与会者留下很深的印象。

演奏会结束后，大家一致要求老师讲一讲是如何教学的。老师想了想，说："我教孩子练琴，通常从三四岁大小就开始。这就是大家知道的'童子功'。"

"不过，"他说，"孩子们最先需要学的是合乎礼节的站姿；其次是要学会如何向听众鞠躬。只有这两样学好后，我才开始教他们学琴。"

"为什么？如果一个孩子就只是演奏小提琴，演完了就走开或呆呆地站着，听众往往会忘记表达对演奏者的感谢。"这名教师说，"但是如果孩子鞠躬了，听众无一例外会报以掌声，这会让孩子倍受鼓舞，对孩子的练琴大有好处——掌声是最好的鼓励。"

听完介绍，大家也热情地为这位老师鼓起掌来！

（作者：汪 析；**推荐者：张志国**）

选择在于自己

有个女孩从小练习芭蕾舞，几年后决定上院校进行正规训练，并打算将跳舞作为自己的终生职业。但她很想搞清楚自己是否有这个天分。恰巧，一个芭蕾舞团来当地演出，她便跑去见该团团长。

女孩说："我想成为最出色的芭蕾舞演员，但我不知道自己是否有这个天分。"团长看了她一眼说："你跳一段舞给我看看。"五分钟后，团长打断了女孩摇了摇头说："不，你没有这个条件。"

女孩伤心地回到家，把舞鞋扔到箱底后再也没穿上。后来，她结婚生

  提醒司机朋友：安全行驶，幸福拥有；酒后驾车，脑袋开花；疲劳驾驶，家人受苦；超载超速，依法必纠；无证开车，脑袋搬家；病车上路，殃及无辜。 江西 李干生（1622）

子，当了超市的收银员。

多年后她去看芭蕾舞演出，在剧院出口又碰到了当年的团长。她猛然想起当年的对话，于是给团长看了自己家人的照片，并聊起现在的生活。她说："有一点我始终不明白，您怎么那么快就知道我没有当舞蹈家的天分？"

"哦，对不起，你跳舞的时候我没怎么看，我只不过说了一句大白话，我对别人也是这样说的。"

"什么？这太过分了！"她尖声叫道，"您知道吗？你这句话几乎毁掉了我的生活，我原本可以成为最出色的芭蕾舞演员的！"

"我不这么认为，"老团长反驳说，"如果你真的渴望成为一名舞蹈家，你是不会在乎别人对你说什么的！"

（推荐者：邓伟明）

将梯子横放

因工作需要，工人在车间的一个角落放置了一个活动梯子。用时，就将梯子支上；不用时，则把梯子移到拐角处。为防止梯子倒下砸着人，工作人员还专门在梯子旁写了一个小条幅："请留神梯子，注意安全。"

这件事，谁也没有放在心上；而且，也没有发生梯子倒下砸着人的事。

一晃就是几年过去了。

这天，外方派专家来谈合作事宜。在访问生产车间时，专家在这个梯子旁边的小条幅前驻足良久。他提议将小条幅修改成这样："不用时，请将梯子横放。"

都是九个字，而且都在讲注意安全生产，但它们却是有区别的：前者仅仅是提醒，后者则是把梯子倒下砸人的潜在危险彻底排除。

很快，梯子边的小条幅就改过来了。

（推荐者：邓伟明）

墙那边是什么

罗尼因误伤他人被判入狱五年，女友因此要跟他分手，罗尼想再见她一面，于是开始暗暗琢磨逃跑计划。他用一张报纸做掩护，花了一个多月的时间，终于用勺子将墙上的一块砖掏空了一半。

一天，狱警卡托例行检查的时候，无意中发现了这个秘密，但没有揭穿此事，而是小声地对罗尼说："你知道墙那边是什么？"

罗尼战战兢兢地回答："外……外面是自由……"

卡托微微一笑："傻瓜，外边是死刑室。"

很快，卡托给罗尼换了一间囚室，罗尼也没有再动过逃跑的念头。

五年后，罗尼出狱了，他开了一家小咖啡馆，日子过得也算安稳。

这天，罗尼在咖啡馆里照料生意，一个穿着体面但神情沮丧的男子走了进来，要了一杯威士忌。当罗尼把威士忌端给他的时候，突然惊呼起来："卡托警官，是你吗？"

那名男子愣了一下，显然已经认不出罗尼了。

"我是罗尼啊！"罗尼兴奋地说，"谢谢你当年没有揭穿我挖砖的事，要不然我现在可能还在监狱里蹲着呢！"

卡托喝了一口酒，慢慢地说："是吗？祝贺你获得了新生！可是，因为那块砖，我却要进监狱了。"

罗尼大吃一惊，赶紧问："怎么回事？"

卡托面无表情地说出了事情的原委。

原来，当年卡托给罗尼换了牢房，并没有将砖头补上。后来他因为经济上的麻烦，每次等新搬进去的犯人一动那块砖，他就暗示他们贿赂自己，不然就会背上越狱的罪名。一次、两次、三次……

"知道我今天为什么穿得这么体面吗？因为下午我就要上法庭了。"卡托一口喝尽杯中剩下的酒，叹息道，"一块砖头，两种命运。这可真有意思，不是吗？"

卡托向门外走去，一直在发愣的罗尼突然又问道"那么，你能告诉我墙那边究竟是什么吗，卡托警官？"

卡托奇怪地笑了笑："这已经不重要了。"

（作者：李　健；推荐者：李东辉）

（本栏插图：安玉民）

学写作文，可以从读故事开始

并不是每一次付出，都能获得回报；并不是每一滴汗水，都能得到酬劳；并不是每一次努力，都能被成功拥抱；我们能做的就是不屈不挠，相信明天会更好。　河北　褚祥云（1623）

无痕命案

鹦鹉迷案

□ 马凤文　改编

这天,狄仁杰正在县衙批阅公文,突然参军洪亮来报说,城郊一郑氏人家发生命案,死者郑百公的胞弟郑百顺前来报案。狄公放下笔,长叹一声,说:"备轿!"

少时,狄公一行人由郑百顺带路来到郑家。此时,郑家已是哭声一片,见狄仁杰到来,公子郑云"扑通"一声跪在地上,让狄公为其父申冤。

狄公将郑云搀起,命他带路去案发现场。郑云带领狄公来到后院一书房中。死者郑百公的尸体还未被搬动。郑云道:"大人,我父亲就死在这书斋之中,凶手太残忍了!"说着,用手指了指父亲的额头。

狄公一眼就看到郑百公的额头上钉着一根竹签,已没入太阳穴大半。狄公探手轻轻把竹签拔下,只见竹签上有一血槽,看来凶手是做过精心设计的。

狄公上下左右打量书房,希望能发现蛛丝马迹。书房不大,很整洁,门窗紧闭,看不出有人进入的痕迹。墙壁上挂着山水画,都是些名家笔墨。让人奇怪的是,有些笔墨竟是失传多年的珍品,但已落上一层浮尘。狄公踱步来到山水画前,用手帕拭了一下灰尘,然后隔着手帕撩起来细看,接着,他推了推墙壁,发现这是个封闭性很好的房间。

突然，狄公的眼睛落在门上，只见那门上竟有新生的破损。虽然不是很严重，但新痕明显，便叫过郑云细加盘问。郑云回道："这是小人弄破的，昨夜我忽听父亲在书房一声惨叫，心下大惊，便赶了过来。可父亲已把房门上了闩，小人只好用刀把门拨开，故而留下伤痕。"

狄公点点头。

这时，只见一位老妇人进来，原来是郑百公的夫人郭氏。郭氏看上去十分刚烈，虽有悲声却不见悲色。

狄公便问："郑老先生生前可曾与人结怨？"

郭氏指了指郑百公的腿，道："我夫年轻时就是个残疾，终年把自己关在屋里研习字画，从不出门，何来冤家？"

狄公定睛一看，果然看见郑百公只有一条腿，旁边还立一拐杖。狄公又问郑云平时为人如何。郭氏则把儿子好一顿夸奖。狄公见问不出什么重要线索，便命人把尸体再做仔细勘验，以免出现纰漏，然后吩咐把尸体抬走，入土为安。

狄公离开死者书斋，刚走到门口，只听远处传来一阵奇怪的声音，侧耳细听，才听出是一只鹦鹉，口中叫着让人琢磨不透的"幺二三"。狄公觉得好笑，郑云上来解释道："大人有所不知，小人平时爱与家人玩赌，可手气极差，掷骰子时总是幺二三，气

得我把这几个字挂在了嘴边，谁知让这畜生竟学去了。"

狄公觉得甚是好笑，摇摇头，走了。

杀人鹦鹉

回到县衙，已是傍晚时分。狄公久久不能平静，他一时还想不通凶手是如何进入死者书斋的。他从袋中掏出手帕嗅了嗅，陷入沉思之中。

第二日一大早，狄公还在想着郑百公的死因。这时，洪参军进来，兴冲冲地说："老爷，街上正在演杂耍，要不要去看看，也好放松一下心境，说不定还有意外收获呢。"

狄公摆了摆手，让洪参军一个人去看。洪参军走后，狄公又拿出了那个杀死郑百公的凶器——血槽竹签。观看多时，狄公忽然眼前一亮。联系郑家人的奇怪表现，狄公突然若有所悟，再去叫洪亮，人早已去看杂耍了。狄公则带上衙役直奔郑家，刚好路过演杂耍的场地，只见洪亮把脖子伸得老长，像只公鹅似的往场子里看呢。狄公上去拍拍肩膀，洪亮才恋恋不舍地跟狄公而去，一路走一路向衙役讲着鹦鹉衔牌的表演。

到得郑家，狄公刚下轿，谁知他心思过于专注，竟跌了一跤。衙役也不敢笑，只有洪亮还算聪明，赶紧把狄公扶起。狄公自我解嘲道："看来我真是老了。"

说着，几人已进了郑家院子。郑云见狄公来了，马上追问凶案的进展。狄公并未直陈，而是道："不如先带本官到令尊书斋，我们边品茶边说如何？"

郑云不敢怠慢，赶紧带路来到郑百公的书斋。除了郑百公的尸体已搬走外，室内陈设没有任何变化。狄公却一反常态地坐在郑百公死时的位置，把眼睛闭上，想象着凶手杀人时的一幕：郑百公正在读书，此时有一暗器从左侧飞来，不偏不倚，正刺入郑百公的太阳穴，当场毙命。突然，狄公机灵一下，仿佛自己的太阳穴被刺中了，睁开眼睛，见在左边不远的棚上悬垂一个挂鸟笼的钩子。

郑云看了狄公半晌，不知他在搞什么名堂。狄公则直盯着郑云的眼睛，盯得郑云一阵阵头皮发麻，半晌，狄公才道："凶手查到了，就是贵宅养的鹦鹉。"

郑云不敢相信，就说："大人，都说你断案如神，可说鹦鹉杀人也太离谱了吧？"

狄公点点头道："就是这个畜生。畜生这东西最好不要养，养不好是会杀人的。"

别说郑云想不通，就连跟来的洪参军也惊愕不已，心想老爷年纪真是大了。

狄公看了看洪亮，问："你刚才做什么去了？"

洪参军吓了一跳，心说老爷要惩治我也不用在这里呀，便回道："老爷，我出去看杂耍，可是已得到您的同意了。"

狄公见洪亮误会了自己，便道："我是问你看杂耍时都看到了什么？"

洪参军这才放下心来，便兴味盎然地把鹦鹉衔牌的表演说了一遍。

狄公道："鹦鹉这东西是能杀人的。有这么一个人，他训练了一只鹦鹉，但不是训练它凭气味衔纸牌，而是教授它口令，让它操纵一个机关。

待时机成熟时，那人便念出口令，比如念'幺二三'，那鹦鹉听到口令便会开动机关，机关便会射出暗器，比如带血槽的竹签，让目标当即毙命。"

狄公不缓不急地说着，那边早吓坏了郑云。不知不觉中已将身体沉了下去。洪参军跟随狄公多年，一眼便看出端倪，大喝一声，让郑云主动伏法。郑云本来就做贼心虚，这下全都招认了，只是不明白狄公是如何看出来的。

狄公说道："那杀人的竹签本是暗器，必有人操纵才能发出。可整个书房封闭很严，没有人进出的痕迹，因此本官猜测，机关当在室内。至于是谁操纵的一时还想不明白。正当我离开室内时，忽听到鹦鹉奇怪的叫声，郑云说是他好赌，总出幺二三，自己无意说出才被鹦鹉学去的。可我已问过老夫人，他说郑云从不与家人赌博。这只能说明郑云在撒谎。当我听洪爽要去看杂耍时受到启发，原来鹦鹉这东西是能训练的，能让它从一叠纸牌中寻出一张来，也当然能让它操纵一个精心设计的机关了。于是，我第二次来到了郑家，下轿时却意外拾到一个精致的水槽。这个水槽正是发射竹签的机关。"

狄公说完，把水槽拿了出来，果然暗藏玄机，看得众人一阵阵吃惊。洪参军这才明白，原来老爷刚才是故意跌的一跤，并非是年岁大了。

这时，只听得屋外一声悲号："狄大人，人是我杀的，不关我儿子的事。"

狄公一惊，原来是郑百公的夫人郭氏。狄公微微一笑言道："老夫人，想必你也是有冤屈的，何不当面道来？"

老夫人跪在地上，边哭边诉。

原来，郑百公年轻时是一个土匪。那年，郭氏一家人经过一片山林，被郑百公劫掠。郑百公不但抢了货物，还杀了郭氏的丈夫，并把郭氏霸占。

此时，郭氏已有孕在身，为了孩子她只能忍辱负重，苟且偷生。有一年郑百公与同道火并，被打断了腿，已不能再独自支撑山林，便逃之夭夭来到此地。为不让人怀疑，他装作画商，经常出售一些早期抢来的字画以掩人耳目。等郑云长大懂事后，郭氏才把一家的遭遇告诉了儿子，哪知儿子为父报仇心切，竟想此下策，铸成大错。

狄公听完也不禁潸然泪下。那边的洪参军更是见不得这种冤屈，让狄公法外开恩，放了这对苦命的母子。

狄公摇摇头，道："法外开恩的事在我这里是通不过的，不过你母子两人都是无罪之人。"

众人心下甚是不解，不知狄公意有何指。难道说真凶另有其人？

谁是真凶

狄公道:"其实在郑云让鹦鹉操纵机关之前,郑百公已经气绝身亡了。真凶另有其人。"

一旁的洪参军不解地问:"老爷,你是如何断定暗杀之前郑百公已死了呢?"

狄公拿起血槽竹签,说道"这是郑云特制的竹签,上面带有血槽,为的是让郑百公快些死去。可在勘验现场并没发现血迹,可见并未有血液从血槽中流出。这说明,郑百公已在郑云动手前死了。那又是如何被杀的呢?我注意到了书房中的那些字画,从表面看,上面好像是布满了灰尘,其实不然,那是砒霜。而那些名人字画更是价值连城,郑百公虽是土匪可也知道那是值钱的东西,便放在箱子底。可是年头久了会潮的,便拿出来在室内晾晒。就在此间,有人偷偷在画上涂了一层砒霜,而郑百公正是在收画时触到了砒霜。他用手翻画,手是要沾唾液的,这样自然难以活命。郑百公死去多时,郑云正好经过此地,透过门缝看到郑百公伏在案上,以为机会难得,便在门外念着口令'幺二三',那只鹦鹉听到口令猛啄水槽中的浮子,触动了机关,给死去的郑百公补了一刀。而后,郑云打算把鸟笼和水槽全都烧毁,却被真凶利用,真凶又偷偷把水槽从火中取回,故意丢在门口让我捡到。"

狄公说着一指水槽,果然上面有被烧过的痕迹。

听完狄公一番细述,众人都想知道真凶到底是谁。狄公缓缓将身子转过,正好看到当初的报案者郑百顺,狄公一声断喝:"郑百顺,你可知罪?"

一旁的郑百顺吓得浑身发抖,但很快便恢复平静,不无嘲笑地言道:"狄大人,要说是鹦鹉杀人是被人利用了,还说得过去,要说是我杀人,杀的还是我的亲胞兄,未免有些荒唐

编读往来：你的问题我来答

读者郭国忠： 我寄给咱们杂志的稿件有一个星期了，不知编辑部收到了没有？能帮我查一下吗？

绿版编辑部： 每天寄到编辑部的稿件数量很大，很难保证帮你查到。但你尽可放心，我们杂志社是每稿必看的，如果采用的话，也会及时与你联系。我有个建议：你的稿件如果是从邮局寄发的话，最好在稿件后面写清楚你的联系地址及方式；如从网上寄稿，不妨在主题栏上注明你的姓名、作品名、所投栏目三项内容。

读者王道庄： 对《围栏上的那道缝》（2006年5月下）的评价："一篇好故事，三个巧标题"。

绿版编辑部： 我们欢迎这样轻松活泼、言简意赅、一针见血的批评和意见。

读者黄依青： 编辑部能否开办一个互动性栏目？比如我，就很怀念以前的"智慧小屋"。

绿版编辑部： 谢谢你的建议。如果我们重新"激活"智慧小屋栏目，那就应该有一种新的面貌和现代气息。俗话说众人拾柴火焰高，希望大家再提供一些好点子。

吧？你可要拿出充足的证据来。"

狄公爽朗地一笑，道："当然有证据，还是那只鹦鹉告诉本官的。昨日，我走出郑百公书斋时，忽听鹦鹉叫声，但只有最后一句的'幺二三'是鹦鹉说的，前几句皆是你的引诱之词。如果本官连人声、鸟声都分辨不清，那才是老糊涂了。其实郑云训练鹦鹉的事你早已知晓。但鹦鹉杀人是需要条件的，即那个人必须很少活动，否则命中率会极低。于是，你乘郑百公晒画之机在上面涂了砒霜。等郑百公死后，你又学他惨叫，将郑云引出。等本官来查案时，你栽赃心切，故而在暗地里引诱鹦鹉说话，好让郑云快些暴露，是不是？"

郑百顺听罢再也无言以对，他的防线彻底崩溃了，不得不招认杀死亲胞兄的经过。原来郑百顺早已看上了兄长的财产，便想出一石二鸟之计，杀了郑百公，然后再故意栽赃给郑云，如此一来郑家的财产就都是他的了。可法网恢恢，疏而不漏，郑百顺最终被戴上了枷锁。

至此，案情真相大白。狄公一行返回县衙时，洪参军看过的杂耍还没结束，这回轮到狄公有兴趣了，非要去看一看不可。只见那只鹦鹉突的一下飞到狄公的帽子上，叫着："清官，清官，清官！"逗得众人哈哈大笑。

（题图、插图：刘斌昆）

当你在岗位中忙碌，职责是你的伟大；当你在忧愁中无奈，喜悦是你的希望；当你在生命中拼博，成绩是你的骄傲；当你在人生中欢喜，微笑是我的祝愿。 辽宁 温泉（1626）

·哲理故事

谁让咱俩
住对门

□李雪涛

公司经理离任，主管局要在邵文、曹武两位副经理中选择一人补缺。这天上午，主管局领导来公司搞民意调查。公司员工集中在会议室填写民意调查表，调查表上写着邵文、曹武的名字，同意谁当经理，就在谁的名下打个勾就可以了。

邵文填完表，很随意地望了齐平一眼。齐平也是副经理，只因他年龄稍大，这次选拔经理就没他的份了。邵文目光投向齐平时，齐平提笔正要填表。忽然间，外面"嘀嘀——"有汽车喇叭响了几下。齐平扭头往窗外望去。他的神情变得古怪起来，脸颊上的肌肉也有些发颤。齐平猛回头，提笔就在调查表上画了一下。

齐平这一笔，画得邵文心惊肉跳，两眼直发黑。

调查表上，邵文的名字在左，曹武在右，齐平投了曹武一票，邵文看得是真真切切啊。很快，投票结果出来了，邵文比曹武竟只少一票。邵文难受呀：但又说不出口……

那天晚上，公司职工在酒店聚餐，庆贺曹武高升。酒局散去，曹武坐小车走了。齐平拽着邵文上了一辆出租车回家。

邵文和齐平住一个楼，还门对门，在楼下，邵文借着酒劲说："老齐，你他妈的不够意思，那天投票你没选我。"齐平吃惊地问道："老邵，你怎么知道的？"邵文像打架似的嚷道："这你别管，你把这事给我解释清楚。"齐平长叹一声"既然你知道了，我也不瞒你了。老邵，我和你的关系，

·哲理故事·

他老曹没法比，我原来是铁定选你的。可就在那关键时刻，司机小王按着喇叭，开着咱公司的小轿车从外面回来了，就是这辆轿车，让我突然间改变了主意。"

邵文愕然："这跟车有什么关系？"

齐平问："你说，咱公司的轿车谁有资格坐着上下班。"

"只有公司一把手呀。"

齐平苦笑道："老邵，咱俩平时上班一起走，下班一块回，这都多少年了。如果你当上经理，可就不是那么一回事了。你想想，每天车接你车送你，你说咱俩住门对门，你叫不叫我跟你一起坐？叫不叫我坐咱俩都难受，别扭！更让我没面子……"

邵文声音都发抖了："竟是为了这个，我真是没想到呀！"

"还有另一层原因，"齐平继续往下说，"老邵，你儿子跟我儿子是同班同学，你也知道，他俩挺好的，上学放学也一块走。你说你要是当上经理了，你儿子搭你的车上学，我儿子咋办？他的感受还不跟我一样？所以呀，还真不如你也别去当经理了，咱还是平起平坐吧，于是我就选老曹了……老邵，你别怪我啊！"

邵文听后，愣了老半天，突然他笑了，拍了拍齐平的肩膀，说："我不怪你，换了我，也会这么做，谁让咱俩住对门呢！"

哲理先生评曰：站在对方或别人的立场上思考问题，有时会恍然大悟，豁然开朗，使纠缠不清的难题得到有效的化解，而这就是人们所说的"换位思考"。

（题图：谢 颖）

·本刊信息传真·

故事中国联手搜狐读书共同举办新锐写手故事大赛

唤醒故事的青春激情

沙叶新、陈村、宁财神等领衔出任评委

6月5日起，由《故事会》主办的故事中国网联手搜狐读书频道，共同举办首届中国新锐写手故事大赛，为每位年轻朋友提供了展现创造力、想象力和故事讲述才能的舞台，以及成为故事中国网和搜狐读书签约写手的可能。本次大赛历时三个月，分初选、复选和决选三个阶段，大赛设一等奖1名，奖金5000元；二等奖3名，奖金3000元；此外还有三等奖和新锐奖若干名。大奖得主有机会参加故事会举办的颁奖暨笔会活动，大赛优秀作品将结集出版。

大赛的评委阵容强大，由著名剧作家沙叶新、知名作家陈村等领衔的评委将和《武林外传》编剧宁财神、网络作家慕容雪村等领衔的新锐评委共同参与终审，并对优秀作品进行点评。大赛详情请登录故事中国网(www.storychina.cn)了解。

没有比脚更长的路，没有比人更高的山，没有到不了的岸，更没有忘不了的伤痛。事业尚未成功，同志仍需努力！ 广东 廖志军（1627）

人活一口气

□李 想 改编

来了封怪信

俗话说"人活一口气"，这句话是有来历的。清朝末年，在东北的一个小县城，有个叫王贵才的汉子，从小胆子就大，人称"王大胆"。王大胆二十岁那年，经人推荐进了县衙做了名刽子手。这刽子手虽说不是什么好差事，但养家糊口不至于冻着饿着，所以王大胆干此营生一干就是三十几年。

这一年正赶上同治爷驾崩，光绪爷即位，天下大赦，衙门里的事不多，所以王大胆也清闲在家，没事喝喝酒，遛遛鸟，和老伴拌几句嘴，倒也有滋有味。这天他正坐在自家小院的葫芦架下就着花生米喝酒，老伴忽然慌慌张张地从门外跑了进来，手里摇着一封信，喊着："老头子，老头子。"

王大胆端着酒盅眼都没眨，喝了一口酒后，沉着脸把酒盅放到桌上说："老太婆，吵什么吵，跟了我这么多年，胆子还这么小，什么事把你吓的？"

老伴的眼睛有些发直，她把手上的信一递："你，你自己看吧。"

王大胆漫不经心地接过信说："咱家可好久没有信了，这是从哪里来的啊？"

老伴伸手向那信封上指了指："信局送的，打盛京来的，那上面，那上面……"

"那上面怎么了？"

王大胆边说边向信封上瞧去，这一瞧不打紧，向来胆大的他也不禁倒吸一口凉气，这封信不是别人来的，是他的外甥，小名叫元宝的人写来的。

这元宝可是王大胆的亲外甥，因为他姐姐、姐夫死得早，自己又没儿女，所以这元宝自小就在他家，说起来和亲生儿子没什么区别。按理说亲外甥来信，应该高兴才是，但王大胆却无论如何都乐不出来，因为他这个外甥早在五年前就已经死了，一个死人又怎么会写信来？

这事要是搁在别人身上早就沉不住气了，不过王大胆却没动声色地拆开了信，从头到尾仔细看了一遍，信上的意思大概是说，谢谢舅舅在五年前的救命之恩，外甥如今已经在盛京城里落住了脚，并且娶了媳妇，生了儿子，听说皇帝驾崩，天下大赦，这才敢给舅舅写信，请舅舅去盛京的家中坐坐，一来谢谢舅舅的救命之恩，二来多年不见，叙叙亲情。

看完信后，王大胆把信上说的话原封不动地对老伴讲了一遍，老伴战战兢兢地说："老头子，你看清楚了，那上面确实是元宝的笔迹吗？"

王大胆点了点头，老伴有些坐立不安了："元宝不是在五年前被你亲手斩了吗？杀头那天还是我去给他收的尸呢，就葬在城西的山下，咱俩年

年过节的时候都去给他烧纸，这不会是他从阴曹地府写来的吧？"

王大胆一拍桌子："胡扯，那信上明明说现在娶了媳妇生了儿子，怎么会是鬼呢！"

老伴犹豫了半天说："老头子，是不是你杀的那个人不是元宝，是个替死鬼，你偷着把元宝给放了？"

王大胆摇了摇头，半天没吱声，他打算亲自跑趟盛京看看。可这个事实在太过怪异，他担心老伴自己在家害怕，便把她安排到邻居家，然后一个人坐上了去盛京的马车。

那年月交通不发达，马车走得慢，就是百十里地也要走上一天，王大胆是后半夜上的车，算下来大概要次日下午才能进盛京城。车里算上他一共坐了三个人，因为世道不太平，土匪横行，所以出门的人很少，那两个人看起来像是做买卖的，一路上抱着钱褡子，打着瞌睡。

但王大胆却怎么也睡不着，他始终在寻思信的事……

支了个怪招

要说元宝这孩子可算不上是什么好人，都怪他们两口子从小给娇惯坏了，这孩子长大后横行乡里，不务正业，后来又结识了几个地痞无赖，整日歪戴帽子反穿鞋，见人自称是大爷，简直成了一霸。

可俗话说，善有善报，恶有恶报，

人生如棋，大胆者举棋从容落棋有声，胆小者心思缜密步步为营；人生如棋，棋场中举棋不悔大丈夫，棋场外观棋不语真君子。生活依然如此。 陕西 李伟（1628）

不是不报，时候未到。就在五年前，元宝不但骗财还动手杀了人，被官府捉了去，判了个斩监候。

处斩元宝的前两天，王大胆去监狱探望他，元宝跪在地上痛哭流涕地说："舅舅，你这次无论如何都要救我，我爸妈死得早，你就是我唯一的亲人了！"

王大胆何尝不想救他，可元宝犯了法，杀了人，别说他一个小小的刽子手，就算是县太爷也救不了他。

后来经不住元宝的一再哀求，王大胆只好对他说："外甥啊，舅舅告诉你一个办法，只要你听我的话，按照我说的法子做，就一定能活命。"

元宝又给王大胆磕头，哭着说："舅舅，我长这么大从没听过你的话，这次我一定听你的。"

王大胆叹了口气说"你记住，处斩你的时候，会是舅舅亲自动手，只要县太爷在台上一喊斩，我把刀举起来时，你就闭上眼睛用力向前跑。"

元宝哭着说："我全身上下都被绑着，怎么跑得了？"

王大胆说："你别管那些，到时候你只要两眼一闭，心中想着，然后拼命向前跑，别回头，你就一定能跑得了。"

其实这些话都是王大胆编出来骗元宝的，一个临刑的犯人被绳子绑得牢牢的，四周又有那么多衙役看着，又怎么跑得了呢？王大胆只是想让元宝死得平静些，少些痛苦，才想出这么个办法来安慰他……

出了件怪事

王大胆想到这里，不禁摇了摇头，又过了许久，马车终于进了盛京城，下车后王大胆按照信上的地址，费了好大的劲才找到元宝信上说的地方，那是位于城西的一间杂货铺，经营一些日常百货等杂物，铺面不大，却整齐干净。

王大胆在铺子外面站了好半天，

两条腿就像灌了铅一样，长这么大他遇事还从没这样犹豫过，眼下这事太玄了，不能不让他仔细思量一番。最后，他一咬牙，一跺脚，推开了杂货铺的门走了进去。

这间小铺子里面收拾得井井有条，柜台后坐着一个年轻的女人，抱着孩子，嘴里哼着儿歌。那小孩看模样也就两三岁，一只手摇着拨浪鼓，一只手拿着零食，小脸上一副甜蜜的笑容，惹人怜爱。

那女人见来了客人，急忙站起来，对王大胆说："先生想买点什么？"

王大胆四下打量一下，并没有看到元宝，他从怀里掏出那封信说"我不买东西，我来找个人，是我的外甥，这是他捎给我的信，他大号叫张大宝，小名叫元宝。"

女人上下打量王大胆，脸上露出一团喜色说："你是舅公吧，我听大宝说过您，他正在后屋睡觉，您等一下，我去喊一声。"

王大胆看着女人对后面大声喊："大宝，大宝，舅舅来了，你快点起吧，舅舅来了。"

女人喊着，王大胆觉得自己的心跳越来越快，这时从铺子的后门跑进来一个人，这个人边跑边喊"真的是舅舅来了吗，真的是舅舅吗？"

王大胆向这人看去，不由吸了口冷气：这个人正是五年前被自己亲自斩首的外甥元宝，王大胆感到头皮发麻，身上的汗毛都竖了起来，这元宝和五年前并没有太大区别，只是脸色苍白，没有一丁点血色，走起路来也轻飘飘的，就像脚后面没根一样。

元宝一看到王大胆，大声喊起来："舅舅，舅舅，这些年你可想坏外甥了。"边说边快步上前打算拉王大胆的手。

王大胆心中正在发毛，哪敢让元宝拉自己的手啊，他慌忙退了几步，伸手指着元宝，半天也没说出一个字。元宝有些纳闷，他迟疑地说："舅舅，你怎么了，你不认得外甥了吗？"

王大胆揉了揉眼睛，借着外面的阳光又仔细看去，他发现元宝的背后有影子，这才从心底松了一口气，老人们都说鬼是没有影子的，元宝既然有影子，就一定不是鬼！

说了个怪理

元宝把王大胆拉到铺子后院的房间中坐下，就吩咐媳妇出去买肉打酒，铺子也上了板，提早关了门。媳妇买回来酒肉做好菜端到桌上，爷俩便你一口我一口地喝起来。

酒桌上元宝频频给王大胆敬酒，王大胆不敢推辞，也不敢问究竟是怎么回事，半斤酒下肚后，倒是元宝先提起话头来，他说："舅舅，外甥当年不走正道，杀了人，被判死刑，是舅舅救了我，外甥才能够活到今天，现在外甥已经学好了，再也不干违法的事情，这一切都是靠舅舅的帮助，我才有今天。"

王大胆借着点酒劲看着元宝："外甥啊，你当年究竟是怎么从我的刀下逃走的，跑来了这里？"

元宝闻言一愣"舅舅，当年不是你告诉我，说县太爷一喊'斩'字，你的刀举起来时，我就闭上眼睛，拼命向前跑吗？我听了你的话，在临刑的时候闭上了眼睛，心中想着，然后拼命地向前跑，没想到还真的跑出来了，我当时连头都没敢回，一路跑下去，不知道跑了多远，这才知道自己活了命，我也不敢回家，就来到了盛京，做起小买卖，娶妻生子，一呆就是五年，现在孩子都这么大了。"说着，元宝伸出手来，摸了摸旁边正在炕上玩耍的小孩。

王大胆听到这里时摇了摇头，这事说不通啊，他看了看元宝，又看了看正在伺候酒桌的女人，借着酒劲说："外甥，这事不对啊。"

元宝说："哪里不对啦？舅舅。"

王大胆说："外甥，我记得你当年根本没跑，我一刀下去，就把你的头砍掉了，血喷了一地，后来是你舅母给

你收的尸，就葬在城西的山脚下，每年过节的时候我和你舅母都去给你烧纸呢。"

元宝听到这话，脸色变得更加苍白："舅舅，你是说我当年根本就没跑？我已经被你杀了？"

王大胆点了点头"千真万确，当时很多围观的人都看到了。"

这时元宝的身体开始剧烈颤抖起来，手里的酒盅也掉到了桌上，他指着王大胆，大叫一声："怎么会这样？怎么会这样……舅舅，原来你一直都在骗我！"话一说完，只见元宝整个人都瘫倒在炕上，忽然之间，他从头到脚竟然都化成了一股浓浓的白气，喷散出去，不一会，炕上就只剩下一

第二届"梅陇杯"法制故事大赛征文启事

为推进平安建设,构建和谐社会,由中华人民共和国司法部法宣司、上海市法制宣传教育联席会议办公室主办,上海市闵行区法宣办、上海市闵行区梅陇镇人民政府协办,《故事会》杂志社承办的2006年第二届"梅陇杯"法制故事创作大赛,决定面向全国征文。

此次活动有关事项如下:

一、征文内容: 可从立法、司法、执法,公民学法、守法、依法维权,法律援助、法律服务、社会治安综合治理、社会公德、家庭美德、职业道德中的涉法内容,公民与违法犯罪行为作斗争以及中外历史上的涉法案例等各个角度展开。要求故事情节曲折生动,语言有口头文学特点,作品未在省地级报刊发表过,字数一般在15000以内。

二、奖项设置: 本次活动将聘请有关专家组成评委会,设一等奖1名,奖金5000元;二等奖2名,奖金各3000元;三等奖10名,奖金各1000元;创作奖50名,奖金各500元,个调税均自理。部分优秀作品将陆续在《故事会》上发表,并结集出版。

三、征文时间: 截止时间为2006年9月30日,10月底评出获奖作品并专函通知获奖作者。

来稿方法: 1. 从邮局寄发,请在信封上注明"法制故事征文"字样,本刊地址: 上海市绍兴路74号《故事会》杂志社,邮编: 200020。2. 从网上传递,本刊为大赛所设的信箱是: fzhgushi@126.com,请在主题上注明"法制征文大赛"字样。

套空衣衫。

王大胆见此情景不免吓了一跳,他从炕上站起来,再去看时,那原本机灵可爱的小孩子也倒在饭桌旁,慢慢地化成了一摊血。

王大胆这时酒已经醒了一大半,他在炕上倒退了几步,双手扶住墙,喘着粗气。那女人看到面前的景象却没有任何慌张,她哀伤地叹了一口气说:"舅舅,当年你的一句话,本来已经救了他,现在又何必再提起来呢,他就是信了你的那句话,才靠着口气活到现在,你对他说了实话反而害了他,还有我这可怜的孩子,再过几年他就会长成一个人,现在……现

在……"女人说着流着眼泪转身出了门。王大胆愣了愣,追出门去看时,哪里还有女人的影子,只见院内的墙上站了只黑猫,对着他"喵喵"叫了两声后,跳出墙外,再没了踪影……

王大胆连夜离开了盛京,回到家后他大病了一场,病好后辞去了衙门里刽子手的差事,整天坐在自家的小院里发呆,有人问他究竟去盛京这一趟发生了什么事,他就瞪大眼睛对人家说:"人活一口气,人活一口气!"

自此以后,再没人管王大胆叫王大胆了,而是改口叫他"一口气"。

(本篇月月评短信代码: AA163)

(题图、插图: 谢 颖)

  自己活得开开心心就是幸福,让别人过得开开心心也是幸福,幸福是丰富多彩的,只要你用心去体会,就会感觉到幸福。 广西 冯世为 (1630)

谨以此故事献给抗战胜利61周年！

上个世纪二三十年代，外寇屡次蓄意在中国的土地上制造事端，妄图挑起战争，侵我中华。神州大地到处风雨飘摇，饱受苦难的中华民族危在旦夕……

铁血男儿

□ 黄　胜

引　子

一九三七年五月的一天凌晨，一列火车"轰隆轰隆"向登州方向驶来。在车灯的照射下，司机突然发现前方铁路的正中有个人影向自己招了一下手，然后迅速闪到路边。司机惊奇地揉揉眼睛，定睛看去，只见百米开外，铁道中间出现一个巨大的缺口。铁轨被扒了！司机顿时惊得魂飞魄散，赶忙紧急刹车，然而已经来不及了，"吱嘎"一声巨响，车轮与铁轨擦出一串串火花，火车带着巨大的惯性往前滑去，车头及第一节车厢冲出轨道后，才停了下来。

就在司机惊魂未定时，又听车窗外"叭、叭"几声枪响，从路边树丛中窜出十几条人影，人人黑纱蒙面，手持刀枪，身手矫捷地向火车扑来，司机暗暗叫苦：遇见土匪了。

没等车上的乘客弄明白发生了什么事，蒙面人已经挥舞刀枪跳上火车，破门而入。他们似乎对前面的五节普通车厢没有兴趣，直接冲进第六节的贵宾车厢。

贵宾车厢里除了有少部分是中国旅客和欧美旅客外，大多数是前来登州转乘客轮回国的日本人。看来劫匪

的洗劫目标就是日本人。劫匪冲到刚从睡梦中惊醒、还不明所以的日本人面前，打开他们的行李，乱翻一气。

列车上的这些日本人，大多是来中国赚钱发财的商人及投机者，平时一直在中国的土地上骄横跋扈，可此时面对黑洞洞的枪口，他们也不得不乖乖地交出各自的钱财。

半个小时后，抢劫结束。劫匪们虽然收获颇丰，却仍有不甘，好像并没有找到想要找的东西。

那个站在车门处的劫匪显然是首领，他那鹰隼似的双眼，射出凶狠的目光，在这群日本旅客脸上一一扫过。被他目光扫着的人，个个噤若寒蝉，不敢与他对视。一时之间，车厢里鸦雀无声。

匪首终于开口了："哪一位是佐藤？站出来！"

片刻后，一个矮胖的日本旅客抖抖索索站了起来。匪首问："你的行李呢？"矮胖子指指脚下已被翻过一遍的皮箱。

"只有这一件？"

矮胖子点点头，但紧接着他突然神情激昂，嘴里"嘀哩咕噜"说了一通日本话。他身边有一个懂日本话的中国人，哆哆嗦嗦翻译了一遍，大意是：我就是佐藤，我在日本是一位很有影响的富商，今天你们如果能够饶了车上所有旅客的性命，我愿意跟着

你们走，当你们的人质，让家人出大笔的钱来赎身。

众劫匪听翻译说完，差点笑出声来：这家伙是不是有毛病？头一回看到竟还有主动要求当肉票的。听他这么一说，送上门来的"肥肉"岂能不要？于是匪首一挥手，立刻过来两个劫匪，架着矮胖子就下了车。

转眼间，劫匪们钻入密林，消失得无影无踪。

1. 往日恩怨

古城登州是沿海重镇，与日本隔海相望，历来是兵家必争之地。作为战略要塞，一直受到南京政府的重视。驻扎在登州的是国民党新编登州混成旅。最近，为加强防务，南京方面派过来一位叫何尚文的新旅长。何尚文是登州本地人士，早年曾去日本东京士官学校留学，回国后一直在军中任职。他有勇有谋，能文能武，三十出头便官至中校团长，此番回乡任职，更是官升一级。

这天中午，何尚文正在旅部与下属们议事，他的父亲陪同登州市长匆匆来到。何家是登州富户，何父一直担任登州商会的会长。前些日子，他去外地分号视察，没想到乘火车返回时，正好碰上了土匪劫车。

作为市长，辖区内出了劫车大案，而且又牵涉到日本人，一旦处理不当，便可能引起外交纠纷，因此，当

  云开水阔现晴空，残风吹尽雪初融，休言春枝无绿意，在芯中；相思明月映苍穹，此意此景古今同，莫道情深无片语，在心中。吉林 凌海（1631）

他得知劫案的消息，马上找到何父，一起来混成旅找何尚文想办法。

何父亲眼目睹了劫案经过，他把经过对儿子说了之后，又凑近何尚文小声说："那匪首虽然蒙面，但我觉得他的身形轮廓，极像一个人。""像谁？""刘家老大。""是他？"何尚文大感惊讶，"他怎么会当土匪呢？"

何父叹息一声，说："大前年，他就在凤凰山落草当了土匪。你刚调回来，我还没来得及告诉你。"

何尚文闻听刘大虎当了土匪，心中不由百感交集。

说起来，何家与刘家渊源颇深。在何尚文的祖父那一辈，两家都生活在凤凰山脚下，是关系很好的邻居。后来，何家到登州府经商发家后，就把刘家人请到城里做了帮手。

何尚文与刘大虎从小一起长大。何尚文别看名字叫尚文，小时候却特别调皮好动，到了十四五岁了，更是天天不是上山撵兔子，就是下河摸王八。那年夏天，他弄来了一只猎鹰，训练了几天后，就耀武扬威地架着上山打猎，没想到整整一天连根猎物的毛也没逮到。回家的路上，正好碰到刘大虎。刘大虎见他空手而归，就取笑道："尚文，你肩上那是只鹰吗？我看是猫头

鹰！哈哈，真是武大郎玩夜猫子——什么人玩什么鸟。"

这句话把何尚文给说恼了。当时他本来个子不高，却最怕人说他矮，心情不佳的尚文，一听刘大虎把他比成武大郎，哪里还能忍住？口里打了个呼哨，扬手就把猎鹰抛到空中，手指冲刘大虎一指："啄他！"

那鹰一声长啸，在空中振翅盘旋起来。

刘大虎见那鹰只在空中盘旋，并不下来攻击自己，不由拍手跺脚大喊大叫："猫头鹰，有种你下来！"正当他乐得前仰后合时，猛地觉得眼前一阵疾风掠过，顿时，右脸颊一阵钻心的巨疼，人倒在地上惨嚎起来。

那鹰在空中打了个盘旋，落到何尚文的肩头。口里，赫然叼着巴掌大的一块血淋淋的肉皮。再看刘大虎，

脸上血肉模糊，整个右脸皮，几乎都被苍鹰的利爪撕去。何尚文一见，吓得抱了鹰往家里逃去。

何尚文闯下了大祸。父亲将他痛打一顿后，绑起来亲自送到刘家，说是杀是剐，或者也把他的脸皮撕下一块来，任凭刘家处置。刘父自然没对尚文做什么处置，但看看儿子的脸，想想他的将来，止不住唉声叹气。何父陪着叹了一会儿气，亲口向他们保证：以后，大虎跟我的亲生儿子一样，他的将来全部由我负责。

然而，刘大虎伤好后，却没领何家的情，脸上的纱布一揭开，他就蹲在院子里霍霍磨刀。他爹问他磨刀干什么。他说来而不往非君子，何尚文的右脸蛋归我了。他爹见劝阻不了他，只好去何家报信，提醒何尚文小心防备。何尚文起先满不在乎，但第二天果真被刘大虎在街上截住了。大虎人高马大，何尚文哪是他的对手，三下五除二，就被大虎按倒在地。幸亏何父暗中派家人悄悄跟在儿子身后，关键时刻，家人冲上去救下了尚文，才保住了他那白嫩的小脸蛋。刘大虎手脚被人拽住，依然面目狰狞地叫嚣着："姓何的，我发誓，要不让你的脸变得跟我一样，我誓不为人！"

这一来，何尚文真的害怕了，躲在家里不敢出门。可躲过了初一，躲不过十五，他总不能一辈子不出家门吧？无奈之下，何父只好秘密将儿子送到北平去读书，算是躲开了刘大虎这尊瘟神。何尚文因为这事，小小年纪就背井离乡，吃了不少苦头。

好在刘大虎只记何尚文一人的仇恨，从没株连何家的其他人，即使后来落草为寇，也没来找何家的麻烦。

现在，何尚文听父亲说刘大虎当了土匪，大吃一惊"大虎为什么要当土匪？家里过不下去了？"

何父叹了一口气："也不是。这些年，我想方设法照顾他家，可大虎就是不肯接受，口口声声要报伤脸之仇。"

何尚文苦笑道"这么多年了，他还记着我的仇呀？"

何父点点头，说"因为脸上那块疤，大虎三十好几了，大前年，他听说你带了兵之后，索性就去凤凰山入了匪道。因为他人高马大，一副凶神恶煞的模样，谁见了谁怕，不久就当了匪首，还得了个外号：疤面虎。"

听到这儿，何尚文顿时默然，心想，刘大虎自暴自弃，跟自己也有很大关系。自古兵、匪两家，现在，自己只能和他继续做对头了。沉默片刻之后，他问父亲："大虎的民愤大不大？"

何父说："民愤当然多少有一些，但听说他们这帮土匪，平时倒并不骚扰寻常百姓。不过，想剿灭他们也不容易，凤凰山山高林密，地形复杂，土匪凭借狭关险隘，极易盘踞固守。你的前任曾数次带兵前去清剿，均无功而返。"

何家父子在说话的时候，一旁的市长急得额头直冒冷汗。来之前，他已接到省府的电话，上司先是劈头盖脸骂了他一顿，然后限他二十四小时内破案，超过二十四小时，就让他自动离职。他见何家父子谈话一停，赶紧插话说："何旅长，你赶快想个办法，把人质给救出来。那个人质名叫佐藤，很有身份。日本驻省城的商务代表得到消息后已经到省府交涉，他们认为这不是普通抢劫案，而是对日本帝国的严重挑衅，他们要求我们在二十四小时之内必须解救出人质，严惩劫匪，否则，一切后果均要我们负责。"

市长一口气说完，看看表，苦着脸说："现在只剩下十六个小时了。"

"十六小时？"何尚文皱了眉头说，"这根本做不到，凤凰山方圆百里，我们恐怕连劫匪的影子都找不到。日本人这是在故意刁难。"

市长何尝不知道这点，但日本势大，连国民政府都一再退让，何况自己这个小小市长？现在，他只能把希望全部寄托到何尚文的身上。

2. 码头交锋

事关重大，何尚文不敢耽搁，叫来一位姓孙的营长。

孙营长前脚刚走，电话铃急促地响了起来。何尚文拿起电话，是驻扎在码头的守军打来的，对方声音又慌又急："报告旅长，我们发现附近海面有两艘日本军舰。"

何尚文吃了一惊，急忙问："你看清了？是军舰吗？"

"报告旅长，是军舰！现在，连军舰上的炮台和日本膏药旗我们都能看得清清楚楚。"

何尚文命令道"警告他们，不许靠近。"

"已经对他们发出警告。"

"好，你们加强警戒！命令炮营，把所有的火炮都瞄准日舰。"何尚文放下电话后，马上赶往码头。只见距离码头十几里外的海面上，果然有两艘日本军舰在耀武扬威地来回游弋。

何尚文心中纳闷：这块海面上从没出现过日本军舰，他们为何而来？他观察了一会儿，见日舰没有进一步的行动，决定回去请示一下上级。于是，他命令士兵密切监视，一有情况随时报告。一个连长问："如果日本人要强行靠岸呢？"

何尚文断然下令道："传令下去，做好战斗准备！"

他急匆匆回到旅部，马上打电话向上级汇报，问要不要将他们驱逐出去。上级听说登州海域出现日舰，也不敢做主，赶紧又向南京方面请示。

一个小时后，何尚文终于接到电

话指示：现在还不到与日本正面对抗的时候，要忍耐，未经南京方面允许，决不能擅自开枪。

何尚文怒道："人家已经到咱们的家门口耀武扬威来了，难道非要等到他们骑在咱们脖子上拉屎以后才动手？"

对方沉默了一下："上峰自有全面考虑。老弟，大局为重，能忍则忍，你我还是服从命令吧。"

何尚文无可奈何，只得忿忿地说："是，我服从！"但他放下电话后，仍狠狠地一拳砸在桌子上，震得一只茶杯跳起来，滚落到地上，"啪"摔得粉碎。

第二天早晨，天刚蒙蒙亮，码头守军又打来电话："报告旅长，日本军舰向岸边开过来了，我们打还是不打？"

"欺人太甚！"何尚文骂了一句，随即想起上司的嘱咐，只好强按怒火，命令道，"先不要打。记住，我们不能先开枪，但也绝对不能让日本兵上岸！我马上就来。"

等何尚文赶到码头，日本军舰已经强行靠岸。但面对牢牢占据着码头，个个双目喷火、持枪相向的中国士兵，日本兵也没敢下船。

这时，码头周围意外聚集了不少中外记者，他们本来是赶来采访列车大劫案的，没想到，却碰到了这场比列车劫案还要刺激的大新闻。

何尚文分开众人，站到最前面，朗声说："我是登州混成旅旅长何尚文，请你们指挥官过来讲话。"

甲板上日军队伍中走出一个日本军人，用生硬的中国话说："尚文君，别来无恙？"

何尚文微微一愣，定睛细看，猛然想起来了，此人竟是自己在日本士官学校留学时的同学小野四郎。他沉着脸，冷冷地说："原来是小野君，你们的军舰未经我方同意，不但侵入近海，而且擅自靠岸，这是公然的挑衅行为，你们必须立刻离开！"

小野有备而来，立刻说："你误会了。因为我们大日本帝国的公民佐藤先生在登州被绑架，到现在已经过了二十四个小时，却依然下落不明，生死未卜，而你们却无力解救，难以保证我同胞的安全。所以，我们奉命前来营救我们的同胞。请你允许我们上岸。"

何尚文冷冷一笑，问道："这么说，你们是师出有名了？那我倒要请教一下，照你们的逻辑，如果一个中国人在你们日本遇到了麻烦，是不是我们的部队也可以到日本前去营救？"

这话问得小野一时语塞，但很快他却骄横地说："我们大日本帝国有能力保证所有外国人在日本的安全，而你们却不能，要不也不可能发生这

么严重的劫案，而且是针对我们日本人的。现在，请你的部队让开路，我们要登陆救人。"

何尚文大脑急速旋转：昨天列车劫案刚发生，日本军舰就出现在近海，显然是早有准备，今天二十四小时刚过，他们便迫不及待地要登陆。联想到昨天父亲所说，在火车劫案发生时，那个日本人佐藤是自己主动要求刘大虎绑架他的，看来，这其中定有联系，也许，这是一个阴谋。

这么一想，他冷静了许多，斩钉截铁地说："身为边防军人，在没有接到上司的命令之前，我决不允许你们上岸一步！"

小野道："那我们就要强行上岸。我要郑重提醒你，我们此举是保护我国公民的安全，是正义之举，你们如果横加阻挡，由此引发的一切后果均由你方负责。"他手一挥，命令道，"准备登陆。"

何尚文向前一步，冷笑道"真是强盗逻辑，你们这种公然的侵略行为倒成为正义之举了？那好，我也重申：我方有能力保护任何国家的正当商人在我国的人身安全。如果你们不顾国际影响，一意孤行，执意挑起事端，那我们也决不会退缩。"说罢，他转回头，命令道，"传令下去，做好战斗准备，任何他国军人不经我方允许，胆敢上岸一步，格杀勿论！"

"是！"士兵们齐声答道，纷纷子弹上膛。

双方剑拔弩张，针锋相对。就在这时候，"啪"，镁光灯一闪，众人吃惊一看，原来，一个胆大的美国记者为抢新闻，不顾危险，凑到前面来为日舰拍照。

见此情景，小野顿时犹豫起来：今天当着这么多记者的面，如果一意孤行，势必在国际上造成不良影响。之前，他之所以有恃无恐，是因为当时已有大批日本军队进入山海关，而日本国内，也已经做好了大举侵华的准备。这次，他奉命率舰艇来到登州，意在见机行事，有机会就登陆占据战

·中篇故事·

略要地登州，为将来的战争做准备。只是，他没想到，登州守军却如此强硬。

接着，小野又暗自盘算双方的力量，己方两艘舰艇不过五百多名海军陆战队员，虽说战斗力极强，可对方是一个混编旅，兵力几乎是己方的十倍。彼众我寡，如果强行登陆，双方打起来的话，只怕会损失惨重，灭了皇军的威风。这侵华第一战，务必一战而胜，方能鼓舞士气。看来，今天不是机会。

想到这里，他决定暂且退让一步，另找机会，于是说道："何旅长，你口口声声地说可以保护我国商人的安全，可现在佐藤明明还在绑匪的手里，生死未卜，你凭什么保证？"

何尚文不动声色，说："请放心，我们救出人质只是时间问题。"

小野步步紧逼："你需要多长时间？"

何尚文想了一下："一周怎么样？"

小野蛮横地说："不行，最多两天。我再给你两天时间，如果你仍不能救出人质，剿灭劫匪，皇军为了保护自己同胞的安全，将不惜采取最激烈的手段。"他顿了一顿，又说，"记住，这是最后通牒！"

何尚文说："那好，现在，你们的舰艇必须离开码头！"

小野说："当然，我们会暂时离开。何旅长，我静候佳音，两天后咱们再在这里见。"

日舰缓缓驶离，回到了它们昨天所在的位置。

何尚文凝视着日舰上刺眼的膏药旗，不由双眉紧锁。身为军人，面对敌寇挑衅，却只能一再避让，心里的窝囊可想而知。

他叹了口气，命令部队不得懈怠，抓紧时间修筑工事，密切监视日舰动静。接下来他要做的就是尽快救出人质。

3. 剿匪受挫

进山剿匪的部队终于发现了刘大虎的踪迹，并成功地将刘大虎一干土匪围在了凤凰山的一个名叫摩天岭的山头上。然而，剿匪部队连攻了多次，不但没有攻上山去，反而伤了二十多个战士，连带队的孙营长腿上也中了一枪。

摩天岭悬崖峭壁，嵯峨险峻，土匪藏在半山腰的岩石后面，牢牢把守着上山的唯一一条小路，可谓一夫当关，万夫莫开。山腰以下的树木都被土匪砍光了，成了一片开阔地。土匪们的枪法又非常精准，攻山的战士身前没有屏障，个个成了他们的活靶子。好在土匪们还手下留情，没有把事情做绝，只瞄准士兵双腿射击，希望官兵们知难而退。每打伤一个，他们就大声叫嚷着："快撤吧，下次再

72 孙悟空画了一个圈，师徒三人很安全；小平同志画了一个圈，圈里人富了一大片；你也画了一个圈，早晨起来不但挨骂还得晾被单。安徽 曹丰胜（1634）

攻，可要敲你们的脑壳了！"这给官兵造成很大的心理压力。

孙营长气得暴跳如雷，眼看继续耗下去也没有什么指望，只得派兵回旅部求援，让何尚文把炮兵营派过来，轰平摩天岭。

何尚文听了前来报信的士兵说的战斗经过，眉头凝成一团。现在，炮兵营的所有的火炮均布置在码头附近的阵地上，对准日舰，若把火炮调出阵地，万一日舰有所行动，后果不堪设想，何况，即使用火炮轰山，土匪也会躲进山洞。

他在屋中踱来踱去，思忖良久后决定：只能智取，不能强攻。

于是，他吩咐卫兵开车进城，跟他去接一个人。

当天下午，何尚文带人来到了凤凰山的剿匪现场。

孙营长见旅长到了，拄着棍子一瘸一拐地迎上来，又四下张望了一下，问："旅长，火炮拉来了没有？"

何尚文只哼了一声，没有理他，而是转身从车上搀下一位老者："刘伯，您小心点。"

那老者看看满地横七竖八的伤兵，气得骂道："这个畜生，难道活腻了？上山的路在哪儿？我这就上山。"原来，老者正是匪首刘大虎的爹，何尚文把他接来，是希望他能劝说刘大虎归降。

何尚文再次嘱咐说："刘伯，您上去以后，告诉他，只要他能放人，他的安全包在我的身上。刘伯，大虎有什么条件，您尽管先答应他。"

刘伯频频点头，含泪说："尚文，你宽宏大量，这畜生要是还不识抬举，我、我……"

何尚文一摆手，让两个士兵上前喊话，说刘大虎的爹要上山见儿子。

众人这才知道眼前这个老者是疤面虎的老爹，孙营长念念地嘀咕道："我看，咱们就挟持着他一块攻上去算了，看狗日的还开不开枪。"

何尚文狠狠瞪了他一眼，骂道："你什么时候也学会土匪这一套了？"吓得孙营长缩缩脑袋，不敢再多言。

在众人的注视下，刘伯往山上爬去，到了半山腰，一个土匪从岩石后面出来，将他接了上去。

大家焦急地等待着。何尚文心中清楚，此举也是不得已而为之，并不抱太大希望。日本人有两个条件，一是救出人质，二是严惩劫匪。他知道，劝说刘大虎交出人质或许还有点可能，可想让他们束手就擒，接受惩处，那可就太难了。

果然，一个小时后，刘伯就从山上下来了，见到何尚文，脸上满是羞愧："对不住，那畜生不听话，死活不愿意放了人质，更不肯投降。"

"你没告诉他那个人质是日本要人，关系重大？"

"说了，可他说，绑的就是日本人，他还让我捎信给你们，让你们立刻撤兵，否则惹火了他，他就一枪崩了人质。"

这是意料中的结果，何尚文平静地安慰老人说："刘伯，你也别生气，你先歇一歇，我再想办法。"

刘伯看着他，欲言又止地摇头连连叹息。何尚文思索了一会，又问："刘伯，山上共有多少人？""二十多个吧？""上面的食品多不多？"

刘伯说："这是他们的老巢，吃的喝的都有储备，在他们住的山洞里，我看到一大堆粮食，足够吃半年的。"

何尚文点点头，让刘伯先回到车上休息。

劝降不成，现在，只剩下强攻一条路了。何尚文思忖片刻，叫过孙营长，让他抽调出三十名战士，分成三个小组，每隔半小时佯攻一次，骚扰

土匪，让他们得不到休息。其他人则抓紧时间休息，准备半夜突袭。

安排停当后，何尚文也回到车上休息。刘伯见他上来，轻声问他："尚文，有办法了吗？"

何尚文长叹道："只能强攻了，成败很难说。"

刘伯叹了口气，吞吞吐吐地说："尚文，其实……其实大虎还有话让我捎给你，我怕你为难，没有说。"

何尚文精神一振，忙问："刘伯，是什么话？"

刘伯为难地说："大虎听说是你在山下后，就说，要是你肯上山当人质，他就把那日本人给放了。"

何尚文一怔，问："是他亲口说的？"

刘伯点点头，说："尚文，这个畜生一直记着你的仇，他是想祸害你呀。你千万别上他的当。"

何尚文沉默了半晌后，笑笑说："他不就是要毁我的容吗？大不了我豁上半边脸就是了。只可惜，他只答应放人质，要是他愿意归案的话，我倒愿意一试。"

当晚的进攻按计划进行，然而，土匪们警惕性极高，突击队员刚上到半山腰，一个照明弹突然升上半空，顿

爱一个人是为她疗伤，而不是撕开她的伤口；爱一个人是给她幸福，而不是纠缠她的不幸；爱一个人是尊重她的曾经，而不是审判她的过去。 上海 陆雯娇 (1635)

时，山上山下亮如白昼。接着"啪啪"两声枪响后，冲在最前面的两个队员应声栽倒。土匪们叫喊道："都给我滚下去，再往前一步，就要用机枪扫了，子弹可没长眼睛。"话音刚落，"突、突、突"，一梭子子弹扫到岩石上，打得岩石火花四溅。

见此情景，何尚文知道土匪已有准备，急忙命令：计划取消，全部撤回山下。

夜深了，何尚文坐在石头上，望着黑黢黢的摩天岭出神：只剩一天时间了，看来除了自己上山换回人质这条路，别无选择了。

他思前想后，一直坐到了东方破晓。

4．独闯虎穴

何尚文不顾众人劝阻，毅然决定只身上山。

当他走到半山腰时，高声喊道："告诉你们当家的，他的老朋友看他来了。"

他的话一落，从岩石后面跳出一个土匪，枪口对准他，喝问道："你是谁？"

"何尚文！"何尚文高举双手，示意自己并没有带武器。土匪盯了他一眼，说："你等在这里。"说罢转身上去通报，片刻，只听上面有人大喊："上来吧，大当家有请。"

何尚文沿着小路攀援而上，边走边四下打量，只见山势险峻，道路陡峭，小路的一侧就是悬崖，狭窄之处，只能侧身才能过去。他心里止不住赞叹：真是个易守难攻的好地方。若是强攻，十天半月也休想攻下来呀。

正走着，忽然听到"哈哈"一阵大笑。何尚文抬眼看去，只见前面一片开阔地，站着一个黑塔般的粗壮汉子，半边脸黑，另半边脸更是狰狞可怖，此人就是做下惊天劫案的匪首"疤面虎"刘大虎。

何尚文抱拳道"大虎兄，别来无恙。"

"托你的福，好赖还活着。"刘大虎说罢，突然，面色一沉，"姓何的，算你有种，竟敢孤身一人来见我。这些年，你的大恩刘某可是没齿难忘呀。"说着，伸手摸了一下脸颊上的伤疤，满脸杀气。

何尚文不卑不亢，道："为了百姓免遭战争之苦，莫说是你，就是阎王爷，我也得见呀。"

刘大虎冷笑道："你说的比唱的都好听呀，还大言不惭为了百姓呢。你这么卖力，我看你是为了讨好日本人，想舔日本人的屁股吧？"

众匪一齐哈哈大笑。

何尚文面色一沉，严正地说"刘大虎，当年我确实是对不起你，可你不能侮辱我的人格。日本人侵占我领土，在中国的土地上横行霸道，对他

们，我心里跟你一样恨。"

"那你为什么还要替他们卖命？"

何尚文道："日本人在抓住这件事情大做文章，现在，他们的军舰就停在附近，如果你不放人，他们就要以此为借口挑起战争，到那时，遭殃的可是登州乃至全中国的百姓呀。"接着，他就把昨天码头上发生的事情简单说了一遍。

刘大虎听完，气得哇哇大叫"这小日本，也他妈太猖狂了。要是老子在那儿，非当场拧下他的脑袋当尿壶不可。何尚文，看你也是条汉子，手里也有人有枪，为什么不动手打他娘

的？怕了他不成？"

何尚文苦笑道："事情不是你想的那么简单。日本人现在巴不得我们先开枪，这样，他们就有了发动战争的理由了。"他顿了顿，说，"而且，据我猜想，佐藤自愿上山来当人质，就是这个阴谋的一部分。"

刘大虎一愣，疑惑道"这我倒不明白了。"

何尚文问道："你能说说你为什么要劫车吗？"

刘大虎说，他看到那些神气活现的日本人就来气，早就想教训他们了。一天，有人提供一条信息，说有个叫佐藤的日本商人带着在中国搜刮的珍贵文物回国。大虎想，那可是祖宗留下的宝贝，无论如何不能让佐藤带走，于是，他就决定劫车把它们抢回来。不过，劫车时他才发现，车上根本没有什么文物。

听到这里，何尚文把前后事一联系，心里已明白了八九分，说"大虎，你受骗了！如果我猜的没错，那个提供假消息给你的人一定是佐藤安排的，他的目的就是引诱你劫车上钩。"

刘大虎更加糊涂："他们这么做有什么目的呀？"

"目的就是为引发争端找理由。而日本军舰想强行登陆，打的就是营救人质的旗号。"

刘大虎哼了一声，说"日本人就那么想打仗？我看中国这么多人，真

  在时间的驿站，我许了一个心愿，叫永远；在爱情的港湾，我将寄一份希望，叫真挚。因为我们相守的情谊，将伴着真挚，直到永远。 1382***7589（1636）

打起来也未必输给小日本。"

何尚文摇头长叹之后，便从中日双方的国力、军力进行分析，认为目前是敌强我弱，必须尽力避免与日本发生正面冲突。何尚文语重心长地说："大虎，望你以大局为重，放了佐藤，让日本人不再在这件事上做文章。"

刘大虎摆摆手，说："大道理你不要跟我们这些草民说，说了也没用。我已经说过，只要你上山来，我就放了佐藤，我说话算数。现在，我问你，咱们俩的账怎么算？"

何尚文再次对当年的鲁莽过失表示歉疚，说："前些日子，我的一位朋友从美国回来，说美国有一个整容医生，可以通过手术处理脸上的疤痕。如果你愿意，我可以出资让你到美国试一试。如果你不愿意，现在要杀要剐随你的便。"

刘大虎眨巴眨巴眼睛，没有说话，他觉得何尚文不像是在撒谎。他想如果真能弥补脸上的缺憾的话，倒是一件幸事。这么一想，他对何尚文的恨，似乎淡了几分。其实，他也知道，当年自己破了相，只是孩子之间斗气造成的过失，再说何尚文也因此离家出走，小小年纪吃了不少苦头。可是就这样饶过对方，他又心有不甘，怎么也得杀杀对方的威风。想到这里，他刷地拔出手枪，顶上子弹，随手一甩，只听"叭"一声响，二十米

开外的岩石上，一只麻雀的小脑袋被打得粉碎。

刘大虎傲然地吹吹枪口，威胁道："姓何的，如果你敢糊弄我，我杀你就像杀死那小麻雀。"

何尚文微微一笑，说："能否把枪借给我用用？"

刘大虎想也没想，随手把枪递给他。旁边的众匪一见，都紧张起来，枪口齐刷刷地对准了何尚文。

何尚文从容不迫地弯腰拾起一块鸟蛋大小的石子，掂了掂，回头打量了一下众匪，问："哪位好汉有兴趣拿着它？"

众匪面面相觑，很快明白了他的意思，没人敢应声。刘大虎一见，说声："我来吧。"说着上前接过石子。何尚文让他右臂平举，手掌托起石子。然后，他转回身，持枪向前走去，一边走，一边"哗啦"一声，将子弹上了膛。

众匪都紧张万分地大叫："老大，要是他……"

刘大虎大大咧咧地说："没事，除非他自己不想活了。"可是，当他看到何尚文越走越远，走出足有二三十米还没停下时，他心中也有些发毛了。正在这时，只见何尚文飞速转身，举枪，射击，几个动作几乎是在眨眼间同时完成，只听"叭"一声枪响，刘大虎手中的石子被打得粉碎。

众匪呆了片刻，才齐声叫好。他

们最佩服的就是手里有真本事的人，对何尚文这种枪法见所未见，自然佩服不已。刘大虎抬手擦擦额头上的汗，自嘲道："奶奶的，早知道准头这么好，我顶在脑门上就是了。好，姓何的，你把佐藤带走吧。"

何尚文一听，暗暗高兴，没想到事情办得这么顺利，看来，这虽然是一群土匪，倒也言而有信。这更增加了自己实施计划的信心。于是，他把枪交给刘大虎，问道："佐藤关在哪里？"

刘大虎带他走了几十米，来到山头左侧一个山洞前，说："就在这里面。"

何尚文点点头，说："大虎，除了要佐藤，日本人还有个条件，就是将你们捉拿归案。"

"什么？"刘大虎瞪大眼睛，明白了他的意思，不由仰天打了个哈哈，"哈，姓何的，有本事，那你就把我带走吧。"众匪也围拢过来，纷纷大嚷："人质让你无条件带走，当家的就够给你面子了，你不要得寸进尺！"

何尚文并不慌张，他压低声音，"大虎，我这是帮你，这是个机会，难道你想在山上当一辈子土匪？"

刘大虎看看他，不明白他是什么意思。

"大虎，你过来。"何尚文将他拉到一旁，两个人脸对脸嘀咕开了，嘀咕了老半天，谁也没听清他们嘀咕些啥，忽然，刘大虎翻了脸，大声吼起来："行了，你别做美梦了，就是说下天花来，我也不会上你的当。"

何尚文还要再说什么，刘大虎恼了，拔出枪来，疤脸凶相毕露，骂道："妈的，老子改变主意了，人质也不让你带走了。快滚下山去，再啰嗦，连你也扣下。"

何尚文无可奈何，只好掉头下山，临走，大声说："刘大虎，你会后悔的。"

5．智勇退敌

何尚文与刘大虎谈判的时候，山洞内，手脚被缚的佐藤警惕地侧耳倾听着外面的动静。

这个佐藤表面上是商人，其实，他的真实身份是日本军事间谍，他的任务是替日本军方刺探军情，为侵华战争做准备。这次，军方看上了登州的战略位置，便蓄意制造了这起日本人被劫案。而佐藤被绑架的时间越长，日军登陆救人的理由就越充足。

刚才，精通中国话的佐藤听到土匪说要放他下山，急得坐也不是，站也不是，他想如果自己完好无缺地回去，整个计划就前功尽弃了。

幸好洞外的人说着说着，又闹翻了。听那意思，来人竟异想天开，要想让劫匪投降。佐藤暗暗好笑，这帮土匪又不是傻子，怎么可能束手就

 天空不寂寞，皆因有星儿相伴；森林不寂寞，皆因有鸟儿相伴；河流不寂寞，皆因有鱼儿相伴；我不寂寞，皆因有你相伴。 广东 陈志旋（1637）

擒呢？

天渐渐黑了，又一天将要过去，明天就是第四天了，皇军也应该行动了，如果能够登陆登州，自己就是首功一件。佐藤越想越得意，美美地躺在草堆上，很快进入了梦乡。

夜半时分，一阵强烈的爆炸声将佐藤从美梦中惊醒。外面，火光闪闪，枪声、喊杀声响成一片，战斗似乎异常激烈。而且，枪声越来越近。佐藤担心起来：这次剿匪部队是不惜血本了，听声音，似乎快攻上山来了。

过了不久，他听到外面有人在大声喊负责看守他的那个土匪："二贵，快到前面去帮忙，快顶不住了。"

"奶奶的，这回可完了。"二贵嘟囔了一句，便"咚咚咚"跑远了。

枪声又响了十分钟，才渐渐稀了。佐藤正在提心吊胆地猜测战况，一阵脚步响，匪首刘大虎冲进洞来，在火光的照耀下，只见他浑身是血，面目狰狞。

刘大虎几步来到佐藤身边，一把抓起他，将枪口贴在了他的太阳穴上，然后，虎视眈眈地看着洞口。

洞口又进来几个人，为首的正是

何尚文。他大声呵斥道："刘大虎，你跑不了了，赶快把人质放了！"

刘大虎狞笑道："谁也不许上前，谁敢上前一步，我就崩了这个日本人。"

佐藤见状吓坏了，他明白土匪大势已去，刘大虎已到了穷途末路，他怕心狠手辣的匪首当真要了自己的性命，不由浑身发抖，失声叫道："千万不要冲动。"

这时候，洞口出现一个老者，指着刘大虎："畜生，赶快放下枪！"

"爹，你怎么又来了？"刘大虎有些意外。就在他一愣神的工夫，何尚文手中的枪响了。刘大虎应声而倒。佐藤低头一看，见刘大虎的身上鲜血喷涌而出……这一枪正中要害，看来刘大虎必死无疑。

官兵们随即一拥而上，将佐藤抢到了外面。何尚文吩咐道："一连留下打扫战场，其他人押着人质，赶快下山赶往码头。"

众人押着佐藤，打着火把下山。一路之上，佐藤看到，路边到处是倒伏在地的官兵和土匪的尸体。显然，为解救自己，官兵付出了极为惨重的代价。

第二天早上，混成旅全体官兵荷枪实弹，在码头严阵以待。

码头上，依然来了大批记者。

七时整，日舰驶了过来。隔了很远，小野就看到了昂首站在队伍前列的何尚文，等他看到站在何尚文身边的那个人时，脸上得意的笑容顿时凝固了，一掌拍在船舷上，怒骂道："八格，佐藤，你这个笨蛋！"

等军舰停稳，何尚文朗声说："小野舰长，被绑架的日本人质已被我军成功解救，现在完璧归赵。请你率舰队马上离开这里。"

小野冷笑道："不忙，我记得还有一个条件……"

不等他说完，何尚文道："劫匪负隅顽抗，已被我军全部击毙。这一点，佐藤先生亲眼所见，他完全可以证明。"旁边的佐藤无可奈何，只好点了点头。

何尚文目光炯炯地盯着小野，问："你还有什么话说？"

小野虽心有不甘，但事已至此，再要强行登陆就师出无名了。他只好狠狠瞪了佐藤一眼，下令退兵。不过，临走前，他对何尚文说："何旅长，我相信，我们还会交手过招的。"

何尚文迎着他的目光，冷冷一笑："何某随时恭候！"

……

一个月后，发生了卢沟桥事件，从此，日军全面侵华战争开始，中华民族抗日战争全面爆发。

同年十月，日军分水陆两路向古城登州大举进攻。何尚文旅长率领守军和民间热血志士组成的抗日义勇队浴血奋战，誓死保卫家园国土。血战三昼夜后，守城部队弹尽粮绝。登州随即沦陷，何尚文英勇阵亡，而小野四郎的舰队也付出了惨重的代价……

一年后，凤凰山区活跃着一支抗日游击队，他们神出鬼没，到处骚扰打击日军，令日军谈虎色变。不少老百姓见过他们，说他们就是当年的那批制造列车劫案的好汉，领头的正是刘大虎，不过，他右脸的伤疤却不见了，不细看，根本看不出来……

小野四郎听说这个消息后，如梦初醒，知道中了何尚文和刘大虎设下的苦肉计，气得他大发雷霆，懊悔不已……

两年后，小野四郎在一次战斗中被击毙，击毙他的正是刘大虎！

（题图、插图：杨宏富）

昨夜夜半，枕上分明梦见，语多时，依旧桃花面，频低柳叶眉，半羞还半喜，欲去又依依，觉来知是梦，不胜悲！ 1341***3623（1638）

海内外**60**位大作家

第一次在一本书中集体亮相　第一次为500万读者写故事

金庸、席慕蓉、白先勇、苏童、莫言、张炜、陆天明……这些文坛大家，著洋洋万言，挥洒自如；说世相百态，如数家珍——却为一本杂志，数易其稿；为短短千字，字斟句酌。

为什么？因为，这是他们第一次面对《故事会》的500万读者，用故事讲述人生悲欢。

因为，他们希望用最短小的篇幅，汇聚最大的智慧。于是，这些作品几乎都成为了不可多得的精品。

让我们一起聆听大作家们讲故事，一起开始轻松愉快的《故事会》之旅……

原创漫画系列《BRAVO 东东》问世

《故事会》与《我为歌狂》携手进军原创漫画新领域

东东是谁？东东是一个普通的初中生，有一点调皮捣蛋，脑子里充满各种奇思怪想，常常有点稀里糊涂，渴望做一个大男人，向往朦胧甜蜜的爱情……他还有一个搞笑的妈妈，一个严肃的爸爸，一帮性格各异、趣味横生的同学！也许东东就在你的身边，也许东东就是你自己，也许东东的许多故事许多想法都曾经发生在你的身上，也许东东会成为中国的樱桃小丸子！

一套反应e世代中学生生活的漫画丛书《BRAVO 东东》已由上海文艺出版社正式出版发行。该套书由曾经轰动一时的《我为歌狂》原班人马倾力打造，风格轻松活泼，风趣幽默，视觉效果和故事性俱佳，作为"故事会漫画丛书"向市场推出。

漂来的狗儿（青春系列小说）

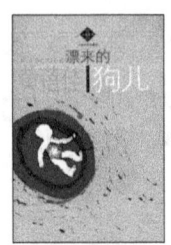

　　七十年代是一个奇特的年代，灰暗沉闷的生活禁锢了成年人的灵魂，却无法遏制孩子们自由奔放的性情。在"梧桐院"的小小天地里，一群中学教师的孩子和一个邻家女孩狗儿结成玩伴，玩得上天入地，花样百出，趣味无穷。聪明的小爱、博学的方明亮、高贵的小兔子、调皮的小山和小水、精灵般的小妹、心比天高命比纸薄的狗儿……这些可爱又可敬的孩子，是凡俗土地上开出来的摇曳的花朵，每一片花瓣都涂抹着温情和理想，闪耀出那个奇特年代的人性之光。因为他们"教师子女"的独特身份，每个人都在书香的氤氲中出生长大，相比于同时代的同龄孩子，他们的知识面更广，见识更多，胆子更大，脑子更灵，更能够创造乐趣，让童年的每一天都过得精彩纷呈。

　　这是一部讲述成长的小说，趣味盎然的小说，快乐而忧伤的小说。书中的背景和人物仿佛一段封存已久的电影，作者架起放映机，银幕亮起，胶带走片发出"沙沙"的响声，人物就动起来了，笑起来了，招手把你带进银幕中去了。你跟着他们一起捞小鱼，粘知了，去中学图书馆偷书，看连环画《红楼梦》，给伟大领袖写信，在漂亮的芭蕾舞演员面前自惭形秽，惶惑于身体的发育长大，被侮辱被伤害而后抗争，品尝少男少女的朦胧恋情……最后影像定格，灯光熄灭，银幕隐入黑暗，你会有一声轻轻的叹息，心里想：物质最贫困的童年其实是精神最自由的童年。

私人侦探第一案

本书系《故事会》金栏目"中篇故事"精选，共收9则作品，都是与歹徒、罪犯作斗争的故事。公安人员追捕逃犯，历尽艰险，血洒战场；罪犯遥控杀妻，抛掷迷离；村霸设置黑洞，为非作歹；小偷擒获白色恶魔，仗义可嘉偷盗贪官财物，枪杀情敌后代……作品内容曲折惊险，具有震撼人心的艺术魅力。

妻子要跳交谊舞

本书系《故事会》金栏目"中篇故事"精选，共收9则作品，皆系情爱故事。虽属情爱，却非都是甜甜蜜蜜，卿卿我我，而是充满了喜怒哀乐，恩怨情仇。看这些年轻的男女主人公，既有历经悲欢离合终成眷属，也有历经磨难依然遗恨终生；既有由爱变恨，愤而断情，也有化恨为爱，喜结良缘……

本故事根据美国P·E·尼科德特的同名小说改编。

体面的人生

□摩砚 编译

这天，海曼给一个叫斯特莱的公司负责人打电话，想请他给自己弄份工作。但斯特莱很冷淡地拒绝了他。眼看就混不下去了，他一狠心从银行里取出他的全部存款：167美元30美分。拿着这薄薄的几张钱，他无奈地摇了摇头。

走在一条人迹稀少的街道上，海曼显得灰头土脸的。突然，他的脚下似乎被某个东西绊了一下，定睛一看，哇，竟然是个钱包！

他强按住怦怦狂跳的心，打开钱包，发现里面装着一叠面值20和100美元的钞票，总共1万美元！再一看，钱包里既没有主人的名片，也没有任何信件或便条。总之，看不到任何表示失主身份的线索。

怎么办？送到警察局去吗？他知道，每个警察局都设有一个失物招领处，但现在诱惑实在太大了：要是有了1万美元，他就可以成为一个小型修车厂的合伙人。过一段时间，他就可以连本带息地偿还这笔钱……

终于，海曼内心的激烈斗争结束了。他决定先不去警察局失物招领处，准备尽可能地利用这笔钱财。

他兴致勃勃地走进一家服装店，买了一套西装，出店的时候，还特意在镜子前照了照，镜子里是一个满面春风、衣着体面的中年人。

这身行头花了他138美元，但他没有去动那些拾到的钱。他想他要揣着1万美元，走向新的生活。这样，他自己的钱只剩下不到30美元，但可以

用来吃一顿像样的午饭。

到哪儿吃饭呢？海曼想起，以前他曾跟朋友们去一家名叫托雷桑尼的餐厅吃饭。对，就去那里！

想到此，他赶到托雷桑尼餐厅，推开玻璃门，没想到，一眼就看见斯特莱正坐在那里用餐。海曼整了整衣服，迈着沉稳的步子，走过斯特莱的桌旁时，彬彬有礼地跟他打了个招呼，然后挑了一张比较远的桌子坐下，点了一桌丰盛的午餐。

斯特莱惊奇地望着海曼，好奇心不断增强。最后，斯特莱忍不住站起来，径直走到海曼身边："见到你真高兴！看来你混得不错呀！"

"没关系，你是不是也来喝一杯？""好呀！"说着，斯特莱坐了下来。闲谈中，他得知海曼如今已经当上了一家大公司的"销售主任"，生意做得特别顺手。

斯特莱显得很羡慕，就问："现在你有什么打算？"

"我想休息一阵。但我很想念这个城市，就回来看看。我想，说不定这里能找到什么值得做的贸易项目，无论如何，能休息几个星期也不坏。"

听海曼这么说，斯特莱马上说他公司的一个代办处正缺一个负责人："你明白吗，亲爱的，我需要一个像你这样体面而又办事果断的人，一个有商业头脑的人。我早就想聘用你，可

一直没有机会。如果现在你能到我的公司来，我将感到非常高兴。"

海曼的衣兜里揣着1万美元，所以对斯特莱的建议反应比较冷淡，只推说这件事以后再说……

斯特莱不死心，一个劲地推荐这个职位……一个钟头以后，一张聘用合同已经装进了海曼的衣兜。就是说，从下个月起，他每星期将有850美元的薪金。海曼用他的30美元付了饭费，出了餐厅，立刻钻进一辆出租车，吩咐司机："去警察局失物招领处！"

来到警察局，海曼说明了来意，值班警察显得很惊讶，说："请您稍等。"便进了隔壁房间，向上司做紧急汇报。他知道，一个人在大街上拾到1万美元，然后把它们交到警察局，这种事可不是每天都能遇上的。

不一会儿，值班警察就陪着一个警官出来了。警官听他讲完拾钱的经过，然后诙谐地笑笑，说："您没有花那些钱，算您走运。"海曼似乎听不懂，问道："为什么？"

警官又笑了笑，解释说"这笔钱是从银行里提出来拯救被绑架孩子的。所有钞票的号码都已发往全国的商业单位。您要是去用那些钱，就会马上被捕。很难有人相信您这钱是在大街上拾到的！现在，谁也不会怀疑您了，海曼先生，您保住了您的体面！"

（题图：佐夫）

大姐发威

□ 黄建刚

三十五岁的妮娜最喜欢去的地方是美容院，可这天下午她去美容院做护理，却惹了一肚子不痛快。

美容院昨天新来了一个小姑娘，不认识妮娜，见妮娜推门进来，张口就说："欢迎光临。"这句没什么，后面却跟上一句——"阿姨请进。"妮娜的脸上像被谁打了一拳似的，当即就不是色了，她恶狠狠地瞪了小姑娘一眼，问道："你叫我什么？"

那小姑娘也就十五六岁，是乡下来的，出门时老娘嘱咐过，进城后对人要有礼貌，此时她见客人问起，甜甜地回答："叫您阿姨呀。"

妮娜气得直哆嗦，尖声问："我、我……我有那么老吗？"

老板娘一见，慌忙迎过来，训斥那小姑娘："你怎么回事？阿姨是随便叫的吗？快叫姐姐。你看妮娜小姐多年轻呀，我看跟你也差不多少。你猜猜，她有多大岁数？"

那小姑娘也机灵，见老板娘直冲自己使眼色，忙说："我看有二十三四岁了吧？姐姐，你这种岁数，在我们乡下，我都要叫阿姨的。"

老板娘松了口气，赶紧向妮娜赔不是："妮娜小姐，不好意思，乡下来的，不懂事。"妮娜从鼻子里哼了一声："哼，乡巴佬，什么眼神啊？"

这事儿本来就够不痛快的了，没想到，妮娜做完护理从美容院出来，又惹了一肚子气。却说她刚出门，就有个民工模样的人把脸凑了上来："小姐……"

刚才在美容院里面，妮娜就看到这人在外面探头探脑，想进又不敢进的样子，此时听他喊自己"小姐"，心里顿感受辱，厉声道："你说话清楚点，你叫谁小姐？谁是小姐？"那人见她发怒，有些着慌，看来叫小姐人

家不愿意听，忙改口："我说大姐……"

妮娜更是火起，看这人也三十上下了，竟然叫自己大姐，简直不可理喻。她脸都气白了，当即一甩头，噔、噔、噔，扬长而去。

那民工还没完没了，追上两步，嘴里喊着："大姐、大姐、大姐……打听一下，里面剃不剃头呀？"

妮娜这一肚子闷气哟，没法说了！她也没情绪逛街了，心烦意乱地往家走，边走边暗自伤心：我真老成这样了吗？被人又是阿姨又是大姐地喊，这以后可怎么出门呀？

直到快到家了，进了楼道，她还在自怨自艾个不停，忽听身后有人喊："大姐，站住！"

又是"大姐"！妮娜恼怒地转回头，只见一个胡子拉碴的汉子站在她身后，看那岁数，四十岁都不止了。

就你这一大把年纪也叫我大姐？妮娜简直要怒不可遏了，她紧盯着对方的眼睛，气急败坏地说："你有种再说一遍！"那汉子也不含糊"大姐！大姐！"

妮娜脑子"轰"的一声，老娘今天怎么啦？就像油锅里撒了盐，炸开了，她不顾一切地冲上去，抡起手里的小提包，劈头盖脸就是一顿乱揍，一边揍，一边还喊着："我叫你大姐！大姐是你叫的吗？老东西，我打死你，让你再叫……再叫！"

那汉子猝不及防，做梦也想不到一个娇滴滴的女子居然敢动手，第一下就被妮娜打中了眼睛鼻子，当时就眼前发黑，涕泪横流。他心里立刻就着慌了，见对方大喊大叫，势如疯虎，似乎跟自己有不共戴天之仇，以为碰上女疯子了，赶紧嘴里喊着"救命"，抱头鼠窜。

妮娜一口恶气没出完，不依不饶，在后面紧追不舍。

邻居们早被惊动了，见状冲上来拦住了两人，问个究竟。妮娜气愤难消，一个劲地还要往上扑，幸亏被众邻居拉住了。她不甘心地指着对方的鼻子："老东西，有种你再说一遍试试！"

一进公司，两眼无神，三更半夜，四肢无力，五脏六腑，七零八落，久而久之，十分痛苦，百般无奈，又要加班！ 1300***1459（1640）

现代高科技

一个美国人，一个日本人和一个土著人在一起洗温泉浴。突然，美国人的手臂响了，美国人按了一下手臂，铃声戛然而止。

土著人很惊奇，美国人很得意地说："这是我们的新科技，只要在手臂里植入一块芯片，就可以当传呼机了。"

话音刚落，日本人的手掌响了，日本人对着手掌"咕噜咕噜"说了起来。土著人更惊奇了，日本人得意地对他说："这是我们的最新科技，在手掌里植入芯片，手掌就可以当手机使了。"

土著人听了没应声，只说要去上厕所，过了一会儿，土著人回来了，屁股里夹着半张卫生纸。

美国人和日本人嘲笑道："那是什么？"

土著人大大咧咧地说："哦，没什么，有个传真刚过来。"

(姜文华　供稿)

那汉子已被打得鼻青眼肿，身子一软，"通"地跪在地上，连连告饶说"我认栽了还不行吗？我再也不敢了还不行吗？"说着，手一松，只听"仓啷啷"一声响，一把匕首掉到地上，弹了两弹。

邻居们见状，知道他不是好人，一哄而上，七手八脚将他扭了起来。那汉子也不反抗，束手就擒后，央求说："各位，我是抢劫犯，快把我送到派出所，千万不能让这女人打我了，再打就出人命了。"

妮娜木头一样呆在那儿，半张着嘴巴，半天都没合上。刚才光顾愤怒了，到这时她才发现，对方手里竟然一直攥着一把匕首。顿时，一股凉气迅速传遍全身，她一转念，失声问："刚才，你是喊'打劫'，不是'大姐'？"

那汉子见她终于安静下来了，如释重负，嘴巴又硬了："废话！抢劫我还跟你客气个屁。"

当下，众邻居押着汉子要去派出所，邀请妮娜也一块去。大家纷纷竖起大拇指夸奖她："不简单呀，像你这样的英雄，市里非要重奖你不可。"

妮娜惊魂未定，怀里的那颗心兀自在怦怦急跳呢。她不知是该哭还是该笑，想想刚才，不禁冒出了冷汗。

临走，那汉子回过头来："大姐，我服你了，我可从没见过像你这样要钱不要命的。"

"什么，你叫我大姐？"妮娜的眼睛又瞪圆了。

汉子打了一个寒颤，慌忙改口："姑奶奶……"

街头大忽悠

□ 吴港

星期天，小章和女朋友小莉上街买了一对结婚戒指。

回家路上，他俩被一阵香味引入路边小巷。巷子里有个卖烧烤的，摆了两张小桌正在做生意，其中一张桌已经被四个喝啤酒的汉子占了，小章便要了几串铁板鱿鱼，和小莉坐上另一张桌子。

吃完走到巷口时，小章去拉女友的手，小莉突然说："你的戒指咋没啦？"小章抬手一看，指头上果然空空如也，他顿时慌了神：他俩挣的钱都不多，一千多块的东西，他们还是很在乎的，何况马上就要结婚，此时丢了戒指自然会给喜事蒙上一层阴影。"准是吃完烧烤擦手时掉的。"小章说着便和小莉回去寻找，可哪里找得到？

他俩注意到，摊主始终在烤炉前忙乎着，倒是那四个汉子挺可疑。刚才他们一直猜拳行令、吆五喝六，见他俩回来找戒指，突然都闷下头不吱声了，神色也怪怪的似有隐情。小章将小莉拉到一旁说："估计是他们捡去了。"小莉说："我们没有证据，人家硬咬着不承认，咱也没法儿。""那咱去派出所，请警察出面帮忙。""他们要真捡了，警察还没叫来，人家早溜了。""那咋办？不能眼瞅着让别人拿走哇。"小莉想想说："只能自己解决！你看我眼色行事。"小章知道女友做过多年营业员，应变能力很强。

只见小莉走到那张桌前说："刚才我们丢了一只金戒指，哪位大哥帮着收起来了，请还给我。"四个人只管喝酒吃肉串儿，根本不理她。小莉又说："常言道，'见面儿分一半儿'，那只戒指，我们花一千二百块买的，捡

到的大哥只要出六百块给我就可以了。"说着拿出发票在四人面前晃了一圈儿:"看清了,纯金戒指一千两百块,如有半句假话,天打五雷轰!"

四人中最年轻的一个刚要张嘴说啥,却被对面打赤膊的胖子给制止了。小莉便接着说:"我们正急等着钱给老母亲买药治病,要不,再打五折,只要肯出三百块钱,我们就拱手相让了。"小章着急起来,说"只要三百?咱可太亏了。"小莉瞪他一眼说:"你一个大老爷们,咋这么斤斤计较?亏钱算啥?钱是王八蛋,没了还能赚,钱亏了交个朋友不更好吗?对吧,各位大哥?"

这时,已有七八个路人停下来看热闹,摊主不满地说:"你们去别处找吧,我还得做生意呢。"小莉便又说:"那就来干脆的,降到一百五,不,给一百也行,您少喝两瓶酒就成全我们,出门在外,谁都不容易。"见那四位不动声色,小章说"一百块你还要

个啥劲儿,只当我们遇上穷光蛋施舍了,只当让狗叼去了。"看热闹的人都笑了。

"你骂谁呢?"胖子站起来,把一摞钱拍在桌上说:"谁是穷光蛋?你见过这么有钱的穷光蛋吗?"他身旁一个手臂上刺着青龙的同伴替他把钱装回去,对小莉和小章说:"你们俩在这忽悠啥?傻瓜才会上你们的套。告诉你们吧,这种小把戏都是我们玩剩下的。"另外一个也说:"少在我们面前班门弄斧。"小莉便压低嗓子转脸喝斥小章"让你找岁数大的下手,你不听,这回遇上高人了吧。赶紧走,别在这丢人现眼了。"说罢,冲那四个人抱了抱拳,掉头就走,周围人"嗡"的笑了起来。

小章、小莉没走出几步,就听见胖子嚷道:"把你们这破玩意儿收起来,回去好好练练再出来混饭吃!哈哈哈哈!"接着,从口袋里掏出戒指来,"当啷"一声扔到他们脚边……

·本刊信息传真·

征 稿 启 事

您手中有没有得意之作?本刊辟有20多个原创性栏目,如中国新传说、悬念故事、我的故事、情感故事、幽默世界、16岁故事、海外故事和中篇故事等,总有一款适合您;读到或听到什么有趣事可以和大家一起分享吗?3分钟典藏故事、情节聚焦、外国文学故事鉴赏和快乐辞典等都是本刊推荐性栏目,欢迎您拿出不平凡的真知灼见来稿可从邮局寄发,也可从网上传递。邮寄地址上海绍兴路74号《故事会》杂志社,邮编:200020;如为电子邮件,请发以下信箱:xiayiming@vip.sohu.net。

斗 嘴

□ 杨清江

张石头到南方一家公司应聘，经理王胖子看他老实巴交的，又听说他会个做饭炒菜的手艺儿，就让他到自己的小别墅里当厨师，专门伺候他一家老小。

其实这个活儿并不好干。王胖子是北方人，发财后娶了个当地的老婆。两口子一个爱吃米，一个爱吃面，一个爱吃咸，一个爱吃淡。四岁的儿子又偏偏爱吃甜食。除了三顿饭，家里的什么脏活累活力气活儿全是他的。每天都把张石头折腾得腰酸腿疼，筋疲力尽。

这天晚上，王胖子约了几个朋友玩牌赌钱，一直闹腾到后半夜。牌友们走后，他嚷着肚子饿了，要石头给他烙个小油旋儿。熬夜时间长，加上

打牌输了个一塌糊涂，王胖子只觉得浑身上火，口干舌燥，就嘱咐石头说："你和面时不要兑白碱，那玩意儿越吃火气越大。"

晚饭后石头就被支派去清理储藏室里的垃圾，刚躺下不久又被喊起来，头昏脑胀地答应着，可一进厨房就忘了王胖子的嘱托，随手往面里兑了些白碱。等到小油旋儿烙好端上去，王胖子一吃就吃出来了。当时他嘴里没说什么，看石头忙活完了，才招招手把石头唤进客厅，皮笑肉不笑地说："吃点东西反而睡不着了，陪我聊聊天吧。我给你讲个故事听听，怎么样？""好啊。"石头答应着，不得不坐下来。王胖子不怀好意地瞥了他一眼，就清清嗓门讲起来了：

有人爱春天鲜花如海柳丝似烟，有人爱夏天绿如墨染生机盎然，有人爱秋天硕果累累色彩斑斓，有人爱冬天冰封雪漫气象万千，而我却独爱你的每一天！ 辽宁 王文韬 (1642)

"唐朝时候，李世民手下有两员大将。一个是秦琼，一个是敬德。两个人武艺不相上下，平时谁也不服气谁。这天，敬德找上门来，非要和秦琼比试比试不可。秦琼呵呵一笑，就把他领到后花园里。没有动手之前，敬德说：'老秦，今天咱俩立个规矩。'秦琼说：'什么规矩？'敬德说：'谁都知道，我惯用的兵器是虎头钢鞭，你惯用的是凹面金装锏，咱俩就凭这个打天下，立了不少战功。今天咱们谁也不准穿盔甲，谁也不准用兵器，拳头对拳头，光着膀子较量较量，你敢不敢？'秦琼冷笑一声说：'哪个怕你！'两个人说着说着就打了起来。他们虽然个头儿差不多，可敬德是打铁出身，一身蛮力，打着打着就占了上风。秦琼眼看只有招架之功，并无还手之力，马上就要吃大亏，心里一急，卖个破绽，从地上把他的凹面金装锏一把抓在手里，照着敬德脊梁上狠狠夯了一家伙！敬德一跤跌倒，疼得哇哇大叫，破口大骂：'好你个王八羔子，咱说过的不准用碱（锏），你怎么还要用碱（锏）？'

说到这里，王胖子歪着脑袋问了一句："怎么样？我这个故事好听不好听？"

石头人虽老实，却不憨不傻，还能听不出来是骂他的？心想：每天辛辛苦苦伺候你一家大小，没日没夜地干，还变着法子骂人。和面不用碱，烙个死面片子你吃得进去吗？他转转眼珠，微微一笑，身子往前凑凑，不动声色地说："王总的故事虽然好听，但可惜就是没有讲完。"

"没有讲完？"王胖子愣了愣神，说，"那你接住往下讲讲，我听听。"

"好吧。"石头也打开了话匣子，"秦琼不是还有个儿子秦怀玉吗？小家伙那年七岁，跟他爹一样，喜欢玩武。那天放学回来，看见有个小朋友拿了个新式的玩具冲锋枪在向同学们炫耀，不禁眼红了。一进家门就闹着向妈妈要钱买枪。秦琼老婆正窝在沙发上津津有味地看韩国的什么肥皂剧，不耐烦地把手一挥说：'找你爹要去！'秦怀玉问'我爹在哪儿？''在后院，正跟你敬德叔叔比武呢！'秦怀玉扭头跑向后院，可转眼之间又急急忙忙跑了回来，向他妈说：'两个人手里拿着家伙，正杀得难解难分。到底哪个是我爹？'秦琼老婆说：'人样儿就看不出来吗？'秦怀玉说：'一个黑里透红，一个红里透黑，怎么也分不出来啊！'秦琼老婆说：'傻小子，不会看兵器吗？使碱（锏）那个就是你爹！'"

石头说完，拍拍屁股走了，王胖子气了个干瞪眼。

（本栏目欢迎来稿。来稿可从邮局寄发，也可从网上传递。如为电子邮件，请发以下信箱：xiayiming@vip.sohu.net）

老年组

□ 王恩亮

小赵居住的地方是个花园小区，养狗的人家特别多，有人粗粗统计过，没有八十，也有七十，居委会为了活跃居民的文化生活，策划了一次"百狗"选美比赛。

由于纯属一种娱乐活动，居委会并没制定评选细则，只是找了几位居民作评委，让他们凭印象打分。

小赵听到消息后，非常兴奋，连忙告诉妻子，妻子也兴奋异常。

原来小赵家有一条宠物狗，名字叫"妞妞"，是一只两岁大的纯种京巴。它个儿小，眼睛大，一身纯白的毛儿，没有杂色，被小赵夫妻当作"宝贝女儿"。为了拿到好名次，妻子用了一整天时间为它美容，结束后，妻子得意地对小赵说："你看吧，咱家妞妞拿第一没得说！"

选美就在小区花园进行，那天居民参赛的热情非常高涨，各自牵着品种不一的爱犬排成了长龙。经过激烈角逐，一只沙皮狗荣摘桂冠，小赵家妞妞只得了第二名。

比赛结束时，居委会主任发表了一通热情洋溢的讲话，最后说："这次比赛举办得很成功，为了建立起'百狗'选美长效机制，我宣布，以后这样的活动将每年举办一次！"

"哗——"掌声四起，等掌声一落，小赵举起手来，表示自己有话要说："主任，我能提个建议吗？"

主任说："当然可以。"

"以后选美可否分成老、中、青三组？"

"此话怎讲？"

小赵说："这不是明摆的吗？那只沙皮狗虽然评了第一，但我们不服气，你看它满身皱纹，老得不成样子了，应该分在老年组。"

爱情的国度只有两种季节，幸福的，不幸福的；爱情的夜空只有两种声音，快乐的，不快乐的；爱情的路上只有两种风景，我的，我们的。北京 田思源（1643）

有什么就说什么

□ 王 亮

城郊有一座旧民宅，最近被市文物部门认定为清代初期的地主庄园。民宅的主人现在是李老汉。

虽然此庄园占地面积不是很大，建筑也没有什么特别风格，但由于这个区的文化遗产实在太少了，所以，区政府对此十分重视，特地吩咐当地电视台制作一档专题节目。

电视台派来的主持人很年轻，她制作节目，喜欢现场直播，不喜欢事先对被采访人搞什么灌输和预演。

主持人对李老汉说："我们采访你，你千万不要紧张。"

李老汉问："是有什么说什么吗？"

主持人高兴地说："对，我们就作简单访谈，你不要紧张，我问什么你如实回答。"

李老汉点了点头。

采访进入实拍阶段，只见李老汉坐在大厅的古椅上，憨态可掬地面对着主持人。主持人拿着话筒轻声慢语地开始提问："李大爷，这座庄园始建于什么年代？"

"嘿嘿，你不是知道了吗？文物部门证实是清代初期。"

主持人笑了，觉得这个老汉说话很直爽。

"我看这座庄园保存得很好，你能谈谈是如何保护的吗？"

李老汉点起一支烟，叹了一口气说："都是因为没钱呀！"

主持人听了疑惑起来，赶紧追问道："这话又怎么讲呢？"

李老汉摇了摇头，不无遗憾地说："这不是明摆着吗？要是有钱，我早就拆了旧宅建新宅！"

（本栏题图、插图：顾子易）

最具人气短信推荐 8月(下)关键词：世相杂谈

● 半斤酒，润润口；一斤酒，照样走；斤半酒，扶墙走；两斤酒，墙走我不走；一气喝了三斤酒，地球月亮都不走。广东 曾传金 (1645)

● 久坐身难健，久卧体自瘫，久怒生疾病，久气伤心肝，久烟必伤肺，久醉身遭难，久乐精神爽，久愁魔缠绕，久动增食欲，久练寿延年。广东 潘颖萍 (1646)

● 抽烟口臭且伤肺，醉酒丢丑更坏胃，花费带来体疲惫，不如多看《故事会》，工作一天真够累，看看故事把觉睡，娱乐趣味都在内，既增知识又实惠。1334***1088 (1647)

● 打工四大愁：晴天睡大觉，农忙走不掉，工钱要不到，过年火车票。打工四大盼：天上的日头，老婆的面，老板的工钱，年夜饭。安徽 刘良军 (1648)

本期特别征集

给老人的短信。两个月后就是九九重阳，重阳也叫老人节，晚辈的祝福短信定能给老人的桑榆晚景增添更多温馨。你有送给老人的精彩短信提供给我们吗？如果你的短信成功入选，并且成为重阳节下载量最大的一条，将赢得3000元奖金哦！（详情见P24）

● 上班，梦醒时分；下班，月满西楼；加餐，千年等一回；公休，等你等到我心痛；升职，等到花儿也谢了；加薪，想你想到梦里头；罚款，一千个伤心的理由。1357***0254 (1649)

● 笑看人生几多愁，闲云野鹤心自由；烦恼付与落花去，松傲青山水自流；人生百年何其短，超然物外为圣贤；拂袖南山采雏菊，放歌扁舟钓浮鱼。1367***6430 (1650)

上期刊登的短信字谜你还记得吗？

禾苗未栽已八年，一人采玉多一点，种下杨柳不成木，日长一寸双人边，痛心不改却无病，而立之日妙声来，谁人无语又想说，救人不要半文钱。(1549)

谜底是：十金易得，知音难求。你猜对丁吗？

现代社会发展快，变化多，人人有危机；放松自我，过好快乐每一天。

6月份短信王揭晓！

6月份短信王揭晓！经过读者下载投票，6月份位列前十名的短信编号分别为：1139、1143、1144、1145、1119、1237、1238、1226、1241、1242，它们的作者（推荐者）各获奖金100元。6月份的短信王中王将从以上10条短信中产生，奖金3000元。谜底下期公布！

  能否在声音上印个吻给你，滑过电话线落在你的耳畔；能否在心上贴一枚邮票寄去，不必言语你会意；能否给这个短信加个回执，传回你看信时心跳的频率。内蒙古 靳杨阳 (1644)